O REINO DA BELA

Volume IV da série erótica
da *Bela Adormecida*

ANNE RICE
Escreve como A. N. ROQUELAURE

O REINO DA BELA

TRADUÇÃO Alyda Sauer

Título original
BEAUTY'S KINGDOM

Copyright © 2015 *by* Anne O'Brien Rice

Todos os direitos reservados incluindo o de
reprodução no todo ou em parte sob qualquer forma.

Edição brasileira publicada mediante acordo com
Viking, um selo da Penguin Publishing Group,
uma divisão da Penguin Random House LLC.

Direitos para a língua portuguesa reservados
com exclusividade para o Brasil à
EDITORA ROCCO LTDA.
Av. Presidente Wilson, 231 – 8º andar
20030-021 – Rio de Janeiro – RJ
Tel.: (21) 3525-2000 – Fax: (21) 3525-2001
rocco@rocco.com.br | www.rocco.com.br

Printed in Brazil/Impresso no Brasil

Preparação de originais: Fátima Fadel

CIP-Brasil. Catalogação na fonte.
Sindicato Nacional dos Editores de Livros, RJ.

R69r Roquelaure, A. N.
   O reino da Bela / Anne Rice sob o pseudônimo de A. N. Roquelaure;
  tradução de Alyda Sauer. – 1ª ed. – Rio de Janeiro: Rocco, 2016.
   (Bela adormecida ; 4)

  Tradução de: Beauty's Kingdom
  ISBN 978-85-325-3035-6 (brochura)
  ISBN 978-85-8122-656-9 (e-book)

  1. Romance norte-americano. 2. Ficção norte-americana. I. Sauer, Alyda.
  II. Título. III. Série.

16-33530   CDD-813
                        CDU-821.111(73)-3

*Dedicado
a
Rachel Winter
e à
memória
de William Whitehead
e
John Preston*

O amor é fumaça que se eleva com o vapor de suspiros;
Purgado, é o fogo que cintila nos olhos dos amantes;
Frustrado, é o oceano de lágrimas dos que amam;
O que mais é o amor? Uma loucura discreta,
Fel que sufoca, doçura que conserva.

William Shakespeare, *Romeu e Julieta*

SUMÁRIO

I – CREPÚSCULO DE UM REINO ANTIGO

1. Lady Eva: Um longo dia de viagem para a esperança / 13
2. Laurent: Olhem, ela dorme outra vez / 44
3. Bela: Reinar ou não reinar? / 54
4. Lady Eva: O destino de um reino pende na balança / 70
5. Príncipe Alexi: Amada rainha, amada escrava / 97
6. Laurent: Uma visão nova e mais perfeita / 113
7. Princesa Blanche: Ela não é um prato delicioso para ser oferecido para a rainha? / 142

II – BEM-VINDOS AO REINO DA BELA

8. Príncipe Dmitri: Finalmente o novo reino / 173
9. Brenn: Servir no reino da palmatória e das correias de couro / 294
10. Bela: A agonia de lorde Stefan / 369
11. Bela: Uma história do antigo reino / 393
12. Sybil: O sonho de todas as meninas escravas: os estábulos da rainha / 418
13. Dmitri: Um novo desafio com o mascarado / 459

III – O DESTINO DAS RAINHAS

14. Eva: Ele caminha em esplendor como a noite / 499
15. Alexi: A senda dos arreios / 520
16. Eva: Um novo panteão / 544
17. Bela: Um festival de máscaras / 564
18. Bela: O casamento do rei com o reino / 584

I
Crepúsculo de um reino antigo

1
LADY EVA: UM LONGO DIA DE VIAGEM PARA A ESPERANÇA

i

Ah, que dia longo e cansativo. E já fazia um ano que ninguém no grande reino de Bellavalten tinha notícia da rainha Eleanor ou do príncipe herdeiro.

Como senhora da nudez dos escravos do prazer, na ausência da rainha, passei horas inspecionando todos os escravos da corte e também viajei para a vila da rainha para garantir que aqueles infelizes exilados lá estavam sendo severamente disciplinados e vigorosamente exercitados como sempre. Eu adorava as minhas funções, adorava o treinamento e a supervisão de tantos servos reais nus, lindos e abjetos, de ambos os sexos, mantidos no reino estritamente para divertir seus senhores e senhoras, mas ficava desanimada, como todos, com a longa ausência e o longo silêncio da rainha em todo o reino. Por isso agora só queria a paz e a quietude dos meus aposentos.

Mas tive de parar na mansão do príncipe Tristan antes de voltar para a corte. E também aproveitei o momento de descanso para comer alguma coisa lá, além de saciar a vontade de ver o príncipe Tristan, como sempre.

O príncipe Tristan viveu por mais de vinte anos no reino.

Ele era um homem lindo, alto, forte, com o cabelo louro encaracolado e os olhos azul-claros, sempre elegante e bem-vestido, era a própria imagem do cortesão altivo e mimado da rainha Eleanor. Ele me recebeu em seu salão privado onde um fogo agradável enfrentava a umidade inevitável das paredes de pedra, e vi vinho e bolos sobre a mesa de madeira polida.

– Ah, Eva, nossa preciosa Eva – disse ele com simpatia. – O que faríamos sem você? Teve alguma notícia de Sua Majestade?

– Nenhuma, Tristan – disse eu –, e, francamente, apesar de fazer tudo o que posso... e lorde Gregory e o capitão da guarda fazerem tudo o que podem também... o reino sofre.

– Eu sei – disse ele, indicando a cadeira à sua frente. – Somos alvo da inveja do mundo pelo nosso sistema de escravos do prazer, mas, sem a rainha, os escravos ficam aflitos, temerosos como todos nós, que alguma coisa aconteça e perturbe a paz do reino.

Estávamos sozinhos, e foi Tristan quem serviu minha taça. Saboreei a fragrância do vinho tinto antes de beber. Delicioso. A adega de vinhos de Tristan era a melhor do reino.

– Você tem razão – respondi. – Na aldeia o capitão Gordon e lady Julia cuidam de tudo. Ela é uma prefeita tão boa quanto qualquer homem. Não deixo de afirmar isso apesar de ela ser minha tia. E o capitão Gordon é incansável. Mas tem alguma coisa errada, muito errada. Sinto isso na corte, por mais que invente eventos para nos entreter. Sinto a ausência da rainha o tempo todo.

– O que posso fazer para ajudar? – perguntou Tristan.

Ele estendeu o prato com bolos para mim.

– Bem, esse lanche está esplêndido – disse eu. – Hoje viajei pelo reino inteiro e preciso desses momentos para me recuperar.

Eu podia ter acrescentado que ver Tristan é sempre um prazer revigorante.

Tristan vivia há anos nessa mansão com meu tio Nicolas, o cronista da rainha, e lady Julia, minha tia e irmã de Nicolas. Mas lady Julia tinha ido ser prefeita da vila da rainha há dois anos. E meu tio Nicolas sumiu no mundo um ano antes da rainha e do príncipe herdeiro embarcarem em sua interminável viagem marítima.

Tristan tinha sentido a falta de Nicolas enormemente. Mas do meu tio chegavam cartas regularmente e, apesar de jamais dizer que ia voltar, nós mantínhamos a esperança de que acabaria fazendo isso um dia.

Alguns meses atrás eu dera a Tristan uma magnífica escrava do prazer, princesa Blanche, uma das antigas favoritas da rainha no castelo. Esperava que a princesa Blanche divertisse Tristan, já que ele não tinha se interessado muito pelos outros escravos. E Tristan tinha escrito bilhetes para mim, mais de uma vez, dizendo que estava muito satisfeito com o meu presente.

— E onde está a minha exótica Blanche? — perguntei para ele. — Você a tem mantido bastante ocupada?

No mesmo instante, Tristan estalou os dedos e Blanche apareceu de quatro, saindo com cuidado, silenciosamente das sombras.

— Venha aqui — disse Tristan com firmeza, em voz baixa — e fique diante de lady Eva para a inspeção.

O rosto dele ruborizou um pouco quando olhou para ela. Ele a amava muito.

Blanche era uma princesa alta, com seios bem fartos e bunda arrebitada, irresistível. Tinha lindas pernas torneadas. E apesar da sua pele ser clara, não ficava marcada com facilidade, podia ser severamente castigada e não exibir nada. Muitas vezes bati na bunda dela e me surpreendi de ver como a vermelhidão desaparecia rápido.

— Eu a exercito sem trégua — disse Tristan quando ela se aproximou. — Primeiro beije os chinelos de lady Eva, Blanche, e depois pode beijar os meus. Você deve fazer isso sem que eu tenha de mandar.

O comando soou severo.

Dei um tapinha na cabeça de Blanche quando ela obedeceu.

— Agora levante-se, menina — disse eu —, e ponha as mãos na nuca para eu examinar você.

"Menina" era meu carinho preferido para as escravas, assim como "menino" era o meu termo carinhoso predileto para os escravos. E já tinha observado com frequência que essa alcunha produzia resultados muito bons.

Quando Blanche ficou de pé, vi que estava vermelha e tremendo. Inspeções são mais fáceis para alguns escravos do que para outros. Blanche sempre teve uma timidez natural, uma doce submissão que derretia corações, ao mesmo tempo que provocava castigos.

– Eu a acho graciosa e educada – disse Tristan. – Sempre que está na minha presença uso uma palmatória. Não consigo imaginar que um dia me cansarei dela.

– Chegue mais perto, princesa – disse eu e belisquei a coxa carnuda e macia quando a puxei para mim.

Blanche era realmente uma princesa na sua terra natal, mas tinha sido vendida, a pedido dela mesma, para Sua Majestade muitos anos atrás. Era uma das muitas escolhidas para servir nos aposentos da rainha. E nesses últimos anos sofria com a indiferença da rainha Eleanor.

– Ela dorme ao pé da minha cama – disse Tristan – e se ajoelha aos meus pés quando eu janto. Costumo ordenar que o cavalariço dela a castigue regularmente, quando estou ocupado demais para fazer isso. Eu a adoro.

Blanche estava imóvel, olhando para o chão, com os cílios adejando, trêmulos, mãos atrás da cabeça como devia, o cabelo exótico prateado caindo nas costas.

Eu gostava dos seus ombros firmes, os braços bem-feitos. Belisquei seus mamilos para fazê-la corar e então disse para ela ajoelhar. Inspecionei os dentes brancos e bonitos e obriguei-a a ficar de pé de novo, dessa vez com as pernas bem abertas, para uma inspeção rápida e gentil com os dedos de suas partes íntimas. Isso a fez chorar de vergonha e de felicidade. Seu pequeno santuário por baixo do véu cinza de pelos era apertado e estava quente, como sempre.

Tristan olhava para ela com adoração. Ele não conseguia disfarçar. Mas esse era o jeito de Tristan, amar e amar profundamente. Seus grandes olhos azuis tinham uma qualidade distante e sonhadora, por outro lado ficava ruborizado quando olhava para Blanche. Ele se remexeu na cadeira, meio sem jeito.

– Você ama seu senhor, Blanche? – perguntei.

– Sim, lady Eva – confessou ela.

Blanche tinha uma voz suave, sedutora. De repente ficou aflita, os seios balançavam com a respiração acelerada, e ela disse:

– Por favor, por favor, não me separe dele!

– Quieta! – disse eu e bati nos dois seios dela. – Você será chicoteada por fazer tal pedido.

Olhei para Tristan que meneou a cabeça em silêncio, concordando.

– Mas posso garantir, Blanche, que Tristan poderá ficar com você o tempo que achá-la interessante.

Ela começou a chorar. Não tinha conseguido se controlar e sabia muito bem que isso era falta de educação. Mas com Blanche era sempre assim, pequenas imperfeições que em geral não ofendiam ninguém, só que, é claro, tinham de ser imediatamente corrigidas.

Tristan estalou os dedos de novo, o cavalariço apareceu, um jovem louro que eu não conhecia bem, chamado Galen. Ele era como todos os cavalariços e pajens do reino. Tinha sido escolhido pela beleza, educação, e por sua devoção à rainha.

– Leve-a para o quarto, Galen – disse Tristan em voz baixa. – Bata nela com força nos joelhos por sua impertinência e a repreenda verbalmente enquanto bate.

– Sim, meu senhor.

– Depois a prenda na coluna da cama. Ela só terá água e pedaços de pão no jantar. Vou castigá-la mais esta noite.

O rapaz pegou Blanche pela mão e levou-a para fora do aposento. Ela chorava muito.

Tristan e eu devemos ter ficado uma hora conversando sobre esse pequeno reino que era nosso lar. Tristan era meu amigo desde quando cheguei aqui – a sobrinha de Nicolas, o cronista da rainha, foi atraída pelo reino, pelos modos da rainha e pela escravidão por prazer. Foi Tristan quem me apresentou à corte e insistiu com a rainha atarefada e distraída para me encarregar dos escravos nus.

Tínhamos feito um lanche, mas antes de sair pedi para ficar um momento a sós com Blanche. Como administradora do reino, eu estava exercendo o meu direito de supervisionar pessoalmente o estado mental de Blanche. Tristan não protestou.

Sozinha no quarto, eu a encontrei chorando copiosamente. Tinha sido severamente espancada e a palmatória não tinha poupado suas coxas e panturrilhas. Sua pele resistente estava surpreendentemente vermelha. Ela beijou meus chinelos inúmeras vezes.

– Endireite-se e fale comigo – disse eu. – Eu libero os seus lábios.

Peguei um lenço de renda e sequei o rosto dela. Blanche estava muito pálida, e os olhos cinzentos, grandes e sonhadores cintilavam cheios de lágrimas sob os cílios prateados. Eu não sabia por que o cabelo dela era cor de prata, só que havia pessoas nesse mundo que tinham esse tipo de cabelo, branco ou prateado desde cedo, e que costumam ser de uma beleza excepcional.

– Agora me diga, você ama o seu senhor? – perguntei. – Quero conhecer o segredo da sua alma.

– Oh, sim, lady Eva – disse ela, ofegante –, nunca fui tão feliz na corte.

E então ela deixou escapar outra vez.

– Não me importo se a rainha nunca mais me chamar de volta para o castelo. Por favor, a senhora tem de me deixar ficar aqui. Não quero que a rainha volte.

Segurei a cabeça dela abaixada.

– O que tenho de fazer, chicoteá-la eu mesma, aqui e agora? Eu jamais teria liberado seus lábios se soubesse que você é tão tola, tão desobediente. Você sabe o que é permitido e o que não é – disse eu. – A rainha decide onde os escravos moram e a quem servem. Você pode revelar sua alma para mim com uma escolha de palavras mais sensata, e você sabe disso! – Levantei o queixo dela, ela mordeu o lábio meio desesperada quando olhou para mim, e eu pisquei para ela. – Farei de tudo – sussurrei – para você ficar com Tristan.

Ela me abraçou e eu deixei, apertou os lábios no meu sexo e eu senti muito bem, apesar do tecido grosso do meu vestido. Fiz sinal para ela levantar, dei-lhe um abraço e um beijo demorado. Nem todos os escravos sabiam beijar. Alguns dos mais subservientes e bem treinados nunca dominaram a arte de beijar. Mas Blanche sabia como beijar.

Senti meus mamilos ficarem duros dentro do vestido e meu sexo molhado. Mas não conseguia me afastar dela. Cobri seus olhos com meus beijos, lambi suas lágrimas salgadas.

– Mas, lady Eva, por que a rainha está fora há tanto tempo? – murmurou ela ao meu ouvido. – Há rumores por aí, os escravos estão com medo.

– Conte-me o que eles dizem – pedi. E afastei o cabelo dela da testa.

– Um pequeno grupo de escravos castigados da aldeia foi trazido para cá ontem pelo capitão Gordon, para trabalhar no jardim do meu senhor. Três mulheres e dois homens. Não lembro os nomes deles. Na hora da refeição eles estavam cochichando, temerosos, que sentiam muita falta da rainha, que nem o capitão Gordon nem lady Julia conseguiam manter a ordem na aldeia na ausência da rainha. Eles dizem que a rainha não ama mais o reino. Falam que ela abandonou a nossa servidão.

– Isso é conversa fiada – suspirei. – No entanto, não estou surpresa de que digam essas coisas. Eles sentem a falta da rainha, mesmo que quase nunca a vejam. Bem, hoje passei o dia na aldeia. Tive pelo menos trinta escravos ruidosamente espancados na plataforma giratória pública. E estive nos estábulos dos cavalos inspecionando cada um pessoalmente. Está tudo bem. Acho que esses escravos resmungões dormirão bem esta noite... ou pelo menos por enquanto. Mas certamente tudo ficará melhor quando a rainha voltar.

– Sim, se ela permitir que eu fique com o príncipe Tristan. – arriscou Blanche, beijando meu rosto. – Linda lady Eva – disse ela.

– Olhe os modos, minha menina... – disse eu e botei o dedo nos lábios dela. – Pode ter certeza de que quando a rainha voltar farei tudo que estiver em meu poder para que você fique com Tristan. Agora, não repita isso para ninguém, nem mesmo para o seu senhor, e quando ele castigá-la esta noite, se lhe der permissão de falar, contenha seus desabafos.

Ela meneou a cabeça agradecida e abriu a boca macia para que eu a beijasse de novo e foi o que fiz.

– Mas agora deixe-me ir, mulher fatal – disse eu. – Você é doce demais e estou cansada demais, preciso voltar para o castelo.

Apertei a bunda quente de Blanche com força e senti seu suspiro contra o meu corpo. Como era quente aquela carne, deliciosamente quente.

– Sim, lady Eva – disse ela.

E eu me concedi um último beijo, lento e profundo.

ii

A distância até o castelo não era grande, por uma estrada estreita e sinuosa que dava a volta na vila da rainha. A lua cheia tornava a viagem para casa ainda mais fácil. Por mais cansada que estivesse, fiquei feliz de ter ido visitar Tristan.

Tristan tinha sido levado para o reino décadas atrás, como um jovem escravo real, e todos conheciam a história. A rainha exigia determinados tributos de todos os seus aliados e muitos outros reinos enviavam seus jovens nobres mimados e voluntariosos para servir à rainha por isso, gratos pelo aprimoramento dos seus rebentos rebeldes por meio do rígido treinamento do prazer, e pela bolsa de ouro que sempre acompanhava o retorno de tais escravos para suas terras. Algumas famílias nobres faziam a mesma coisa, mas a maioria dos escravos eram príncipes e princesas. Ah, o que eu não daria para ver Tristan naquela época, o belo Tristan, nu e pronto para servir.

No entanto, eu ainda não tinha nascido quando Tristan foi escravizado pela primeira vez. Agora eu tinha vinte anos e achava difícil aceitar que ele, com seu sorriso de menino e olhos azuis inocentes, já tinha quarenta anos. Eu conhecia muito bem a história dele.

Tinha provado sua rebeldia com seu jovem senhor, lorde Stefan, primo da rainha – um ex-amante que não podia dominá-lo –, e fora enviado para a vila da rainha para ter sua desobediência severamente castigada. Foi levado para lá e treinado como menino cavalo pelo meu tio Nicolas, o cronista da rainha. Tio Nicolas amava Tristan. E tudo teria acabado bem daquele momento para frente, já que Nicolas tinha um gosto especial por domesticar aqueles que ele amava, se não fossem os soldados do sultão terem atacado o reino e sequestrado alguns dos melhores escravos para o sultanato.

Tristan foi um dos que foram levados, junto com as famosas princesas Bela, Rosalynd e Elena e os príncipes Laurent e Dmitri.

O sultão, que já partiu deste mundo faz tempo, era aliado da rainha Eleanor. Os ancestrais dela e os dele haviam começado esse costume do prazer da escravidão e da nudez mais de um século antes. Mas no reino da rainha Eleanor a prática andava decadente e, quando ela subiu ao trono, vieram emissários do sultão para ajudá-la a reviver tudo isso e a tornar Bellavalten mais uma vez o assunto do momento.

Os ocasionais sequestros de escravos faziam parte de um jogo entre a rainha e o sultão de tempos em tempos. E qualquer escravo de Bellavalten tinha muito a aprender dos costumes nos jardins de prazer do sultão. Por isso ninguém ia achar grande coisa esse último ataque, se não tivessem levado a fabulosa Bela Adormecida. Os pais dela exigiram que a rainha Eleanor resgatasse a filha e a trouxesse para eles sem demora. A servidão à rainha e ao filho dela, o príncipe herdeiro, o casal aprovava, mas não a perda da princesa Bela para um senhor estrangeiro.

Por isso o capitão Gordon foi enviado com alguns soldados escolhidos a dedo para resgatar Bela e os outros escravos que pudesse salvar facilmente junto com ela. Infelizmente criaram um escândalo. Bela e seus companheiros Tristan e Laurent não quiseram ser trazidos de volta. A realidade é que os três brigaram, se revoltaram e por pouco não espernearam e gritaram quando foram recapturados.

E o belo e irresistível Laurent, um dos mais rebeldes, ainda teve a ousadia de sequestrar um dos servos mais dedicados ao sultão, Lexius, e de insistir para que o capitão Gordon o trouxesse de volta como um troféu para a rainha Eleanor.

A rainha Eleanor ficou furiosa com os seus rebeldes voluntariosos. Bela, ela não podia punir mais, já que a jovem foi logo libertada para ir para casa, para o reino dos pais dela. Mas Laurent e Tristan a rainha condenou a um ano nos estábulos da aldeia – ao trabalho escravo forçado mais duro que existe: servidão perpétua como cavalo. Quanto ao misterioso e sedutor Lexius, a rainha se indignou de pensar que qualquer escravo pudesse ter a presunção de se oferecer a ela, como Lexius fez. Mas ela voltou atrás e mais tarde o transformou em um favorito, tão querido quanto o príncipe Alexi, com quem ela havia rompido de forma severa, como era sabido.

Antes de aquele ano terminar, Laurent foi libertado devido à morte do seu pai. Ele voltou para casa para ser o rei das suas terras, e assim que recebeu a coroa partiu para a terra da princesa Bela, que havia servido nua à rainha Eleanor junto com ele, para fazer de Bela a sua rainha.

Ah, foi outro grande escândalo em Bellavalten quando espalharam que dois ex-escravos do prazer agora estavam casados e reinando na casa mais poderosa da Europa. A rainha Eleanor os tinha considerado impertinentes e sem classe, mas o que podia fazer? O rei Laurent era um aliado altivo e capaz. E a rainha Bela se tornou a joia da corte dele.

– Não vou tolerar que falem deles, nunca – foi a famosa declaração da rainha. – E os nomes deles não podem jamais ser mencionados para mim.

Para ela os escravos reais, quando os libertava, deviam voltar cabisbaixos para os seus reinos, jamais falar de sua servidão nus e retomar rapidamente as exigências da vida da realeza. Mas havia esse casal de incorrigíveis lendários que tinha se casado e que presidia um reino muito interessante.

Meu tio Nicolas me disse que a história do rei Laurent e da rainha Bela não foi fácil reprimir. Na verdade ela se espalhou rapidamente entre os escravos do castelo e da aldeia e chegaram a comentar que era bem feito para o filho de Eleanor, o príncipe herdeiro, que tinha trazido a Bela Adormecida desperta como escrava e não ficou noivo dela.

Amaldiçoada por uma mulher sábia a dormir cem anos com toda a família e a corte, a princesa Bela foi despertada pelo beijo do príncipe herdeiro – que levou Bela nua e submissa para se prostrar aos pés da mãe dele.

A rainha desconsiderou abertamente a lenda e a conquista admirável do filho, tratando Bela como qualquer outro brinquedinho erótico abjeto da corte, e a exilou na aldeia com a primeira desobediência real da jovem.

No entanto, assim que o príncipe Laurent assumiu Bela como sua noiva, a rainha passou a cantar outra música.

– Se alguém tinha de ser marido daquela megera – disse a rainha –, devia ser o meu filho, não aquele impudente e indomável Laurent. Como é que uma coisa dessas foi acontecer com aqueles dois escravos desobedientes e rebeldes? Eu digo que estou confusa.

– E Laurent era um príncipe tão bonito... – disse tio Nicolas para mim. – Você nem pode imaginar. Laurent tinha cabelo e olhos castanhos, era extraordinariamente alto e forte, com as feições moldadas pelos deuses, talvez um dos escravos mais impressionantes que já serviram no castelo. Lady Elvera era a amante dele. Todos os dias ela o açoitava. Todos os dias ela o fazia transar com duas ou três princesas na presença dela, para seu prazer. Ele era incansável. O pau dele era enorme. E quando ele fugiu, só para ser condenado, para a aldeia, foi por tédio. É isso que esses escravos fazem, sabem? E a rainha jamais acompanhou isso. Eles escolhem o que vão fazer e onde. E a rainha simplesmente não entende isso. Ela não entende a atração dos diferentes castigos para escravos diferentes, nem a atração por senhores ou senhoras diferentes, e que escravos inteligentes sempre deram um jeito de derrotá-la para divertimento próprio.

Isso era verdade. A rainha Eleanor realmente se imaginava dona do controle absoluto. Eu tinha reparado nisso assim que cheguei. O velho lorde Gregory, o venerável ministro dos escravos de Eleanor, caiu exatamente no mesmo erro. Assim como alguns dos nobres e pajens mais rígidos e exigentes, e membros da corte.

Qualquer que fosse o caso, o príncipe herdeiro jamais se casou. Diziam que ele odiava a mãe por não ter permitido que ele se casasse com a Bela Adormecida. Mas isso não parecia justo. Ele a despiu e levou-a descalça e trêmula para o reino. O que esperava que a mãe pensasse?

Todavia, o rei Laurent e a rainha Bela tinham escapado das garras da rainha e entrado para a história. E não havia mais nada a fazer.

O rei Laurent e a rainha Bela seguiram reinando por vinte anos de prosperidade sem precedentes até um ano e meio atrás, quando passaram a coroa para seu amado filho, Alcuin, e se retiraram para terras do sul para viver em reclusão.

A rainha Eleanor soube da notícia quando ela e o filho se preparavam para uma viagem por mar. Eu tinha acabado de ser escolhida senhora de todos os escravos na ausência dela.

– Fico imaginando por que o casal famoso se aposentou. – disse ela. – E se eles vêm ou não para cá, numa breve visita. Agora que o jovem rei Alcuin governa em sua terra natal, o que Bela e Laurent, ambos em plena juventude, farão da vida? – A rainha tinha olhado para mim com seus olhos negros, inteligentes e cruéis. – Você acha que eles conversam sobre o tempo que passaram aqui?

No dia seguinte, ela declarou:

– Sabe, Eva, eu esperava, bem... esperava que algum dia aqueles dois, Laurent e Bela, viessem viver aqui na corte e inaugurar uma nova era.

O príncipe herdeiro ficou chocado.

– O que há de errado com as coisas do jeito que estão? – perguntou ele.

– Nada – disse a rainha Eleanor –, só que estou cansada delas e você também está. Pense como seria agradável dar o reino inteiro para aqueles dois e pronto. Eu realizei uma grande coisa aqui com a escravidão do prazer, sim, como meus ancestrais fizeram antes de mim, e como o sultão tinha feito na terra dele antes dessa ruína infeliz... mas estou cansada para governar qualquer coisa.

O príncipe herdeiro resmungou. Ele tinha dito para lorde Gregory, o ministro mais velho dos escravos, para ser mais rígido, me encarregou de fazer o mesmo e depois foi se certificar de que seus baús estavam bem-arrumados.

E então eles foram para a costa.

Não sem antes a rainha me dar uma carta fechada.

– Se acontecer alguma desgraça conosco, Eva, você deve abrir isso – disse ela. E com um beijo frio saiu do castelo e foi para a carruagem que estava à sua espera.

Fiquei muito contente de aceitar a responsabilidade que me davam. Eu tinha jeito para administrar os escravos nus, tanto machos quanto fêmeas, e trabalhava bem com isso desde que cheguei. Tinha lido as *Crônicas do Reino* escritas pelo meu tio Nicolas e conhecia as histórias de muitos escravos, sabia como tinham sido submetidos e treinados, e como gostavam e choravam quando eram forçados a voltar para "o mundo lá de fora", como meu tio chamava.

Eu compreendia os escravos. Adorava estudá-los e discipliná-los, e arrancar de cada um uma perfeição que o escravo achava impossível atingir. Tinha um verdadeiro dom para isso. Achava fascinantes as reações mais sutis deles, e ficava encantada com a infinita variedade das novidades que me cercavam quando percorria os corredores e os jardins do castelo.

À noite, deitada no meu travesseiro, às vezes sonhava com o rei Laurent e a rainha Bela; como haviam sido realmente em sua nudez servil? O rei muito forte e muito animado, e Bela com seu fabuloso cabelo claro e olhos azuis, uma linda escrava admirada por todos? E sonhava com Tristan também, Tristan que tinha passado a maior parte de sua vida aqui.

Claro que houve um tempo em que Tristan ia para o mundo lá de fora. Ele serviu um ano como cavalo na aldeia sendo punido por sua desobediência quando foi resgatado do palácio do sultão.

Mas a família dele o chamou de volta logo depois de Laurent também ser requisitado em seu reino. O irmão mais velho de Tristan, o rei, tinha sido morto no exterior, em uma batalha. E Tristan teve de assumir a coroa. Era assim que o mundo funcionava. Ele não reclamou.

Só que três anos depois, quando o irmão de Tristan reapareceu, para surpresa e felicidade da família, Tristan viajou noite e dia para voltar para Bellavalten.

Obviamente, não fazia mais sentido ele ser um escravo nu para o prazer. A rainha Eleanor nem quis ouvir falar disso. E Tristan não pediu tal coisa. Mas, sim, ele pôde restaurar e mobiliar a mansão que tinha comprado e morar lá com tio Nicolas e tia Julia. E pôde ter quantos escravos nus quisesse. A rainha Eleanor o recebeu como membro brilhante da corte. E os primos da rainha – lorde Stefan, lorde William – e o tio dela, o grão-duque André, gostaram de ter Tristan em seu círculo particular.

Afinal, era comum os escravos da realeza tornarem-se membros da corte nos últimos anos. As princesas Rosalynd, Lucinda e Lynette todas tinham sido escravas muitos anos atrás e agora eram membros orgulhosos e belos do contingente entediado de damas de companhia, que bordavam reunidas em torno de um trono vazio no grande salão do castelo. Dos escritos do meu tio fiquei conhecendo as histórias delas e de outros, numerosos demais para mencionar.

E o príncipe Alexi, favorito da rainha muitos anos atrás, tinha retornado recentemente, recebido com prazer pela rainha apenas seis meses antes da viagem dela. Ele estava muito feliz de reencontrar a corte e os primos reais.

– É tão surpreendente assim que eles voltem? – minha tia Julia havia cochichado para mim. – Eram felizes como brinquedos nus. E os que recebem treinamento muitas vezes se tornam os melhores treinadores.

Minha tia agora governava a vila da rainha com tanta competência quanto qualquer homem.

– Eu sabia – disse ela – que a rainha Eleanor ia perdoar qualquer antiga ofensa do príncipe Alexi, que ia deixá-lo ficar.

Havia alguma história ali que ela não revelava.

Mas o príncipe Alexi e ela muitas vezes saíam juntos à noite e parece que conversavam sobre os velhos tempos. Príncipe Alexi tinha cabelo castanho, feições pequenas e delicadas, e pele morena, e estava muito lindo agora, como nunca esteve, disse minha tia, que lembrava bem dele quando era o favorito da rainha.

– Ela o castigava dia e noite. Mas havia rumores na época... e histórias... só que não podemos falar dessas coisas.

Alguma coisa que ninguém podia revelar, a amizade do príncipe Alexi com o misterioso Lexius, o mordomo do sultão que o rei Laurent trouxe de volta como escravo, algo sobre Lexius e Alexi que desagradou à rainha, mas por mais que eu tentasse nunca consegui saber a história toda.

E agora meu tio tinha ido se aventurar pelo mundo, a rainha e o príncipe herdeiro estavam incomunicáveis, e eu não ousava pedir ao príncipe Tristan para me deixar ver as *Crônicas do Reino*, que Nicolas tinha compartilhado comigo quando eu era menina.

O príncipe Alexi continuava bonito como um menino, a pele escura bem lisa e os olhos escuros atentos, riso fácil, mas eu o achava estranhamente provocativo. Sempre que ele sorria para mim eu pensava que desejava que eu fosse sua amante, que me queria talvez para tirar sua bela roupa de veludo com a trança dourada e açoitá-lo com o meu cinto, bem forte. Ele tinha um jeito que muitos escravos tinham, de semicerrar as pálpebras e olhar para mim de baixo para cima, apesar de ser mais alto do que eu. E quando de vez em quando nossas mãos se tocavam, eu sentia um choque na pele toda, como se ele fosse feito de fogo em brasa.

Não dava para saber muito bem o que estavam aprontando os antigos escravos que voltavam para a corte.

Será que Tristan foi o escravo secreto do meu tio Nicolas atrás das portas fechadas da mansão? E o lorde Stefan, primo da rainha – o indeciso que não tinha conseguido dominar Tristan anos e anos atrás, que provocou a fuga de Tristan? Lorde Stefan esteve sempre aqui, mas parecia ter medo da sua escrava loura e calada, Becca, como se ela guardasse algum segredo e tivesse um poder imenso sobre ele. Eu tive um vislumbre deles no bosque da deusa uma tarde, aquele jardim antigo e negligenciado no lado ocidental do castelo que a rainha ignorava.

Era fim de tarde e tudo estava tão quieto que só dava para ouvir o canto dos passarinhos. E topei com eles no capim alto, Becca nua com seus cachos louros e compridos montada no lorde completamente vestido, deitado de costas erguendo o quadril e se contorcendo, o rosto oval de Becca virado para cima, com os olhos azuis e frios para o céu, sussurrando enquanto cavalgava o pau dele.

– Você vai gozar quando eu disser que pode gozar e não antes! Você ousa me desobedecer?

Eu me afastei correndo. O velho e negligenciado bosque da deusa sempre me pareceu um lugar assombrado, com suas estátuas de mármore cobertas de trepadeiras e os arcos em ruínas. E depois disso passei a evitar ir lá. Uma pena, porque podia ser um lugar lindo.

No entanto, eu sentia mais do que nunca o tormento daqueles lordes e damas bem-vestidos que desejavam servir com o abandono dos escravos nus, mas isso não era permitido. Quanto à Becca, ela muitas vezes espancava outros escravos para divertir lorde Stefan. E parecia que era a própria Becca quem escolhia os escravos que lorde Stefan conduzia com sua palmatória pela senda dos arreios. Becca alguma vez derramou uma lágrima? Não, e também nunca pareceu infeliz. E eu achava que até o idoso lorde Gregory, o arquidisciplinador de escravos, evitava estar com ela. Senti-me tentada a pegar Becca emprestada por uma noite para me divertir. Mas para que perturbar o que é melhor deixar para lá?

E agora, na ausência da rainha, todos lutavam por algum equilíbrio no dia a dia.

iii

Já tinha anoitecido quando cheguei ao castelo e esperava chegar aos meus aposentos sem mais nenhuma interrupção. Mas encontrei o príncipe Alexi na frente da minha porta.

Seu rosto juvenil estava desfigurado de dor e mesmo à luz fraca da pequena lamparina na mão dele deu para ver que estivera chorando.

– O que foi? – perguntei.

Destranquei a porta, passei o braço em volta dele e levei-o para a minha sala de estar.

Meu dedicado escravo, Severin, tinha acendido a lareira e as velas sobre a mesa também. Peguei a lamparina da mão de Alexi e botei no aparador. Ele parecia completamente perdido.

– Venha sentar e fale comigo – disse eu.

– Eva, é uma coisa impronunciável... – disse ele, balançou a cabeça e tirou uma carta de pergaminho grosso do gibão de veludo. – A rainha... – Então a voz de Alexi falhou e ele não conseguiu terminar a frase.

Abri a carta imediatamente e li.

Tinha sido remetida de uma cidade distante nos mares do sul e era endereçada ao grão-duque André, tio da rainha Eleanor. A escrita era clara e oficial.

"É nosso triste dever informar que a vossa soberana, a rainha Eleanor, e o filho dela, o príncipe herdeiro, estão de fato mortos, e que a busca dos destroços da embarcação deles foi cancelada, já que os corpos vieram parar nas nossas praias, junto com alguns outros corpos do mal-afortunado navio, e perdemos todas as esperanças..."

A carta seguia sobre a identificação dos corpos e dos outros também, e havia uma breve descrição da tempestade na qual o navio se perdeu. Dois sobreviventes do desastre, a princesa Lynette e o príncipe Jeremy, que viajavam com a rainha, estavam voltando para o reino agora.

Alexi ficou sentado com as mãos no rosto, chorando baixinho, o cabelo castanho caído sobre os olhos.

Ponderei o que eu sempre soube dele, que tinha sido o escravo favorito da rainha tantos anos, e que no fim, por algum motivo, ele a desagradou. Mas não era hora de perguntar essa história.

– Quem mais sabe disso? – perguntei.

– Todos eles sabem... André, William e Stefan. Foram eles que me disseram para vir falar com você. Nenhum deles está preparado para tomar as rédeas deste reino. E nenhum deles quer! Assim que os escravos descobrirem haverá pânico. Você não sabe quantos temem o dia em que serão mandados livres de volta para suas famílias.

– Sei sim – disse eu baixinho.

Levantei a cabeça e vi que o grão-duque André estava parado na porta que tinha ficado aberta. Ele não era um velho, apesar de ser tio da rainha, e o cabelo continuava quase todo bem preto, o rosto retangular continuava bonito.

– Lady Eva, o que nós vamos fazer? – perguntou ele com a voz embargada de emoção.

Levantei logo e o convidei para sentar numa cadeira entre a minha e a de Alexi. E fui em silêncio para a minha escrivaninha perto da janela.

Havia uma vela acesa ali, já que eu tinha o hábito de ler ou escrever até tarde da noite, e Severin havia arrumado a tinta, minhas penas e o pergaminho.

Destranquei um pequeno baú dourado que ficava na escrivaninha e tirei dele a carta lacrada que a rainha Eleanor havia me dado naquele último dia, antes de partir em viagem.

Voltei para a mesa e sentei sem pedir permissão para o duque transtornado. Ele nem ligou. Estava consolando o príncipe Alexi.

– É o fim do nosso mundo – disse o duque com mais suavidade agora, olhando para mim.

Ele não era parecido com a rainha, mas tinha os mesmos olhos pretos, que muitas vezes eram frios como os dela, só que nesse momento não. O rosto bastante enrugado estava molhado de lágrimas.

– Temo que você tenha razão – respondeu o príncipe Alexi, agarrando a mão do duque. – Bellavalten não vai sobreviver sem a nossa encantadora Eleanor.

Olhei para a carta na minha mão. Era endereçada, com caligrafia forte e bonita, para mim, com a anotação: "No caso da minha morte."

Mostrei para os dois. O grão-duque nunca aprendeu a ler ou escrever, mas o príncipe Alexi tinha boa educação. Depois que os dois tomaram conhecimento da carta, eu quebrei o lacre e abri.

Minha amada Eva,
   Você tem sido um enorme consolo para mim desde a sua chegada, pois tem uma paixão pelo reino que eu mesma já perdi. Sei muito bem que o nosso costume dos escravos do prazer é hoje o coração vital do reino. Os visitantes cujo ouro enche nossos cofres chegam aqui todos os dias para ver e viver em meio ao espetáculo dos nossos escravos bem treinados e lindos. De fato, muitos dos nossos melhores aldeões, eruditos, escribas, artesãos e tecelões são capazes de nos abandonar se ficarem privados de seus escravos nus. Nossos soldados talvez também nos deixassem, e até os mais modestos do nosso povo comum atravessariam nossas fronteiras se o antigo costume que distingue o nosso reino de todos os outros fosse abandonado. Mesmo a minha grande fortuna pessoal não sustentaria o reino em tal decadência. Por isso, oremos para que eu retorne dessa viagem com novo propósito e consideração por aqueles que dependem de mim.
   No entanto, se eu não voltar, se acontecer algum acidente comigo e com o meu filho durante essa nossa viagem, o meu desejo é que você apresente esta carta, cuidadosamente escrita de próprio punho, para meus amados tio e primos.
   É a minha vontade que nossos costumes não desapareçam e que, antes de abandonarem Bellavalten aos seus vorazes aliados e vizinhos, entrem em contato com o rei Laurent

e a rainha Bela com a oferta da coroa e do cetro. Se o rei Laurent e a rainha Bela honrarem o costume da escravidão do prazer conforme eu estabeleci, se eles preservarem o meu reino de acordo com esses preceitos e costumes que o tornaram famoso, cedo a eles toda a minha riqueza, minhas propriedades, meu castelo e minhas mansões, minhas terras e todo o meu reino.

Eva, eu solenemente a encarrego de falar com o rei Laurent e a rainha Bela pessoalmente e implorar para que eles tomem as rédeas de Bellavalten. E solenemente encarrego toda a minha família e toda a minha corte de insistir para que eles aceitem a mais completa autoridade e que os recebam de acordo.

Apenas um monarca que conheceu a sabedoria e o prazer da servidão erótica nua em Bellavalten é capaz de dar o justo valor às leis do nosso reino. Em Laurent e Bela temos tais monarcas. E espero que eles assumam o reino para benefício de todos que vivem nele e além: que possam ter uma visão renovada de sua constante prosperidade. Estou convencida de que não aceitarão essa herança se não tiverem essa visão. São honrados demais para isso e ricos demais para ficarem tentados apenas pela fortuna. Ao contrário, eu acredito que Laurent e Bela terão juntos a força para estabelecer um caminho futuro para Bellavalten.

Se isso não ocorrer, então deixo para os meus herdeiros a distribuição das terras e da riqueza de Bellavalten em benefício deles próprios. Todos os escravos devem ser libertados imediatamente e mandados embora com a recompensa adequada. E Bellavalten desaparecerá da história, talvez de modo tão misterioso quanto foi a sua entrada nos registros escritos há muito tempo.

Larguei a carta na mesa.

E passei para a segunda folha, uma lista de pequenas providências para o caso de a rainha morrer, mas tudo isso podia ser lido mais tarde.

E no fim sua inconfundível assinatura e seu lacre.

Olhei nos olhos do príncipe Alexi e depois para o grão-duque.

– Você deve ir, então – disse Alexi. – Essa é a nossa única esperança. Eva, você tem de ir, e eu vou com você! Lembro bem de Laurent. E lembro de Bela!

– Acha que eles podem ser persuadidos a aceitar? – perguntou o grão-duque. – O rei Laurent é famoso por suas conquistas em terra e mar. Ora, ele é um soldado incansável. A metade do mundo tem medo dele e a outra metade o adora. Sinceramente, ele me fazia tremer mesmo quando era um... escravo... nu.

– Sim, mas o grande rei agora está aposentado – disse eu –, cansado de guerra, como todos sabem, e passou a coroa para o filho!

– Ah, sim... – suspirou o duque. – Há esperança.

– Eu vi o rei Laurent uma ou duas vezes nos últimos dez anos – disse Alexi com disposição. – Admito que foi por pouco tempo e em um evento cansativo da corte, ali e acolá. Conversamos apenas alguns minutos. Mas eu sei o quão bem ele e sua rainha lembram o serviço deles aqui. Pelo menos sei como ele lembra. Houve alguma coisa não dita entre nós. Aposto que os dois nunca mentiram um para o outro sobre o que acontecia.

Ele estava ficando cada vez mais esperançoso.

– Chame lady Elvera – disse o grão-duque. – Ela também tem de ir. Ela foi amante de Laurent. Ele dará ouvidos a ela. E o capitão Gordon, ele também precisa ir.

Lady Elvera. Essa era fria, muito severa, castigava seus escravos com distanciamento e calculada indiferença. E Laurent tinha servido a ela dois anos inteiros antes de se rebelar e ser exilado na aldeia.

– E se o rei lembrar de lady Elvera com ressentimento? – perguntei.

Alexi teve de se controlar para não rir alto.

– Ele a adorava – disse ele. – Ficou entediado, só isso. Confie em mim. – Ele chegou para a frente como se fosse confidenciar alguma coisa. – Ele recebe Elvera para jantar e beber desde então, na corte dele. E ri do passado. Isso foi há dez anos. Mas, Eva, estou surpreso com você. Você, entre todas as pessoas, devia saber do laço profundo que existe entre uma verdadeira amante e um verdadeiro escravo.

Ergui a mão para pedir silêncio.

– Muito bem. Quero que os dois vão falar com lady Elvera, avisem Tristan e chamem o capitão da guarda. Mas vocês devem, todos vocês, guardar essa informação só para si. Ninguém deve saber dessa calamidade até termos a decisão do rei Laurent e da rainha Bela.

– Concordo – disse o grão-duque. – Os escravos não devem saber de uma palavra sobre isso, nem o povo.

– E ninguém aqui na corte deve saber também – disse eu.

– E, Excelência, faça o favor de acordar os seus secretários. Nós todos precisamos de cartas e documentos apropriados para viajarmos em segurança.

– Ah, eu nem tinha pensado nisso – disse o duque. – Eva, você pensa em tudo.

Pensei comigo mesma, eu sei disso, mas não respondi nada.

Assim que eles foram embora fui até o quarto e vi que meu escravo, Severin, estava obviamente escutando atrás da porta. Bati nele com força por essa impertinência. Mas ele estava chorando e mal se importou.

– Lady Eva – disse ele, ajoelhado diante de mim e abraçando as minhas saias –, eu não posso ser mandado para casa. Não posso. Eu prefiro morrer.

– Ah, fique quieto – disse eu. – Não tenho tempo para açoitá-lo agora. Arrume meus baús imediatamente e procure o senhor do guarda-roupa comum e obtenha roupas para você para a viagem. Não dá para viajar nu. Agora apresse-se!

– Roupas? – perguntou ele aflito. – Preciso usar roupa?

Ele era um menino muito bonito, com cachos dourados e doces olhos cinzentos.

Porém, chegou ao limite. Arrastei-o até a cadeira mais próxima, sentei, joguei-o sobre os meus joelhos e o espanquei com força, até cansar.

– E isso é só uma prova – disse eu. – Quando estivermos de malas feitas e preparados, eu pretendo açoitá-lo tanto que você ficará em carne viva a viagem inteira, e em qualquer estalagem no caminho em que pararmos vou chicoteá-lo de novo e provavelmente chamar o estalajadeiro para dividir o prazer comigo. E quanto ao seu pau, vou deixá-lo com fome a viagem inteira. Agora vá!

2

LAURENT: OLHEM, ELA DORME OUTRA VEZ

Minha amada Bela era assim, dormia como se nunca mais fosse acordar. Dessa vez na cabana do jardim, a cama de seda e renda cercada de flores perfumadas e dançantes, a cabeça de lado no travesseiro rosa claro, uma colcha de tapeçaria jogada com descuido em cima, lábios imóveis.

Será que estava assim quando era a Bela Adormecida da fábula?

Todos conhecem a velha história. Quando Bela nasceu, as mulheres sábias e imortais – ou fadas – do reino foram convidadas para comemorar seu nascimento. Cada uma das mulheres sábias ofereceu ao bebê um dom precioso, beleza, inteligência, sabedoria, talento, como diz a lenda. Mas uma das sábias, sem conhecimento do rei e da rainha, compareceu apenas para amaldiçoar a menina, prevendo que um dia ela espetaria o dedo numa roca e cairia num sono de morte, junto com a corte inteira. O feitiço não poderia ser desfeito, mas outra fada, com pena da menininha, correu para o lado do berço.

– Sim, ela dormirá cem anos – disse essa fada sábia –, mas virá um príncipe para despertá-la com um beijo. Ela acordará desse sono, junto com o rei, a rainha e todos os residentes do castelo. E o feitiço terminará.

Era uma história real? Como é que eu ia saber? Mas eu sabia que um príncipe de fato tinha acordado Bela de um longo sono e que ele era filho da poderosa rainha Eleanor de Bellavalten, e que ele tomou Bela como sua escrava do prazer e a levou para a corte da mãe.

Ora, por que foi ele que a despertou e não eu? E por que ele saiu da vida dela há tempos e Bela se tornou minha mulher, feliz e satisfeita, de vinte anos?

Fico pensando se ela ainda estará feliz e satisfeita, ou se isso também não virou uma fábula...

Ela dormirá assim até de noite, quando irei acordá-la – eu, Laurent, o rei dela – e dizer que era hora de jantarmos juntos, que talvez, depois de fazermos amor, ela dormisse outra vez e tivesse aqueles sonhos que não consigo acompanhar. Bela, minha Bela, meu amor.

Ela estava entediada. Eu sabia. Porque eu mesmo estava entediado e achando esse nosso pequeno refúgio terrivelmente sem graça. O que nos tinha levado a escolher esse caminho... deixando para trás os deveres da nossa casa real, de botar a coroa na cabeça do nosso jovem filho, Alcuin, e de encarregá-lo, junto com sua doce rainha, da terra que governamos por vinte anos? Estávamos cansados daquilo, por isso saímos de lá. Ficamos felizes de enviar nossa filha, irmã gêmea de

Alcuin, Arabella, para governar na terra do falecido pai de Bela, mulher de um primo escolhido lá para ser o novo rei.

E eu estava cansado de batalhas na terra e no mar, das aventuras que sempre procurava e dos infindáveis rituais da vida na corte. Que os mais jovens assumissem. Demos o cetro para o jovem rei. Deixamos os cofres abarrotados de ouro e mesmo assim trouxemos uma fortuna conosco para ficar com esse lindo palácio e essa praia tranquila.

Vinte anos bastavam, não é mesmo?

Mas o que íamos fazer agora, senão andar por essa suntuosa residência e esses jardins esplêndidos e coloridos, e acolher os eventuais visitantes que chegam para perturbar nosso retiro? O rei e a rainha de coisa alguma.

Sentei à janela e apoiei os cotovelos na pedra, ainda olhando para ela ali deitada na cabana do jardim, sua dama de companhia cosendo embaixo de uma pereira próxima, e minha rainha sem se mexer em seu sono que parecia a morte.

Será que estava caindo de novo no feitiço por ter se casado com o príncipe errado? Eu tinha sido um escravo do prazer durante anos no reino da rainha Eleanor quando Bela foi levada para lá.

Nunca acreditei para valer na antiga lenda sobre ela. Só sabia que ela era linda realmente, uma escrava do prazer tão deslumbrante quanto qualquer princesa nua e voluptuosa que eu já tinha segurado furtivamente em minha prisão sensual, e quando ela foi mandada para casa eu senti. Afinal fui libertado e pude voltar para o meu próprio reino, então fui procurá-

-la na casa do seu pai, casei com ela e a levei para minha residência real para reinar ao meu lado, minha esplêndida rainha.

As lembranças secretas dos jardins do prazer da rainha Eleanor nos uniam. Nós sussurrávamos nos travesseiros naquele tempo... sobre servidão extravagante e punições excitantes, palmatórias e correias douradas e rebelião deliciosa, beijos roubados que nossos senhores e senhoras cruéis não viam. Sempre fui o senhor de Bela, e ela minha amante. Por vezes seus dedinhos hábeis e delicados me torturavam, assim como minhas mãos firmes a torturavam. Mas será que alguma vez dissemos livremente em todos aqueles anos como adorávamos isso, aqueles dias gloriosos de servidão verdadeira e inescapável, de nudez sublime e da mais completa submissão, de humilhação extravagante e doce vergonha?

Eu não tinha ideia.

Cada vez mais me surpreendia pensando em Bellavalten ultimamente.

Será que eu sentia falta mesmo do reino de Eleanor? Era uma coisa que eu não podia admitir? Pensava muito nisso recentemente, e por que não, já que não tinha absolutamente nada para fazer.

Eram os dias mais adoráveis da primavera, o céu uniformemente azul sobre as árvores frutíferas e, além das ameias abaixo de mim, o infinito mar cintilante. Uma brisa bem suave movia os pomares, brisa que refrescava o meu rosto e minhas mãos na janela, uma brisa que me revigorava só para imaginar como ia passar aquelas horas até poder acordá-la e dizer para ela que sim, era hora de cearmos mais uma vez diante do fogo.

Eu estava adormecendo.

Fui para a cama e praticamente desmaiei, deitei de costas e fechei os olhos como se não tivesse nenhum controle. Parecia que eu sentia e ouvia a brisa, mas pouco além disso era real para mim, afundei mais ainda no sono, com fragmentos de pensamentos esvoaçando como folhas ao vento na minha mente.

Senti lábios tocando os meus. Senti uma mão na minha testa.

Abri os olhos imediatamente. O mundo em volta de mim estava escuro e pude ver o céu cheio de estrelas. Levantei desajeitado, mas não consegui ver onde estava pisando. A cama tinha desaparecido, o quarto também, e a escuridão à minha volta parecia viva. Uma figura de mulher surgiu diante de mim, brilhando, mas indistinta, envolta numa luz sobrenatural.

Pareceu que ela surgiu na minha frente de repente... imensa, dominante e magnífica.

– Laurent – disse ela devagar, suavemente, com palpável firmeza e calma –, era para ser você o tempo todo. Muitos anos atrás, quando minha irmã amaldiçoou a pequena Bela recém-nascida a cair num sono encantado por cem anos, foi você que eu escolhi do grande futuro para essa doce princesa, essa frágil e inocente, eu não suportaria vê-la sofrer esse sono para sempre. Foi a minha vontade que ela pertencesse a você e você a ela, como estão agora.

Fiquei atônito e ao mesmo tempo animado. Meu coração disparou.

Quis fazer muitas perguntas. A escuridão que envolvia a imagem da mulher estava cheia de movimento, de fumaça esvoaçante. Seu rosto brilhante sorria, mas não era muito nítido. Um perfume vago e encantador me distraía. Senti o dedo dela nos lábios quando ela continuou a falar.

– Você era prisioneiro no reino da rainha Eleanor, não era?, quando chegou o momento de a minha afilhada despertar. E assim o príncipe herdeiro foi meu instrumento involuntário para levar sua princesa até você na terra em que era mantido refém e impossibilitado de ir ao encontro dela. Indefesos e entregues à sua servidão, vocês foram irresistíveis um para o outro, como eu já sabia que seriam. Escravos juntos, vocês se amaram. Livres juntos, se casaram. E confie em mim, meu rei, que novas aventuras aguardam vocês dois.

Por uma fração de segundo a figura da mulher brilhou com mais intensidade e ficou mais nítida. Vi seu cabelo tremulando, os véus transparentes. Seus olhos penetravam a névoa tênue e ela falou de novo, com mais clareza ainda.

– Não tenha medo. Sua adorável rainha acordará logo para um novo destino, assim como você, e aqueles abraços voluptuosos de tempos atrás, roubados de seus captores, serão seus outra vez. Bellavalten, onde vocês se viram pela primeira vez, sempre foi o seu destino e abrirá seus portões para vocês hoje mesmo. Você deve ser corajoso, meu amado rei, e confiar no amor e na bravura da sua rainha. Lembre-se disso. Confie na bravura da sua rainha, como confia na sua própria coragem. Vocês dois precisam dessa coragem para conhecer mais uma vez a liberdade e o abandono que tiveram anos atrás, quando estavam cativos.

A imagem começou a desaparecer. Tentei falar de novo, procurei ver melhor, mas a imagem da mulher estava se dissolvendo, a escuridão dominava tudo, como se a fumaça se transformasse na água revolta de um mar bravio. A luz piscou e ficou fraca. E eu realmente ouvi o som de ondas quebrando. Senti que afundava, girava, caía e acordei com um susto em meu próprio quarto e na minha própria cama.

Fiquei abalado. Tudo ali parecia real e concreto. No entanto, o sonho também tinha sido real.

– Bellavalten – disse eu em voz alta.

Fazia tantos anos que eu nem sussurrava o nome do reino da rainha Eleanor. O que será que significava aquela visão?

Só aos poucos fui percebendo que tinha alguém batendo com força na porta do meu quarto.

Levantei, alisei minha roupa amassada e abri a porta.

Lá estava meu secretário, Emlin, um homem jovem, mas muito capaz, obviamente apavorado por ter me incomodado.

– Eu já avisei que não é para me perturbar por nada, não avisei? – disse eu gentilmente.

Nunca tive necessidade de ser cruel com Emlin.

Ele estendeu uma carta para mim, cheia de fitas penduradas dos lacres de cera.

Fiquei confuso. Não conseguia pensar. Olhei fixo para a carta. Continuava ouvindo a voz da mulher do sonho. Estremeci.

– Senhor, deve me perdoar – disse Emlin. – Sua antiga aliada e amiga, a rainha Eleanor, se afogou no mar. O filho também se afogou junto com ela, e essa é uma carta urgente da corte da rainha que implora sua imediata atenção. Foi trazida para cá por lady Eva que o aguarda lá embaixo com o capitão da guarda da rainha no grande salão. Lady Elvera está junto com eles. E dois príncipes, senhor, Alexi e Tristan, que dizem ser seus velhos amigos. Todos pedem que o senhor perdoe essa vinda deles para cá sem aviso.

Eu estava atônito.

Virei e examinei o quarto vazio como se esperasse ver a mulher mágica que estava há pouco falando comigo. *Lembre-se disso*. Por um segundo pensei ouvir a risada dela. Olhei confuso para a carta de novo e finalmente a peguei da mão trêmula de Emlin.

– Morreram no mar? – murmurei.

E a lady Elvera, de todas as pessoas, estava lá, a mulher a quem eu tinha servido na antiga corte de Eleanor, a mulher que tantas vezes... ruborizei só de pensar em mim de quatro, nu, submisso, beijando os chinelos dela. É claro que a tinha visto nos últimos anos, que a tinha recebido na nossa antiga corte. Tudo tão formal, tão estudado... até ficarmos muito embriagados e a sós para podermos rir juntos. Mas mesmo então não falamos livremente, apenas através de vagas alusões e pequenas piadas que só nós dois entendíamos. E agora ela estava lá, em missão especial por Bellavalten!

Lembre-se disso. Confie na bravura da sua rainha, como confia na sua própria coragem.

Dei risada. Não pude evitar. Então ela estava aqui, não é? E os outros também, meus companheiros escravos! Senti um leve formigar na pele do corpo todo e um latejar entre as pernas. Ouvi o estalo da palmatória, da correia. Vi a magnífica lady Elvera de novo como era na primeira vez em que me ajoelhei diante dela e ouvi suas palavras como se ela cochichasse novamente no meu ouvido. Vi todos eles, os implacáveis senhores e senhoras do castelo e da vila da rainha.

Procurei controlar o riso.

– Bem, vá e sirva comida e bebida para eles agora – disse eu.

– Isso já foi feito, Majestade – disse Emlin. – O capitão da guarda da rainha solicita que lembre dele.

– Ah, é? – perguntei, desenrolando o pergaminho.

Como se eu pudesse esquecê-lo. Ah, eu quase ri ao lembrar os momentos que passei com o capitão da guarda da rainha no reino da rainha Eleanor, e de pensar que ele estava aqui, aquele indivíduo robusto e autoritário que muitas vezes me castigou, repreendeu e ameaçou como fazia com o mais abjeto dos seus escravos.

Abri a carta, passei rapidamente por todos os títulos e floreios e fui ao cerne da questão...

"... nossa fervorosa esperança de que Sua Majestade e sua amada rainha Bela consintam em receber e governar o reino conforme decretou a rainha Eleanor muito tempo atrás."

Respirei fundo.

– Acorde a minha amada lá embaixo – disse eu para Emlin. – Traga-a até mim. E diga aos meus visitantes que iremos atendê-los em breve. Eles são muito bem-vindos sob o meu teto.

Minha pulsação latejava. Em um lampejo vi a mulher misteriosa mais uma vez e ouvi sua voz. E então ela desapareceu.

Olhei de novo para a carta.

"... que certamente Sua Majestade preservará o costume do prazer da escravidão nua que tornou o reino lendário em todo o mundo."

3
BELA: REINAR OU NÃO REINAR?

A noitecia. Bela havia se vestido com pressa e não teve tempo para contar para Laurent o estranho sonho que teve quando dormia no jardim. Ela sentou ao lado do rei e ficou ouvindo enquanto os outros falavam. Que momento extraordinário para ela.

A carta da rainha Eleanor estava diante de todos ali, e em voz baixa, mas insistente, o príncipe Alexi disse que a fortuna da falecida rainha e todo o seu poder eram deles agora, se eles mantivessem o famoso costume de Bellavalten. Cada sílaba que saía dos lábios dele trazia lembranças queridas para Bela, assim como a mera visão do belo rosto e dos olhos escuros e cativantes dele. Era um prazer ver Alexi vestido e com pleno domínio das honras concedidas a ele de nascença e por herança. Mas o que eram essas honras, pensou ela, comparadas com o dom que ele possuía como escravo nu que uma vez a teve nos braços em segredo?

A presença de todos aqueles hóspedes estranhos encheu Bela de uma confusão prazerosa. O capitão Gordon, comandante da guarda da rainha, era atraente como ela lembrava, o cabelo louro salpicado aqui e ali de prata e os olhos vivos azuis com aquele bom humor tranquilo. Quantas vezes ela se deitara com ele? Não conseguia lembrar. E quantas vezes ele a tinha açoitado com precisão deliciosa? Também não lembrava. Mas parecia que seu coração lembrava bem, porque deu para sentir que acelerava.

Quanto ao príncipe Alexi, que continuava a falar, Bela nunca, nem por um segundo, esqueceu a única noite de prazer roubado dos dois, nos closets da rainha Eleanor que dormia. Como tinha se derretido nos braços dele, enfeitiçada com a voz suave e a pele sedosa. Mal conseguiu controlar um pequeno sorriso ao olhar para ele, o cabelo ruivo escuro e o corpo compacto, mas forte. Sim, ele estava ricamente vestido, como todos, aliás, só que ela o imaginava nu como muito tempo antes, o escravo respeitoso e misterioso da falecida rainha que parecia curtir a própria submissão e a desobediência secreta completamente.

Laurent falou e interrompeu o devaneio dela. Como sempre, seu amado marido tinha um jeito natural e agradável de comandar.

– E você, lady Eva – perguntou Laurent, dirigindo-se à exótica jovem sentada à sua esquerda –, teve pleno comando dos escravos no último ano?

– Sim, Majestade – disse a mulher, abaixando o olhar em sinal de respeito. – Mas, se aceitar a coroa, estou disposta, como todos aqui estamos, a atender completamente a sua vontade... e a vontade da sua rainha.

Ela olhou para Bela com a mesma timidez.

E sem dúvida ela tem sido muito eficiente, pensou Bela, mais ainda contando com o fato de ser tão jovem. Lady Eva tinha cabelo ruivo bem cheio e ondulado, a pele espantosamente imaculada e um rosto bem harmonioso, com lábios cor-de-rosa muito sensuais. Os seios eram grandes e bem formados sob a seda do vestido simples, e suas mãos, que gesticulavam, eram sorrateiramente graciosas. Não era de admirar que Laurent a estivesse comendo com os olhos abertamente. Bela sorriu. Laurent lutava com todas as suas forças para não ficar olhando descaradamente os seios de lady Eva.

– Nós depositamos grandes esperanças em vocês – disse a lady. – E toda a família real nos apoia.

Tristan, louro e belo Tristan, que Bela tinha amado tanto, olhava para ela do outro lado da mesa. E quando Bela olhou para ele, Tristan sorriu sem hesitação. Ela teve um vislumbre muito vívido do tempo que estiveram juntos, nus, de mãos dadas, na tosca carroça que levava os escravos rebeldes para longe do castelo, para a dura servidão na aldeia. O sangue correu por suas veias ao lembrar daqueles momentos em que conseguiram expressar seu amor enquanto eram maltratados e atormentados no pequeno grupo de prisioneiros! E teve também aquele outro tempo, um tempo fora do mundo, quando foram brinquedos para os homens do sultão, obrigados a fazer amor, com a pele pintada de ouro, lábios, pernas e braços enroscados um no outro.

Bela sentiu uma deliciosa excitação que não podia negar, e certa impaciência pelo fato de que os mesmos pontos estavam sendo revirados inúmeras vezes pelas pessoas reunidas naquela mesa.

Ergueu a mão pedindo silêncio, mas não esperou que Laurent lhe desse permissão para falar.

– Eu compreendo os desejos da falecida rainha – disse Bela olhando fixo para lady Eva que era obviamente a líder do grupo. – Isso ficou totalmente claro. E entendo o que disseram, que a rainha Eleanor e o filho se cansaram dos velhos jogos, das antigas regras, e ao mesmo tempo não queriam aboli-las. E é claro que, se o meu senhor, o rei, aceitar governar Bellavalten, nós o faríamos para manter os costumes de prazer e servidão. Mas certamente todos vocês devem entender que, sem dúvida, levaríamos nossos próprios refinamentos para os costumes do passado. Nós iríamos querer aprimorá-los.

Silêncio. Então foi Laurent quem respondeu.

– Sim, certamente seria assim – disse ele, como se não tivesse pensado nisso.

Ele tentava não sorrir olhando para Bela e virou-se de novo para os outros.

– Afinal, seríamos seus soberanos e, tendo nós mesmos sido escravos, poderíamos promover mudanças sutis com entusiasmo considerável.

— Ah, sim, isso seria muito bem-vindo — respondeu lady Eva.

Ela olhou diretamente para Bela. E Bela notou que não demonstrava medo algum.

— Mas esses aprimoramentos seriam feitos no que foi sempre essencial para o nosso modo de vida, não é?

— Sim, lady Eva — respondeu Bela. — Seria aprimorar o que todos apreciamos. Exatamente. — Ela olhou para Alexi. — Anos atrás tive uma forte impressão de que a rainha não entendia completamente seus escravos e que às vezes os escravos a enganavam sem que ela soubesse.

Laurent riu baixinho, tentando disfarçar. O capitão Gordon pareceu chocado, e lady Elvera, a mais distante de todos os presentes, a fria lady Elvera que tinha sido uma vez a amante de Laurent no castelo, continuou absolutamente impassível.

Fez-se uma pausa constrangedora, e então Alexi falou.

— Isso é verdade — disse ele, olhando para Laurent e para Bela. — Isso é bem verdade. A rainha não entendia totalmente as personalidades e as necessidades dos seus escravos, e muitas vezes era pega desprevenida pelas escaramuças deles.

Lady Elvera desviou o olhar como se aquilo fosse desprezível. Ora, que seja, pensou Bela, mas é a verdade.

— Exatamente — disse Laurent com sua habitual segurança. — Nós, escravos que se rebelavam, fazíamos isso porque queríamos ser mandados para a aldeia. — Ele olhou especificamente para lady Elvera, mas ela não reagiu. — E nossas senhoras e senhores não pareciam dispostos a reconhecer que o caso era esse, já que se recusavam a reconhecer muitas outras coisas.

Finalmente um pequeno sorriso apareceu nos lábios de lady Elvera. E lentamente ela virou seu olhar frígido para o rei.

– Sim, Majestade – disse ela baixinho. – Houve muitas coisas que a rainha nunca entendeu. E o velho lorde Gregory... um cavalheiro que já era velho quando era jovem... também nunca entendeu completamente as peças que os escravos pregavam em seus senhores. E sim, minha rainha, acho que compreendo o que quer dizer quando fala de refinamentos, aprimoramentos. E essas duas palavras sugerem que vocês dois estão perfeitamente afinados com os antigos costumes.

O capitão da guarda não conseguiu conter uma risada abafada.

– Tem alguma coisa para dizer, capitão? – perguntou Bela, curtindo aquilo mais e mais a cada minuto. – Pode falar.

– Majestade – respondeu o capitão Gordon –, queremos de todo o nosso coração que vocês assumam o controle do reino. É claro que vão criar novas regras. Serão nosso rei e nossa rainha. Ninguém sabe melhor do que...

– Sim, capitão? – instigou Bela. – Ninguém sabe melhor do que nós?

– Sim, Majestade – disse ele. – Ninguém sabe melhor do que a senhora e o rei Laurent como são vitais esses costumes e o que pode e não pode ser feito para aprimorá-los.

— Deixe-me ser bem direta — disse lady Eva, que evidentemente era a mais corajosa do grupo. — Se Vossas Majestades não aceitarem governar o reino, o reino acabará. Não haverá mais escravidão do prazer. E a terra será dividida entre os reinos vizinhos. Estamos mais do que dispostos a aceitar sua total autoridade! E, como essas cartas demonstram, a família real também.

Todos concordaram com isso, claro.

Tristan, que tinha ficado calado esse tempo todo, falou.

— É evidente que vocês levarão as suas ideias para Bellavalten — disse ele com jeito de alguém que já tinha sido rei um dia. — Ideias novas, inovações, ampliações dos antigos costumes, o que poderia ser mais bem-vindo? Era exatamente isso que a falecida rainha esperava que acontecesse. Ela perdeu todo o interesse. Teria dado o reino para vocês pessoalmente, se vocês tivessem ido para lá, porque sabia que ela e o filho não tinham mais nada para oferecer ao reino. O reino já sofreu muitos anos com a indiferença dela. Vocês ficariam espantados se soubessem. Vocês o conheceram no auge. Vem declinando lenta, mas continuamente, há mais de uma década.

Os outros menearam a cabeça concordando.

Tristan continuou:

— Estamos precisando muito de novos ares! O que pedimos é o que todos os súditos leais pedem: que reinem com discrição e determinação.

— Sim, exatamente — disse o príncipe Alexi em voz mais baixa. — Discrição e determinação. Mas vocês sabem o que queremos preservar aqui. Vocês sabem! Sabem por que viemos até aqui. Sabem quais são nossas esperanças!

Mais uma vez o grupo meneou a cabeça, murmurando assentimento.

E lá estavam de novo, pensou Bela, Tristan falando por aqueles que devem servir sobre a importância fundamental de os senhores serem senhores, e o príncipe Alexi demonstrando a antiga sutileza. Quão bem ela lembrava a velha história de Tristan, de como ele se rebelou contra o inseguro lorde Stefan porque lorde Stefan não o dominava, e na aldeia Tristan tinha achado os castigos impostos por Nicolas, o cronista da rainha, muito melhores. Ele adorava a rigidez do capitão Gordon também. E seu adorado Laurent a mesma coisa.

– Bem, agora, meu senhor – disse Bela, virando para Laurent –, talvez seja melhor conversarmos sobre isso na privacidade dos nossos aposentos, para não deixar nossos honrados hóspedes em suspense mais tempo do que o necessário.

Laurent deu o sorriso mais confidente e divertido para ela. Mas levantou no mesmo instante e todos os outros fizeram o mesmo.

– Sim, meus queridos hóspedes – disse Laurent. – Minha rainha e eu teremos uma resposta para vocês amanhã, prometo. Até lá, por favor, aproveitem o conforto que podemos oferecer. Mas peço que todos vocês estejam prontos para serem chamados novamente por nós a qualquer hora, individualmente ou juntos, já que podemos precisar disso para complementar a deliberação. Só vamos nos retirar bem tarde.

E mais uma vez eu garanto que teremos uma resposta, seja qual for, amanhã.

Em poucos minutos os dois estavam a sós atrás da porta do quarto, um vasto aposento que era mais quente do que o grande salão, sem nenhum cortesão ou servo.

Laurent logo tomou Bela em seus braços. Ela via e sentia que ele estava febril de paixão, os beijos dele queimavam seus lábios como já não acontecia havia algum tempo. Precisou de toda a sua força de vontade para contê-lo, de tão quente que estava o sangue em suas veias.

– Ah, espere, Majestade – disse Bela, recuando e se esforçando para não ser hipnotizada pelo sorriso diabólico nos lábios dele. – Você está passional, é claro, seu jeito vigoroso de ser, eu entendo. Ver suas antigas paixões provocou isso em você, Laurent.

– Isso não é tão surpreendente assim... E quanto a você? – disse Laurent em voz baixa, e imediatamente começou a beijá-la de novo, sugando o ar com seus lábios, os dedos fortes segurando a parte de trás da cabeça de Bela, mas mesmo assim ela se afastou dele e do que ela queria fazer com ele, pôs a mão com firmeza no peito dele, apesar de Laurent ser muito alto.

– Sim, e quanto a mim, meu senhor, a mesma pergunta. – Ela olhou com ar de reprovação para os olhos escuros e brincalhões dele.

– Bom, o que você acha? – perguntou Laurent. – Certamente agora você vai me conceder quinze minutos naquela cama, para que qualquer conversa inteligente possa acontecer! E para governar Bellavalten! Não venha me dizer que não quer. Conheço você. Estava observando-a no salão. Conheço você de uma maneira que eles não podem conhecer. Você quer isso, Bela. E então, será que tenho de espremer isso de você?

– Eu quero e sei que você também quer – disse ela. – E gostaria de ter tempo para lhe contar os estranhos sonhos que tive ultimamente, oh, como gostaria. Sonhos em que alguma coisa assim estava surgindo, de modo que você pudesse entender completamente o que isso vai significar para você e para mim, para nós como rei e rainha. Mas não há tempo para tudo isso. No entanto...

– Sonhos... – murmurou Laurent. – Você fala de sonhos.

– Sim, mas vou insistir em outro ponto aqui, se você puder prestar atenção.

Laurent ficou calado, olhando para ela. Mas o sorriso não tinha desaparecido dos seus lábios, e os olhos castanhos estavam semicerrados, como se ele fosse rir outra vez.

– Majestade, por favor preste atenção no que estou dizendo – pediu Bela com firmeza. – Em todos esses anos tenho pertencido a você, inteira e exclusivamente.

– Ah.

Bela estudou o rosto dele com todo o cuidado.

– Nunca perguntei o que você fazia em outras terras – disse ela suavemente –, nem no mar, ou depois dessa ou daquela batalha, nem mesmo de vez em quando nas alcovas do seu próprio reino. Você é o rei, sim, e reis fazem o que querem, como os súditos bem sabem, inclusive aquela súdita do rei que é a rainha. Mas você não entende? Se governarmos Bellavalten, eu deverei ter prerrogativas iguais às que você sempre teve. Laurent, Bellavalten é assim, lá a mulher pode ter o que o homem tem, e homens e mulheres devem servir a homens e mulheres.

Laurent ficou um longo tempo em silêncio. Então meneou a cabeça.

– Eu sei – disse ele baixinho, e o seu rosto ficou um pouco rubro. – Sim, eu me lembro muito bem.

– Por isso, se dermos esse passo – disse Bela –, daremos juntos, e eu reinarei ao seu lado com todas as prerrogativas que você tem.

Laurent hesitou. Então sorriu de novo.

– Eu entendo isso, Bela – disse ele. – Você terá seus escravos, seus dias e suas noites de prazer com eles, com a mesma liberdade que eu terei os meus, talvez seus dias e noites de prazer com aqueles que não são mais escravos...

Agora parecia que ele estava entendendo.

– Exatamente – disse ela. – E isso torna mais importante que reafirmemos os nossos votos, um para o outro.

– Sim.

– Eu serei a única rainha no seu coração e você o único rei no meu, mas nós dois aproveitaremos os prazeres do reino.

Surgiu mais uma vez aquela pausa cautelosa, só que então Laurent sorriu e fez que sim com a cabeça. Não havia mais zombaria ou malícia. Uma expressão sonhadora suavizou o rosto dele, uma expressão de amor.

– Ah, sim, Bela – disse ele. Laurent foi para perto de Bela e a abraçou com força, mas dessa vez com urgência e respeito, beijou os lábios dela delicadamente, o rosto, a testa. – Sim, você está certíssima, Bela. Frequentemente, você está certa. E quanto a isso você tem razão. Deve ser assim, não pode ser de outro jeito.

Bela recuou de novo.

– Você pensa que não a respeito? – protestou Laurent. – Que eu não a respeito por você ter assumido o controle com suas sugestões no salão lá embaixo? Fiquei muito satisfeito de ver, satisfeito de ver que você queria isso, e já estava pensando como devia ser. Não fiquei apenas satisfeito. Fiquei muito feliz, felicíssimo de você se lembrar dos prazeres da nossa juventude, de a sua cabeça não ter reescrito a história do que conhecemos juntos em Bellavalten.

– É, eu sei. Sabia que você estava satisfeito e é claro que eu ia silenciar se você não tivesse gostado. Mas pare de pensar em ir para aquela cama agora e vamos continuar a conversar sobre tudo isso.

– Bela, eu tive um sonho antes de as visitas chegarem, logo antes...

Laurent se afastou de Bela pela primeira vez, deu as costas para ela e então virou de frente de novo. Em voz baixa e hesitante, contou sobre a estranha mulher que tinha aparecido para ele.

– Eu não sabia se estava sonhando ou se estava acordado. Parecia tão real quanto esse quarto é real agora. Eu estava deitado ali naquela cama e de repente não estava mais, mas digo que ela era real como essas paredes ou aquela cama. E a mulher disse coisas, coisas que eu tenho de...

– Não precisa continuar – interrompeu Bela. – Eu tive exatamente o mesmo sonho, meu senhor. E sei quem era a mulher. Sei o nome dela. Já sabia quando eu era apenas uma criança e meu pai e minha mãe me falaram dela. Ela é Titania de Mataquin, uma das grandes sábias imortais, ou fadas, que foram à comemoração do meu nascimento. Eu não acreditei em uma palavra que meus pais disseram sobre essa história de fadas vindo para lançar suas bênçãos. Eu era como tantas outras crianças, acreditava que coisas como fadas, ou mulheres sábias, não existiam. Mas, quando despertei do meu sono de cem anos com o beijo do príncipe herdeiro, acreditei em tudo, e eu havia conhecido a fada rainha, Titania, em meus sonhos, só que de forma tão vaga que não podia confidenciar isso para ninguém. Bem, ela veio de novo até mim e disse que esse é o nosso destino.

– Sim, foi isso que ela disse para mim – disse Laurent, atônito. – Ela falou do *nosso* destino.

– Sim, para mim também – disse Bela.

– E que era para ser eu desde o início...

– E era mesmo.

– Então estamos decididos, Bela! Mas ainda não resolvemos se esses sonhos foram nossa imaginação compartilhada ou algo real, pois nós dois não queremos isso de todo o nosso coração?

Laurent se aproximou de Bela.

– Controle a sua paixão mais um pouco – disse ela. – Você fala de resolver. Bem, então vamos usar esta noite para resolver qualquer dúvida, pequena, inconfessa, que podemos ter sobre esse futuro estranho. Acho que agora quero ficar sozinha com o príncipe Alexi.

Ele ficou calado.

– Quem sabe o que eu vou fazer ou dizer? – disse Bela carinhosamente, gesticulando com as duas mãos para ele. – Há perguntas delicadas que eu faria para o príncipe Alexi baixinho, por exemplo. E há coisas que preciso saber sobre minha própria alma. Ter sido escrava em Bellavalten é uma coisa. Ser rainha lá é outra. E eu encorajo você, meu senhor, a fazer o que deseja, do mesmo jeito.

Laurent fez que sim com a cabeça.

– Brava pequena rainha – sussurrou ele. – Corajosa pequena rainha.

Ele parecia encantado.

– Quero a sua bênção, meu senhor, enquanto resolvo essas questões no meu coração. Quero ficar a sós, completamente a sós, com o príncipe Alexi.

Não havia mais dúvida de que Laurent tinha compreendido tudo. Será que ela precisava recorrer a palavras mais nuas e cruas? Bela achou que não.

– Laurent, em todos esses anos – disse ela, de modo insinuante e com suavidade –, você nunca me decepcionou.

O olhar de Laurent se incendiou, e, por um segundo assustador, Bela achou que sua causa estava perdida, completamente perdida, mas então o sorriso mais luminoso se abriu na expressão de Laurent.

– Bela, você nunca me decepciona! – disse ele.

– Ah, sim, querido – disse Bela. – E, se resolvermos que não devemos aceitar esse convite, as paixões acaloradas desta noite serão esquecidas.

– Concordo.

– Eu te amo, Laurent.

– E eu amo você, minha preciosa rainha, minha única rainha – disse Laurent. – E como sempre você é mais sábia do que eu. – Ele balançou a cabeça como se ainda se maravilhasse com aquilo. – A grande Titania, que apareceu para mim, falou de bravura e coragem, e que nós dois íamos precisar disso.

– Ela disse isso?

Ele andou lentamente até sua poltrona preferida perto da lareira, sentou e apoiou o pé na grade de proteção.

– Sim, você deve ficar livre esta noite, Bela, tão livre quanto eu. E se reinarmos, será sempre livre como eu, dia e noite, desse momento em diante. Mas acho que estou vendo necessidade de mais um teste do meu espírito antes de dar minha bênção a esse novo caminho. – Ele parou de falar e olhou para as chamas. – Sim, eu vejo isso. Acho que sei exatamente o que preciso fazer. – Ele levantou a cabeça, olhou para Bela com inocência de menino, e isso a encantou. – A lembrança muitas vezes pode nos enganar.

– Pode sim – disse Bela. – Temos de usar bem essa noite, meu senhor. Nós dois.

4
LADY EVA: O DESTINO DE UM REINO PENDE NA BALANÇA

J á estava escrevendo à minha mesa havia mais de uma hora – confidenciando ao pergaminho meus pensamentos privados sobre como o estilo da rainha Eleanor poderia de fato ser aprimorado, se o rei Laurent e a rainha Bela me consultassem a respeito disso. Os aposentos que me deram nesse castelo eram grandes e elegantes, e todos os do grupo também.

Continuei vestida com o mesmo vestido de seda veneziana verde que tinha usado mais cedo na conferência, mas soltei o cabelo sobre os ombros. E estava pronta para ser chamada a qualquer momento para tratar de outros assuntos ou observações.

Severin, outra vez completamente nu, dormia em minha cama, um raro privilégio que achei que ele merecia depois da árdua viagem. Na noite anterior à chegada ao reino tínhamos ficado em aposentos muito luxuosos numa velha estalagem na fronteira do reino do rei Laurent, e tive mais de duas horas para brincar com Severin e corrigir e punir todos os erros que observei nele durante a nossa jornada.

Tristan tinha levado Blanche e na noite passada me implorou para disciplinar Blanche para ele, já que estava cansado e aflito com o encontro que teríamos com Laurent e Bela.

– Afinal – disse ele –, como vou saber o que o rei pensa, nessa situação, do fato de eu ter me relacionado com a rainha dele?

Eu não tinha tais preocupações, mas fiquei contente com a oportunidade de ter Blanche para mim, e ela recebeu das minhas mãos golpes tão fortes quanto os que eu dava em Severin. Fiquei imaginando se Tristan estava mais à vontade esta noite, sabendo que o rei e a rainha pareciam dispostos favoravelmente a aceitar Bellavalten. O que estaria acontecendo com ele e Blanche nesse momento?

No entanto, o mais importante era saber o que estava acontecendo com nossos gentis anfitriões.

Não podíamos ter certeza de nada até eles nos darem sua decisão pela manhã. Mas eu estava esperançosa, mais do que esperançosa, e o futuro de Bellavalten brilhava diante de mim com uma luminosidade incomum. O rei Laurent era muito mais bonito do que qualquer descrição que tinham feito dele. As palavras não podiam fazer justiça à vitalidade da expressão dele, ou da sua voz profunda e lírica, nem do jeito que sorria naturalmente quando falava, e parecia se deliciar com cada troca como se não fosse mimado e quisesse muito aquilo. Quanto à rainha, ela parecia uma menina, como se as fadas tivessem lhe dado o dom da eterna juventude e doçura. Mas havia um lado mais profundo da rainha, profundezas adoráveis que se refletiam não só nos olhos abissais, como também em sua postura tranquila e forte.

Recostei na cadeira incomodada. Aquelas mangas volumosas estavam me atrapalhando quando eu escrevia, como sempre acontecia, e fiquei tentada a tirar o vestido e continuar a escrever só de camisola. Mas antes de poder decidir ouvi uma batida leve na porta.

Abri no mesmo instante.

Era o capitão Gordon, e percebi que estava aflito.

– Lady Eva – disse ele –, precisa se vestir e ir agora mesmo encontrar o rei nos aposentos de lady Elvera. Eu mostro o caminho. Lady Eva, há muita coisa em jogo esta noite.

– Bem, eu estou vestida, capitão, mas deixe-me prender o cabelo...

– Ah, não, madame. Devo sugerir que para isso deve deixá-lo solto – disse ele, agora me examinando melhor. – E o seu chinelo, sim, ele tem salto alto, não tem? Acho que está quase perfeito.

– E por que essa preocupação toda? – perguntei.

O capitão Gordon tinha maneiras impecáveis. Eu jamais submeteria a mim e as minhas roupas à sua inspeção.

– Madame – continuou ele –, a senhora trouxe na bagagem certos... certos instrumentos... – Ele apontou para a cama distante, onde Severin dormia o sono mais profundo.

– O que quer dizer... para disciplina? Sim, eu trouxe minhas palmatórias e correias, algumas poções. O senhor me conhece e conhece minhas poções.

– Ah, sim, as poções – disse ele. – Duvido que nosso rei e nossa rainha tenham ouvido falar das suas poções. Permita-me recolher essas coisas e levá-las para lá.

Apontei para a maleta no aparador lateral. Estava aberta. Havia dentro uma palmatória dourada e uma correia de couro também dourada e enrolada, com vidros tampados e uma pilha de lenços de linho bem dobrados.

Ele inspecionou tudo, fechou a maleta e a pegou, apontando para que eu fosse na frente.

– Está muito linda essa noite, lady Eva – disse ele enquanto nos apressávamos pela passagem. – Perdoe-me a presunção de elogiá-la, mas é verdade.

– Os homens ficam bobos com pequenas mudanças – disse eu. – Meu cabelo está solto, só isso.

– Não, madame, não é só isso. Você brilhou especialmente diante do rei, e a rainha também se encantou com a senhora.

O capitão disse tudo isso olhando para frente enquanto seguíamos por um corredor escuro.

Uma tocha na parede no fim do corredor parecia ser o nosso destino.

– Bem, capitão, meus dotes pessoais não são tão importantes agora, são?

– Muito mais importantes do que a senhora imagina – disse ele olhando para mim e depois para frente outra vez.

– E seu lindo vestido de seda e brocado lhe cai muito bem. Os saltos altos fazem um barulho agradável no chão de pedra.

– Do que o senhor está falando, capitão Gordon? – perguntei. – Devo confessar que sempre me sinto bem quando calço esses chinelos com salto dourado.

Tínhamos chegado a duas portas duplas e à tocha pendurada ao lado.

– Lady Eva – sussurrou o capitão Gordon –, tudo depende da senhora agora, da sua segurança juvenil e dos dotes que mantiveram o reino em ordem desde que a antiga rainha se foi. Por favor. Mostre-se animada. Lady Elvera e eu fracassamos em atender ao pedido do rei Laurent. Mais uma vez tudo depende da sua capacidade de atendê-lo.

Sem esperar a minha resposta ele abriu as portas e entrou na frente num quarto enorme.

Alguns candelabros ao longo das paredes produziam uma luz agradável no quarto e havia um belo fogo ardendo na grande lareira.

Estávamos agora num espaço que parecia uma sala de estar, mas eu podia ver uma cama adiante e a figura de um homem ajoelhado perto dela, de costas para mim. O homem parecia jovem e musculoso, com uma juba de cabelo castanho espesso e ondulado. E logo senti uma pontada de desejo entre as pernas quando vi suas costas nuas. Era bem musculoso, mas tinha belas curvas. Só que não era nenhum jovem.

Lady Elvera chegou para o lado do homem nu e ao me ver veio ao meu encontro ansiosamente.

— Lady Eva, precisa castigar o rei — disse ela, com a voz baixa e autoritária. — É o desejo dele, e se fracassar talvez não haja um novo destino para Bellavalten.

Eu quase ri. Então vocês dois tinham falhado, pensei, mas não disse isso em voz alta.

— Claro — disse eu. — Capitão, ponha a minha maleta de implementos naquela pequena mesa ali perto do fogo e agora vocês dois saiam daqui.

Lady Elvera se empertigou como se tivesse sido insultada.

— Lembre que esse é o nosso senhor, o rei! — declarou ela.

— Sim, lady Eva, por favor — disse o capitão em voz baixa. — Esse é o rei.

— E vocês o decepcionaram, não foi? — disse eu. — Agora vão, vocês dois. Vocês que ousaram se recusar a atender o desejo de um rei. Mando chamá-los quando e se precisar de vocês.

O capitão assentiu com a cabeça na mesma hora e foi para a porta. Lady Elvera parecia indignada.

— Cuide-se, lady Eva — sussurrou ela baixinho, quando passou marchando por mim, furiosa. — Esse é o rei que tem todo o poder nas mãos.

O capitão hesitou quando ela passou por ele ao sair.

— Lady Eva — disse ele, em voz baixa. — Ele pediu para ser completamente dominado.

Então ele desapareceu e as portas se fecharam.

Fui logo trancar.

— Idiotas — murmurei.

Fui andando devagar no grande tapete indiano que ficava na frente da lareira, me aproximando da figura ajoelhada que não tinha se mexido aquele tempo todo.

O rei. Sim, o rei. O calor entre as minhas pernas era uma tortura. Senti o líquido melar a parte de dentro das coxas. Sabia que podia perder o controle daquele prazer crescente e delicioso agora e de novo, de novo, enquanto avançava. Mas fiz força para me controlar, para olhar para o que estava à minha frente e não deixar que minha paixão me dominasse.

Ele continuou ajoelhado e imóvel, como se não tivesse ouvido nenhuma dessas bobagens. As pernas dele estavam afastadas e pude ver que tinha apanhado não só na bunda firme, mas também nas coxas e panturrilhas bem torneadas. A pele dele parecia dourada à luz do fogo. Macia. Lisa, sem nenhuma imperfeição. Os ombros eram largos, e os músculos das costas irresistíveis, como irresistível era sua bunda, maravilhosamente pronunciada. Eu tive vontade de segurar aquela bunda com as duas mãos.

Deu para ver que os dois tinham desfechado alguns golpes ali. Mas para os meus propósitos a carne estava nova e virginal, a carne de um homem, não de um menino, um homem e rei. Eu mal conseguia me conter.

Já tinha surrado muitos meninos maus de vinte e vinte e cinco anos e mais, crianças ainda, querendo amadurecer. Nunca tive um homem de verdade antes, um homem mais velho, bem mais velho do que eu, um homem que inevitavelmente possuía muito orgulho e dignidade.

Meus mamilos estavam endurecendo sob o vestido. Deixei um profundo suspiro passar pelos meus lábios.

Virei para a maleta, abri e tirei a palmatória dourada. Essa tinha sido feita especialmente para mim, com o cabo comprido que se amoldava bem aos meus dedos pequenos, e a madeira fina e dourada bem polida pela bunda de Severin.

Era um excelente instrumento que humilhava e ardia.

Parei ao lado do homem ajoelhado. Ele abaixou a cabeça e começou a virar de costas para mim. O pau dele era imenso e estava duro, maravilhosamente rijo, e cintilando à meia-luz.

— Ah, não, não deve fazer isso, meu senhor — disse eu, segurei o queixo dele com a mão esquerda e fui virando seu rosto devagar para mim. — Não, nunca dê as costas para mim sem a minha permissão. Está ouvindo? Não quero que fale, quero que apenas meneie a cabeça. A fala virá depois.

Ele fez que sim com a cabeça. O pau dele balançou. Praticamente senti a dor dele, a sede.

O cheiro que vinha da pele dele era delicioso, tão bem besuntado de óleo que brilhava lindamente à luz do fogo na lareira. Braços tão poderosos, ombros tão largos... E cada centímetro dele estava polido como se fosse feito de bronze.

— Agora olhe para baixo como sabe que deve fazer — eu disse. — Fique sempre de olhos baixos a não ser que eu diga que pode olhar para cima. — Mas virei o rosto dele para mim. E vi as lágrimas com clareza, cintilando nos cílios escuros, na pele dele. Ele tremia.

– Está preparado para isso, não está? – disse eu com fervor.
– Você precisa muito disso e já faz muito tempo desde que alguém dominou seus desejos, não é?

Ele meneou a cabeça mais uma vez. Mas não conseguiu impedir que seus olhos me espiassem febris antes de abaixar o olhar de novo, contrito.

Agarrei uma mecha do cabelo sedoso dele.

– Bem, conte-me o que viu – disse eu –, já que não conseguiu controlar seu olhar impudente, e tome muito cuidado para não falar nada que me desagrade.

– Uma senhora muito linda – disse ele baixinho.

– E lady Elvera não era uma senhora muito linda anos atrás quando ela o açoitava diariamente?

– Sim, madame, ela era – respondeu ele, de olhos baixos como antes.

– E ela é linda agora, sem dúvida, mas tem medo de mim.

Resposta perfeita. E o tom dele foi muito respeitoso e educado.

– Bem, eu não tenho nenhum medo de você. Estou apaixonada por você. Agora levante-se, rápido.

Ele fez o que eu ordenei. Ah, ele era certamente o homem mais esplêndido que tive na vida, sem rival. O peito e a barriga bronzeados eram rijos e firmes, e o pau, apesar de não ser monstruosamente comprido... não, tinha um tamanho confortável, era excepcionalmente grosso e nascia do ninho de pelos pretos e úmidos como se um escultor o tivesse feito para os deuses, ou para mim, a pequena Eva, naquele momento.

Fiquei na ponta dos pés para beijar o rosto dele. Beijei a bochecha molhada. Ah, isso era o paraíso! Eu queria muito fazer isso, desde a primeira vez que o vi. Beijei as pálpebras, senti os olhos dele mexendo embaixo delas, nos meus lábios, senti os cílios dele em mim. Eu o cobri de beijos, encostei meus lábios no osso duro do maxilar, nas maçãs do rosto, na testa. Raspei a sombra da barba, deliciosamente áspera apesar de ter sido raspada rente. Minha mão esquerda brincou com o cabelo dele, alisando para trás, acariciando a pele. Cabelo escuro e tão macio, sempre tão macio, muito mais lindo do que cabelo claro.

Ouvi o suspiro dele com meus beijos e dedos que o acariciavam. Segurei o cabelo dele e puxei.

– Você está com medo, não está? – disse eu. – Você deu a ordem, mas está com medo.

– Sim, madame.

– E tem de estar mesmo – disse eu, carinhosamente.

Virei o rosto dele para mim e beijei-o na boca, apertei os dedos na nuca, respirei na boca dele, enfiei minha língua lá dentro. Quando cheguei para trás vi o pau dele balançar de novo, como se tivesse se apossado da alma dele.

– Seu pau sabe o que você precisa, não sabe? – Respirei no ouvido dele. – Agora rápido, ponha as mãos na nuca e fique assim, abra bem as pernas.

Cheguei para o lado, com a mão esquerda no ombro direito dele.

Quando ele obedeceu enfiei a mão direita na pulseira da palmatória e apalpei os testículos dele por baixo, para cima, e soltei. Com a mão esquerda ergui o queixo dele. Dei um tapa bem forte no pau e ele se assustou. Ele estava pronto. Bati de novo com força, e de novo, e de novo.

Ele fez uma careta, enrijeceu os músculos do torso, mas não emitiu nenhum som, e as lágrimas escorreram em seu rosto. Ele tinha pelos escuros no peito, adoráveis pelos escuros, encaracolados em volta dos mamilos. Eu não tinha visto bem no início, por causa das sombras. Mas agora que estava vendo, adorei. Passei a mão, brinquei com eles, brinquei com os caracóis finos em volta dos mamilos dele.

Bati no pau dele à direita e à esquerda e então dei um tapa no rosto, com força.

Ele ficou chocado, mas seu pau estava mais duro do que antes, dançando maravilhosamente.

– Você é meu – disse eu –, e ninguém pode interferir, entendeu?

– Sim, madame.

– Agora vire-se e fique de quatro na frente do fogo. Rápido. Quero ver bem o seu rosto com aquela luz quando castigá-lo.

Ele obedeceu imediatamente.

– E seus lábios estão lacrados agora. Lacrados.

Ele meneou a cabeça.

– Seu coração rebelde deixou todos loucos nos velhos tempos – disse eu. – Ouvi muitas histórias sobre isso. Mas não vai se rebelar contra mim. Não ouse.

Mais uma vez ele fez que sim com a cabeça.

Ajoelhei ao lado dele. Aquela bela bunda estava à minha direita, e finalmente massageei aquelas maravilhosas nádegas carnudas, senti como eram apertadas e macias, e duras ao mesmo tempo, tal o misto de força e vulnerabilidade.

Deslizei o cabo da palmatória na mão.

Ergui o queixo dele com a esquerda e desfechei as pancadas mais fortes que conseguia dar. Eu soltei toda a minha força e bati com a palmatória inúmeras vezes, com a força do braço inteiro. Logo ele fez um esforço para ficar calado, gemidos indefesos escapavam dos lábios, e quando continuei a espancá-lo com toda a força que eu tinha e o mais rápido que podia, ele se remexeu, se esforçou para ficar em silêncio, apertou as nádegas e finalmente estremeceu todo nessa briga para ficar imóvel.

Eu não parei mais, extravasei toda a minha força, com os dentes cerrados, mas olhando fixamente para a cara dele, as sobrancelhas hirsutas e os olhos franzidos e molhados, mantendo sem piedade seu queixo levantado.

Continuei a bater, sem parar. Agora ele estava balançando, não conseguia evitar, as nádegas se contraíam, depois soltavam, as pernas bambas apesar de se esforçar para ficar firme nos joelhos, mas eu bati mais, espalhando os golpes, mais no lado direito, depois mais no lado esquerdo, e de repente me lançando sobre as coxas musculosas. Agora ele mal conseguia ficar calado. Mas mantinha mãos e joelhos firmes no tapete.

Um gemido baixo e delicioso saiu do fundo do peito dele.

– Lábios selados – lembrei. – Pode gemer se quiser, mas de boca fechada.

Pus o dedo sobre a boca dele. Ele estremeceu e então ouvi um soluço do fundo da sua garganta.

Então continuei a trabalhar com a palmatória, voltando agora para a bunda dele, batendo com toda a minha força, me deliciando com o barulho alto de estalo que a palmatória fazia.

– Saiba, Majestade, que não precisa ser um mau menino para merecer castigo como esse – disse no ouvido dele. – Só tem de ser um menino! Aliás, um menino bonito! Você entende isso, não é?

Ele fez que sim com a cabeça da melhor maneira que pôde enquanto eu segurava seu queixo.

– E eu adoro fazer isso – disse eu. – Desejo demais isso desde a primeira vez que o vi.

Deixei a palmatória cair no tapete indiano.

Dei a volta e me ajoelhei na frente dele e apertei seu rosto quente e molhado no meu peito. Ele soluçou encostado em mim, no brocado verde justo. Alisei o cabelo grosso e ondulado. Eu podia gozar então, só com isso, se não lutasse contra, contra meus mamilos e minha vagina que estavam pegando fogo.

– Você é meu – disse eu com a voz baixa e confidencial. – E agora você pode falar comigo, pode responder, pode reagir a isso.

– Sim, Eva – disse ele, com a voz tão baixa quanto a minha e confidencial também. – Sim, lady Eva!

– Oh, vamos perdoar essa pequena infração – disse eu. – Uma vez, mas nunca duas.

Senti que ele soluçava mais, senti os soluços se soltando um depois do outro enquanto ele apertava os lábios nos meus seios. Não era a dor que o fazia soluçar. Ele podia suportar muito mais dor do que aquela. Era porque se sentia indefeso.

– Rasgue o tecido, liberte-os – disse eu. – Vestidos eu tenho muitos.

Na mesma hora ele mordeu a barra dourada da túnica, rasgou e soltou o brocado da manga direita feito animal, expondo os meus seios.

– Chupe – disse eu.

Ouvi os gemidos, mas ele mal beijava meus mamilos, as lágrimas brilhavam nos cílios escuros.

– Chupe – disse eu. – O ruge nos meus mamilos tem o sabor de essência de cereja. Dá para sentir o gosto?

Ele murmurou que sim.

Fechou a boca no meu mamilo esquerdo e chupou com a voracidade de um bebê. Eu suspirei, o súbito latejar de prazer tão completo e enorme dentro de mim que quase perdi a linha. Meus seios sempre foram sensíveis demais, meus mamilos conectados diretamente com o clitóris latejante entre as pernas.

– Mas espere – disse eu, empurrando a testa dele e movendo-o para trás –, levante o corpo ainda de joelhos, ponha as mãos na nuca de frente para a lareira e fique assim.

Fui para a poltrona. Era hora da correia dourada. A correia era larga, macia, não muito pesada, mas com peso suficiente e bem comprida. A sensação era tão boa quanto a aparência. E também tinha o cinto que eu usava, mas era pesado, meio sem jeito. Não. Escolhi a correia dourada.

Dobrei-a ao meio e flexionei minha mão esquerda com ela. Perfeito.

Voltei para a lareira e parei na larga margem entre o corpo dele ajoelhado e a lareira, de frente um para o outro.

Ajoelhei diante dele, mordi seus mamilos outra vez, ouvi um gemido de prazer, mordi com força e então recuei, chicoteei o peito dele, bem forte, várias vezes. Ele ficou claramente se contorcendo em desespero e mesmo assim seu pau, aquele pau esplêndido, continuou duro, brilhante, dançante ao ritmo dos golpes. Fiquei olhando fixo para o pau dele enquanto o chicoteava, chicoteava a barriga dura.

Ele se dobrou para a frente, o rosto desfigurado de dor, os olhos semicerrados ainda cintilando com todas as lágrimas, e acho que ele tentou com todas as forças se afastar das chicotadas sem se mexer, mas foi evidentemente inútil, e eu o açoitei com mais e mais força. Lanhei as coxas dele.

– Abra mais as pernas – disse eu. – Mais. Vamos lá, Você pode fazer melhor do que isso. Abra mais.

Não parei nem um momento de espancá-lo com a correia. Parei agora. Alisei o rosto dele com a mão esquerda.

– Está doendo mais do que você lembra?

Ele não emitiu um som. Cobri o rosto dele de beijos, esfreguei o meu no pescoço dele.

– E então, está?

– Sim e não, lady Eva – sussurrou ele.

Eu ri, uma risada baixa e rouca. Não consegui me controlar.

— E olha só o que você fez com meu lindo vestido — cantarolei no ouvido dele. — Olha.

Ele olhou para os meus seios. Deu para ver as pupilas dançando.

— São bonitos?

— Lindos — murmurou ele e suspirou.

Fiquei de pé, com o cinto jogado sobre o ombro. Estava parada bem na frente dele, mas ele era tão alto que a cabeça batia quase no meu peito.

— Erga o corpo, ainda ajoelhado — disse eu.

Ele obedeceu logo.

Agora estava na altura certa.

Levantei as saias. Meu sexo estava quente e pingando. Eu sabia que ele podia ver, até o molhado revelador escorrendo pelas minhas coxas nuas. Desejei ter um espelho comprido lá para poder ver tudo. Eu estava agonizando por ele.

— Dê-me prazer, senhor — disse eu em voz baixa. — Faça bem-feito.

Não precisei pedir outra vez.

Ele avançou cheio de tesão e grudou a boca no meu sexo, meteu a língua lá no fundo de mim. Mal consegui ficar de pé. Lutei para não cair com aquele ataque de prazer, e quando liberei o orgasmo, quando chegou como uma imensa chama explosiva por dentro de mim, gritei alto como não tinha permitido que ele fizesse nenhuma vez. E a língua dele não parava, lambendo meu clitóris, lambendo a minha vagina, lambendo, e seus lábios sedentos massageavam a carne, minha carne mais sensível e secreta, sugavam meus lábios pubianos, chupando, e finalmente gritei para ele parar. O prazer tinha me dominado, tirado o meu ar. Mas os leves tremores distantes não paravam.

Empurrei-o para longe.

Eu queria deitar e então pensei, ora, por que não? E deitei. De costas no tapete, olhando para cima, para ele ajoelhado perto de mim, em cima de mim de quatro, aquele homem grande e forte, aquele homem que podia ter me dominado com apenas uma das mãos, e olhei para seu pau faminto e para seu rosto liso, perfeito e obediente. Ele parecia eterno, homem e criança ao mesmo tempo, as lágrimas cintilando lindamente nos olhos, a boca forte e bem formada tremendo um pouco, só um pouco, os dentes tocando no lábio inferior.

Acabei sentando. Estendi a mão, acariciei o saco dele outra vez e encostei no seu braço.

– Alguma vez esteve mais preparado, Majestade?

– Não, lady Eva – disse ele, com um sorriso discreto.

– Acha que isso acabou? – Eu o provoquei. – Está pensando que vou deixar esse pau ter o que deseja?

Sem resposta.

– Dê um palpite.

– Não, lady Eva.

Fiquei de pé. Rapidamente puxei meu vestido para cima da melhor forma que pude, mas não dava mais para consertar.

Então me abaixei de novo, segurei a cabeça dele com as duas mãos, beijei seus olhos outra vez, passei os dedos no cabelo grosso. Ele estremeceu todo. Cada vez que encostava meus dedos, cada vez que o beijava, ele tinha arrepios.

Perfeito.

– Erga o torso aí ajoelhado e dê meia-volta. Você sabe onde tem de botar as mãos. Eu quero ver o seu lombo – disse eu. – Quero ver se o castiguei bastante.

Ah, era tudo muito lindo, as marcas vermelho-escuras, as manchas com um tom vermelho vivo, as linhas brancas nas bordas e a vermelhidão de fogo do todo, até das coxas dele. Mas tinha muito mais coisas para fazer. Muito mais.

Com as duas mãos brinquei com os vergões, empurrando e arranhando de leve com as unhas. Sempre tive unhas muito fortes. E não deixo que cresçam muito, eu as mantenho lixadas no formato oval perfeito. E com elas eu o arranhava distraída, sem força, brincando, provocando, sabendo que isso doía e dava um prazer insuportável ao mesmo tempo.

Minha mão esquerda deslizou para a frente do corpo dele e apalpou a raiz do pau. Não podia endurecer mais.

– Onde foi que deixei aquela palmatória? – perguntei.

Levantei e arrumei as saias. Vi a palmatória brilhando no tapete a poucos centímetros.

– Vá pegá-la e traga aqui com os dentes.

Ele obedeceu mais rápido do que eu tinha imaginado.

Parou na minha frente de cabeça baixa e tirei a palmatória da boca dele. Então de repente ele beijou meus pés, beijou os arcos dos meus pés e as pontas dos meus chinelos, chegou até a beijar meus saltos, aqueles saltos dourados pequenos, de dois centímetros. E parou com a cabeça encostada no chão diante de mim.

— Isso sempre foi permitido no castelo e na aldeia, não é? — perguntei.

— Sim, lady Eva. Perdoe-me por não ter pedido.

Isso foi dito com a voz mais simples e sincera. Nada de covardia e nada de drama. Ah, pensei, os melhores escravos são os escravos sinceros e os inteligentes, que entendem tudo perfeitamente.

Agarrei um punhado do lindo cabelo macio dele e o puxei para que ficasse de joelhos e viesse atrás de mim, até uma das adoráveis poltronas de encosto alto espalhadas pelo quarto. Sentei de frente para ele. Boa almofada de penas, bem confortável. Uma cadeira robusta.

Uma nova leva de lágrimas molhava o rosto dele. Puxei as saias para cima e exibi minhas coxas.

— Venha para esse meu lado e quando eu o puser sobre as minhas pernas não ouse deixar esse pau encostar em mim ou na poltrona, está ouvindo?

— Sim, lady Eva.

Ele tremia todo.

Mais uma vez, não era a dor. Era o fato de estar indefeso. Ele tinha de obedecer. Não tinha escolha. E era a exótica humilhação daquela posição para apanhar sobre as minhas pernas que nunca falhava, nem com o escravo mais experiente ou bem treinado.

Entretanto, o que me importava saber o que era? Joguei-o sobre minhas coxas nuas e bati com a palmatória naquela bunda deliciosa, de novo com toda a força, surrando sem parar, até as pernas dele dançarem outra vez e os gemidos abafados se repetirem.

Parei, alisei a bunda dele com a mão esquerda, abri as nádegas, toquei no pequeno olho cor-de-rosa, cutuquei e estimulei. A bunda dele estava muito quente, deliciosamente febril e vermelha.

Era muito excitante tê-lo assim, muito íntimo, sobre minhas coxas nuas, curtindo sem pressa aquela carne quente e pulsante. Como devia arder... Como devia latejar... Aqui e ali havia alguns pelos escuros, difíceis de ver à luz fraca, mas fáceis de sentir quando eu inspecionava, e é claro que a abertura rosada do ânus parecia se esconder naquele minúsculo ninho de pelos, timidamente, como se implorasse para escapar da humilhação.

Recomecei a espancá-lo, com força e rápido, na realidade furiosamente, sem poupar nem um centímetro da bunda, usando toda a força do braço, dando-lhe toda a força do meu coração.

Meus líquidos fluíam de novo, a pequena fonte em mim lançava ondas até os meus seios mais uma vez, e senti que estava quase levantando da cadeira, apertando meu ventre e coxas no tronco poderoso dele, e batendo para valer ao mesmo tempo.

Finalmente eu o puxei para cima, fiquei de pé e mandei que se arrastasse até a cama.

— Ah, existem muitos outros jogos, tarefas, testes... coisas que podemos fazer, mas estou faminta por esse pau – disse eu. – Preciso possuí-lo e o que eu preciso é o que tem de ser feito. Agora fique de joelhos e arranque essa roupa de mim, rasgue cada prega agora com seus dentes, e as mãos na nuca. Ouse mover as mãos que eu espanco seus tornozelos e as solas dos pés. Rápido!

Ele obedeceu freneticamente, arrancou meu cinto com pedras, rasgou uma abertura no brocado e puxou pelos meus braços até os trapos virarem uma poça brilhante aos meus pés. Ah, era o fim daquele tecido caro veneziano, mas aqueles trapos seriam um tesouro para sempre.

— Agora olhe para mim!

Ele olhou, mas ficou evidente que devia preferir olhar para o meu sexo em vez do meu rosto. Virou para cima os grandes olhos castanhos, solícito. Ficamos parados, ele ajoelhado e eu nua, com meus chinelos de cetim, olhando um para o outro, os olhos dele cheios de curiosidade e deslumbramento.

— Como é lindo, Majestade! – disse eu.

Uma risada breve escapou dos lábios dele.

— Acha mesmo, lady Eva? – sussurrou ele.

Segurei o rosto dele com as duas mãos e apertei as bochechas com os polegares. Abaixei-me e dei-lhe um beijo na boca, mas então tive uma ideia louca. Olhei para a mesa ao lado. Tinha uma jarra de prata, um copo e alguns guardanapos de linho. Senti o cheiro de vinho.

— Abra a boca – disse eu.

Ele hesitou, dei-lhe um tapa com força e ele obedeceu.

Enchi o copo, agitei o vinho um pouco, examinando contra a luz, e pus diante dos lábios dele.

– Agora, quando eu encher a sua boca você não vai fechá-la, entendeu?

Derramei o vinho na língua e ele estremeceu todo, tentando engolir sem fechar a boca como eu tinha ordenado, o vinho escorreu pelos lados do rosto e pelo queixo. Mas ele conseguiu obedecer, engasgando e se esforçando.

Então derramei vinho em um dos guardanapos e comecei a limpar os dentes dele vigorosamente com o pano molhado.

Ele engasgou e tremeu de novo. Evidente que nunca tinham feito isso com ele antes. Conforme fui passando nos dentes de trás ele gemeu, sem poder se controlar.

Segurei a cabeça dele bem firme com a mão esquerda, com certa crueldade, e fui esfregando cada dente, seus lábios tremiam violentamente. Então ergui o copo.

– Cuspa aqui, agora – comandei.

Ele teve dificuldade para obedecer, cuspiu o pouco vinho que tinha sobrado e apertou os lábios de repente, nervoso. Dei outro tapa nele, com força.

– Abra bem a boca! – disse eu. – Não falei que podia fechar.

Parecia que ele estava gemendo, implorando perdão. Beijei os dentes dele, passei a língua nos de cima e depois nos de baixo. Toquei a língua dele com a minha. Ele engasgou de novo, como se manter a boca aberta exigisse toda a sua força de vontade, e eu imaginei que exigia mesmo.

– Feche a boca – disse eu e encostei a minha na dele quando ele obedeceu.

As lágrimas escorriam no rosto dele. Ouvi um longo suspiro.

Ele correspondeu ao meu beijo, faminto, quase desesperado. O pau dele dançava loucamente de novo. Eu nunca tinha visto uma vara tão poderosa, tão vermelha. Ele se esforçava para manter longe de mim. Por um segundo ele soltou as mãos da nuca, mas então se lembrou da ordem e as pôs de novo no lugar. Fingi que não vi.

Fui rapidamente para o meu baú no aparador, tirei um pote de creme perfumado e voltei para ele, abri o pequeno pote de vidro e botei na mesa de cabeceira.

Peguei uma porção de creme na palma da mão. Era um bálsamo suave que eu mesma tinha feito com o perfume de damasco e sol e um pouco de pétalas de rosa moídas.

– Fique de pé – disse eu.

Espalhei todo o creme nas minhas mãos.

Ele obedeceu prontamente, ágil como um menino.

Passei o emoliente oleoso no saco enorme e depois no pau, observando que ele se remexia e sofria com isso. Não conseguia disfarçar o tremor agora. A ponta do pau brilhava lindamente e uma gota grossa de esperma apareceu no furo minúsculo. Tive o cuidado de não encostar nela, para não deixá-lo descontrolado.

Sorri, limpei as mãos numa pequena toalha de linho que quase agradeci estar ali e então olhei fixo para aqueles olhos castanhos.

Ele olhou para mim com brilho de lágrimas nos olhos.

– Agora para a cama – disse eu.

Subi na cama ainda de chinelos, afundando na colcha vinho com meus saltos, ele veio atrás e em cima de mim. O homem era um perfeito gigante.

– Enfie em mim agora, e com força, com toda a sua força, e só vai gozar quando eu gozar, nem um segundo antes, está me ouvindo?

Sem responder, ele apontou aquele pau enorme para mim, como um aríete. E eu pensei, feliz e emocionada, como é que aquilo ia encontrar a pequena abertura, mas ele encontrou, acertou nela, a fez abrir, separou os lábios molhados e gotejantes e penetrou fundo, até a barriga dele encostar na minha.

Eu tinha fechado os olhos. Abri outra vez e olhei para o rosto dele, para os olhos dele. Ele saía e entrava fundo em mim sem parar, me alargando, me preenchendo, com os braços feito colunas de um lado e do outro do meu corpo, o cabelo caindo na cara. Senti aquele pau me encher ao máximo, apertado como nunca senti antes, ah, que vara no mundo competiria com aquela, deslizando no meu clitóris. Comecei a gritar, não consegui mais me conter.

Enrolei as pernas nuas em volta dele com força, meti as duas mãos no rego da bunda dele e enfiei os dois indicadores no seu ânus.

Eu poderia atrasar assim uma hora, deixando minha paixão crescer e diminuir, só que não tive controle. Não consegui. Eu me debatia sobre a colcha tentando controlar, subia com ele e ele me pregava na cama de novo, eu me esforçava para retardar, mas foi inútil. Meu rosto ardia. Estava completamente sem fôlego. Eu não era nada nem ninguém.

Um fogo subiu e me consumiu quando comecei a gozar, ergui o quadril, gritei, e ele deixou que eu levantasse o quadril, depois me forçou para baixo de novo pela última vez e gozou dentro de mim numa sequência breve e gloriosa de movimentos espasmódicos. E continuou assim por um tempo até que finalmente eu gritei.

– Chega!

Ele recuou.

Sem eu pedir, ele colou a boca na minha e me beijou. Enfiou a língua bem fundo.

– Afaste-se, pare! – suspirei. Eu gemi. Ninguém diria que eu tinha falado qualquer coisa inteligível.

Ele caiu ao meu lado com um suspiro demorado e profundo, depois rolou e ficou deitado de costas. Vi quando fechou os olhos.

Ficamos bastante tempo imóveis assim.

Então levantei e fui examinar a completa ruína que eram as minhas roupas. Juntei tudo da melhor forma que pude.

Olhei para ele. Parecia ter mergulhado num sono profundo. E numa cadeira do outro lado da cama vi o que parecia ser um robe comprido de veludo vermelho. Devia ser o robe dele, seu manto. Ele estava de vermelho quando nos reunimos no grande salão. O vermelho era a cor dele, vermelho com borda de ouro, como era aquele robe.

Guardei minha palmatória e a correia no baú, junto com o pote de creme, enfiei meu vestido rasgado lá dentro também, fechei e peguei o baú.

– Agora acorde – disse eu.

Ele abriu os olhos e olhou para mim. Com uma vaga expressão de sono.

– Levante daí, vista o seu robe vermelho e chinelos, se tiver, e tire essa colcha da cama. Cubra-me com ela, já que estou nua, sem minha roupa, e leve-me no colo de volta para o meu quarto.

Ele obedeceu sem hesitar um segundo. Quando fechou o manto comprido em volta da sua estrutura alta, voltou a ser rei em cada centímetro, e quando pegou a colcha já adotava uma postura graciosa e bem à vontade, como se tal tarefa não fosse nada.

Estendeu a colcha para mim como se fosse uma capa, virei de costas, ele a enrolou bem em mim e me pegou no colo como se eu não tivesse peso algum, uma coisinha leve carregando um baú, e de fato eu era, aninhada de repente nos braços dele e vendo seu rosto sorridente.

Ele me levou para fora do quarto, abriu a porta com facilidade, fechou depois e seguiu pelo longo corredor escuro.

Não havia ninguém no caminho. Não tínhamos como saber se havia alguém espiando pelos cantos escuros, pelos buracos das fechaduras ou pelas minúsculas aberturas feitas para espionar, e o tempo todo, todo o tempo, ele foi sorrindo para mim.

Sorrindo.

– Essa é a minha porta – disse eu, quando chegamos ao meu quarto. – Ponha-me no chão.

Ele obedeceu e abriu a porta para mim. Uma lufada de ar doce saiu da minha pequena saleta.

– Está dispensado agora, senhor – disse eu em voz baixa e confidencial. – Com sua permissão.

– Pode me conceder um último beijo? – sussurrou ele, dessa vez com um sorriso radiante e contagioso.

– Como queira – disse eu.

Ele grudou as mãos dos lados do meu rosto, me prendeu assim enquanto me beijava com mais paixão do que os beijos de antes.

– Minha preciosa lady Eva – murmurou ele.

Com isso deu meia-volta e se afastou no corredor sem olhar para trás. Aquela figura imponente com passos ágeis.

Entrei correndo no meu quarto, fechei a porta e caí sentada à minha escrivaninha.

5
Príncipe Alexi: Amada rainha, amada escrava

— Você deve ir agora para a torre norte. Verá uma porta aberta no topo da escada. A rainha estará lá à sua espera.

O pajem que transmitiu a mensagem foi embora imediatamente. E eu só hesitei tempo suficiente para pentear o cabelo, comer uma fatia de maçã madura para refrescar o hálito e verificar que minha roupa era apropriada. Então parti, corri pelo castelo, encontrei a escada em espiral da torre norte com facilidade e subi voando para a porta aberta e sua promessa.

Acho que só acreditei depois de entrar no cômodo, com a rainha diante de mim, seus grandes olhos azuis tão inocentes e encantadores como tinham sido décadas antes, na primeira vez que tivemos relação num quartinho de empregada perto do quarto da antiga rainha. Ela estava lá parada olhando para mim, vestida apenas com uma capa longa de veludo preto, o adorável cabelo louro e comprido solto sobre os ombros. Não parecia nem um dia mais velha do que naquele passado.

– Feche a porta, príncipe – disse ela. – E tranque-a, por favor.

Obedeci prontamente.

Ela foi para perto da lareira e parou com a mão na cornija pesada de pedra, olhando para as chamas.

À direita havia uma enorme cama de carvalho escuro com teto de madeira sobre os postigos elaboradamente enroscados. Parecia que a colcha de brocado vermelho havia sido feita com centenas de pedras preciosas minúsculas e cintilantes, com pedacinhos de ouro e de prata. Recipientes de prata trabalhados em relevo brilhavam à meia-luz no aparador lateral. E estávamos cercadas por tapeçarias, de homens e mulheres na Caçada Real, olhando para nós com olhos gentis e sempre vigilantes.

– Meu rei e eu resolvemos usar esta noite para confirmar tudo que precisamos saber para amanhã tomarmos nossa decisão – disse Bela, ainda olhando para o fogo.

Eu me aproximei dela. Fiquei maravilhado com o brilho do seu cabelo à luz do fogo e com a frescura de orvalho da pele do seu rosto. De repente parecia uma tortura estar assim tão perto dela e sozinho com ela. Por que me fazia passar por tal prova? Tinha certeza de que havia algum propósito naquilo.

– Eu entendo, Majestade – disse eu. – O que posso dizer? Que perguntas deseja que eu responda?

– Você pode tirar a roupa e deixá-la lá naquela mesa – disse ela, virou e olhou para mim.

Fiquei petrificado. Não encontrei palavras para descrever o que eu estava sentindo. Minha carne estava reagindo àquelas palavras como se eu não tivesse controle de nada, nenhum controle sobre o desejo. Fiquei mudo.

– Príncipe Alexi – disse ela –, não seja tolo. Acha que o chamaria para cá sem o consentimento do meu senhor? Pensa que eu o exporia à ira dele? Você é um hóspede sob o meu teto. O que acontece em qualquer quarto desta casa esta noite, acontece com a bênção do rei Laurent.

– Sim, Majestade – disse eu, sem conseguir disfarçar o meu alívio, nem que estava tremendo.

Tirei toda a roupa rapidamente, minha túnica de veludo, calça, tudo, e botei na mesa que ela havia indicado. Senti o ar quente passando na pele, e um turbilhão de lembranças voltaram para mim, lembranças minhas e de Bela, lembranças do reino que eram numerosas demais para organizar em qualquer ordem. Senti meu rosto enrubescer e ficar quente e, com vontade própria, meu pau começou a endurecer. Ah, aquilo era parecido demais com aquele tempo, estar nu mais uma vez e não esconder a sutil e cruel transformação do próprio corpo, ficar exposto e ao mesmo tempo ter liberdade, estranhamente, uma liberdade deslumbrante.

Virei lentamente para encará-la.

A rainha tinha aberto sua capa de veludo preto. Estava nua. Os mamilos cor-de-rosa, rosa de menina, como eram naquele tempo distante, e o cabelo dourado entre as pernas brilhava à luz da lareira. Seu ventre arredondado e liso era tão lindo quanto as suas coxas macias. Eu sempre adorei aquela barriga levemente arredondada, dura e reta, mas parte do seu voluptuoso corpinho, arredondada como eram as coxas e os deliciosos braços. Ela era uma criatura de curvas e covinhas, com pulsos e tornozelos maravilhosamente formados.

Meu pau agora estava completamente rijo. Não tinha mais esperança de escondê-lo ou de controlá-lo.

– Você é a minha rainha – disse eu.

Não consegui resistir. Mas fiquei imaginando se ela sabia o peso que tinham aquelas palavras. Claro que sim. Ela devia saber.

Nós dois tínhamos sido escravos da rainha Eleanor quando sequestrei Bela do armário enquanto a rainha dormia e a levei para um refúgio seguro onde pudemos fazer amor. Lá contei para ela a história de como eu tinha sido capturado, despido e levado indefeso para o reino, e como fui submetido à servidão pela rainha Eleanor na cozinha do castelo por ter me rebelado. Contei que conquistei as graças da rainha Eleanor através da servidão mais abjeta, e Bela ficou sabendo que eu era o preferido da rainha.

– Ah, sim, sou sua rainha agora – disse ela, vindo na minha direção. – Mas nós fomos amantes naquela época, quando nos conhecemos. Lembro que fizemos nosso refúgio juntos, da cama de palha de um servo. E que eu me entreguei a você com abandono triunfante. Como gostei... E seremos amantes de novo aqui, esta noite. Esse é o meu desejo e a minha ordem. Você está tão lindo, príncipe, como era naquele tempo. O seu cabelo, essa cor, quase vermelho, depois castanho, e tão grosso, tão macio... – Ela estendeu a mão para tocar no meu cabelo. – E os seus olhos, seus olhos escuros... pensativos e quase tão tristes como eram naqueles dias.

Ela estava a cerca de dez centímetros de mim.

A rainha olhou para o meu pau ereto. Pude sentir aquele olhar como um calor súbito que vinha dela, e vi seu rosto enrubescer.

Ela olhou nos meus olhos de novo.

– Adoro homens de olhos castanho-escuros – disse ela, sonhadora.

Ela estendeu a mão para o meu pau, mas não encostou nele. Olhei para baixo e vi as gotas que brotavam na cabeça dele. Senti uma onda enorme de desejo. À menor provocação eu ia gozar. Imaginei se ela tinha alguma ideia do que era aquela sensação de estar à mercê desse pau, se ela podia adivinhar o que significava a minha cabeça vazia agora, de toda a vontade e todo o senso.

O que as mulheres sentiam? O que aqueles pequenos orifícios molhados realmente sentiam? Depois de todos aqueles anos, esses pensamentos loucos me possuíam, mesmo quando eu sentia que não estava mais conseguindo pensar. Eu estava rijo e consciente.

Não sabia o que dizer ou fazer, além de continuar ali parado, à sua espera. Um perfume doce, floral, emanava dela. Olhei para os seus mamilos, para as aréolas rosa claras em volta deles. Quis tocar neles, agarrá-los, apertá-los, segurá-la nos braços.

Ela levantou a mão até a fita dourada do pescoço e desfez o nó frágil. A pesada capa deslizou pelo seu corpo e caiu como uma poça escura em volta dos pés descalços.

– Venha para mim – sussurrou ela, abrindo os braços.

Eu a abracei com força, meu sexo torturado contra a carne macia. Ela abriu a boca e eu a beijei sedento, desesperadamente.

– Bela, minha preciosa e inesquecível Bela... – sussurrei. – Ah, ando assombrado pela sua lembrança há tanto tempo, minha querida... Se você soubesse...

Eu suspirava essas palavras, não estava realmente falando, beijei seu cabelo, seu rosto, seus olhos. Todos os momentos cruéis do antigo reino voltaram à minha memória, o momento em que soube que Bela tinha ido embora, condenada e levada para a aldeia, fora do meu alcance, longe da esperança de mais uma noite fazendo amor em segredo. Ah, a angústia que foi eu não queria sentir nunca mais.

De repente agarrei cruelmente os seios dela para cima, chupei o mamilo direito. Ela era minha agora, mais uma vez, aqui, e realmente não me importava com o que pudesse acontecer. Precisava possuí-la.

Ela soltou um grito baixo e abafado.

– Alexi – disse ela.

Senti que ela se largava para mim, sem peso, sem controle, um amontoado de membros deliciosos e fragrantes, de lábios molhados e cabelo embaraçado.

Levantei Bela nos braços e fui para a cama. Estendi o braço para tirar a colcha.

– Não, meu amor, não. Aperte-me contra ela, com toda a sua aspereza, sobre todas essas pedras minúsculas. Quero senti-las contra a minha bunda e as minhas costas.

Eu a pus deitada com a cabeça no travesseiro, o cabelo brilhante formava um ninho embaralhado embaixo dela.

O sexo de Bela estava intumescido e lindo quando ela abriu as pernas, os lábios secretos molhados e cintilando à luz do fogo, como uma rosa escondida numa coroa de pelos dourados.

– Assim – disse ela e estendeu os braços para mim.

Eu me abaixei e beijei sua barriga, e beijei os pelos enrolados e escondidos, minha língua dardejou naquela boca de baixo, lambendo as pétalas da sua rosa vermelho sangue.

– Não, venha para os meus braços – disse ela. – Eu quero a sua vara dentro de mim. Não me excite com a sua língua.

Obedeci e a pus montada nas minhas pernas.

– A primeira vez tem de ser rápida, para nós dois.

Eu não pude mais me conter.

Enfiei o pau dentro dela, senti a pequena boca apertá-lo faminta, e o mundo se transformou em fogo. Meu pau inteiro embainhado na carne dela. Senti o latejar dela contra mim enquanto ela me apertava com os braços, tentava me beijar de olhos fechados, e gemia baixinho, com a sutileza do seu perfume.

Ela se contorceu contra a colcha, tremendo e remexendo na cama de estrelas cintilantes.

Grudei a boca nos lábios dela e a cavalguei com força, enfiando louca, descontroladamente, batendo meu corpo no dela livremente, como se ela fosse uma empregada de taverna ou qualquer uma que eu tenha possuído completamente.

O rosto dela ficou vermelho embaixo de mim, revirava os olhos, a boca abriu como se fosse perder a consciência e então a bainha que apertava o meu pau entrou em espasmos, um após o outro.

– Bela! – gritei, porque não podia mais me segurar.

Lancei todo o fogo dentro dela, corcoveando sem parar. Como sempre acontecia, o tempo parou e o êxtase pareceu interminável, me elevando para sempre para fora do tempo e para longe da razão. E então acabou, fiquei lá prostrado sem ar e todo suado, quieto ao lado dela. Só então comecei a sentir as pedras da colcha pinicar. Só então notei o incômodo na pele e não me importei.

Quanto tempo isso vai durar, pensei. Ela fez de mim um menino, me levou direto para o menino que eu era para a velha rainha, sempre ereto, sempre pronto para agradar, sempre preparado para fazer as suas vontades e sempre incapaz de resistir a ela.

Mas pensei em Laurent, não no poderoso rei Laurent, e sim no escravo Laurent, no grande e lendário escravo de muito tempo atrás. Lembrei dele nitidamente. Ele estava no castelo ao mesmo tempo que eu, antes de fugir e ser enviado para a aldeia. Todos se maravilhavam com a altura dele, com sua força, com a grossura do seu órgão e com o rosto perfeitamente proporcional, além do sorriso diabólico. Os rostos dos escravos sempre tiveram importância. E a expressão dele era irresistível – muito afetuosa e generosa, apesar de zombeteira, sim, sempre zombeteira. Quem era eu, comparado com ele, um homem menor e mais delicado em absolutamente todos os aspectos. Que assim seja. Ela possuía o marido a hora que quisesse. Talvez eu fosse um prato suculento para uma noite de verão, quando o prato habitual, por mais grandioso que fosse, havia se tornado familiar demais. Muito bem. Eu aceitava isso.

Eu sentia uma gratidão enorme por termos isso. Virei para ela e vi o seu perfil ali deitada, como se sonhasse, de olhos fechados. O cabelo solto e despenteado era quase todo liso, sem cacho ou onda alguma, e lindo de ver, cobrindo o travesseiro.

Toquei seus lábios macios e rosados com as pontas dos dedos.

– Eu te amei há muito tempo, quando estávamos juntos – disse eu. – E te amo agora. Amei muitas que serviram comigo.

– Sim – disse ela, com um suspiro. – Amei muitos também. Amei Tristan e amei o capitão Gordon, e amei você, sim, você. Amei o estalajadeiro cruel que me puniu com desdém. A senhora Jennifer Lockley. Você não a conheceu. Amei homens e mulheres desconhecidos do reino do sultão. Amei Lexius, o mordomo do sultão que era tão rígido conosco, no entanto... Naquele tempo estávamos mergulhados no amor.

– Por isso queremos que tudo seja preservado – disse eu.
– Foi por isso que voltamos para o reino, é por isso que queremos salvá-lo agora.

Eu não contei para ela que agora conhecia muito bem a senhora Jennifer Lockley. E não contei quão bem eu conhecia Lexius.

– Eu sei, Alexi – disse ela. – Eu compreendo. E certamente você sabe que a decisão é de Laurent. Ah, eu posso persuadi-lo a não aceitar a coroa de Bellavalten, sim, mas jamais poderia convencê-lo a ficar com ela se não for desejo dele.

– Mas o que você quer, Bela?

– Eu quero a coroa! – Ela endireitou as costas, se virou e olhou para mim, com a mão na minha coxa, perto do meu pau. – Eu quero de todo o meu coração – disse ela animada. – Mas não sei se saberia governar ou comandar os outros no que diz respeito aos antigos costumes da escravidão por prazer. Eu me entreguei à submissão com muita facilidade. Achei voluptuoso. Por que mentir sobre isso? Mas a rainha Eleanor... ela era uma monarca feita de gelo.

– Isso é verdade, mas ela não era o que você é, Bela. Não tinha nada do seu mistério, da sua complexidade! Bela, ela era... Ah, não quero falar coisas ruins sobre ela agora. Ela era o coração escuro do reino. Mas você traz graça e sabedoria a esse empreendimento. Além disso, por que teria de comandar pessoalmente os escravos do prazer? Isto é, sim, claro, você e o seu senhor seriam nossos monarcas. Mas você teria um reino de servos para comandar os escravos para você. Teria lady

Eva. Teria o velho lorde Gregory. Teria uma centena de lordes e damas da corte que saberia comandar os escravos que os servem. Você reinaria sobre aqueles que sabem comandar e sobre aqueles que devem obedecer da forma que mais lhe agradar.

– Eu quero mais – disse ela.

Bela era irresistível para mim daquele jeito sério, com aquela expressão pensativa.

– Se eu devo governar, tenho de fazer parte do que eu governo. Tenho de ter a mesma estrutura e não ser apenas uma figura etérea que olha para todos com distanciamento e até com medo. Não suportaria isso.

– Acho que entendo.

Ela pareceu infantil e inocente outra vez, com o cabelo louro escondendo os mamilos.

– Eu quero ser uma verdadeira rainha, se fizermos isso. Quero aprender como ser rígida e exigente como a antiga rainha. Quero ver as coisas a partir desse ponto de vista, como nunca soube exatamente, você entende?

– Isso virá mais fácil para você, talvez, do que imagina – disse eu.

Ela era uma visão tão linda que eu tinha de me esforçar naquele momento para me concentrar na associação das palavras que ela dizia. Eu a queria subjugada embaixo de mim outra vez, indefesa e submissa.

– Veio fácil para você? – perguntou ela. – Você era um escravo tão obediente, praticamente perfeito.

— Sim, veio a mim a habilidade para comandar — confessei. — Na época foi uma surpresa. Mas, sim, aconteceu. Você acabou de falar do Lexius, o mordomo do sultão, trazido de volta com você do sultanato por Laurent.

Ela sorriu.

— Ah, sim, um homem tão lindo. Pele dourada, escura, maravilhosos olhos escuros também. Cílios tão espessos que pareciam irreais. Ele era o nosso grão-mestre sob o sultão, ele nos examinava, instruía, castigava, e então Laurent fez dele um escravo em pouquíssimo tempo. Ora, Laurent escravizou Lexius em segredo antes mesmo de nós sermos resgatados do sultanato. E depois, a bordo do navio na nossa viagem de volta, Laurent foi implacável. Ah, o meu senhor é um verdadeiro demônio! O que aconteceu com Lexius quando foi trazido diante da rainha? Eu estava longe, expulsa para o mundo "real".

— A rainha o aceitou — expliquei. — Ah, no início ela recuou. Declarou que escravos não deviam escolhê-la, que era ela que devia escolher os seus escravos. Ela não entendia quase nada! Mas acabou aceitando Lexius e ele se tornou um brinquedo muito amado, como eu era. Ele era magnífico. Tão altivo, tão lânguido em seus menores gestos... Ele se submetia com dignidade irrepreensível.

Eu sorri pensando nisso, lembrando, recordando o brilho da luz no peito escuro, no cabelo preto.

— Ele a adorava. Mas... nós também tivemos nossos segredos, Lexius e eu...

— Como você teve comigo.

– Sim, só que com o Lexius foi diferente. Depois de um ano comecei a fazer o papel do senhor cruel com ele nas madrugadas, quando a rainha dormia.

Eu sabia que ainda estava sorrindo. Coisas ruins aconteceram, mas não por causa do sexo.

– Foi escravizar Lexius que me ensinou a ser senhor – continuei. – Havia alguma coisa irresistível nele para mim. Acho que era seu orgulho. A maior parte do tempo em que eu observava outros escravos sendo castigados, invejava seus desempenhos. Eu queria ser punido. Isso me atormentava. Mas quando vi Lexius sendo castigado, eu quis ser o que manipula a palmatória e a correia. Eu o dominei completamente, de forma quase inacreditável. Um dia ele me disse que tinha medo de mim, como tinha de Laurent. Ele desnudou sua alma.

– E a rainha nunca soube?

– É uma longa história – disse eu. – Uma longa e terrível história. Coisas ruins aconteceram. Más notícias do sultanato. E com o tempo... bem... Lexius acabou partindo o coração da rainha.

– Mas como? Eu nunca soube que a rainha tinha um coração para ser partido. – Bela olhou para mim com uma expressão inocente.

Endireitei as costas, sentado de frente para ela. Não pude evitar de segurar os seios dela com as mãos. Meu pau começou a se agitar de novo. Eu me abaixei e beijei os mamilos. Beijei a parte de baixo, mais macia, do seio esquerdo. Passei a língua no encontro do seio com o tórax. Parte linda do corpo, onde a maciez e a firmeza se encontravam. Como a parte de trás da coxa que dava na curva suave da nádega. De repente eu a agarrei com mais força e a chupei selvagemente.

Senti que ela estava cedendo, aquele cheiro doce aumentou com o tesão dela, ouvi seus suspiros.

– Pare, espere, você precisa contar para mim – insistiu ela. Bela se afastou de mim, botou o dedo nos meus lábios.

– Como foi que Lexius partiu o coração dela?

Eu estava pegando fogo por ela, mas a soltei e olhei nos seus olhos. Ela disse que adorava olhos castanhos, mas eu amava olhos como os dela, da cor do céu, da cor do mar.

– Se você tomar as rédeas do reino – disse eu –, você e o rei Laurent, então eu conto a história toda. É uma história interessante. Lexius e eu fomos mandados embora do reino juntos, pela rainha, na mais completa desgraça.

– Em desgraça?

– Sim. Porque eu... eu fiquei do lado dele. Mas, repito, é uma longa história.

– Mas você estava no reino quando chegou a notícia de que a rainha tinha morrido. Você veio aqui pelo bem do reino, com lady Eva e Tristan.

– Sim, eu voltei, mas só depois de muitos anos. Quando a rainha não se importava mais. Ela me perdoou e permitiu que eu ficasse. Sentia indiferença por mim, mas fui recebido como cortesão. Eu podia ter tido uma mansão como Tristan, se ligasse para isso. Não liguei. Ela sempre recebeu os que voltavam, com mais alegria ainda nos últimos anos, porque contava com o entusiasmo deles para alimentar o fogo do reino. E eu voltei porque não queria mais estar em nenhum outro lugar deste mundo...

Fiz uma pausa quando encarei essa verdade com clareza, apesar de ao mesmo tempo envergonhado de admitir.

– Entendo o que quer dizer, Alexi – disse ela. – Acredite em mim, eu sei. Conhecemos uma coisa lá que intoxica além de qualquer descrição.

– Exatamente.

– E os que nunca conheceram...

– Não podem entender de forma alguma. Se contar para eles o que foi feito conosco ficarão horrorizados. Eles não têm ideia do que vivenciamos. Às vezes tenho até de rir, ao ver que não entendem que a escravidão foi um prazer imenso. Mas como podem entender os prazeres infinitos, o eterno espetáculo de carne deslumbrante, a infinita luxúria de repousos tranquilos, óleos perfumados passados na pele irritada e dedos sempre acariciando, enfiando, buscando, e beijos sem fim, e aquela fenda profunda e macia sempre pronta para um pau... – Parei de falar e enrubesci.

Mas Bela estava sorrindo.

– Laurent e eu sempre partilhamos esse conhecimento, essa experiência tesuda e privada, e compartilhamos quando fazemos nossos joguinhos, quando nos unimos com ternura e violência em tantas configurações diversas, mas o reino era um mundo...

– Eu sei. O reino se tornou o mundo inteiro e nós nos transformamos nos seus habitantes mais inocentes e afortunados.
– Sim.
– Eu não queria estar em nenhum outro lugar – repeti.
– Bela, o reino precisa sobreviver. Você e o rei Laurent precisam assumir.
– Beije-me de novo, príncipe – disse ela subitamente.
– Conheço Laurent melhor do que qualquer outra pessoa em todo o mundo e tenho quase certeza de qual será a decisão dele. Agora beije-me, tome-me e faça isso com brutalidade, o máximo que puder, como se cavalgássemos uma noite interminável, você e eu, você cavalgando em mim rumo às luzes brilhantes do reino.

6
LAURENT: UMA VISÃO NOVA E MAIS PERFEITA

Era meio-dia e não tínhamos discutido tudo a contento. Já devidamente paramentados com a elegância apropriada, descemos a escada para o grande salão onde os emissários de Bellavalten esperavam pacientemente havia algum tempo.

Lady Eva estava deliciosa e deslumbrante como na noite anterior, os seios fartos e belos pressionando o veludo azul-escuro do vestido, a pele do pescoço cremosa e clara, assim como seu rosto radiante. E o cabelo vermelho, o fantástico cabelo vermelho, agora estava preso com pentes e pérolas, só que ousadamente despenteado. Ah, se ela tivesse ordenado que eu escovasse aquele cabelo na noite passada... Ah, que delícia teria sido escovar aquele cabelo vermelho comprido por ordem dela, à luz do fogo. Mas eu não estava reclamando. A noite passada foi ótima.

Não pude deixar de sorrir e de piscar para ela quando sentei à mesa. É claro que isso a fez ruborizar. Eu ainda sentia os cortes e vergões nas costas e nas coxas, e quase dei risada com aquele prazer secreto, uma lembrança da voz dela e das mãos vindo para mim, talvez suficiente para fazer de mim um sátiro novamente. Mas agora tinha de trabalhar e muito para falar.

Os príncipes Alexi e Tristan estavam muito bem-vestidos, como se fossem a uma festa da corte, e lady Elvera, apesar de discreta, mantinha sua identidade imutável, com uma gélida grandiosidade na sua pele clara e olhos duros. Quanto ao belo louro capitão Gordon, estava inseguro e obviamente pouco à vontade, como se não se sentisse confortável à mesa com seus superiores. Mas eu o queria ali também, portanto não me importei. Eu sabia por que o tinham levado junto. Ele era um pilar de Bellavalten.

– Bom dia, meus amados hóspedes – disse eu. – Por favor nos perdoem por deixá-los esperando, mas era imperativo formar nossa própria opinião sobre questões tão importantes para todos nós. Queremos transmitir a nossa decisão.

Os presentes menearam a cabeça e murmuraram alguma coisa, mas era evidente que estavam todos torturados pelo suspense.

– Minha rainha falará por nós dois.

– Obrigada, meu senhor – disse Bela delicadamente.

Ela estava incomparavelmente linda com um vestido rosa com bordados dourados, e o cabelo maravilhosamente penteado sob o véu branco, solto e transparente. Deu o mais adorável sorriso para mim e depois virou-se para a pequena assembleia.

– É nosso desejo aceitar a sua graciosa oferta. – disse ela. – Mas, esperem, precisam ouvir o que temos para dizer. Porque vamos fazer algumas mudanças-chave nas coisas. E parece adequado avisar a vocês que mudanças serão essas. Pois agora é a hora de vocês protestarem ao que vamos dizer. Depois de coroados como seus monarcas não haverá mais discussão sobre os aprimoramentos que pretendemos fazer no reino de Bellavalten.

– Por favor, explique para nós – disse lady Eva. – Eu falo com a autoridade que me conferiu o grão-duque.

Ela parecia muito educada e segura para alguém tão jovem. Mas havia nela uma simplicidade encantadora, e nem Alexi nem Tristan a desafiaram de forma alguma. Tristan até sorriu carinhosamente para ela, como se sua beleza o enfeitiçasse, e Alexi olhava atentamente para Bela e para mim.

Bela continuou:

– É meu desejo que a escravidão no reino de Bellavalten seja voluntária a partir de agora e que nenhum escravo seja exigido de seus aliados como tributo ou troféu, e, além disso, que todos os escravos que queiram deixar o reino a partir da nossa ascensão ao trono possam fazer isso, com as recompensas apropriadas.

Ninguém disse nada. Na verdade, todos pareciam atônitos.

Bela prosseguiu:

– E mais. É nosso desejo solicitar escravos adultos, belos e dispostos em todo o mundo, tanto homens como mulheres, a prestar servidão no nosso reino, não só vindos das famílias nobres e da realeza, mas de todas as classes, e as qualificações de tais escravos serão dons físicos de vigor e aptidão, independentemente da classe. Enviaremos nossos emissários para anunciar essa proclamação e para receber as inscrições daqueles que eles trariam de volta para Bellavalten para seu compromisso de dois anos de completa servidão erótica e alguns por mais tempo, se desejarem, e se nós aprovarmos.

Um sorriso passeava nos lábios de lady Eva e vi os olhos de Alexi formarem rugas de riso nos cantos de repente. Tristan chegou a recostar na cadeira com um suspiro audível e sorriu. Lady Elvera não manifestou nenhuma reação e o capitão Gordon parecia francamente atônito.

– Por favor, imaginem, meus lordes e damas – disse Bela. – Estamos falando agora de uma chamada para todos os reinos do norte, do sul, do leste e do oeste, para aqueles que desejam os doces grilhões que oferecemos em Bellavalten, e nenhum postulante qualificado será desprezado. É claro que as casas reais podem continuar a enviar seus príncipes e princesas para servir, mas os próprios escravos devem consentir, querer e desejar agradar.

"Agora vocês nos contaram de muitos que retornaram à corte – como você, príncipe Alexi, e você, príncipe Tristan. Bem, certamente há outros como vocês, em número suficiente para partir em viagens para o exterior, para todos os pontos da bússola, a fim de publicar nosso apelo, avaliar e receber os que querem agradar, e trazê-los de volta para dentro dos nossos portões.

"E, sem dúvida, à medida que a notícia do início de uma nova era de escravidão nua em Bellavalten for se espalhando, os candidatos virão a pé, a cavalo, em carruagens, com a esperança de serem recebidos por nós."

– É genial! – disse Tristan de repente. – Claro. Vocês terão mais candidatos do que podem imaginar.

– Concordo – disse Bela rapidamente. – E cada um deles será submetido a seis meses de experiência. Se passarem por isso, poderão se comprometer a ficar dois anos irrevogavelmente.

– Perfeito! – respondeu Tristan.

O sorriso de Alexi ficou mais malicioso e misterioso. Lady Elvera parecia distraída e não convencida.

– E ainda... – disse Bela – se um belo rosto e uma bela forma, e uma boa educação e aptidão brilharem em um candidato, por mais humilde que ele seja, não será rejeitado.

Ela levantou e continuou falando, com a voz bem suave, apesar da segurança total.

– Agora, nós acreditamos que muitos escravos que estão servindo atualmente em Bellavalten vão escolher ficar – disse ela. – O que vocês acham disso?

– Concordamos – disse lady Eva. – Sem dúvida.

O príncipe Alexi fez que sim com a cabeça e Tristan também. O capitão murmurou sua concordância baixinho.

Pela primeira vez lady Elvera sorriu, mas a sua expressão continuou gelada como sempre.

– Sim, sem dúvida eles vão querer ficar. Sempre foi raro e ainda é o escravo que queira ir embora no final de seu período de servidão.

– E nós teremos tempo para aperfeiçoar as leis do reino – disse Bela, agora mais animada. – Para refinar tudo antes da enxurrada daqueles que virão por livre e espontânea vontade – prosseguiu, e as palavras vinham rápido. – É nossa vontade que os escravos a partir de agora tenham muitas habilidades na corte e na vila da rainha, com mais cuidado dispensado à aptidão de cada escravo para os diversos tipos de serviço, de modo que muitos, desde o primeiro dia, sejam treinados como cavalos, outros para trabalhar no campo e outros ainda para o entretenimento na corte. Em suma, queremos mais atenção na alocação dos escravos onde eles possam florescer e divertir melhor seus senhores e senhoras, e não aquelas estruturas antigas e exauridas que faziam os escravos pregar peças em seus responsáveis para atingir seus objetivos.

– Sim – disse lady Eva. – Isso é brilhante. Os escravos são como flores, alguns querem sol e outros sombra, e outros ainda o frescor das fontes próximas ou a terra seca ao lado do caminho do jardim.

– Exatamente – disse o príncipe Alexi.

– Então alguns vão servir diretamente na vila da rainha, é isso que está dizendo? – perguntou o capitão Gordon. – Não porque se desgraçaram no castelo, mas por ser o melhor lugar para eles...

– De fato, é isso – disse Bela. – A disciplina será mais dura e constante do que nunca, mas o lugar para onde vão será escolhido com maior cuidado, conforme lady Eva tão bem acabou de explicar.

– Mas escravos não deviam poder escolher – disse lady Elvera rispidamente.

– Ah, não, nunca, é claro que não – Bela se apressou em dizer –, mas teríamos muito mais paciência para escolher o que é melhor para eles.

– Cavalos – disse o capitão Gordon. – Vocês abririam estábulos no castelo para homens e mulheres cavalos, de modo que a corte pudesse aproveitá-los como os aldeões têm feito todos esses anos?

– Ah, sim, definitivamente – disse Bela. – O espetáculo dos cavalos, tanto homens quanto mulheres, é esplêndido demais para não ser usado em todo o reino!

– Mas espere, meu amor – eu disse –, certamente você está se referindo apenas aos homens com isso, não é? Só uma vez vi mulheres cavalos na vila... mas foi apenas essa vez, e elas eram raras demais.

– Elas eram raras, sim, é verdade, senhor – disse Tristan –, mas eram capazes e belas, pode acreditar. Não, não as víamos muito. O prefeito mantinha um estábulo quando estávamos na aldeia. Mas na verdade lady Julia, a atual prefeita, tem mantido um grande estábulo de mulheres cavalos há anos.

– Querida, isso parece duro demais para as mulheres – disse eu. – Não posso imaginar. Não. Eu sei o que significa ter servido como cavalo, puxando carroças, carruagens. É demais.

– Vossa majestade, acredite em mim... não é não – disse lady Eva sem hesitar. – Pode confiar em mim quanto a isso. Há princesas que vivem agora no reino que podem contar com alegria de sua servidão voluptuosa como cavalos no estábulo de lady Julia na aldeia. E elas ficariam superfelizes, tenho certeza disso, de ajudar a criar enormes estábulos de mulheres cavalos no castelo para as carruagens da rainha Bela e para o seu prazer. Ora, a rainha Bela podia ter um estábulo para ela, de elegantes mulheres cavalos, e o senhor podia ter o seu estábulo de homens cavalos bem musculosos. Só que os dois, ou qualquer pessoa, aliás, teriam de viajar pelas estradas do reino sem seus cavalos humanos.

O capitão Gordon falou.

– Isso é fácil de fazer, majestade – disse ele. – Lembra das princesas Rosalynd e Elena que serviram junto com a senhora na terra do sultão? Elas só foram devolvidas ao reino anos depois da sua partida. Mas foram sentenciadas à servidão como cavalos pela rainha Eleanor, para limpar todos os efeitos débeis do regime do sultão, e elas serviram como cavalos sob Sonya, a cavalariça principal indicada pelo lorde prefeito da aldeia na época. Sonya era a maior de todas as cavalariças de mulheres cavalos... Ora, Sonya aperfeiçoou todo o sistema de arreios e de manejo delas. – Ele parou de falar, a expressão ficou muito séria, parecia que estava lembrando. – Infelizmente, Sonya se foi há muito tempo... – Ele olhou rapidamente e com temor para o príncipe Alexi e, quando o príncipe Alexi apenas sorriu, continuou: – E aquelas princesas haviam sido por muito tempo damas de quarto. Elas podem falar dessa servidão. Falam disso o tempo todo.

– Obrigado, capitão – disse eu. – E não se constranja de falar aqui. É isso que precisamos saber. Estou achando difícil imaginar as delicadas mulheres cavalos, mas vou esperar para ver, é claro, e acho que vocês têm razão nisso.

– Majestade – disse o capitão Gordon –, existem cavalos no pequeno estábulo de lady Julia na aldeia agora.

– Sim, temos de ver essas mulheres cavalos – disse Bela. – É claro que nós vamos aprender muita coisa com o que virmos pessoalmente. Mas acho que isso é uma ideia esplêndida.

Eu dei de ombros e olhei para Bela.

– Se você diz, todos vocês...

– Meu senhor – disse Bela. – Isso será como tudo mais, uma questão de aptidão. Essa será a verdadeira natureza dos nossos aprimoramentos. Vamos escolher quem vingará como cavalo. E sim, eu posso muito bem imaginar um esplêndido estábulo de cavalos homens e mulheres, e a minha carruagem real particular sendo sempre puxada por um grupo de mulheres cavalos.

– E espere só até ouvir isso, majestades – disse Tristan –, o que a princesa Lucinda, outra que já foi cavalo, fala sobre os esplêndidos arreios de ouro, fivelas, botas e plumas no tempo de Sonya. Por que não teríamos esses adoráveis estábulos no castelo? Ora, a corte perguntou isso muitas vezes para a rainha Eleanor, mas ela não se interessou.

– Eu sempre achei a vida de cavalo misteriosamente sedutora – disse o príncipe Alexi. – Mas nunca conheci e raramente avistava algum deles. Às vezes era quase um sofrimento ouvir falar e não poder ver. Então não sei de nada.

– Ah, pobre menino bom – disse lady Elvera, com uma voz tremida e zombeteira. – Que nunca teve o prazer de ser humilhado na aldeia!

Tristan deu risada e sorriu para Alexi, de forma íntima.

Não pude conter o riso.

– Bem, não se pode ter tudo na vida, não é? – disse Alexi, piscando para lady Elvera.

O entusiasmo de todos ali era grande. Lady Elvera estava comovida, seus olhos dançavam quando olhava de Alexi para Tristan e depois para mim.

– Cavalos para a corte – disse ela, pensativa. – Sim, gosto disso. E machos e fêmeas sim, isso é bem interessante. Mas só se agradar à Vossa Majestade.

– Eu certamente ouvi a princesa Lucinda falar sobre isso – disse lady Eva – e acho que ela podia criar as regras e desenhar imagens dos arreios para um estábulo real de mulheres cavalos sozinha. Bem, com a fortuna da corte, quem sabe o que poderia ser criado?

Bela começou a rir, embora tentasse evitar, e pôs a mão na frente da boca.

– Isso é perfeito! – disse ela.

– Muito bem – disse eu.

Senti que fiquei vermelho. Mulheres cavalos! Era uma ideia fascinante. E eu me lembrava bem daquela visão única que tive das mulheres puxando a carruagem do prefeito.

– Se é isso que querem. E será feito com um novo espírito, com muita atenção para aqueles que despontam em tal servidão...

– É claro – disse Bela. – Essa é a ideia central, o novo espírito!

– Mas essa Sonya – disse eu, olhando para o capitão Gordon –, você disse que ela era a maior de todas as cavalariças de mulheres cavalos. O que aconteceu com ela? É possível esperar que ela retorne ao reino se oferecermos incentivos?

Mais uma vez vi aquela sombra passar pelo rosto dele.

– Infelizmente ela foi dispensada em desgraça – disse ele. – É uma história triste.

O capitão olhou constrangido para o príncipe Alexi.

– Sim, em desgraça – disse o príncipe Alexi. – Como eu fui dispensado também. Foi um caso complicado. Envolveu Lexius. Você se lembra de Lexius, meu senhor, tenho certeza, Lexius do sultanato. Mas acho que Sonya não está disponível para ser chamada de volta nesse momento.

– Eu gostaria de ouvir tudo a respeito disso – disse eu. – Claro que me lembro do Lexius. Fui eu que o sequestrei do sultanato. – Procurei não rir. – Foi uma perfeita ousadia minha forçar Lexius a vir conosco quando estávamos sendo resgatados pelo capitão e outros. – Olhei para o capitão. – Mas é claro que Lexius poderia ter escapado com facilidade, se quisesse. Onde está Lexius agora? Qual é a história dele?

– Mas não agora, certamente – disse Bela. – Quando temos tanta coisa para resolver. Estávamos falando de um novo espírito.

– Uma hora dessas, senhor, eu conto tudo que sei do que aconteceu – disse Tristan. – Tudo que foi escrito por Nicolas nas crônicas da rainha. E posso escrever para Lexius se assim desejar.

– Eu já escrevi – disse Alexi. – Escrevi para ele antes de sairmos de Bellavalten.

– Bom, muito bom – disse eu. – Quero saber de tudo que aconteceu com Lexius. Há alguma chance de Lexius voltar?

– Há uma possibilidade, sim – disse Alexi. – Mas Lexius está muito longe, na sua terra natal, e levará algum tempo para as nossas cartas chegarem até ele.

Pude ver que lady Eva e lady Elvera estavam fascinadas com tudo aquilo. O capitão também, já que tinha se surpreendido com o fato de Alexi ter escrito para Lexius. Eu precisava saber mais sobre isso.

– Mas agora vamos tratar da conversa sobre o novo espírito – disse Bela.

– Qualquer boa senhora ou senhor – disse lady Eva – consegue tocar um bom escravo como se fosse uma harpa.

– Sim, e o que eu desejo – disse Bela – é que haja escravos de idades diferentes. No passado a maioria era muito jovem, e com razão, mas de vez em quando o reino pode receber escravos mais velhos, cujos dons rivalizem com aqueles dos mais jovens, e cujo vigor não tenha diminuído, além do desejo de servir ser prioritário.

– Ah, sim – disse o príncipe Alexi com um demorado suspiro.

O capitão Gordon meneou a cabeça, aprovando.

– Há alguns homens cavalos na vila que são mais velhos – disse ele. – Alguns tão acostumados com aquela vida que não desejam nada diferente.

– Isso não me surpreende – disse eu, apesar de ter de confessar que não me lembrava de nenhum cavalo mais velho.

Por outro lado, havia realmente alguns cavalos bem fortes naquele tempo, e eu nunca vi os outros, só os que estavam nos nossos grupos, ou perto de nós nas baias, ou que tinham o recreio junto conosco.

Peguei lady Eva olhando para mim com admiração de menina.

Dei um sorriso tão largo que fiz com que ela sorrisse contra a própria vontade. Ela me deu um olhar de reprovação brincalhão, como se dissesse: Você é um mau menino.

– E, Vossas Majestades – disse ela, rapidamente recuperando sua extraordinária compostura –, posso apresentar as muitas inovações que criei desde que vim para o reino? Bem, eu desenvolvi muitas poções, poções capazes de ajudar os escravos mais tímidos a exprimir suas paixões, e outras poções para induzir o sono e o descanso nos momentos apropriados, e é claro que há pastas e emplastros para enfeitar os escravos que eu inventei e que podem muito bem enfeitar as mulheres cavalos, e as antigas poções de tortura feitas para castigar. Ora, eu tenho um grande alquimista, Matthieu, trabalhando comigo no reino, e muita coisa pode ser feita agora que não podíamos antes, porque a nossa falecida rainha não se interessava, mas só se permitirem.

– Nós permitiremos – disse Bela. – Porque isso parece muito interessante e é exatamente esse tipo de iniciativa que desejamos encorajar. – Ela olhou para mim animada. – Agora há mais uma coisa – disse ela virando de novo para o grupo – que preciso deixar claro. Se chegarem muitos candidatos e forem considerados aptos, podemos expandir muito o uso de escravos para diversos tipos de trabalho em todo o reino, oferecendo grandes incentivos para os escravos que galgarem a escada da servidão fazendo desde os trabalhos mais comuns até os mais refinados.

– Sim, isso faz sentido – disse Tristan. – Porque agora, depois de tantos anos de decadência gradual, o reino tem apenas uma aldeia muito grande, que é a vila da rainha. Os pequenos povoados espalhados pela floresta e algumas mansões, exceto a minha, não têm escravos há anos.

– Houve um tempo em que tinham – disse Alexi. – Eu me lembro dos escravos nobres que vinham para a corte servir naquelas mansões quando vim para cá. Eram os filhos e as filhas de famílias menos abastadas.

– Lembro-me de ouvir falar disso – disse Tristan. – Nunca os vi. Mas Nicolas me contou anos atrás que não havia mais escravos nobres, só de famílias reais. O reino estava decadente. E decaía até o dia que saímos de lá para vir para cá. Mas, certamente, com um renascimento, muitos voltarão e as mansões e os pequenos povoados terão nova vida.

— Mas todos os cidadãos do reino tratarão todos os escravos com muito cuidado – disse eu com firmeza. – No tempo que vivi lá os escravos eram bem cuidados, massageados, untados com óleo, mimados e bem alimentados. E parecia que até os mais tolos da aldeia conheciam as regras. Nada de queimaduras nem cortes, nada de rasgar a pele.

— Ah, certamente – disse o capitão Gordon. – É a mesma coisa hoje. Todos os escravos protegidos. Todos os escravos são banhados, untados com óleos e massageados com cuidado, independentemente da classe à qual pertençam. E devemos vigiar bem os novos cidadãos quanto às regras. Escravos são onerosos. Escravos são preciosos. – Ele estava se empolgando, parecia que eu o tinha ofendido. – Mesmo ultimamente os escravos são paparicados e protegidos de qualquer negligência.

— Fico contente de saber disso – disse eu. – E tomaremos muito cuidado, é claro, para que todos os visitantes conheçam as regras.

— Ah, certamente que sim, senhor – disse Tristan. – Eu nunca soube, quando era escravo, quantos visitantes chegavam ao reino só para curtir os escravos.

— Sempre tivemos centenas de residentes – disse lady Elvera. – Ela me olhou com aquela expressão normalmente gélida, mas a voz tinha um jeito carinhoso e as palavras saíam lenta e harmoniosamente. – E às vezes, muito tempo atrás, havia até milhares de visitantes para os festivais especiais. Só que a rainha cansou, como todos nós sabemos.

– E com esse início de uma nova era vitalizada – disse Tristan – precisaremos dos nossos cavalariços e cavaleiros lindamente treinados por toda parte, sempre observando o tesouro do reino: os nossos escravos.

– Vamos precisar sim de mais cavalariços e cavaleiros – disse Bela. – E tenho certeza de que eles virão.

– Há quartos no castelo nas torres norte e leste – disse lady Eva – que nunca foram usados. Há uma ala inteira do castelo que tem sido negligenciada. Deve haver uns cinquenta quartos lá, todos esperando reformas. E além disso o lorde Gregory está com a torre leste só para ele. Há muitos aposentos acima dos dele.

– De fato há mansões que agora estão vazias – disse lady Elvera. – Eu sempre vivi na corte, mas há lordes e damas que pagariam muito bem por uma mansão abandonada que poderiam reformar belamente, recuperando a grandiosidade do passado... se pudessem manter os próprios escravos.

– E por que não? – perguntou Bela. – Ah, isso é esplêndido. Há tanta coisa para fazer, proclamações para escrever, listas de regras para serem estipuladas, novas construções que devem ser planejadas.

– Sim, Majestade, tudo isso é incrível – exclamou lady Eva. – Eu farei de tudo e qualquer coisa para ver os seus sonhos realizados.

– Bem – disse eu –, então vocês já têm a nossa aceitação da oferta e aprovam as mudanças que vamos fazer.

O príncipe Alexi ficou de pé.

– Majestades, eu saúdo os dois.

Ele parecia à beira das lágrimas. Não me parecia que tinha sido tão lindo quando era mais jovem, ou talvez o meu gosto tivesse mudado. Era agora um homem com rosto e corpo belíssimos, delicado, sim, como algo feito de vidro escuro que pudesse quebrar, mas eu gostava dele.

É claro que agora não pensava nele da forma que o encontrei ontem à noite, na cama da minha mulher, na minha cama, nu e infantil quando correu para fugir de mim, e foi se vestir para sair do quarto. Eu, maldosamente o detive, enfiei a mão dentro da calça para apalpar o pau e o saco dele antes de soltá-lo, depois o beijei como se ele fosse meu. Que homem atraente e gostoso ele era. Hummm. Aqueles lábios, aqueles beijos. Mas essa era uma nova época para todos nós, não era? Inclusive para a minha preciosa rainha, que nem tinha acordado na noite passada para me receber, até eu usar o meu cinto suavemente na sua bundinha arrebitada. Bem, basta dizer que eu entendi por que ela havia escolhido Alexi para seu prazer.

Tristan e o capitão Gordon levantaram das cadeiras rapidamente, lady Eva ficou de pé e fez uma mesura profunda.

– Esse é o dia mais feliz da minha vida recente – declarou ela.

– Temos muito o que fazer – disse Bela. – E estou muito interessada nesses emplastros e pastas e poções que você descreveu, lady Eva, e estou tendo algumas ideias novas, lembranças de coisas que vivi no reino do sultão.

– Sim, nós estamos prontos e dispostos de todo coração – disse Tristan.

– Vocês realizaram os nossos sonhos – disse lady Elvera, erguendo-se lentamente. – E desconfio que isso era o que a antiga rainha queria. Bellavalten vai renascer.

– E aquela questão do Lexius – acrescentei. – Você vai escrever para ele, pedindo que retorne? – Olhei para lady Eva como se agora ela fosse a minha escriba pessoal.

– Farei a sua vontade, Majestade – respondeu ela. – Faço qualquer coisa que ordenar.

Então ficou decidido assim.

E assim foi feito.

Pedi a todos que se sentassem de novo, eles estavam muito alegres e aliviados, e pedi mais vinho para todo o grupo.

Não tínhamos revelado para ninguém os estranhos sonhos que tivemos, de Titania de Mataquin, mas por que faríamos isso? Não havia necessidade. Nosso passado era nosso e só nosso. Mas essa alegria pertencia a todos. Só que esses momentos não seriam tão doces para mim se não tivesse visto com meus próprios olhos a esplêndida Titania de Mataquin, se não tivesse ouvido dos lábios dela que eu sempre fui o príncipe destinado a casar com minha amada Bela.

O resto do dia passamos conversando e bebendo, com lady Eva e o príncipe Tristan ocupados escrevendo grande parte do que tínhamos discutido. Logo meu secretário Emlin recebeu ordem de convocar os escribas reais para me ajudar com as cartas que tinham de ser enviadas para Bellavalten e para o mundo inteiro de imediato.

O jantar foi um verdadeiro banquete, e por volta das oito da noite eu estava exausto e mais uma vez pronto para me retirar. Só uma coisa me incomodava, que era, evidentemente, a história de Lexius e da "desgraça" que envolvia Alexi e a misteriosa Sonya, mas teríamos tempo para saber de tudo isso. Alexi não teria tido a ousadia de admitir abertamente que já tinha escrito para Lexius se tivesse algum motivo para não entrar nesse assunto.

Nós fizemos uma longa lista de nomes, nomes dos escravos que eu lembrava e dos que Bela lembrava, aos quais o capitão Gordon acrescentou outros tantos, e também lady Elvera e Alexi – todos eles iam receber nossos convites por carta. E eu não conseguia me lembrar de todos os nomes dos que já estavam à nossa espera em Bellavalten.

Nós só partiríamos para Bellavalten dali a pelo menos quatro dias e muito trabalho devia ser feito nesses dias, muitas cartas seriam enviadas antes da nossa partida.

Finalmente o longo e importante dia acabou, e Bela e eu estávamos sozinhos, aconchegados mais uma vez nos nossos aposentos particulares, diante da nossa querida lareira.

Eu tinha ficado encantado com o jeito de Bela apresentar suas ideias para aquela pequena assembleia, e isso me dava ainda mais vontade de tê-la nos braços. Realmente não me importava de ela ter estado com Alexi. Decidi que não ia me importar, e se lembrasse disso num momento ia curtir a ideia, deixar que ela me excitasse para atiçar o fogo no meu coração, nunca para me desanimar.

Eu estava muito sedento por Bela, só não rasguei o vestido dela todo como tinha feito com o de lady Eva na véspera, joguei-a na cama e a possuí praticamente uma hora inteira até me exaurir por completo. Ela estava excitada e disposta, seus beijos tão quentes quanto os meus. Bela não resistiu a nada enquanto a atormentei gentilmente, brincando com seus mamilos, machucando um pouco, provocando-a e negando proximidade, depois tratando-a com meu costumeiro abandono afetuoso.

Finalmente fiquei lá deitado, deliciosamente exausto, e senti as mãos frescas dela tocando em todos os pequenos vergões e machucados provocados pela palmatória e correia de lady Eva. Logo depois Bela passou um unguento para aliviar a irritação e massageou os músculos doídos das minhas coxas e panturrilhas.

– Você é um menino tão malvado, Laurent... – disse ela.
– Um menino tão mau!

– Você não sabe nem da metade, rainha Bela – murmurei junto ao travesseiro.

Eu estava de olhos fechados. Os dedos dela massageando as minhas costas acabaram me excitando de novo. Ela beliscou e arranhou os vergões brincando, depois passou o unguento na minha carne ferida. Ondas de sensação gostosa passaram por mim e por toda a pele.

– Mas, nossa, ela o açoitou mesmo... – disse ela baixinho.

– Malvada lady Eva.

– Ah, sim, malvada lady Eva. – Suspirei. – Incansável e malvada lady Eva.

Ouvi uma batida na porta da saleta.

Vesti meu robe e fui atender, esperando que fosse Emlin com algum recado aborrecido, mas era Tristan parado na porta.

– Ora, entre – disse eu, apontando uma cadeira perto do fogo para ele.

Bela havia se retirado para sua pequena sala de vestir, ao lado do quarto. Eu sentei numa cadeira de frente para ele.

– É só mais uma coisa que eu queria falar para você privadamente – disse ele em tom confidencial, olhando aflito para a porta do quarto, como se não quisesse que Bela ouvisse.

– Continue – disse eu. – Estamos sozinhos.

Recostei na cadeira e curti a beleza dele como vinha fazendo o dia inteiro, mas agora, especialmente porque meus desejos estavam satisfeitos por enquanto, eu não queria montar nele e fazê-lo morder o travesseiro embaixo de mim como desejei a tarde toda.

– E pode me chamar de Laurent, agora, por favor.

– Sim, senhor, quero dizer, Laurent, sim – disse ele. – Esse é um assunto delicado. Mas há uma grande mansão em ruínas bem ao sul do castelo, perto da fronteira, que foi no seu tempo muito bonita e rica.

– Você quer essa mansão? – perguntei. – Pensei que você já tinha uma mansão.

– Não, eu não quero e, sim, tenho uma mansão, sim – respondeu ele. – Mas eu estava pensando se... se essa casa não podia ser reformada por Sua Majestade com um propósito específico, a saber, para se tornar um lugar com acomodações de luxo para aqueles lordes e damas do reino, príncipes e princesas, duques e duquesas, todos os famintos por uma noite em que seriam totalmente domados e castigados em segredo pelos escravos bem-dotados.

Eu dei risada.

– Claro – disse eu, e ri de novo.

Esse dia viveria para sempre na minha memória! Pensei, o que mais podia acontecer antes da meia-noite?

– E quem disse que os escravos precisam ser bem-dotados para submeter os nobres?

– Bem, não teriam de ser escravos necessariamente, mas há alguns que são muito bem-dotados. Podia ser um lugar em que eles sejam submetidos aos lordes e damas também.

– Então o antigo reino não tinha tais acomodações? – perguntei. – Um cortesão que desejasse o açoite não podia senti-lo?

– Não.

– Que absurdo.

Pensei na antiga rainha. Que idiota! Mas me senti meio tolo de não ter pensado nisso antes. Nem uma vez durante os anos de escravidão eu tinha pensado naquilo.

Sim, no sultanato eu havia subjugado Lexius, o mordomo do sultão, bem nos seus esplêndidos aposentos. Mas Lexius não era nenhum cortesão. Na minha cabeça ele era um servo.

E Tristan certamente devia lembrar também que eu tinha subjugado o príncipe Jerard, um belo cavalo, quando o peguei no pátio de recreação do estábulo. E Tristan lembrava que eu o tinha dominado porque eu também tinha feito aquilo, no navio voltando do sultanato, eu tinha açoitado Tristan tantas vezes quanto açoitei Lexius. E às vezes o capitão Gordon assistia, maravilhado com a minha habilidade de dominar, como se fosse uma coisa que a maioria dos escravos não possuísse. Não tinha sido nenhuma maravilha para mim. Conforme eu tinha explicado para Bela, sempre curti as duas coisas, dominar e ser dominado. Mas nunca pensei em dominar lordes e damas da corte. Nunca.

E agora imaginava com gosto quantos deviam ter querido tal coisa.

– Então devemos criar esse lugar – disse eu. – Cheio de quartos mobiliados com conforto e luxo, que lordes e damas possam usar sem que ninguém saiba quem é senhor ou senhora. Faremos da casa um refúgio suntuoso e muito particular.

– Maravilha! – disse ele, com um suspiro de alívio. – Já ocorre agora, sabe, que alguns são subjugados por seus escravos, mas é tudo escondido, secreto.

– Ridículo – disse eu.

Hummm. *E se Bela queria ser dominada por alguém que não fosse eu? E se Alexi tinha... Não, isso não aconteceu. Eu teria visto a carne dela e sua inocente bundinha ontem à noite, quando voltei. Mesmo assim, só de pensar...*

– É algo para dar prazer como qualquer outra coisa – disse eu. – E pensar que aqueles privilegiados se negavam a ter esses prazeres! Que desperdício.

Mas e se Bela...? Não, eu não podia pensar nisso. Podia aceitar que ela levasse Alexi para a cama, sim, claro, mas... não podia pensar em nada além disso. Bem, não nesse momento. Mas então a voz dela na minha lembrança dizendo que precisava ter as mesmas prerrogativas... exatamente as mesmas...

Ai... eu tinha de amadurecer nesse novo papel de rei de Bellavalten.

– É assim com o lorde Stefan – disse Tristan. – Você lembra dele, o primo da rainha?

– Sim, claro. Ele foi seu amante antes de você ser capturado e levado para o reino. Claro que lembro. Ele não conseguiu dominá-lo, por isso você se rebelou.

– Sim – disse Tristan –, e ele tem uma temível escrava de cabelo amarelo chamada Becca que o aterroriza, e tudo acontece atrás de portas trancadas.

Não consegui evitar de rir alto. Mas essa menção do lorde Stefan me fez pensar em outra coisa.

– Espere – disse eu, e levantei a mão, tentando lembrar. – Ouvi uma coisa quando era escravo no castelo. Que todo ano no solstício de verão os lordes e damas que queriam ser escravos, até príncipes e princesas da corte, podiam se revelar e pedir para serem vendidos na aldeia. Nunca tive certeza se isso era verdade ou não, mas...

— Era o costume, sim – disse Tristan. – Meu senhor, Nicolas, o cronista da rainha, me contou. Mas a rainha detestava. Ela não respeitava lordes e damas que se entregavam voluntariamente à servidão e não se interessava mais por tais voluntários depois disso. Além disso eles tinham de entrar nisso completamente, eram banidos do castelo. Eram despidos e vendidos na vila. Não havia volta...

— Claro. O que você está falando agora é usar a mansão para alguém que escolhe ser escravo por algumas horas, talvez uma noite.

— Sim – disse Tristan. – É isso que estou pensando. E a rainha também aboliu o costume naquele último ano... o mesmo ano em que você e eu fomos mandados para a aldeia... porque seu próprio primo, lorde Stefan, de quem estamos falando, queria ser vendido e a rainha ficou furiosa com o fato de um parente seu resolver fazer isso. – Tristan sorriu e balançou a cabeça. – Ah, Stefan... Ele queria isso desesperadamente, mas teve negada a oportunidade para sempre.

— É isso. Agora lembrei. Sim. Lorde Stefan. Lembro-me de ter ouvido que ele ia ser voluntário...

— Sim, bem, ela proibiu lorde Stefan de ser vendido na vila e aboliu o costume. Mas ela continuou permitindo que os aldeões se oferecessem no solstício de verão para serem escravos. Isso para ela era permissível, os aldeões, já que não eram nobres nem parentes. Mas isso não acontecia sempre. Nicolas disse que poucos aldeões tinham coragem para tanto.

— Sim, faz sentido.

Fiquei pensando um longo tempo.

– Vou contar mais uma coisa – confidenciou Tristan. – Havia sempre escravos dispensados se não demonstrassem nenhuma aptidão.

– Ah, é?

– Sim, aqueles meninos cujos órgãos não ficavam eretos, as meninas que se derretiam em lágrimas e ficavam paralisadas. Resumindo, os que nunca achavam excitante ou prazeroso servir. Mas ninguém falava sobre isso. Só ouviam falar de rebeldes como o príncipe Alexi que, mesmo contra a vontade, tinham paus duros e corações acelerados até quando não obedeciam, ou mulheres que se enroscavam feito gatas quando eram acariciadas e castigadas, apesar de terem de ser amarradas a maior parte das vezes.

Eu sorri.

– Bem, isso faz sentido também – disse eu.

– A rainha Eleanor chamava aqueles que tinha mandado embora de pálidas criaturinhas, retardados e de seres desprezíveis. Nicolas contou tudo isso para mim. Mas era tudo segredo.

Fiquei pensativo bastante tempo. Lembrei de muitas coisas. Meu pau ficava duro até quando eu estava na cruz da punição em exibição pública como fugitivo. Eu achava aquilo tudo profundamente inebriante. Era como um feitiço.

Mas Tristan esperava a minha reação.

– Deixe suas preocupações de lado – disse eu. – Vamos montar essa mansão. Devemos ter servos e escravos para administrá-la. E será o lugar para essas coisas. Ah, temos tanto o que fazer, não é? Preciso de mapas do reino. Pretendo construir muros em toda a volta, mesmo que leve anos. E essa mansão será uma joia quando ficar pronta.

– Obrigado, Laurent – disse ele, com humildade na voz e uma intensidade no olhar, na expressão.

Havia algo muito provocante nele de repente, no jeito com que abaixou os olhos, como olhou para mim. Ele estava me desafiando a dominá-lo agora mesmo, eu sabia. Eu queria isso. Fiquei pensando como seria subjugá-lo agora que ele era homem, totalmente seguro, tão diferente do sofredor peregrino da paixão que tinha sido naquela época. Eu ia fazer isso, sabia que ia. E decidi que faria isso quando eu desejasse, não quando ele desejasse.

Depois de ir com ele até a porta, encontrei Bela na saleta, sentada à penteadeira, escovando o cabelo comprido. Ela cantava baixinho. Cheguei por trás dela, passei os braços em volta e comecei a beijar o seu pescoço macio.

– Oh, Laurent, estou muito cansada – disse ela. – Você tem o espírito de um novo rei.

– Bela! Como é que vai ser rainha desse novo reino com tão pouca energia? – disse eu.

Enfiei a mão entre as pernas dela, mas a seda do robe podia ser uma cota de malha.

– Uma rainha não passa grande parte do tempo presidindo e assistindo aos espetáculos preparados para ela? – perguntou ela. – Para isso não é necessário ter muita energia, é? Ah, eu queria que nós já estivéssemos em Bellavalten, nos jardins, e que os jardins estivessem cheios de lanternas e que houvesse espetáculos de escravos para curtirmos esta noite.

Ela virou e olhou para mim.

– Você lembra de quando estávamos no navio, viajando para o sultanato, que levaram a mim e Tristan e passaram ouro em todo o nosso corpo? Era um óleo que eles usavam, cheio de pigmento de ouro, e ficamos iguais a estátuas, e também pintaram nossas unhas e pálpebras com ouro.

– Lembro muito bem disso – disse eu, e meu pau doía de tão duro que estava. – Ficamos presos em jaulas e só podíamos espiar.

– Ah... – continuou ela, sonhadora. – Eu adoraria ter muitos escravos no castelo pintados de ouro para os festivais noturnos, como tantas estátuas de ouro ou prata. Preciso falar com lady Eva sobre essas coisas. Não seria uma delícia?

– Uma delícia – disse eu. – Você quer ver um espetáculo aqui e agora?

Eu me ajoelhei ao lado dela, fiz com que ela virasse de frente para mim, beijei os seios dela através da seda azul-clara do robe.

– Gostaria – sussurrou ela, e me beijou suavemente. – Por quê? O que você tem em mente?

– Eu não sei. Talvez precisemos de outra noite separados, junto com nossos velhos amigos, cada um de nós...

Bela fez que sim com a cabeça. Vi alguma coisa passar no rosto dela. Ela não precisou que eu perguntasse.

– Laurent, a partir de agora todas as noites para nós devem ser cheias de promessas, não devem?

– Sim, Bela – disse eu. – Devem. Mas eu estava pensando... Na noite passada, quando você e Alexi estavam aqui sozinhos...

– Meu senhor, por que se afligir com tais coisas? Nós transamos. Foi isso que fizemos. Copulamos como tínhamos feito muito tempo atrás. Mas você é o meu rei, meu marido e meu senhor. Você é o meu único senhor.

Ela parecia muito sincera e muito mais sábia do que eu jamais seria.

Mas e se ele a tivesse dominado, e se? Por que isso tinha tanta importância para mim? Eu sabia que não devia ter, não mais do que importava para Bela o que eu tinha sofrido nas mãos de Eva.

Beijei-a de novo, devagar, como se meus lábios buscassem a alma dela... como se minha respiração e a dela fossem uma só, como se nossas almas estivessem ligadas a um fogo vital.

– Rainha do meu coração – disse eu, sério. – Eu sou seu e apenas seu.

– Sim, amado soberano – sussurrou ela, me abraçou com força e passou o nariz no meu pescoço. – Só adoro você e mais ninguém.

7
Princesa Blanche: Ela não é um prato delicioso para ser oferecido para a rainha?

Blanche estava deitada no chão do quarto de vestir, com a cabeça numa almofada, o cruel cinto de castidade de ouro cobrindo seu sexo macio com a pequena grade de metal, de modo que ela não podia esperar aliviar o desejo flamejante que sentia.

Toda a noite anterior ela foi torturada enquanto seu senhor Tristan ficara conversando horas com lady Elvera no quarto ao lado.

Só quando lady Eva finalmente foi dizer para eles que estava tudo bem com o rei é que pararam de se comiserar, mas então Tristan se dedicou a escrever sem trocar uma só palavra com ela, e ela acabou adormecendo de tanto chorar.

Essa tarde e essa noite eles estiveram no grande salão do castelo, banqueteando-se e conversando todos juntos, e mais uma vez ela foi deixada lá no escuro, sozinha, assustada e desesperada pelo toque do seu senhor.

Galen tinha ido lá mais de uma vez para vê-la, para se certificar de que ela não tinha saído do quarto de vestir, e para surrá-la com força uma ou duas vezes sobre os joelhos dele, dizendo para ela se comportar e ter paciência, e não ousar tocar no cinto de castidade de ouro que cobria suas partes íntimas.

Como se eu soubesse como destrancar isso, pensou ela com amargura. Mas Galen não pretendia ser cruel. Não. Ele estava constrangido como todos, à espera da decisão importantíssima do rei Laurent e da rainha Bela, mas os seios e o sexo de Blanche ardiam por Tristan, e todas aquelas horas eram uma tortura que ela mal podia suportar.

Mesmo assim, na cabeça de Blanche, Galen deixava muito a desejar como cavalariço.

Finalmente, Galen chegou correndo para avisar o que tinha sido decidido. Que o rei e a rainha assumiriam os tronos de Bellavalten e que estavam naquele exato momento expedindo seus primeiros decretos de suma importância. Galen tinha tirado o cinto de castidade tempo suficiente para dar um banho nela e esfregar vigorosamente um óleo em seu corpo todo, depois para pentear o seu cabelo. Mas foi muito exigente ao pedir para ela manter as pernas abertas enquanto cuidava dela.

– Não me faça ter de contar para ele que você não foi uma boa menina.

Suas mãos, lentas e firmes, tinham provocado arrepios nela quando esfregavam o óleo nos seios, nas axilas e nos músculos dos braços e das pernas. Galen sempre trabalhava contente, assobiando, e dava alguns beijos em Blanche, na boca ou na testa, e sempre sussurrava elogios em seu ouvido.

– Você é a escrava mais linda que eu já preparei – dizia ele, ou: – Mal consigo resistir a você. Um dia vou implorar para o senhor deixar que eu deite com você uma vez.

Isso deixava Blanche confusa, mas ela não ligava. Tinha se acostumado com os diversos estilos de pajens no castelo do antigo reino. Só que o seu novo senhor criava regras próprias.

Claro que Blanche ficou feliz com a decisão do rei. Como podia não ficar com o fato de o reino continuar a existir, com o fato de não ter de largar aquela vida que a tinha envolvido havia dois anos? Mas toda aquela excitação no grande salão significava mais tempo deitada no chão do quarto de vestir, passando os dedos inutilmente na pequena gaiola que a cobria, tentando em vão tocar na ponta dos lábios da vagina. De vez em quando beliscava os próprios mamilos, mas isso só intensificava o desejo e a frustração.

Ela acabou adormecendo de novo e não soube quantas horas passaram até Galen acordá-la mais uma vez.

– Levante-se, depressa – disse ele, estalando os dedos. – Levante-se já, rápido! – E sussurrou: – Seu senhor já fez a ceia e quer você agora.

Ela ficou de pé e se espreguiçou como uma gata. Ele destrancou rapidamente o cinto de castidade e tirou do corpo dela.

– Marcas... deixou marcas na sua carne – disse ele, zangado.

Ela teve vontade de dizer: Ora, o que você esperava?

Ele pegou a salva da prateleira e esfregou apressadamente nas partes internas das coxas dela, dizendo o que sempre dizia, para ela abrir bem as pernas.

– Você sabe que é o amor mais doce – cantarolou ele enquanto trabalhava. – Mas eu preciso fazer essas marcas desaparecerem.

Em poucos minutos ele já estava escovando o cabelo dela, desembaraçando as pontas. Ela adorava a sensação do peso do cabelo nas costas nuas.

– Agora fique de quatro, pequenina, e coma esses pedaços de maçã – disse ele, pondo o prato na frente dela.

A maçã era para adoçar o hálito de Blanche, claro, todos os lordes e damas e escravos do reino comiam pedaços de maçã ao acordar e várias vezes durante o dia e a noite, e ela gostava disso, embora fosse difícil mordiscar e mastigar sem usar as mãos. De vez em quando Galen ou algum outro pajem eficiente escovava os dentes dela com maçã, e até a língua. Ela gostava disso também, mas na primeira vez ficou com medo, com a boca aberta daquele jeito, e dedos enfiados nela.

Galen tinha posto Blanche de pé outra vez. Apertava as bochechas dela e passava ruge nos lábios.

– Maravilhosa – disse ele.

Galen parecia muito dedicado, completamente envolvido no seu trabalho.

Então ele enfiou a mão entre as pernas dela.

– Você já está molhada – disse ele, em tom de reprovação.
– Fico pensando o que aconteceria se você fosse espancada por isso, por estar molhada.

Ah, ela precisou de toda a sua paciência para ignorá-lo.

Como é que podia não estar molhada? Será que ele achava que aquilo era uma coisa que ela podia controlar?

Só de pensar em Tristan o lubrificante natural já jorrava dentro da cavidade secreta que só Tristan podia preencher ou até tocar. E não, não adiantaria absolutamente nada se ela fosse espancada por isso. Não faria qualquer diferença, exceto que Galen teria uma oportunidade, talvez, de dar mais uma de suas surras excelentes, das quais ele tinha muito orgulho.

E ele realmente fazia muito bem. Cada cavalariço tinha um jeito diferente, uma maneira diversa de usar a palmatória ou a correia. Assim como cada senhor ou senhora. Com Galen, os golpes eram rápidos e ardidos, enquanto com a firmeza da mão esquerda ele agarrava o pescoço dela.

– Agora, está gostando disso, minha jovem? – dizia ele no meio da surra. – Acha que já chega?

Ela sempre soube que não devia responder nada, apenas soluçava. A coisa que mais adorava era poder soluçar livremente, com os lábios educadamente fechados, claro, mas seus soluços mesmo assim eram audíveis e sem controle.

Era maravilhoso como ele era bom naquilo, as pancadas eram tão rápidas e possuíam uma espécie de ritmo que a enfraquecia toda, sentindo a dor da palmatória, e ela se contorcia e remexia sem jamais tentar escapar da pegada firme de Galen.

Agora ela também não disse nada quando Galen a empurrou para o quarto e gesticulou para ela se ajoelhar e ficar quieta. Já fazia dois dias desde a última surra que Galen dera nela, por ordem do senhor, e ela sabia que sua bunda estaria lisa e bonita para Tristan, se Tristan ao menos notasse, coisa que talvez não fizesse.

O quarto estava deliciosamente quente. O chão parecia deliciosamente quente. Seu amado mestre sentou a uma mesa à direita do fogo. Ele estava como sempre escrevendo e não levantou a cabeça quando Galen disse para ele, com voz suave, que a princesa Blanche já estava "preparada".

Apesar de estar ajoelhada e de cabeça baixa, Blanche podia ver Tristan claramente, e como sempre a sua simples visão fazia o desejo dela duplicar e triplicar de intensidade. Em transe ela observou a mão dele que movia a pena tão célere e com rabiscos muito rápidos sobre o pergaminho. E a outra mão, pousada na coxa dele, ela avistava ainda melhor, brilhando com a luz. Parecia que já podia até sentir aquela mão nela. Sentir seu calor, sua força. Tristan tinha as mãos grandes e muito bonitas.

O cabelo dele, dourado e cacheado, estava hidratado e solto, e escondia parcialmente o rosto. Ela desejava poder tocar nele, levantar as mechas, afastá-las dos olhos dele, mas jamais recebeu permissão para fazer tal coisa, e sabia que talvez nunca pudesse.

Sem desviar os olhos da página diante de si, Tristan falou em voz baixa:

– Venha até aqui, de quatro.

Ela se apressou para obedecer no mesmo instante e quando chegou perto da mesa beijou os pés dele. Tristan tinha tirado as botas pesadas e usava um chinelo marroquino de couro. Blanche adorava senti-los com os lábios. Ela não tinha coragem de encostar no tornozelo, na perna ou em qualquer parte dele sem permissão. Mas beijou várias vezes cada pé e depois apoiou a testa no chão. De novo o desejo dela aumentou. Todo o seu corpo latejava.

– Você não tem como saber que noite formidável foi essa – disse ele, continuando a mover a pena. – O reino está salvo, nosso futuro está salvo, e você, princesinha, está segura.

– Sim, meu senhor – disse ela suavemente.

– Fique só de joelhos – disse ele.

Ela obedeceu, ele levantou a cabeça furtivamente, só por uma fração de segundo e sorriu para ela. Foi como se uma luz forte e brilhante a cobrisse e aquecesse até sua alma. Ele era lindo de tirar o fôlego. Se ao menos pudesse dizer isso para ele... mas isso jamais seria permitido.

Era absolutamente irreal para ela que ele, o príncipe Tristan, seu mestre, tivesse um dia sido escravo. Claro que ela conhecia a história. Como todo mundo. Mas não conseguia imaginar seu amado Tristan nu, sendo açoitado como faziam tantas vezes com ela, até com arreios, preso a uma carroça ou carruagem na temida vila da rainha, onde ele serviu como cavalo alguns anos. Mas quando ela pensava nisso ficava excitada, tinha de admitir, e chegava mais perto do delírio quando deixava pensamentos contraditórios se chocarem, como agora.

– Você foi uma boa menininha enquanto eu estive ocupado? – perguntou ele e alisou o cabelo dela para longe da testa. – Linda Blanche. Você é tão bonita, tão doce e atraente...

Ele se abaixou e beijou Blanche na boca. A paixão dentro dela entrou em embulição. Ela mal conseguiu evitar rebolar descontroladamente e liberar o orgasmo que ia humilhá-la e enfurecê-lo com essa perda de controle.

Ficou lá ajoelhada e imóvel, sentindo o latejar entre as pernas quando ele apertou os lábios nos dela. Então ele deslizou a mão para sentir a umidade reveladora e riu baixinho.

– Você tem sido obediente e casta?

– Sim, meu senhor – disse ela.

Então ele não sabia que Galen a tinha trancado com o cinto de castidade? Certamente que sim.

Ele levantou de repente e a puxou para que ficasse de pé.

– Querida, você nem imagina como estou feliz – disse ele com uma onda de carinho incomum, e a apertou contra o peito. – Estamos todos seguros mais uma vez, Bellavalten está segura!

Ele a beijou na boca várias vezes.

Lágrimas despontaram nos olhos de Blanche. Ela ficou completamente inerte nos poderosos braços de Tristan.

– Meu senhor – sussurrou ela.

– Sim, estamos a salvo de novo, princesa. Não há nada a temer. Eu não posso viver em nenhum outro lugar que não seja Bellavalten, e agora nunca mais terei de me preocupar com isso.

Os olhos de Tristan se encheram de lágrimas. E sua voz ficou rouca de emoção, de ternura.

– Você me ama, Blanche? – sussurrou ele e beijou a orelha dela. – Ordeno que minta para mim se não me amar, porque preciso ouvir isso. Tenho de ouvir isso agora.

– Eu o adoro, senhor, e não é mentira – disse ela, com os olhos cheios de lágrimas. Ele tremia e agora ela sentiu que balançava violentamente, tremores passavam pelas suas pernas enquanto ele a segurava. – Eu sempre o adorei, desde o primeiro momento em que o vi. O senhor é que dá sentido a toda a minha vida!

– Ah, linda e adorável Blanche. Vou lhe contar um segredo maldoso – disse ele ainda apertando-a em um abraço, do jeito que as pessoas fazem quando se encontram ou se despedem, a mão esquerda numa nádega, segurando-a com tanta firmeza que os pés dela saíam do chão.

– Estará a salvo comigo para sempre, senhor – respondeu ela baixinho. – Ponha o seu segredo no meu coração.

Tristan sentou e puxou Blanche para o colo dele. Segurou-a com o braço direito e apertou os seios dela carinhosamente com a mão esquerda. Ela pensou que ia perder todo o controle, mas lutou contra aquele tormento, olhando para ele com adoração, querendo secar as lágrimas dele com beijos.

– Anos atrás, Laurent, o rei, me dominou exatamente assim. Pareceu tão simples para ele... Em um minuto ele era um escravo ao meu lado, submetido aos mesmos castigos, e no minuto seguinte ele pegou o cinto do capitão da guarda e fez de mim seu escravo trêmulo. Como é que ele conseguiu fazer isso com tanta facilidade, Blanche? Como foi que ele passou de um para outro? Como é que encontrou lugar em seu coração para um e outro papel?

Ele olhou nos olhos dela.

– Eu não sei, meu senhor – disse ela. – Eu nunca entendi essas coisas. Desejo me submeter, me perder em submissão. Sempre desejei.

– Ele será o maior governante que Bellavalten já teve. – disse Tristan. – Mas é a nova rainha que a quer esta noite. Está preparada para atendê-la?

– Senhor, como pode fazer uma pergunta dessas? Eu faria qualquer coisa que o senhor ordenasse nesse mundo, pelo senhor, por Sua Majestade, por qualquer pessoa para quem o senhor me desse. O senhor sabe disso.

– Sim, minha querida – disse ele. – Bem, primeiro você é minha.

De estalo ele ficou de pé, e ela também. Ele a fez virar de barriga para baixo, e com a mão direita, grande e firme, deu-lhe uma série de tapas fortes.

– Fresca, doce e linda – disse ele. – Agora, já para cima do pé da cama.

Ele a empurrou para frente e a fez se inclinar em cima da colcha, afastando as pernas dela com o pé. O tecido grosso de tapeçaria fez os mamilos dela formigarem. E não conseguiu conter um gemido alto.

– Você nem ficou muito vermelha com meus tapas, pequenina – disse ele.

Ela sentiu o pau dele entrando na sua vagina, sentiu a pressão deliciosa abrindo caminho enquanto esfregava o clitóris na colcha, mas ainda não bastava, não bastava. Oh, aquilo era dor e prazer se misturando como fumaça. Ela abria e fechava as mãos, indefesa.

Ele bombeava sem parar dentro dela, então a levantou e segurou suas coxas nos braços poderosos.

Ela gozou com gemidos altos, incontroláveis. Ele batia nela com o corpo e o prazer a dominou, de novo e de novo.

Esse era o momento mais precioso, quando ela não pensava em nada, não via nada e não ouvia nada, literalmente, quando ela se tornava o prazer que estava sentindo, quando cada volteio das suas formas se retesava de prazer, quando ela não sabia onde estava nem quanto tempo ia durar.

O seu corpo ficou todo mole, como o de uma boneca de pano.

Finalmente foi acabando. Blanche esfregou os seios na tapeçaria gemendo e arqueando as costas.

– Ó meu senhor – gemeu ela. – Meu lindo senhor.

Quando ele gozou foi com um grito abafado. Ele fazia sempre assim, aquele grito baixo e abafado de cavalheiro. Os últimos espasmos do pau dele reacenderam o gozo. Ela achou que ia gritar.

E então chegou aquele momento terrível, quando ele tirava o pau de dentro dela, quando ela ficava vazia, mas estava acontecendo, tinha acabado, tão rápido e tão cruel que ela ficou lá prostrada, de pernas abertas, sentindo as mãos dele no quadril, esperando, desejando, esperando o que ele podia fazer depois. A rainha... ela não conseguia imaginar direito, já que tinha visto a magnífica Bela num lampejo rápido desde a chegada dela, e não conhecia a alma da mulher.

Com uma pegada firme, Tristan a fez virar de costas e a puxou com a mão direita para o centro da cama.

Ela continuou sentindo o tapete do chão com as pontas dos pés.

– Arreganhe bem as pernas! – disse ele.

Ela se esforçou para abrir completamente como ele ordenava, de olhos fechados.

– Galen, venha aqui – disse ele.

Ela não teve coragem de olhar para ele, mas sabia que estava bem ali, porque sentia a calça dele roçando em suas pernas nuas, e agora sentiu os dedos dele tocando seu púbis, alisando os pelos.

– Eu quero isso aparado agora. Bem-feito – disse ele. – Não é para raspar, entendeu? Jamais gostei disso. Mas quero os pelos bem aparados. Depois lave-a bem, por dentro e por fora. Passe óleo. Perfume. Em seguida traga-a de volta para mim, que vou levá-la para a rainha.

Em poucos minutos Galen terminou a brusca limpeza e higiene.

O pajem estava nervoso, temeroso e incontrolavelmente desajeitado, mas ela não se importou. Pobre Galen. Que importância tinha para ela?

Os aposentos privados da rainha na torre norte era o destino deles, Tristan disse para Blanche ao cobri-la com uma capa roxa pesada, com capuz.

– Calce chinelos. Esse castelo é poeirento – disse ele para ela.

E Galen botou os chinelos nos pés dela.

Blanche detestava o roçar de qualquer tecido nela, qualquer coisa que interferisse com a nudez completa, mas eles não estavam em Bellavalten agora, e isso ela entendia. A paixão estava aumentando de novo, estava outra vez ficando molhada. E então eles se apressaram juntos pelo corredor e subiram a escada, com Tristan profundamente concentrado em seus pensamentos.

Era um quarto bem decorado, com tapeçarias caras e um fogo convidativo na lareira. Havia uma cama enorme na sombra de um canto. E numa poltrona de costas altas e bem trabalhada de frente para as chamas estava sentada a rainha.

Havia mais alguém no quarto quando entraram, mas Blanche não conseguiu ver quem era.

Tristan removeu a capa num instante e disse para ela se aproximar da rainha como de costume.

Blanche obedeceu logo e se viu ajoelhada diante dos chinelos dourados da rainha, cujas pontinhas apareciam embaixo da bainha bordada com ouro do vestido azul-escuro.

Blanche beijou o couro macio e dourado de cada pé como devia e seu coração derreteu com o cheiro do exótico perfume da rainha. Flores e temperos macerados.

Então a voz suave e atraente do príncipe Alexi soou, com um timbre mais grave do que o de Tristan, as palavras rolavam mais devagar e por igual, sugerindo paciência e distanciamento.

– ... simples para fazer o que você quer com ela, isto é, se é que deseja fazer alguma coisa com ela.

– Ela é delicada – disse a rainha. – Como as pétalas das flores, essa pele. Fique de joelhos, princesa Blanche, e ponha as mãos na nuca. Olhe para mim e depois abaixe a cabeça.

Blanche sentiu um choque passar pelo seu corpo quando obedeceu. Os brilhantes olhos azuis da rainha eram juvenis e confiantes, a boca parecia macia, sincera e naturalmente rosada.

Blanche olhou para baixo logo em seguida e sentiu o rosto pegar fogo.

Então aquela era a nova soberana de Bellavalten, aquela jovem mulher, atraente e elegante, tão fresca, tão sedutora e aparentemente sem frieza alguma. Mas rostos podiam ser enganosos, e Blanche sabia disso muito bem. Tinha sido espancada duramente muitas vezes por pajens com as carinhas mais inocentes do mundo, querubins com vozes melodiosas que usavam a palmatória com fúria e davam risada quando Blanche gemia.

Um medo profundo e delicioso dominou Blanche. Será que aquela criatura adorável ia castigá-la? Já fazia tempo demais que ela não era castigada por uma mulher.

Seu rosto ardeu de novo.

— Por que enrubesceu assim, filha? — perguntou a rainha.

Blanche sentiu os dedos da rainha embaixo do queixo. Esse toque, esse gesto, sempre fazia com que ela se sentisse duplamente exposta e indefesa. Sabia que as lágrimas iam brotar logo.

— Dê-me a palmatória, Alexi — pediu a rainha. — Tristan, você pode ir ou ficar, se quiser. Agradeço esse precioso brinquedo.

— O rei mandou me chamar, Majestade — disse Tristan.

E isso também excitou Blanche, mas não sabia por quê. Será que poderia se submeter mais completamente com aqueles dois, a rainha e o príncipe Alexi, de olhos escuros, se o seu senhor fosse embora?

— Bem, então você deve ir, não é? — disse a rainha. — Não faça o rei esperar.

Blanche suspirou em silêncio e secretamente quando ouviu a porta do quarto fechando.

À esquerda deu para ver o sapato de couro do príncipe Alexi, aqueles chinelos macios para usar dentro de casa, enrugados e curvos nas pontas. Calça verde-escura e a bainha de uma túnica verde, comprida. Ela não ousou olhar para cima para ver mais detalhes.

Chocada ela viu a manga da rainha na sua frente e então sentiu os dedos quentes apertando a parte de cima do braço.

— Você é mais macia do que as pétalas dos lírios — disse a rainha pensativa. — Agora levante-se e deixe-me examiná-la. Vire de costas para mim. Estou observando a sua postura. E estou observando seus menores gestos.

Blanche obedeceu, sem coragem de dizer qualquer coisa.

– Ah, sim, você fica em silêncio porque não lhe dei permissão para falar – disse a rainha. – Bem, pode responder com "sim, madame" ou "não, madame". Eu gosto dessa forma simples de tratamento.

– Sim, madame – disse Blanche.

Ela estava de pé e se sentia muito desconfortável, dolorosamente desesperada para agradar. Seus olhos se enevoaram com as lágrimas. Podia ver grande parte do quarto agora, a escura e solene procissão de figuras nas tapeçarias e a colcha vermelha cintilante com pedras preciosas na cama elegante. Vermelho. O vermelho parecia ser a cor dominante em toda parte. No tapete turco em que pisava e até nas tapeçarias havia vermelho que despontava sobre o fundo de sombras no qual muitos tons discretos se misturavam em volta dos rostos pálidos com olhos bem marcados.

– Há quantos anos você é escrava no reino? – perguntou a rainha atrás dela.

– Cinco anos, Majestade – disse Blanche nervosa.

Devia ter falado "madame". Ah, certamente devia ter dito "madame". E seu rosto ficou vermelho de novo.

O príncipe Alexi tinha dado a volta na frente dela e agora ela via a túnica comprida e o cinto de couro. Será que ele ia espancá-la logo com aquele cinto? Tinha uma pesada fivela de prata, com um belo e intrincado desenho.

– Cinco anos – repetiu a rainha. – E diga a quem e como você serviu.

Blanche se esforçou para ficar composta. Estava chorando. Por que as mulheres sempre provocavam aquele choro? É claro que ela chorava com abandono sempre que tinha vontade, como todos os escravos eram encorajados a fazer. Mas com as mulheres parecia que as lágrimas vinham mais depressa, e uma tristeza pequena e emocionante a dominou com cada sílaba que Bela pronunciava.

– Vim para cá servir por um ano, madame – disse ela, ainda de costas para a rainha. – Eu servi na corte a maior parte do tempo. Fui escrava da princesa Lynette.

– Não a princesa Lynette do meu tempo, não é? – perguntou a rainha. – Vire-se, menina, de frente para mim e mantenha o olhar baixo, como deve ser.

– Sim, madame.

Blanche virou e viu o chinelo dourado. O perfume atingiu suas narinas outra vez, delicioso, doce e picante. E essa rainha tinha realmente sido escrava havia muito tempo, Blanche pensou. Havia se exibido para outros do mesmo jeito que ela se exibia agora.

– Sim, mas a princesa Lynette fugiu, não foi? – perguntou a rainha. – Ouvi falar disso na aldeia.

– Sim, madame, pelo menos é o que dizem as histórias antigas – disse Blanche.

Ela mordeu o lábio e ficou aflita porque de repente não lembrava mais o que tinha ouvido e de quem. Imagine se revelasse alguma fofoca sobre sua antiga senhora, que era muito rígida, que não devesse...

Mas o príncipe Alexi veio em seu socorro, consciente ou não.

Ele ficou ao lado da rainha e pôs a mão no encosto da poltrona.

– Lynette fugiu sim – disse ele –, e se hospedou no reino do rei Lysius por um bom tempo. Lembra, majestade, que ele não devolvia escravos fugitivos, já que era cético diante da rainha e de seus divertimentos. Mas depois a princesa Lynette voltou voluntariamente e confessou que só tinha fugido para ser capturada, que estava muito entediada com a vida na corte do rei Lysius. Ela foi condenada a ir para a aldeia e para o estábulo de mulheres cavalos, onde serviu durante anos. Foi mandada para casa um ano antes de mim.

– Ah, entendo. Lembro-me de quando contou a história dela, Alexi – disse a rainha.

– Sim, madame, foi uma história e tanto.

E Blanche também tinha ouvido a história de que a princesa Lynette havia treinado o príncipe Alexi para fazer uma pequena performance deliciosa diante de toda a corte.

– Ela voltou seis anos atrás, segundo eu soube – disse Alexi. – E a rainha a recebeu com bondade, assim como me recebeu. Jantei com ela muitas noites desde que a rainha partiu. Ela tem histórias maravilhosas para contar, de quando serviu nos estábulos do lorde prefeito. Ela pode ajudá-la a construir os novos estábulos para cavalos mulheres no castelo com muito empenho.

– Vou contar com isso – disse a rainha. – E ela era uma senhora muito rígida, princesa Blanche?

– Sim, madame – disse Blanche baixinho. – Muito rígida.

– E você alguma vez foi mandada para a vila da rainha como castigo?

– Sim, madame, fui mandada para lá, mas só por um verão, e por "pequenas imperfeições", como a minha senhora chamava, que ela queria corrigir. Fiquei lá três meses do tempo mais quente e servi em uma loja que vendia vários objetos. Eu era usada para exibição dos produtos.

– Nunca vi essa loja, explique isso para mim – disse a rainha.

– Enfeites, madame. Grampos para os mamilos ou orelhas, cintos de castidade de ouro, algemas de couro, correntes e coisas assim.

Blanche percebeu que estava tremendo. Era a última coisa que esperava, ter de falar tanto assim. Mas a rainha não emitiu nenhum som e, nervosa, Blanche continuou.

– Eu era enfeitada e ficava perto da porta para os transeuntes poderem apreciar os produtos.

Blanche foi dominada por uma vívida lembrança da rua quente, da calçada de pedra onde ficava imóvel perto da porta, como estava agora, só que seus mamilos estavam pintados e enfeitados com fios enrolados, e desses fios pendiam minúsculos sinos dourados. Homens e mulheres da vila passavam por ela, alguns ignorando completamente, outros parando para dar tapinhas na sua bunda, ou beliscá-la, ou mexer nos sininhos dourados. E depois vinha o comprador sério que inspecionava com o maior cuidado e entrava para encomendar e saber das pulseiras douradas que ela usava, ou da pedra que enfeitava seu umbigo, ou das pequenas pérolas enfiadas nos pelos púbicos.

– Por que seu rosto está tão vermelho, princesa? – perguntou a rainha.

– Não quero desagradá-la, madame – disse Blanche com um breve e abafado soluço.

– Ah, bobagem, você não está me desagradando. Estou só perguntando. Quero saber como está se sentindo.

– Indefesa, madame – disse Blanche. – Eu... eu estava lembrando...

– O dono da loja era bondoso ou agressivo?

– Não posso reclamar dos meus senhores, posso, madame?

– Ah, então era cruel. Ele batia sempre em você?

– Ele me mandava para a loja das punições todas as manhãs – disse Blanche, com as lágrimas escorrendo no rosto.

– Ah, sim, já ouvir falar disso, da loja das punições – disse a rainha. – Mas nunca vi. Era onde os meninos e meninas maus eram espancados por um senhor sentado enquanto os aldeões se reuniam para fofocar e beber.

– Sim, madame – disse Blanche. – Ele sempre usava um grande avental de couro e era muito... Perdão, madame. Perdão.

– Perdoar o quê? Ele era cruel? Eu quero a verdade.

— Duro, madame. Ele espancava com uma palmatória de madeira. Se o público gostava, mesmo se só olhassem, bem, ele dava mais pancadas. E se alguém pagava por mais uma surra, ele estava sempre disposto.

— E você era uma das preferidas desse público matinal?

— Sempre, madame.

— Então venha cá, menina. Vou bater em você. E você vai dizer se eu faço isso bem ou não.

Blanche estremeceu e os olhos se encheram de lágrimas. Mas a rainha não tinha dado nenhuma ordem do que fazer.

— Venha cá, deite-se nos meus joelhos — disse a rainha. — Com a cabeça para o lado do príncipe Alexi. De um jeito simples e elegante, com suas mãos encostadas no chão.

Blanche se apressou, caiu de joelhos e se esticou no colo da rainha, com seu sexo apertado contra o veludo do vestido dela, e o desejo explodiu ainda silencioso, mas com um latejar que dava para sentir nos ouvidos.

Seus ombros tremiam de tanto soluçar quando ela abaixou as mãos para encostá-las no chão, diante dos chinelos do príncipe Alexi.

Sentiu a mão direita nas costas, só encostada, apalpando a carne.

— Tão macia, tão fresca... — disse a rainha.

— Ela é adorável — disse o príncipe Alexi. — Mas devo avisar. A pele dela, embora muito clara, é resistente, por isso é tentador espancá-la com muita força, só para obter o vermelho adequado. Eu já vi baterem nela na senda dos arreios do castelo e ela sair espantosamente sem marcas.

O sexo de Blanche estava encharcado de lubrificação. Certamente a rainha ia ver isso, o líquido brilhando entre suas pernas.

Assim que pensou nisso ela sentiu a rainha mexendo no seu ânus, abrindo, mas não com o dedo.

– Coisinha apertada – disse ela.

Era uma espécie de varinha que ela tirava agora, e Blanche sentiu mais ainda que não tinha vontade, nem dignidade, nem propósito, a não ser o de dar prazer à rainha.

De repente a palmatória a pegou de surpresa. Com força inesperada, estalou na sua bunda e arrancou um pequeno grito da sua boca indisciplinada. Blanche ficou toda tensa, mas os próximos golpes vieram tão rápido e tão ruidosos que de repente recomeçou a gemer em voz alta. Ela apertava os lábios e isso só fazia com que engasgasse com os soluços. A rainha batia nela com força, sem parar.

– Vamos lá, menininha, arqueie as costas para mim – disse a rainha. – Assim, eu quero a sua bundinha levantada para a palmatória.

E ela golpeava furiosamente até a bunda de Blanche ser apenas uma dor ardida.

E subitamente ela desmoronou, perdeu toda a compostura, mordendo os lábios para conter os soluços, passando os dedos no tapete, vendo os chinelos do príncipe Alexi embaçados.

Ele estendeu o braço e levantou o queixo dela. Isso foi demais para Blanche, os dedos macios erguendo seu rosto. Ela teve vontade de gritar "não, por favor, não olhe para o meu rosto", se pudesse, mas isso seria impensável. Então soluçou amargamente e sentiu os seios estremecendo contra as saias da rainha.

Foi espancada sem trégua, a palmatória pegava a parte de baixo das nádegas, batia na direita e na esquerda.

De repente a rainha pôs a mão esquerda nas costas de Blanche.

– Curve as costas. Preciso ordenar de novo? – disse a rainha.
– Assim. Você quer se tornar apresentável para mim, não quer?

– Sim, madame. – Ela soluçou, horrorizada com o som rouco e engasgado da própria voz.

Pareceu que a rainha deixou a palmatória de lado e agora massageava a carne machucada.

– Você tem razão. A pele dela é simplesmente deslumbrante. Para uma pele clara é extraordinária.

– Ela é famosa por isso – disse Alexi. – Mas pense só, Majestade, o que deseja fazer com ela? Quer puni-la mais, submetê-la completamente ou prefere fazer outra coisa?

A rainha pegou a palmatória de novo e dessa vez aplicava os golpes nas coxas de Blanche. A rainha exibia força surpreendente. As pancadas vinham em ondas, e agora Blanche percebeu que soluçava baixinho, com maior controle. Não que o pior tivesse passado. De jeito nenhum, mas tinha derrubado alguma barreira de repente e estava prostrada em sua dor. Era a nova rainha de Bellavalten que a castigava e Blanche não tinha ideia se estava ou não agradando.

Um grito indefeso escapou da boca de Blanche.

– Minha rainha.

– Sim, gatinha, o que é? – perguntou a rainha.

– Quero muito agradá-la. – Blanche soluçou.

Seu traseiro e suas coxas estavam em fogo. Mas a rainha continuava batendo, voltava para a bunda e levantava cada lado toda vez que batia na curva de baixo, onde a nádega encontrava a coxa. Blanche balançava com os soluços. Jamais se sentiu tão indefesa assim com ninguém, nunca tão fraca, sem peso e sem força de vontade. Seu sexo estava molhado e pulsando de desejo, e os seios quentes e formigando, como se o calor subisse do meio das suas pernas e enchesse o corpo todo, como um líquido quente que certamente era mais parte dela do que seu próprio sangue.

De repente a rainha puxou Blanche pelos ombros e empurrou-a para baixo sobre os joelhos. Agarrou os pulsos da princesa com as duas mãos e forçou Blanche a virar e se ajoelhar na frente dela.

– Olhe nos meus olhos – disse ela.

Blanche olhou lentamente para cima como se estivesse diante de uma luz ofuscante.

– Majestade – implorou ela sussurrando.

Seus seios latejavam e o sexo inchava como se fosse explodir. Os fluidos escorriam por dentro das coxas.

– Levante-a, Alexi – disse a rainha.

Blanche foi içada do colo da rainha.

– Agora apresente o seu quadril para mim – disse a rainha.
– Assim, projete para frente, para mim.

Blanche se esforçou para obedecer, com o cuidado de manter as pernas abertas. As panturrilhas tremiam quando ficou na ponta dos pés, as coxas e a bunda latejavam de dor, uma dor quente, pulsante, deliciosa, que agora estava pior do que quando estava apanhando.

A rainha examinava o sexo de Blanche, via o jorro de lubrificante, a umidade que Galen sempre chamava de terrível, e sentiu os polegares da rainha dentro da sua vagina.

Blanche deu um grito sufocado. Não conseguiu se controlar. Morreria antes de deixar aquele prazer crescer, morreria antes de decepcionar a rainha e seu amado Tristan, mas não conseguia se segurar.

O orgasmo explodiu, e sentiu sua vagina vazia abrir faminta e desesperada quando o prazer a preencheu e o sangue subiu para o seu rosto.

Eles sabiam, eles viram, não podiam deixar de pensar que era a liberação do gozo dela, e a liberação dos soluços sufocantes que se transformaram em gritos baixos e roucos.

– Use-a – disse a rainha.

O príncipe Alexi a fez virar.

– Na cama.

Ela foi empurrada pelo quarto e jogada em cima da colcha de pedras preciosas. Mil joias ou pedaços de ouro espetaram sua carne machucada. O príncipe Alexi a empurrou mais para cima e montou nela, sem tirar a roupa, só levantando a túnica para revelar seu órgão já ereto e pronto, que então enfiou nela, no vazio doído e desesperançado, e Blanche sentiu uma onda de alívio, galopou em outra onda magnífica e gozou mais uma vez.

Abriu a boca e os gritos foram arrancados de dentro dela.
– Cale-se, pequenina – disse ele. – Cale-se.
Ele cobriu os lábios dela com os seus e engoliu seus gritos enquanto enfiava o pau nela com mais e mais força.

Incapaz de se conter, Blanche enrolou as pernas nele e se elevou da colcha com ele, para ser jogada nela mais uma vez.

Ela queria chorar, sim, sim, e talvez tenha chorado. Não sabia. Ele tirava seu fôlego, com o cabelo escuro caindo em seu rosto.

Finalmente ele gozou e ela gozou de novo com ele, os dois estremeceram juntos até terminar. Blanche sentiu o príncipe levantar, sentiu seu peso maravilhosamente leve tirado de cima dela e por um momento sentiu frio, não porque fizesse frio no quarto, mas porque estava tudo quieto e ele não estava mais lá.

Ao abrir os olhos, ela viu a rainha parada à janela perto da lareira, espiando a noite lá fora.

– Ó minha rainha. – Blanche chorou, sem poder se conter.

E sem pensar, ela desceu da cama correndo e caiu de joelhos ao lado da rainha.
– Eu queria muito agradá-la, realmente queria. Oh, por favor, me perdoe se a desagradei.

– Cale-se, Blanche, cale-se – disse Alexi com voz melodiosa quando se aproximou.

Blanche sentiu as mãos dele nos ombros, gentis, mas firmes.

– Majestade, ninguém jamais conseguiu ensinar essa menininha a se controlar e a conter suas explosões de devoção.

A rainha deu meia-volta e olhou para baixo. A luz do fogo vinha de trás dela, por isso seu rosto ficou no escuro e a luz brincava no cabelo dourado.

Blanche soluçava derrotada, não com as mãos na nuca, como deviam estar, mas cobrindo o rosto.

– Você me agradou sim, querida – disse a rainha com a voz mais carinhosa e doce.

Blanche sentiu os dedos da rainha tirando gentilmente suas mãos da frente do rosto. E agora tinha seu rosto levantado e sabia que a figura no escuro sorria para ela, apesar de mal conseguir enxergar as feições do rosto dela.

– Você me agradou muito, preciosa Blanche – disse ela. – Vou amá-la sempre, amá-la especialmente por essa noite. Agora levante-se e venha para os meus braços.

Blanche não conseguia acreditar que aquilo estava acontecendo, porque seu coração estava cheio de felicidade, como rarissimamente tinha sentido. Receber um abraço desses de Tristan era o maior prazer, mas aquela era a rainha, a nova rainha.

Ela abraçou a rainha com toda força que pôde, não se policiou em nada, cobriu o rosto da rainha de beijos e a rainha a beijou também, com os seios apertados contra os seios da rainha, o púbis apertado contra as saias da rainha. A rainha segurou a cabeça de Blanche, depois pôs as mãos nos ombros dela, nos seios, apertou seus mamilos, e os beijos foram ficando cada vez mais ardentes, cada vez mais desesperados. A rainha gemia. Blanche sentiu a mão da rainha na sua mão, enfiando os dedos de Blanche entre as pernas dela, mas o tecido pesado das saias da rainha a protegia. De repente, loucamente, Blanche ergueu as saias da rainha e caiu de joelhos para beijar os lábios molhados da vulva da rainha, e enfiou a língua naquela vagina quente e salgada. Ouviu a rainha suspirar. Blanche agarrou a bunda nua da rainha e a manobrou com toda a força, enfiando a língua ainda mais fundo, até que a rainha gozou e gozou com gemidos altos que abriram as comportas de Blanche para gozar de novo, pressionando o clitóris contra as pernas da rainha.

Com certo torpor, satisfeita, pronta para qualquer castigo que merecesse por aquela ousadia, Blanche sentiu que a empurravam gentilmente para longe, com tapinhas e carícias, mas estava sendo empurrada para longe e então afundou no chão aos pés da rainha.

Teve a impressão de que passou um longo tempo assim. Ficou ali encolhida e de olhos bem fechados, esperando.

– Vai aprimorar isso – disse o príncipe Alexi para a rainha. – Vai melhorar em tudo.

– Eu sei – disse a rainha em voz baixa. – Mas, se ao menos, se ao menos eu pudesse entender...

– Tudo será revelado no tempo certo – disse Alexi com mais gentileza ainda. – Você está apenas começando.

Blanche sentiu as mãos da rainha na sua cabeça.

– Venha, querida, venha para os meus braços outra vez – disse a rainha.

Blanche se levantou na mesma hora e abraçou a rainha com a força que ousava usar. Ah, aquilo era doce, doce além de qualquer carícia que já teve, que já conheceu. Doce e inebriante.

– Ah, não se preocupe, Blanche – disse a rainha no ouvido dela. – Não se preocupe com as nossas palavras. Sou nova em assumir o comando desse jeito, nessa vida secreta e erótica. – A rainha alisou o rosto de Blanche com os polegares. – Eu te amo mesmo, querida. Você foi a melhor das mestras. Agora beije-me de novo, de todo o coração.

II
Bem-vindos ao Reino da Bela

8
Príncipe Dmitri: Finalmente o novo reino

i

Nove meses haviam passado desde a coroação do rei Laurent e da rainha Bela em Bellavalten, e o mundo inteiro, ao que parece, sabia dessas proclamações. Quantos príncipes e princesas, lordes e damas, e futuros escravos tinham viajado para Bellavalten, de todas as terras europeias e das terras do sul, e do leste, e das terras do norte, das terras húngaras e das russas, e das terras com climas exóticos, parte delas históricas, parte lendárias?

Os que buscaram escravos no meu próprio reino tinham se deparado com muitos candidatos de alta estirpe, e aqueles camponeses altivos e belos que sonhavam em serem aceitos.

Um dia, enrolado numa capa com capuz, parei num ponto mal iluminado e observei os ávidos neófitos rondando a hospedaria onde os emissários de Bellavalten recebiam as pessoas, imaginando as cabeleiras louras e as formas escondidas pelas roupas pesadas que disfarçavam tão bem os seus rostos e sua posição. "Reino da Bela", era assim que costumavam chamar Bellavalten. "Reino da Bela." E a lenda da Bela Adormecida e seu novo reino era o que todos comentavam.

Eu teria ido naquele mesmo dia para o Reino da Bela se fosse possível.

Mas talvez os muitos compromissos que me retardaram tivessem sido uma bênção. Pois quando cheguei a Bellavalten, cavalgando na frente da pequena caravana de carruagens e servos montados que me acompanhavam, descobri que Laurent e Bela, meus antigos e amados amigos, tinham feito grande progresso para recuperar o reino, e eu veria isso, não nos primeiros dias da ressurreição e da inevitável confusão, mas agora em pleno funcionamento, por assim dizer, já que era o que todos os taberneiros que eu encontrava nos últimos quinze dias diziam.

Em todo caso, eu não tive escolha e precisei atrasar o meu retorno.

Meu irmão mais velho, o rei há cerca de vinte anos, não gostou de me ver perseguindo meus sonhos, mas acabou aceitando, resmungando que sempre foi contra eu ser enviado para Bellavalten para começar. Ele havia servido em Bellavalten muito antes de mim, era verdade, mas só um ano, enquanto eu passei lá muitos anos, e um deles incluiu o período que fiquei no sultanato. Sim, foi um prazer estranho e extático tudo aquilo, ele disse, e era a moda naquele tempo. Mas por que eu queria voltar para lá? Eu não sabia explicar. Ele organizou tarefas para eu cumprir antes de obter permissão para partir: visitas, concessões, receber primos, comparecer às conferências que não acabavam mais... e decidi satisfazê-lo sem discutir, do jeito que sempre fiz.

Pode-se dizer que aprendi a ter paciência no tempo em que fui escravo do prazer. Mas a verdade é que eu já era paciente antes de saber o que significava ser o brinquedo mimado de damas e lordes sedutores. Eu não era controlado ou disciplinado por natureza, não. Isso aprendi com o tempo.

Para finalizar, meu irmão me deu sua bênção, presenteou-me com uma abundância de coisas e de ouro, e depois da última semana de banquetes lacrimosos festivos e despedidas intermináveis, finalmente parti, seguro de que poderia voltar para casa se não gostasse do novo reino.

Claro que levei meu servo de confiança, Fabien, comigo – o único ser nesse mundo que teve permissão de me ver nu, desde que eu saí do reino distante do meu velho amigo Lexius, ex-mordomo do sultão e escravo de Sua Majestade, a rainha Eleanor.

Não havia a menor chance de eu não gostar do novo reino!

Duas longas cartas do rei Laurent tinham chegado para mim no primeiro mês do renascimento do reino, cheias de carinho e amizade, como se ele conversasse comigo, embora sem dúvida devia ter sido algum escriba escrevendo o que ele ditava, e eu quase pude ouvir e ver o meu velho amigo com quem convivi pouco tempo, mas com tanto prazer. Essas cartas tinham chegado transbordando o entusiasmo dele por todas as inovações e toda a expansão do velho reino, e fizeram meu sangue ferver na mesma hora.

E também tinha recebido uma carta do meu amado príncipe Alexi – o reino do irmão dele fazia fronteira com o nosso –, e ele também dizia apenas coisas formidáveis sobre Bellavalten, onde estava residindo agora. Alexi também confidenciou que era bem provável que Lexius voltasse para lá, Lexius que eu conhecia e amava acima de todos os outros, desde o meu tempo de escravo.

Pensar que poderia ver Lexius de novo era um estímulo e tanto. Mas, mesmo se Lexius nunca fizesse aquela viagem das suas terras distantes na Índia, eu tinha desejado voltar para Bellavalten assim que soube do novo regime.

E que as princesas Rosalynd e Elena também tivessem escrito para mim era mais um estímulo ainda. As duas haviam servido comigo os anos no sultanato e também tinham retornado para Bellavalten. Resumindo, eu não poderia ter dado as costas para tudo isso.

Foi uma viagem longa e cansativa, mas é claro que quanto mais perto chegávamos do fabuloso reino, mais quente e doce ficava o clima, até chegarmos à própria terra abençoada. Minha última noite numa estalagem próxima foi um tormento. Mas usei o tempo para me banhar, me barbear e vestir roupa limpa para a cavalgada matinal até os portões do reino. Na verdade passei um longo tempo com o meu espelho, pois refleti o que poderia acontecer em breve.

Eu andava espiando demais no espelho desde que aquela notícia sobre o "novo reino" tinha chegado.

Quando se está nu como um escravo do prazer, me parece que aprendemos a não ter vaidade, e a existir unicamente em nosso ser físico. Nós nos conscientizamos dos nossos dons de uma forma duradoura e talvez nunca completamente compreensível para aqueles que nunca foram escravos do prazer. Ouvimos quando nos descrevem, quando falam de nós sem cessar, nossos senhores e senhoras, e os pajens. Aprendemos o que eles notam, o que interessa para eles, o que valorizam mais, e do que gostam e do que não gostam, além do que deve ser aprimorado ou ressaltado.

Cabelo preto grosso e liso, em vez de olhos azul-claros, um rosto modelado com delicadeza, na verdade um pouco comprido, e uma estrutura grande – esse era um resumo das minhas qualidades – e, é claro, um pau que era facilmente tão grande quanto os outros em estado de alerta e em repouso. Mas para o reino e o sultanato, essas características nunca eram a soma total do charme individual de um escravo. O espírito do escravo era de suma importância – a graça ou a polidez do escravo, o seu timbre de voz e os gemidos mais suaves e, acima de tudo, a expressão do seu rosto.

Eu era conhecido pela espontaneidade incurável, por ser muito aberto, incapaz de esconder meus sentimentos ou meus medos, e sempre muito elogiado pelos olhos sedutores.

Não podia esquecer tudo isso quando soube do renascimento de Bellavalten. Era importante para mim ser aceito em Bellavalten, não só por motivos sentimentais ou porque um dia fui escravo lá, mas sim porque eu agora era um cortesão seguro e imponente.

Por isso precisei fazer uma avaliação cuidadosa e de certa forma impiedosa das minhas qualidades antes dessa viagem. Será que eu ainda tinha alguma coisa da juventude? Estava na primavera dos anos? Havia mais rugas minúsculas e delicadas em volta dos meus olhos do que eu gostaria de ver no espelho? E evidentemente era inútil perguntar para a minha amante o que ela achava, já que mentiria para mim por ternura, e era inútil também perguntar para Fabien, já que ele me adorava e era completamente cego para o próprio charme. A ele faltava vocabulário para avaliar a beleza. Tudo que Fabien me dava diariamente era através da devoção da expressão do seu rosto e uma voz privilegiada.

Bem, na última noite fiz essa avaliação impiedosa de novo. Meu cabelo era espesso como sempre foi e agora batia nos ombros, brilhante, ainda bem preto e isso era bom. Talvez eu tivesse mantido um pouco da minha beleza da juventude mesmo tendo ficado muito alto no tempo que vivi no sultanato, e agora eu tinha o peito mais largo e toda a musculatura mais desenvolvida do que naqueles primeiros anos.

De qualquer modo, o tempo revelaria a verdade que eu certamente não encontraria em nenhum espelho. Eu não ia voltar atrás. Estava me sentindo bem na última manhã. Usei minha melhor túnica e calça bordô, apesar de estar muito quente para elas agora, e minhas pesadas botas russas.

A dois quilômetros de distância saímos do passo na montanha e vi o grande castelo na encosta sobre o vale e me maravilhei, como aconteceu naquela primeira vez tanto tempo antes, com o tamanho dele. Parecia ter um milhão de torres e dos seus inúmeros pináculos e ameias tremulavam ao vento bandeiras vermelhas e douradas.

Na frente dos muros e dos dois lados da grande ponte levadiça, vi tendas de cores alegres e multidões em volta delas, e havia um clima de energia e negócios fervilhando no meio das pessoas, até onde a vista alcançava. A estrada estava apinhada, sim, mas mesmo assim me surpreendi com o número de pessoas reunidas ali. Havia acampamentos e outras barracas mais para a direita e para a esquerda, perto dos bosques de enormes carvalhos.

Fabien emparelhou comigo em sua égua alazã e previu minhas dúvidas, portanto tudo que tive de fazer foi apontar para ele explicar.

– São tantos que estão chegando, se candidatando a servir como escravos, ou pajens, ou simples imigrantes que desejam viver no reino, que os corredores dentro das muralhas não podem mais contê-los – explicou ele.

Claro que Fabien saberia, porque enquanto eu descansava nas diversas estalagens ao longo do caminho, concentrado, sonhando, olhando no espelho e espiando pela janela, ele ficava fofocando nas cozinhas e com os homens no pátio.

Fabien estava muito animado com aquela aventura. Eu o tinha levado comigo para a Índia quando fui para lá com Lexius, e ele se devotou a mim desde então. Cabelo castanho, ossos grandes, olhos escuros e frios, e uma voz espantosamente quente, ele sempre ficava esplêndido com sua roupa de veludo de valete e explicava com entusiasmo o que ouvia pelo caminho.

– Muitos estão sendo dispensados por motivos óbvios, mas um número surpreendente é aceito – continuou ele. – Olhe lá. Aquela fila. Deve ser a dos candidatos a escravo. Dá para ver mesmo daqui. Veja, os guardas estão acompanhando alguns e dispensando outros. É claro que os de linhagem nobre ou da realeza passam pelos portões. Se os guardas avistam algum candidato com qualidades excepcionais, bem, eles o fazem entrar.

De fato eu pude ver isso acontecendo com duas adoráveis camponesas enquanto olhávamos, e com um menino muito bonito.

Mas a maioria era levada para as barracas para ser entrevistada, ao que parecia, ou então testada de alguma forma. E havia soldados instalados em toda parte, para manter a ordem, imagino, apesar de ninguém estar perturbando a paz. Havia vinho e comida quente à venda em barracas abertas aqui e ali, e vi uma jovem, uma menina muito bonita, sentada numa trouxa, chorando, com as mãos no rosto.

Avançamos sem parar até a ponte levadiça e os soldados nos saudaram com o devido respeito.

Fabien enumerou meus muitos nomes e títulos com dignidade e nos deixaram passar pelos portões do pátio interno.

Dois mensageiros correram na frente para nos anunciar, imaginei, e senti meu coração enlouquecer enquanto tentava parecer calmo e discreto, olhando para o alto dos muros.

Tudo tinha aparência de limpeza e ordem, para onde quer que eu olhasse.

Quando entramos no primeiro dos grandes pátios antes de chegar às portas do castelo propriamente dito, vi dos dois lados, a uma grande distância, os imensos salões recém-construídos para receber os escravos e os pajens que chegavam. Os candidatos deixavam suas montarias, os animais de carga, largavam suas trouxas e eram levados para dentro. Havia muita comoção social que eu não saberia o que era, mas pensava na emoção daqueles corajosos indivíduos desesperados para serem aceitos no mundo magnífico e acolhedor de Bellavalten.

Servos de libré, em azul e dourado, agora jorravam da boca aberta do pátio interno para ajudar os membros da nossa pequena caravana, e Fabien estava a pé me auxiliando a desmontar do cavalo.

Atravessei andando pelas largas pranchas da passagem aberta como se não tivesse nenhuma preocupação na vida, e então surgiu diante de mim aquela visão da grandiosa fachada norte do castelo, com suas infinitas janelas em arco chegando bem altas até os muros mais acima.

Eu me lembrei, querendo ou não, da primeira vez que tinha visto o castelo, um escravo nu e trêmulo jogado sobre o cavalo do capitão da guarda. Era o costume naquela época despir os escravos bem antes da chegada deles ao reino da rainha Eleanor. Ela queria que os camponeses e aldeões curtissem o espetáculo dos recém-chegados. E eu tinha caminhado grande parte do caminho até ali, só que o capitão, cansado com a lentidão da marcha, acabou me jogando sobre o cavalo dele para percorrer os últimos quilômetros.

Eu estava com muito medo, completamente indefeso e convencido de que jamais suportaria as coisas que meu irmão mais velho tinha vagamente, mas maldosamente, descrito.

– Você vai se dar bem, Dmitri – disse ele. – Como aconteceu comigo. Apenas ceda e obedeça. – E deu risada. – Posso garantir para você que terá muito mais prazer do bom lá do que terá em qualquer outro lugar depois.

Depois de seis meses, a rainha já não aguentava mais a minha falta de jeito e as lágrimas incontroláveis, por isso me despachou para a aldeia, para ser castigado. Eu ficava pensando se a minha desgraça era ou não do conhecimento da minha família em casa. Na verdade aquilo nunca foi comunicado para eles e nunca souberam que mais tarde fui sequestrado e levado para o sultanato, onde servi por tanto tempo.

Fiquei olhando para as enormes portas à frente, lembrando de como eu mal ousava olhar para cima naquele primeiro dia. O capitão tinha me açoitado com força com seu cinto de couro e dito para eu ficar ereto e de cabeça baixa, e para eu me orgulhar de estar prestes a servir à grande rainha.

Ele estalou os dedos para dois dos seus soldados, orientou os dois para cuidarem de mim com gestos silenciosos que eu não tinha entendido. Em pouco tempo acabei entendendo tudo. Os dois alisaram e atiçaram meu saco e meu pau até eu ficar duro, espremeram meus mamilos e me bateram com as mãos ásperas e cheias de calos até eu ficar "apresentável" como diziam, e fiquei muito confuso com o tesão intenso que senti.

— A rainha vai adorar você — disse o capitão com uma piscadela quando foi embora.

Quando estive com ele de novo, seis meses depois, na vila da rainha, ele me açoitara com a correia pelo que pareceu uma eternidade, sempre me repreendendo por ter falhado na corte e prometendo que a praça das punições públicas me tornaria um príncipe perfeito para a rainha. Isso foi antes de eu ser leiloado na praça da aldeia e vendido para um dos soldados aposentados que tinha uma casa na periferia da cidadezinha.

— Deixe-me levá-lo para a praça das punições públicas. — disse o capitão para o meu novo dono. — Deixe-o comigo dois ou três dias e noites para acabar com todos esses tremores e choros. Olhe para o pau dançante, ele quer agradar. Confie em mim, sei como cuidar desse aí.

E, então, o meu novo senhor concordou. Eu não ia conhecê-lo nem encontrá-lo mais. Os homens do sultão me sequestraram em um dos muitos pelourinhos públicos da praça das punições públicas duas noites depois.

Mas a previsão do capitão provou acertada. Eu já tinha aprendido muita coisa lá. Muita coisa. E quando entrei devagar no pátio interno, era aquele lugar... o local das punições na vila da rainha... que eu recordava, entre outras lembranças da aldeia que tinha conhecido no meu último ano no reino.

Então despertei para o pátio interno e fiquei paralisado, atônito. Nenhum cavalo ou animal era permitido ali e as pedras chatas do pavimento brilhavam como vidro de tão polidas. Grandes guirlandas de folhagem e flores coloridas decoravam a parte baixa dos muros e uma floresta de árvores frutíferas em vasos se alinhava diante da fachada, dos dois lados dos grandes portões.

Filas e mais filas de janelas por todos os lados com flores em floreiras, aqui e ali uma cortina ondulando ao vento. Até bem lá no alto das construções eu via verde abundante e as próprias pedras de todas as superfícies, próximas e distantes, pareciam lixadas e polidas.

Do castelo saiu um grupo de escravos nus radiantes, homens e mulheres, para nos saudar, oferecer vinho como se estivéssemos com sede devido à viagem e para orientar nossos servos para onde podiam levar os pacotes e baús dos seus senhores.

Ah, que visão magnífica! Fazia muito tempo... Tempo demais! Dava para ver que Fabien estava atordoado também, mas não a ponto de não cuidar de recuperar para mim os dois baús que continham presentes especiais para os novos rei e rainha.

É cansativo falar dos seios das mulheres como melões, mas isso foi exatamente o que pensei quando as jovens ninfas se aproximaram de nós. Seus seios são como melões, grandes e macios.

E sim, aceitei de bom grado o copo de vinho fresco, doce e misturado com água e bebi tudo de uma vez só.

Os escravos sorriam para nós, olhavam timidamente e nos cercavam.

— O rei vem recebê-lo, príncipe Dmitri — disse uma visão extraordinária de esplêndidas tranças pretas, mamilos vermelho-escuros e pelos púbicos enrolados e brilhantes. Os olhos dela transbordavam modéstia. Sempre achei aquele tipo de escrava irresistível. Tive vontade de estender a mão e tocar naqueles pelos púbicos. Mas não pareceu educado fazer isso antes de ser recebido. Qualquer senhor ou senhora do reino podia tocar e examinar qualquer escravo, mas eu ainda não fazia parte do reino.

Um rapaz alto e nu, de cabelo louro encaracolado como o de um querubim se ofereceu para levar os preciosos baús que Fabien não segurava, mas balancei a cabeça, indicando que Fabien não devorasse o rapaz com os olhos. Não podia se conter e quando os escravos nus nos rodearam, Fabien parecia assustado, como se fossem animais exóticos.

O pequeno grupo nos levou para as portas abertas.

Mal consegui me impedir de apertar as pequenas bundas que rebolavam diante de mim, as costas musculosas do menino, a bunda macia e arrebitada da suculenta menininha.

Agora devo dizer que nenhum desses escravos era tão jovem quanto nós éramos quando nos enviaram para aquele reino. E pelos muitos manifestos feitos por Bela e Laurent eu sabia que só os maiores de idade, que podiam dar seu consentimento responsável à servidão, estavam sendo aceitos agora, mas mesmo assim esses rapazes e moças pareciam ter o frescor de meninos e meninas.

De repente duas figuras conhecidas apareceram juntas nas portas do castelo.

Minha amada princesa Rosalynd e a querida princesa Elena, com sua majestade, o rei Laurent.

O rei abriu os braços quando nos aproximamos.

Eu chorei.

Altivo e lindo como eu lembrava, mais alto do que qualquer outro homem que eu conhecia e agraciado com um dos rostos mais extraordinariamente lindos que já havia visto, Laurent sorriu carinhosamente quando nos abraçamos.

– Amado Dmitri, amigo do sultanato, que maravilha é revê-lo.

Ele parecia muito sincero e alegre.

– Majestade. – Curvei o corpo, mas ele gesticulou para me erguer no mesmo instante e me deu dois beijos no rosto.

– Não faça cerimônia aqui, Dmitri. Entre e venha conosco para os aposentos que estão à sua espera.

– Sim, estive cuidando dos seus aposentos o dia inteiro – disse Rosalynd com seus seios fartos e bochechas rosadas, o cabelo preto bem penteado, a voz familiar que provocava deliciosos arrepios na minha pele.

– Vamos levá-lo para a torre nordeste. A torre mais fresca. Está tudo pronto para recebê-los.

– Amado, estamos muito felizes com a sua vinda – disse a princesa Elena, segurando o meu braço.

Se tinha mudado alguma coisa, só estava mais bonita. Mal podia acreditar no que via.

– Hoje à noite, no jantar, o rei vai apresentá-lo para toda a corte – disse ela.

Estávamos indo para o grande hall de entrada.

Eu via por todo lado escravos nus de cabelos bem tratados andando para lá e para cá de cabeça baixa e alguns parados como nos tempos antigos, ao longo das paredes, as pernas bem afastadas, de cabeça baixa e com as mãos na nuca.

Não havia um espaço de parede nua em todo o imenso salão.

Ao meu lado um maravilhoso e jovem sátiro esperava para pegar minhas luvas. Todas as portas, em todas as direções, eram ladeadas por escravos nus.

Mesmo abraçado às minhas lindas companheiras e excitado com a mão de Laurent no meu ombro, ainda senti uma forte pontada de lembrança daquela época em que fui levado para lá descalço e fiquei exposto a tantos olhares.

Por que essas lembranças diante de espetáculo tão impressionante? Será que o antigo regime algum dia teve tal abundância de carne assim, tão deliciosa?

Visões da praça das punições públicas voltaram agora. Como se pode questionar um lugar assim quando se está sendo recebido na corte com tanta generosidade? No entanto eu não pensava em outra coisa, na plataforma pública, de quando me levaram escada acima até ela e me fizeram ajoelhar com o queixo no largo cepo quadrado de madeira. A multidão assobiava e gritava. Eu entrei em pânico, como sempre, e em poucos segundos já tinham posto minhas mãos para trás e amarrado meus pulsos. Passaram correias de couro nos meus tornozelos e me prenderam ao chão da plataforma giratória, o mestre açoitador dava risada quando erguia a grande palmatória de madeira na frente do meu rosto para que eu pudesse ver.

– O que acha disso, jovem príncipe? – rugiu ele para a multidão escandalosa. – Está bom para um garoto mimado do castelo que derramou o vinho da rainha e esgotou a paciência dela?

Laurent me levou pessoalmente para uma das muitas salas vizinhas ao grande salão de entrada e vi diante de mim a adorável figura da rainha Bela sentada numa poltrona de espaldar alto.

Havia uma mesa coberta de doces e cálices de prata. Escravos nus equipados com jarras de prata e bandejas com petiscos fumegantes. O cheiro de canela e de maçãs assadas enchia o ar.

– Venha sentar aqui e conversar comigo, queridíssimo príncipe – disse a rainha quando eu fiz uma mesura e levantei devagar para beijar sua mão estendida.

Rosalynd e Elena ficaram ao lado dela, sorrindo para mim.

Fabien parou lá atrás, encostado na parede, nervoso, mas empolgado, agarrado às canastras que segurava junto ao peito. Pude ver os escravos sorrindo discretamente uns para os outros, zombando do desconforto dele. Fabien estava rubro. Bem, já fazia muito tempo desde sua estada na longínqua terra de Lexius do outro lado dos mares.

– Majestades, trouxe presentes para vocês – disse eu.

Minha voz pareceu tensa e rouca. Mas agora eu já estava sentado e o vinho era muito bem-vindo, sim, vinho fresco e doce. O menino que serviu parecia tímido e inseguro como eu estava, sem ousar dar sequer uma olhada discreta para mim, e tinha o peito musculoso bem lubrificado, a ponto de chegar a brilhar. Suas unhas estavam bem aparadas e pintadas de dourado.

– Na corte esta noite, príncipe, claro que será agraciado – disse a adorável rainha. – Não se preocupe com essas coisas agora. Agradecemos a sua presença aqui sob o nosso teto. E o seu homem ali, deixe que ele leve suas coisas para os seus aposentos.

Aqueles olhos azuis... Claro que eu tinha olhos azuis e também minhas lindas Rosalynd e Elena, mas os olhos da rainha eram de um azul profundo e muito grandes.

A princesa Rosalynd já estava levando Fabien embora. Acenei com a cabeça para avisar para ele que estava tudo bem.

– Sim, nós vamos cuidar do seu quarto e garantir que esteja tudo perfeito – disse Elena, e correu atrás dos dois.

– Bem, eu o teria reconhecido em qualquer lugar – disse o rei, sentando perto da lareira bem à direita. – Esse cabelo preto, espesso e brilhante como sempre. E o seu rosto também. Praticamente não mudou quase nada.

Um menino que eu não tinha visto antes, com a pele incomparavelmente escura e cabelo preto comprido, encheu o cálice do rei.

O menino usava brincos de ouro e tinha cílios tão espessos que faziam sombra nas maçãs do rosto, lisas e pronunciadas. Fiquei fascinado com seu pau rosado, maravilhado com aquela cor, o marrom-escuro com manchas cor-de-rosa. E que ninho de pelos encaracolados... Quando ele virou e pôs a jarra no aparador não consegui tirar os olhos do traseiro dele, queria ver o ânus cor-de-rosa entre aquelas duas nádegas firmes. Sim.

E afinal eu consegui falar.

– Bondade sua, senhor – disse eu. – Gostaria de ser um bardo para poder cantar o que vejo quando olho para você e para a sua rainha. Mais uma vez devo dizer que estou muito feliz de estar finalmente aqui, de voltar para Bellavalten. Estou muito feliz de ter essa recepção.

E de novo num rápido vislumbre eu estava na plataforma giratória da praça das punições públicas e aquela palmatória de madeira bateu na minha bunda e ouvi o clamor excitado da multidão.

Procurei clarear a visão, prestar atenção no que a rainha estava dizendo – que eles estavam muito contentes de me receber. Eu queria pôr em ordem aquela cascata de pensamentos. Afinal por quê, tendo sido açoitado lá tantas vezes depois de retornar do sultanato, a minha mente voltava sempre para aquela primeira vez tão apavorante?

– Vou purificá-lo – dissera o capitão com franqueza e quase com ternura, quando me forçaram a subir a escada. – Acredite em mim, esse é o castigo mais eficiente. Por isso quero que você o receba agora e com frequência. Você vai ver. Agora suba!

Senti a mão esquerda do mestre açoitador no meu pescoço. Sempre. Mão esquerda no pescoço. Meu queixo apoiado na madeira áspera. E o estalo da palmatória sem parar e a multidão gritando.

– Porquinho – disse o mestre açoitador –, você está dando um belo show para a multidão. Continue lutando com toda a sua força para se livrar dessas correias. Mas mantenha o queixo nesse cepo, senão vou deixar a multidão escolher o número de pancadas.

Lutando. Senti de novo meus dedos dos pés batendo na madeira, as coxas tensionadas e as mãos virando e revirando nas cordas. Mas a mão pesada no meu pescoço mantinha minha cabeça no lugar com firmeza, meu queixo no cepo áspero, e através das lágrimas eu via a turba embaçada diante de mim, ao redor de mim, aplaudindo e acenando, e uma menina linda com rosto redondo sorria para mim, balançando um lenço azul.

Era estranho lembrar de detalhes assim, mas depois... sim, aquele lenço.

De repente fiquei chocado ao ver que o capitão, o mesmo capitão que tinha me levado naquele dia para a plataforma giratória pública, estava ali, ao lado da rainha.

– Príncipe Dmitri, é claro que deve lembrar do capitão Gordon – estava dizendo ela com sua voz doce e cordial.

Eu não consegui falar.

– Príncipe, você disse em uma de suas cartas que queria muito ver a aldeia – disse o rei casualmente. – Bem, o capitão vai acompanhá-lo até lá quando e quantas vezes você quiser ir. E temos bastante tempo antes do jantar, se resolver ir agora.

– Nosso hóspede deve querer descansar, meu senhor – disse a rainha. – Ele terá todo o tempo do mundo para ver tudo. A aldeia. A qualquer hora.

– Sim, é claro – disse o rei. – Mas eu vou gostar de ter a avaliação de Dmitri da aldeia. Vou mesmo. Estou contente de ele ter perguntado sobre ela, mencionado a aldeia.

– Sim, Majestade – disse o capitão.

– Eu realmente quero ver – disse eu, tentando firmar a voz.

– Mas você está branco, príncipe, completamente branco de exaustão – disse a rainha. – Deve dormir primeiro.

– Sou todo seu, meu senhor – disse o capitão para mim. – Toda tarde estarei ao seu dispor.

Foi esse homem, esse homem que estava ao meu dispor agora, esperando em silêncio, esperando, que tinha me tirado da escada e me empurrado com brutalidade para o pelourinho, que tinha erguido a tábua e forçado minhas mãos e minha cabeça nos buracos e que depois bateu com a tábua por cima. Aquela tábua me manteve curvado na altura da cintura, com os pés descalços no chão. Mal conseguia olhar para cima. Mas olhei e vi a próxima vítima na distante plataforma giratória, uma elegante princesa de cabelo ruivo, vermelha e aflita enquanto o mestre açoitador a forçava a se ajoelhar, dobrar o corpo e pôr o queixo naquela peça de madeira, como tinha me forçado a fazer. Os olhos grandes e bonitos da moça fecharam de repente.

Então uma coisa azul encheu minha visão. Azul. Era aquele lenço, e uma voz suave disse ao meu ouvido:

– Deixe-me secar as suas lágrimas. Você é muito bonito. – Era aquela menina de rosto redondo do meio da multidão, que tinha a pele como creme fresco. – Pronto, pronto. – Ela me consolou, e outro par de mãos apareceu com um pote rústico de vinho, e eu vi dedos afundando nele, e me ofereceram esses dedos, molhados de vinho, para chupar.

– Sabe, Dmitri, sentimos falta de um gênio guia para a praça das punições públicas – disse o rei. – Talvez para várias atrações da aldeia. Você mencionou esse lugar na sua carta. Nunca conheci essa praça...

Aquelas palavras vararam meu coração. *Um gênio guia*.

– Está indo bem, senhor – disse o capitão.

– Sim, capitão, eu sei – disse o rei. – E a prefeita tem todo esse empreendimento sob controle. Mas está imenso agora. E as opiniões dos nossos amados príncipes e princesas que retornam são muito valiosas.

Vi o lenço azul diante dos meus olhos. Ouvi o barulho da multidão. E era apenas o povo da manhã.

O capitão tinha repreendido os aldeões atrás de mim, enquanto eu lambia o vinho da mão em concha da menina.

– Já chega, querido príncipe – sussurrou ela.

Eu estava com muita sede! Minha língua raspou a palma da mão dela.

– Não pode encostar nele aí – disse o capitão para os outros, que não dava para eu ver. – Vocês podem beliscar e cutucar, mas os paus ficam famintos na praça das punições públicas.

Estava muito quente e poeirento lá.

– Sim, podem provocá-lo com plumas, tudo bem, ou com espanadores, mas aquele pau deve passar fome e vocês sabem disso.

O cinto do capitão golpeou minhas costas, atingiu a carne que já estava muito machucada com a plataforma. Eu sabia que era o capitão.

– Agora você vai passar o dia aqui, menininho – disse ele. – Será espancado de novo aqui em cima ao meio-dia e outra vez ao entardecer. E no meio da noite, quando for trazido para cá pela última vez, quero ver alguma compostura, está me ouvindo? Quero que toda essa luta para se libertar acabe. Você está aqui para aprender a ser o menininho perfeito que a rainha deseja.

Estalo da correia.

– Príncipe, acho que deve descansar agora – disse a adorável nova rainha, debruçada sobre mim. – Você está pálido e tremendo.

– Acho que tem razão – disse eu, e foi mais um gaguejar, um murmúrio. – Depois, mais tarde...

Compostura.

Bem, eu tinha aprendido a ter compostura. Mas não foi lá, não foi naquele dia nem com aquele homem ensinando, apesar de ele certamente ter feito o melhor possível. Eu aprendi nas terras distantes do sultão, um dos últimos escravos privilegiados que conheceram aquele paraíso estranho e exótico antes de Lexius chegar para avisar a todos do seu fim.

ii

Meus aposentos haviam sido mobiliados com muito luxo. Havia dois escravos nus para me atender e meus perplexos servos e pajens tinham sido levados para uma ala de empregados para comer e descansar. Fabien ficou, é claro, com uma cama numa câmara ampla, vizinha ao meu quarto.

As paredes frias de pedra tinham sido cobertas com painéis de madeira escura polida e com cortinados bordados que pendiam aqui e ali, até o chão que sempre foi úmido no meu tempo agora tinha vários tapetes exóticos espalhados.

A cama era impressionante, com coberta de linho e lã tingida, e a escrivaninha e as cadeiras eram todas de madeira trabalhada com os habituais volteios e pequenos animais. De fato, havia mais móveis de madeira no quarto do que eu tinha visto, banquetas, mesas, bancos estofados, tudo que se podia desejar para sentar ou apoiar um cálice ou o pé, e até mesmo a grande lareira tinha um brasão esculpido na chaminé de pedra, só que eu não sabia de quem era.

O fogo afastava a umidade, e a temperatura lá fora estava deliciosamente amena, como sempre era em Bellavalten. Talvez os ancestrais da antiga rainha nunca tivessem experimentado o prazer da escravidão nua se o reino não ficasse naquele vale protegido, sujeito a ventos quentes e a uma trégua dos nevoeiros que passavam frequentemente pela costa.

Deitei na cama e caí num sono profundo por duas horas. Era início da tarde quando acordei, sentei na cama e olhei em volta.

Os dois escravos estavam de joelhos na frente da lareira, de frente para mim, sentados nos calcanhares e de cabeça baixa.

Imediatamente um deles levantou, a menina escrava, bela como todos eram, mas essa era especialmente bonita, de tranças grossas de cabelo louro e ondas leves na testa alta e lisa. Ela veio na mesma hora para o lado da cama com um cálice para mim e um pratinho com maçãs cortadas.

– Senhor, o que deseja que eu traga?

– Diga-me se todos os aposentos nessa nova ala são tão luxuosos quanto este aqui – pedi.

Devorei faminto toda a maçã. Era todo o alimento que eu queria naquele momento. Bebi a água fresca.

– Sim, senhor – disse ela. – Em todo o castelo todos os quartos foram reformados. Comerciantes vieram dia após dia durante meses, da Itália, da Espanha e das terras do Oriente, com carroças de tapeçarias e tapetes para a decoração do castelo. Carroças cheias de camas e móveis chegavam todas as manhãs e por tanto tempo que até mesmo agora, os carpinteiros ainda trabalham na vila da rainha, que agora chamam de vila real.

A menina escrava tinha olhos bonitos, bochechas redondas, mas o queixo era pequeno e delicado. Os seios pareciam um pouco molhados, orvalhados, e dessa vez não resisti ao desejo de enfiar a mão entre as pernas dela para sentir os pelos fofos e quentes e os lábios, tão nus, tão macios.

Ela ficou imóvel enquanto eu fiz isso, segurando o cálice e o prato, não ousou se mexer.

– E você está aqui desde a chegada do rei e da rainha? – perguntei.

– Estou aqui há dois anos, senhor – disse ela. – Vim de terras que hoje não existem mais. Minha casa é aqui, com a bênção do rei.

O rosto dela ficou só um pouco ruborizado.

Examinei os mamilos dela meio distraído, beliscando para torná-los duros e bonitos. Quantas vezes tinham feito isso comigo, quantas vezes por dia? Senti as velhas mãos alisando meu saco e meu pau com óleo, passando o óleo no meu ânus, as antigas surras rotineiras, os beliscões nas minhas coxas.

Ela era incomparavelmente linda, mas afinal todos ali eram.

– E como é seu nome, preciosa? – perguntei.

– É Kiera, senhor. Esse foi o novo nome que o rei me deu quando fui ungida no bosque da deusa.

– Ungida? De que diabos você está falando? – provoquei, peguei o cálice de novo e bebi o resto da água.

– Meu senhor, é assim que se faz com todos os novos escravos, e é claro que nós, que estávamos aqui antes, tivemos de renovar nossos votos. Somos levados para o bosque da deusa à noite, à luz de tochas e temos a confirmação dos nossos nomes originais ou dos novos nomes que escolhemos, lá somos recebidos com beijos pelo rei Laurent e a rainha Bela, e abençoados para prestar dois anos de serviços. Claro que os novos ficam sendo testados por seis meses. Mas nós não, porque já somos bem treinados.

Estava difícil para ela olhar para baixo. Furtou uma olhada para mim quando falou.

– Pode olhar para mim, Kiera – disse eu –, só que deve fazer isso com respeito.

– Sim, meu senhor – disse ela.

Olhei para o menino escravo que continuava ajoelhado, esperando, ao que parecia, a minha permissão para ficar de pé.

– E o seu irmão escravo ali – perguntei –, qual é o nome dele? Venha aqui, meu jovem.

– O nome dele é Bertram – disse Kiera.

Bertram levantou na mesma hora e foi para o lado da menina.

Ele era alto, tinha a pele muito clara e cabelo quase branco, despenteado e espesso, mas cortado logo abaixo das orelhas, formando ondas rebeldes. Era óbvio que tinha dormido quando estava ajoelhado ao pé do fogo, e seus grandes olhos cinzentos estavam sonolentos. O pau dele estava voltando à vida. Gesticulei para a menina recuar e fiz sinal para o menino se adiantar. Um pau e tanto. Não só comprido, mas grosso também.

– E você, Bertram? – perguntei. – Está aqui há muito tempo?

– Fui recebido há um mês, senhor – disse ele, com a voz esganiçada.

Agora percebi que ele estava muito nervoso. Os músculos da barriga cada vez mais tensionados. Ele tinha braços fortes e mãos elegantes, que pendiam ao lado do corpo.

Os pelos enrolados em volta do pau dele eram escuros, da cor de cinza ou fumaça, como tantas vezes acontece com meninos de cabelo louro.

– E foi ungido no bosque? – perguntei.

– Sim, senhor, e serei confirmado daqui a cinco meses, se eu agradar, meu senhor, e espero agradar ao senhor.

Ele era tão modesto quanto a menina, só olhava para o chão. O pau dele agora estava duro como uma pedra.

– Claro que agrada – disse eu. – E você nasceu em berço da realeza?

– Não, meu senhor. – Ele enrubesceu. – Eu era um funcionário, um escriba. Ouvi falar do novo reino e vim o mais depressa que pude.

– Continue – disse eu, peguei outro pedaço da maçã e mastiguei.

– Cavalguei noite e dia, meu senhor – disse ele. – Caminhei os últimos dois dias, já que tinha vendido a minha montaria para bancar essa parte final da viagem. Eu queria servir. Fui aceito de imediato e sou muito grato por isso.

– Hummm... impressionante – disse eu. – Você é tão bonito quanto qualquer príncipe que já conheci aqui. Quantas outras flores magníficas deve haver por aí... além desses muros, no mundo lá fora... tão fragrantes e lindas como os brotos da realeza que um dia enfeitaram esses salões? Virem-se, os dois.

Quantas vezes me mandaram dar meia-volta e ficar em silêncio enquanto faziam uma inspeção do tipo mais íntimo?

Meu pau estava ficando duro só de olhar para os dois, para as bundas firmes e costas retas, para a pele sedosa. A bunda do menino era magra e deu para eu ver bem o pequeno ânus cor-de-rosa e as bolas pesadas. Muito convidativo.

Mas eu queria ir lá para fora. Eu queria ver a aldeia. Queria usar a luz do dia enquanto durasse.

– Muito bem, virem de novo, vocês dois.

Fabien tinha acordado no quartinho e vindo para perto de mim, totalmente vestido como antes e segurando meu cinto e minha túnica.

– Vocês foram designados para mim, meninos? – perguntei. – Ou são desse quarto, ou cumprem turno nessa hora do dia?

Desci da cama, e eles se afastaram quando Fabien enfiou a túnica pela minha cabeça e a puxou enquanto eu punha os braços nas mangas.

– Somos seus, meu senhor, escolhidos para o senhor pelo príncipe Alexi e o rei Laurent, que esperavam que nós agradássemos, e só vamos descansar quando o senhor nos dispensar, então virão outros escravos, também escolhidos.

– Ah, o reino é rico – disse eu.

Segurei o rosto da menina e dei-lhe um beijo na boca. Ela cheirava a flores e ar fresco, e sua boquinha tremeu e endureceu sob os meus lábios.

Parece que uma onda de choque passou por ela e depois por mim.

Eu me remexi meio constrangido e recuei para Fabien prender o meu cinto.

Aquela roupa era um figurino russo pesado. Mais tarde eu a trocaria por uma túnica mais curta com cinto e as calças pelas mais justas. Mas agora não tinha importância.

Peguei o rosto do menino e beijei também. Ele era da minha altura. Totalmente passivo. Quando eu era menino, tremia ou balançava toda vez que tocavam em mim ou me beijavam, e a antiga rainha ficava furiosa, mas aquele rapaz era perfeito.

E pensar que se esse menino não agradar, além de ser açoitado nos próximos seis meses, com mais força, mais vezes e com mais raiva do que outros escravos que agradam, será mandado embora quando o período de experiência terminar. Será que ele vai implorar para ficar? Será que farão dele um cavalariço, talvez?

Fiquei um longo tempo olhando para os dois.

– Fabien, vá ver se o capitão da guarda ainda está pronto para me levar até a aldeia.

Olhei para o menino e para a menina.

– Sim, meu senhor, ele está e já veio duas vezes perguntar pelo senhor – disse Fabien. – Vou avisar para ele que o senhor quer ir agora.

— Bertram e Kiera — disse eu —, digam-me. Quantos escravos da rainha Eleanor foram embora quando os liberaram para ir? O novo rei e a nova rainha lhe deram escolha, não foi?

— Sim, meu senhor — respondeu a menina.

Ela estava evidentemente mais segura, mas a voz do menino era tão educada quanto a dela.

— Eles tiveram escolha. Dois resolveram ir, mas só depois de o rei permitir que voltassem no futuro.

— Dois em todo o reino?

— Havia apenas algumas poucas centenas de escravos, meu senhor — explicou Kiera. — E a maioria já estava aqui havia muito tempo. A antiga rainha, ela não...

— Eu sei, já ouvi falar. Ela estava cansada, indiferente. Muito bem, entendi.

— Algumas das maiores famílias insistiram que queriam poder enviar seus nobres filhos e filhas para cá — acrescentou Kiera. — Mas o rei e a rainha foram firmes. Todos os escravos deviam ter idade para decidir por si mesmos. Por isso esses reinos têm escolhido entre indivíduos dispostos de todas as classes e mandado novas ofertas.

— Entendo. Bem, vou sair agora, e vocês continuam aqui, cumprindo as instruções que sem dúvida receberam.

— Sim, meu senhor — responderam os dois, mais ou menos ao mesmo tempo, então recuaram, a menina ainda segurando os dois utensílios de prata que brilhavam e o menino tão submisso quanto antes.

Ah, as horas de tédio. Eu lembrava bem disso também, de ficar esperando, a agonia do meu pau dolorido, desejando tanto um mísero toque, mesmo que fosse de um cinto ou da palmatória, ou dedos, dedos vivos.

Fui até a janela e espiei. Eu estava no último andar, uns cinco acima do chão. A janela era um enorme arco aberto e o ar estava cheio do perfume de flores de laranjeira, ou outras, doces assim.

Lá embaixo vi jardins espalhados em todas as direções, com árvores e vegetação bem cuidada seguindo linhas que pareciam caminhos de terra batida, aqueles caminhos tão macios para pés descalços, como lembrava dos tempos antigos, e pessoas, pessoas bem-vestidas andando de um lado para outro, e escravos, escravos por toda parte. Inúmeras pistas e praças eram visíveis dali, e a dança borbulhante de fontes também.

Consegui avistar o grande e antigo jardim central rodeado pela senda dos arreios e percebi que havia escravos sendo surrados ao longo das pistas retangulares da senda dos arreios agora, por pessoas em montarias.

– Kiera, por que estão usando a senda dos arreios a essa hora? – perguntei, e fiz sinal para a menina se aproximar. – No meu tempo era só de manhã e à noite.

Ela chegou ao meu lado em silêncio. De novo aquela lufada de perfume doce.

– Meu senhor, agora a senda dos arreios está sempre funcionando – disse ela. – E a caçada no labirinto e tantos outros jogos. Há sempre banquetes ao ar livre. Há muitos hóspedes e muitos escravos.

– Entendo. E vocês dois foram espancados na senda esta manhã? Não vi nenhuma prova disso.

– Fomos perdoados para atendê-lo, meu senhor – explicou ela. – Somos seus pelo tempo que nos quiser. Somos só seus.

– De fato são – disse eu, e a beijei outra vez. – Agora voltem para os seus lugares perto da lareira, os dois.

Eles rapidamente obedeceram.

Fabien tinha voltado. Segurava a porta aberta para mim.

iii

Eu havia entrado no grande castelo pelo portão norte. E os jardins que tinha visto lá embaixo ficavam para o leste e para o sul, até onde eu podia localizar, coisa que acho que nunca pensei naqueles anos do passado. E agora estavam me levando por um portão a oeste, para um grande pátio pavimentado.

Havia uma estrada que saía dali pavimentada também, de pedras lisas, e bem à nossa frente uma grande carruagem dourada, na qual cabiam três ou quatro homens de pé. Espaço bastante para mim, para o capitão Gordon e, maravilha das maravilhas, para o príncipe Alexi, que veio se juntar a nós.

Mas o que me surpreendeu mais do que qualquer outra coisa, mais até do que o vibrante sorriso de boas-vindas de Alexi, foi a grande quantidade de cavalos humanos arreados e prontos para puxar a carruagem. Fiquei atônito e sem palavras, só de ver aquele espetáculo. Notei os belos cavalariços com suas librés enfeitadas em azul e dourado, com correias compridas nas mãos ou presas em seus cintos, mais afastados de nós e dos cavalos. Havia quatro deles. Suas roupas eram mais ricas do que a dos servos que eu tinha visto mais cedo no castelo, que usavam as mesmas cores, mas não tinham correias nas mãos ou penduradas no cinto.

Alexi me abraçou e me beijou carinhosamente. Com ou sem cavalos, aquele foi um momento maravilhoso.

– Dmitri, estou muito contente com a sua vinda para cá – disse ele.

Ah, aquela voz tão linda e grave, e a mesma pele escura e delicada.

– Muito contente. Permita-me que vá com você até a aldeia.

– Ah, certamente – disse eu, quando nos abraçávamos. – Alexi, você parece feliz e em forma, como estava no dia em que saímos daqui.

E era verdade. O cabelo castanho comprido, cacheado e bem penteado, o rosto descansado e fresco, os olhos escuros limpos e brilhantes. Usava roupa de veludo bordô, uma túnica curta, calça justa e botas, e uma enorme corrente de ouro em volta do pescoço, com um disco no meio. Tinha algo escrito nesse disco. Eu sabia que teríamos tempo para ele explicar o significado para mim.

– Então vamos. Podemos conversar no caminho – disse Alexi. – Você parece deslumbrado, amigo. Essa carruagem foi feita especialmente pelo rei Laurent, à moda antiga. – Ele apontou para ela e de fato era grandiosa. – Acho que chamam de quadriga.

Os cavalariços silenciosos nos espiavam furtivos, mas vigiavam mesmo, nervosos, os dezesseis cavalos.

– Talvez queira ver os cavalos primeiro, príncipe – disse o capitão, num tom cuidadoso e respeitoso, e mais uma vez ouvi aquela voz antiga por trás, a voz que tinha me mandado para os estábulos da aldeia quando voltei do sultanato.

– A rainha quer uma faxina em toda essa suavidade exótica – ele havia dito na época. Tão firme e tão rápido com a correia.

Forcei-me a olhar para aqueles olhos azuis.

– Sim, eu quero vê-los – disse eu.

Ele ainda era um homem impressionante, não o jovem deus de ouro que parecia naquele tempo, mas talvez mais poderoso, mais intrigante agora.

Senti um aperto no estômago, mas o desejo estava crescendo em mim e quando isso acontece não sinto mais nada na cabeça e na barriga.

Fomos andando devagar até os cavalos. Eram quatro filas de quatro, todos homens fortes, homens maravilhosos com músculos brilhantes de óleo, claramente combinados pela beleza e pelo tamanho, todos da mesma altura, até as cabeleiras abundantes tinham o mesmo corte na nuca e estavam penteadas para trás. Ah, uma carruagem para filas de quatro, e agora eu entendia a palavra "quadriga".

Nunca, em todo o tempo que passei na aldeia, puxando carros ou carroças, nem as eventuais carruagens finas, vi um grupo de homens daquele tamanho nem tão luxuosamente enfeitado. Fiquei completamente deslumbrado. Vi ouro e vermelho para todo lado que virava, e pedras preciosas cintilando ao sol da tarde.

Éramos seres inferiores, os cavalos de tração da aldeia. Mas esses eram cavalos de uma carruagem real. Talvez as belas mulheres do pequeno estábulo do prefeito fossem equipadas assim, mas nós nunca, a não ser de forma menos luxuosa nos dias de corrida.

Todos os homens tinham uma postura altiva, estavam encilhados com arreios dourados e vermelhos, com antolhos dourados, laçadas douradas cobrindo os braços postos para trás e faixas douradas brilhando na testa.

Até os tampões anais eram de ouro com longos rabos de cavalo pintados de vermelho, e as botas também eram douradas e chegavam até a metade das panturrilhas de cada cavalo, com botões e cadarços de pedras vermelhas. Além disso tinham freios de ouro na boca e rédeas douradas até a carruagem.

Muitos enfeites cobriam os arreios e as correias de couro, minúsculos sinos dourados em toda parte, fivelas e rosetas de ouro com pedras decorando todas as presilhas e correias que passavam nos ombros e desciam entre as pernas, prendendo o tampão de rabos de cavalo e juntando com as laçadas apertadas em volta dos paus eretos e do saco cheio de óleo de cada cavalo. Como eu lembrava da sensação de tudo aquilo, daquele roçar delicioso...

Até o cabelo dos cavalos tinha pó dourado, assim como os pelos púbicos. E os antolhos, agora eu via, não eram de ouro sólido, mas sim peças cobertas por seda dourada, através da qual dava para ver os olhos fixos para frente, para que os cavalos pudessem ver para onde estavam indo. E viam também que eu olhava para eles, só que não ousavam olhar para mim.

Apenas os quatro da frente não usavam antolhos. Parado diante deles senti o meu pau mexendo dentro da calça e imaginei se dava para ver meu rosto esfogueado. Ainda bem que estava escondido dentro da minha roupa russa bem larga. Havia algo de arrebatador no tamanho do grupo. Dezesseis cavalos altivos presos a uma carruagem, e quantos deviam ser ao todo?

— Esse é o time do rei — disse Alexi. — Por isso você está vendo tanto ouro e vermelho, porque essas são as cores da corte.

— É um trabalho incrível — disse eu. — Nunca sequer imaginei qualquer coisa parecida. — O couro era pintado e também trabalhado, em grande parte. — Mas por que antolhos para todos, menos os da frente?

— Esses são os favoritos do rei — disse o capitão quando o príncipe Alexi deixou que ele respondesse. — Esses não precisam de antolhos para acalmá-los. São eles Caspian, Bastian, Throck e Carnell. Estão sempre na dianteira da equipe do rei, já são bem experientes, bem-dispostos e rápidos.

Eu já esperava que os cavalos exultassem em silêncio com aqueles elogios, jogando a cabeça para trás, fazendo os minúsculos sinos de ouro tilintar em todo o cabresto, sacudindo os arreios, sem tentar se desvencilhar, não apenas sacudindo o corpo e se apoiando num pé de bota, depois no outro. Eu ouvi as ferraduras batendo nas pedras. Não havia uma lágrima no rosto dessas quatro montarias e todos olhavam diretamente para frente. Só Throck, o mais escuro de todos, de cabelo castanho-dourado, parecia um pouco entediado, olhava para o céu azul, mas mantinha uma expressão neutra.

Lentamente, sem poder resistir, andei de um lado para outro na frente deles e examinei um por um. Os músculos da panturrilha e da coxa eram poderosos. Lembrei disso, da força que tinha desenvolvido quando era cavalo.

O capitão tinha achado que era um grande rebaixamento levar-me para o estábulo. Sim, para ter toda a suavidade do sultanato removida, como pensava a rainha, mas eu tinha adorado. Obedecer, me submeter, era isso que eu achava difícil quando servi à rainha Eleanor, e foi isso que aprendi no sultanato. Mas estar com arreios, com os braços presos às costas, com um freio na boca? Isso simplificou tudo profundamente. E se tivessem me dado um conjunto de antolhos de seda dourada para cobrir os olhos, o meu olhar, as minhas lágrimas, teria sido ainda mais fácil. Eu adorava ser cavalo.

Não era preciso pensar, não tinha de ser submisso. Tudo já vinha pronto para mim.

Inspecionando agora esses homens eu pude ver que eles adoravam aquilo. Tinham os mamilos pintados de ouro e até os lábios repuxados pelos bridões dourados; em seus umbigos havia granadas rubras e brilhantes, sim, vermelho e ouro, e nem uma vez, como soldados em posição de atenção, retribuíram meu olhar na inspeção.

– Esse é Caspian – disse o capitão abraçando o cavalo mais perto dele com o braço direito, e lá estava o antigo afeto que ele havia demonstrado conosco tantas vezes, com abraços, por mais grosseiros e rudes que fôssemos. – O rei nunca sai com uma equipe que não tenha Caspian ou Bastian.

E Caspian estremeceu todo como se estivesse adorando, o cabelo louro brilhando com o pó dourado. Até os cílios estavam pintados com ouro. Bastian também era louro, só que um pouco mais escuro e tinha uma manta espessa de pelos no peito, rodeando os mamilos dourados e o umbigo com pedras. Também parecia extremamente feliz e disposto a correr, sapateando o chão daquele jeito estilizado que eu tinha aprendido tanto tempo atrás.

O capitao beijou o rosto de Caspian e pude ver Caspian sorrir apesar do bridão, então a mão grande do capitão, aquela mão que tinha batido em mim tantas vezes, agarrou a nádega direita de Caspian e apertou com força.

Só agora os cavalariços, todos jovens, com aquelas correias nas mãos, ficaram um pouco inquietos.

— E vai notar que todos foram bem espancados para suas belas ancas ficarem vermelhas — disse o capitão em tom suave e devagar.

Testando, avaliando a minha reação.

— Sim, estou vendo.

Caminhei de volta, ao longo da fila.

Todos estavam vermelhos mesmo, e as coxas tinham marcas também.

— É isso que o rei exige — disse Alexi. — Cavalos são tratados com a mais rígida disciplina. Eu acredito que todos são açoitados de manhã e de noite, independentemente do desempenho deles.

— Isso os mantém em boa forma — disse o capitão.

De novo a voz dele era suave, não aquela voz autoritária de antigamente, mas eu sabia que essa voz ainda vivia nele, como um leão pronto para dar o bote. Eu sentia isso.

— Agora esse segundo grupo de quatro — disse Alexi. — Esses também são cavalos dedicados como Caspian e os outros, não são?

— São sim — disse o capitão. — O rei gosta muito deles. Mas quando chegamos a essa terceira fila, bem, esses são cavalos castigados, menininhos que foram postos na equipe do rei para aprender humildade e dignidade. E aqui vemos os olhos e rostos molhados. Essa quarta fila é de menininhos muito maus, meninos que acabaram de entrar para a última fila das equipes do rei... o rei tem várias equipes... depois de terem puxado carroças de lixo na aldeia.

Carroças de lixo. Sim, essas eu lembro muito bem.

O capitão estendeu a mão outra vez, para apertar a bunda de um belo menino louro que obviamente estava lutando para esconder seus soluços. Por que eu não tinha visto isso antes? O capitão pegou um pano para secar o rosto do menino. O som baixo dos soluços abafados acelerou meu sangue.

– Agora já basta, Henri – disse ele. – Endireite as costas.

O capitão ergueu a correia curta e grossa que pendia do seu cinto, desprendeu a faixa de couro e bateu com força nas coxas do cavalo algumas vezes, fazendo com que ele dançasse como se soubesse que aquilo era bom para ele. Não dançar só teria provocado mais chicotadas. Aprendemos isso rápido quando somos cavalo. Não podemos falar, mas podemos reagir, e foi isso que Henri fez. Mas pude ver dignidade nele. O pau dele estava duro nas laçadas, erguido com o saco preso junto a ele. Podia ficar flácido quando trotava. Não dava para evitar isso. Mas o que se esperava dele era que ficasse duro bem rápido, toda vez que a carruagem parasse.

O meu pau também estava duro. E é claro que entendi o que aquela tarde toda ia ser para mim, a tortura que seria. Igual à tortura daquele tempo, que durava horas, mesmo para aqueles de nós cujos paus ficavam soltos três ou quatro vezes por dia.

Senti uma excitação crescendo dentro de mim, uma coisa súbita e selvagem, algo muito familiar e ao mesmo tempo desconhecido, que fiquei ali parado, pensando, deixando que se formasse e procurasse alguma definição própria.

– Mais tarde podemos ir ver os estábulos, talvez – disse Alexi. – Eles estão muito bonitos agora. Eu nunca tinha visto os estábulos da aldeia até esse ano. Nem conhecia a aldeia.

Ele não falou isso com orgulho ou com despeito, porque eu conhecia as duas coisas. Ele simplesmente falou.

– Sim, eu adoraria vê-los – disse eu.

Montamos na carruagem, o capitão no meio, Alexi à direita e eu à esquerda, e ele atiçou a equipe de cavalos.

Para espanto meu os cavalariços corriam junto, dois de cada lado dos cavalos, e começaram logo a chicotear as pernas deles.

Entramos num trote confortável, nada muito rápido, mas pude sentir o poder suave do grande time e das boas plataformas giratórias da carruagem sobre as pedras.

Eu não conseguia tirar os olhos dos homens, da altivez com que se portavam, parecia que nem piscavam quando eram açoitados, só que evidentemente as chicotadas não eram fortes e feitas com correias chatas, que estalavam bem alto. Ardia sim, e até eu sentia isso. Cada um dos quatro cavalariços tinha de conduzir quatro cavalos, dois na frente e dois atrás, e agora eu ouvia os gemidos e os soluços abafados dos cavalos castigados mais perto de nós.

Senti o sangue sair da cabeça.

Reconheci aquela velha estrada que as carroças usavam para ir para o castelo. Na época era uma estrada sem graça e triste, jamais usada pela rainha nem pelos cortesãos. Mas agora tinha virado uma avenida com curvas e subidas e descidas suaves, canteiros de flores dos dois lados.

Devia ter sido totalmente refeita e redirecionada. Mais uma vez bateu a lembrança nítida do dia em que me levaram para a aldeia, como se estivesse acontecendo agora, como se não estivesse viajando ao lado do capitão, convidado da corte, como se eu fosse aquele escravo nu na carroça com os outros desgraçados. E foi aquele outro capitão, o capitão da guarda do castelo, que nos açoitou ferozmente enquanto a carroça seguia. Eu não tinha tentado me esconder do seu açoite na multidão. Tinha fracassado tão miseravelmente no castelo que foi quase uma alegria ir para a aldeia. Achei que não iam esperar nada de mim. Que só iam me castigar.

O perverso velho lorde Gregory – que na época tinha cinquenta e tantos anos – avisou repetidamente o que a rainha podia fazer se eu não melhorasse. E fiquei feliz de me afastar dele.

Quando passamos a curva vi o grande castelo em toda a sua glória, era de tirar o fôlego. Parecia que tinham lavado as torres escuras de alguma forma e elas brilhavam ao sol como se fossem cobertas de calcário. Já tínhamos passado dos muros dos jardins e descíamos suavemente para a aldeia. Em algum lugar lá em cima, dentro daquelas torres e alas, o velho lorde Gregory presidia sobre escravos trêmulos, pelo menos foi isso que Alexi escreveu. O perverso lorde Gregory, sempre com raiva, sempre espalhando o terror nos corações dos escravos mais alegres.

– Príncipe, observe que isso tudo foi replantado – disse o capitão da guarda –, já que agora é uma avenida pela qual o rei, a rainha e os cortesãos passam o tempo todo.

– É muito impressionante, capitão – disse eu.

– Aquela estrada lá vai para o sul, para a mansão do príncipe Tristan e segue para as outras novas mansões.

– Ah, você precisa vê-las – disse Alexi. – Tristan tem sua própria pequena corte. Passa os dias escrevendo, como fazia lorde Nicolas. Ele se tornou o novo cronista da corte.

Finalmente pude ver os muros da vila da rainha à frente, ou o que agora chamavam de vila real.

Todos nós choramos e gememos na carroça naquela manhã horrível. E a visão das ameias me deixou apavorado, apesar de estar contente por ter me livrado da rainha zangada e do furioso lorde Gregory.

– Vou levá-lo para dar uma volta na vila – disse o capitão. – Agora está bem grande. Estenderam os muros e ainda vão estender mais ainda no futuro, tem muita gente morando fora dos muros, e é bem seguro tanto viver fora como dentro dos muros.

– Sim, eu gostaria de vê-la – disse eu em voz baixa.

Olhei de novo para os cavalos, para as cabeças balançando para cima e para baixo, os sinos tocando e as joias faiscando.

Lembrei-me da sensação do tampão no meu ânus, a sensação do rabo de cavalo passando nas minhas pernas nuas e dos arreios me prendendo com firmeza. Tinha sido tão simples! Eu só chorava porque esperavam que eu chorasse, como os menininhos maus deviam fazer quando eram transformados em cavalos, e ainda lembrava da excitação que sentia quando o dia terminava, eu tinha sido fortemente açoitado e então alguma boca quente e molhada vinha aliviar o tormento do meu pau e eu conseguia dormir na minha baia, de pé, com o corpo dobrado na cintura e a cabeça num travesseiro de palha.

Meu traseiro já estava tão calejado àquela altura que eu seria capaz de suportar as mais longas sessões de chicotadas ou palmatória.

De repente chegamos à planície diante dos portões da aldeia e pegamos a estrada para o oeste, para dar a volta. Vi soldados no alto dos muros e agora muitas casas de fazenda nos campos depois da colheita. A estrada era larga, de terra bem batida, e havia nela também os canteiros de flores crescendo por toda parte e grandes bosques com a sombra de velhas árvores.

Então, vi o antigo espetáculo dos escravos nus trabalhando no campo, espalhando sementes de um cesto que carregavam, outros trabalhando na beira da estrada, alguns empurrando carrinhos cheios de produtos frescos, conduzidos por um senhor solitário com um chicote na mão.

No entanto, logo percebi que aqueles não eram campos de fazendas comuns como existiam no meu tempo. Não. Por toda parte eu via que as plantações eram de flores de vários tipos e ao longe vi o brilho faiscante de estufas de vidro, sem dúvida para criar um ambiente para plantas tropicais ou mais delicadas. Escravos trabalhavam como antes, mas mesmo de longe eu sentia que pareciam animados e satisfeitos com o que faziam, cuidando das roseiras ou dos grandes canteiros de lírios, vi até dois escravos nus que estavam obviamente batendo papo um com o outro, mas então apareceu um senhor bastante ocupado e com o inevitável chicote.

Mesmo assim, muita coisa tinha realmente mudado.

Depois do tempo em que fui cavalo na aldeia eu fui vendido para um fazendeiro que morava na aldeia, para prestar mais serviço por castigo e lembro de ter empurrado um pequeno arado nos campos. Não era um trabalho de arrebentar as costas, de jeito nenhum, e apesar de passar a odiar o tédio que era, e a lama e o suor inevitável, meus pés enfiados na terra fofa, eu tinha adorado a brisa fresca e o grande céu azul.

Mais uma vez uma onda de lembranças voltou, de ter sido conduzido com a correia para trabalhar na fazenda e depois voltar para a aldeia onde muitas vezes me prendiam a noite inteira do lado de fora da porta da casa do fazendeiro, com as mãos amarradas sobre a cabeça a um gancho de ferro. Ficava virado para fora quando terminavam de me amarrar. Descalço, sujo e com sede.

Um velho acadêmico costumava passar lá para conversar comigo, mas nunca soube por quê. Ele bolinava meu pau como muitos outros transeuntes faziam, considerando que o dever deles era manter todos os paus da rua eretos e duros. O velho acadêmico, que não era mais velho do que sou agora, e bastante elegante, me disse que nós, escravos nus nas portas, éramos como hermas das antigas cidades.

– E o que vem a ser, senhor – perguntei uma noite –, uma herma?

– Na antiga Atenas eram pilares de pedra quadrados, meu jovem, que ficavam do lado de fora das casas, com a cabeça de Hermes em cima e um pênis com o saco escrotal esculpidos em relevo. Eram sagrados. E davam sorte.

Então ele contou uma história antiga, do susto que os atenienses levaram quando, na véspera de a sua armada partir para a luta numa guerra importante, todas as hermas da cidade foram vandalizadas. Ele achou aquilo interessante e explicou detalhadamente para mim como nós, os escravos nus, quase todos machos, éramos exatamente o mesmo tipo de criaturas sagradas que tinham o objetivo de afastar qualquer mal com a exposição da genitália.

Algumas hermas tinham a cabeça de Atena, ele disse, e dessas antigas estátuas é que acabou surgindo a palavra hermafrodita. Eu ficava fascinado, mesmo desconfortável como estava lá, exposto e sendo provocado por ele, indefeso e escutando-o contar sem pressa algumas coisas que jamais poderia imaginar.

Na hora eu não tinha ideia de que nunca esqueceria aquilo. Lembro que meu pau subiu só de pensar num pedestal com a cabeça de Atena e um pau com o saco, e que fiquei quieto para encorajá-lo a continuar falando, coisa que ele faria de qualquer jeito, mesmo que eu dormisse.

Despertei chocado dessas minhas lembranças quando avistei uma das equipes de cavalos da aldeia, com arreios simples de couro, puxando um carro grande, cheio de gente.

O veículo passou pesado, devagar, pela esquerda, e tive apenas alguns segundos para absorver o espetáculo dos cavalos machos fazendo força, de cabeça baixa, os corpos cobertos de poeira e os rabos de cavalo pretos brilhando ao sol. Outra vez a visão dos músculos retesados foi ao âmago do meu ser. E só quando o carro passou percebi que os passageiros estavam nos cumprimentando, fazendo uma mesura para nós.

Eu havia servido na aldeia dois anos inteiros antes de Lexius ser levado para lá sob acusações terríveis e, bem, na época eu não achava que a rainha se lembrava de mim, e quando ela me libertou, pouco tempo depois de Lexius e Alexi, foi com um descuidado gesto.

– Ah, aquele, o menino desajeitado, mande-o para casa também.

Não admira que as primeiras palavras que meu irmão disse para mim foram, depois de todos aqueles anos: "O que você está fazendo aqui?"

Passaram outras carroças, essas carregadas de flores, potes e cestos de flores, e escravos machos puxando enquanto o fazendeiro ia ao lado, balançando seu chicote.

Será que eles invejavam os nossos cavalos com seus arreios esplêndidos e cintilantes?

Senti a mão esquerda do capitão da guarda no meu ombro de repente. Ele estava me abraçando.

– Perdoe-me, príncipe, você parece abatido – disse ele.

iv

Andamos pela aldeia durante uma hora, nós três, Alexi tão fascinado quanto eu. Devíamos encontrar lady Eva na loja das punições, ele me disse.

– Você sabe o que é isso?

Dei risada. Não pude evitar. Olhei para o capitão Gordon que estava com um sorriso extraordinariamente sereno no rosto.

– Sim, Alexi, fui sentenciado a vir para cá por dois anos. Eu sei o que é a loja das punições.

Nem me dei ao trabalho de acrescentar que o meu senhor, o fazendeiro, não queria gastar o dinheiro para me mandar para lá e que fazia isso só para manter as aparências, de vez em quando, e para agradar à mulher dele.

Ela fora ungida a rainha da preocupação da casa e achava que eu simplesmente não estava levando chicotadas suficientes.

Então íamos sentar lá agora como fregueses do estabelecimento, não era? Eu mal podia esperar.

Mas era a praça das punições públicas que eu queria ver, acima de tudo.

Quanto à aldeia em si, estava esplêndida agora, além do que se podia imaginar, com todas as fachadas recém-pintadas em tons de vermelho-romano ou verde-oliva, ou de ocre-escuro, com uma profusão de batedores de porta de estanho. As ruas eram tão apinhadas de gente que eu mal podia ver os escravos que enfeitavam as portas abertas ou que trabalhavam dentro dos salões e das lojas.

O que me espantou foi a limpeza de agora, coisa nova, a ausência do velho e conhecido cheiro e o brilho do ouro em toda parte, quando as pessoas levavam seus ricos produtos para exibição em cada esquina.

Passamos rápido demais pela imensa praça das estalagens com a fonte, tão rápido que me preocupei. Nunca entrei em um daqueles nobres estabelecimentos, mas a princesa Bela tinha contado muita coisa do seu tempo sob ordens da senhora Lockley, em uma delas quando estávamos descansando nas nossas jaulas douradas no porão do navio do sultão. O capitão Gordon tinha reservado quartos na estalagem da senhora Lockley, e Bela foi entregue a ele pela primeira vez ali.

– E onde vive agora? – perguntei, como se conversasse sem pensar e, embora a minha pergunta o tivesse assustado, ele respondeu com educação.

– Agora tenho uma casa na cidade, príncipe, que Sua Majestade me deu. Sou grato. É mais confortável do que qualquer outra moradia que tive.

Continuamos a andar e finalmente chegamos à praça das punições públicas. Ele apontou para a casa, uma construção estreita, mas grandiosa, de três andares, que já tinha sido a casa de Nicolas, o cronista da rainha, e da irmã dele.

Eu me lembrava do cronista da rainha. Ele era um homem triste e sofredor nos anos em que vivi aqui, porque tinha perdido o príncipe Tristan, a quem amava de todo coração. Faziam pouco dele, mas aos cochichos, dizendo que tinha sido tolo a ponto de arruinar seu coração por um escravo.

Agora eu sabia que Tristan havia voltado para o reino. As cartas de Alexis tinham mencionado isso e as cartas do rei também. Tristan tinha sua bela mansão, e o rei tinha dito que talvez eu quisesse uma casa assim para mim.

Finalmente chegamos à grande praça sobre a qual eu pensava desde que a notícia do novo reino chegou até mim.

Parei quando saímos da rua pavimentada que nos levara até lá para poder ver tudo.

Era a mesma praça, só que completamente transformada. A velha terra batida não existia mais, o pavimento de pedras cobria tudo até perder de vista, e estava, como todos os outros, varrido e limpo.

No canto direito vi três *maypoles*, grandes mastros enfeitados, e os escravos com longas tiras de couro amarradas aos seus pescoços, sendo forçados a correr em círculos diante daqueles cavalariços vestidos com librés especiais da aldeia, ao que parece, que batiam neles com as palmatórias – e, como antes, as plataformas giratórias às quais os escravos eram amarrados, de braços e pernas abertos, podiam ser viradas de cabeça para baixo por algum freguês, por uma pequena moeda. Não era o pior castigo, de jeito nenhum, mas era assustador e eu tive essa experiência nos meus últimos seis meses, só que então já era um escravo bem diferente daquele que chegou aqui apavorado e envergonhado.

Os escravos guinchavam e gritavam quando as plataformas giratórias gigantes giravam, machos e fêmeas também, e é claro que os fregueses os provocavam com uma espécie de espanador parecido com os do meu tempo, mas os de agora não eram utensílios domésticos improvisados, eram objetos enfeitados com fitas coloridas e vendidos ali exatamente para isso, coisa que logo confirmei.

Um escravo obrigado a andar agachado atrás de um vendedor ambulante carregava dois cestos cheios desses espanadores num pau comprido.

E por todo canto, em todo lugar, havia as barracas listradas e coloridas, barracas que eu conhecia e que serviam para dar banho em escravos, outras para ter um escravo macho ou fêmea por um preço módico, barracas que eram só para espiar, para assistir ou para dar surras.

No entanto, tinham acrescentado novidades, pelo menos assim parecia. Vi uma baia em que havia escravas mulheres ajoelhadas numa prateleira, com os traseiros virados para a multidão, é claro, e as pessoas compravam três ou quatro bolas amarelas de cada vez para jogar nelas e ver quem acertava a mosca do alvo que era, naturalmente, o ânus da escrava. Para formar os alvos, as bundas dessas infelizes estavam pintadas com círculos de cores vivas com o que parecia ser uma pasta adesiva grossa, e logo vi que algumas bolas grudavam nos alvos e os jogadores discutiam animados para saber quem atirava melhor no jogo.

Pareceu bem óbvio para mim.

Andamos por ali e chegamos à parte de trás dessa tenda, onde vi a cabeça das escravas presas num pelourinho comprido e pintado de amarelo. Elas olhavam para baixo, cerrando e abrindo os punhos. Fiquei pensando se doía muito quando a bola batia nas costas. Provavelmente nem tanto. Mais uma vez, esse não era o pior castigo para um escravo, mas eu sabia que aqueles que eram submetidos a isso sentiam de qualquer forma uma vergonha arrepiante.

Variedade era o tempero do reino.

– Ouvi dizer que esse lugar era muito poeirento e primitivo antigamente – disse Alexi. – Só vi uma vez antes de o rei e a rainha chegarem.

– Bem, era assim mesmo – disse o capitão Gordon –, mas para ser franco, meu senhor, muita gente da corte vinha para cá só para ver, de tempos em tempos, mas não contavam para a antiga rainha. Isso aqui devia ser só para o povo comum, mas olhe a multidão que está aqui agora.

Ele tinha razão. O lugar estava apinhado de todo tipo de gente, desde a mais refinada e enfeitada até a mais simples, mas dava para ver que a aristocracia imperava sobre o povo.

Sim, meninos e meninas da aldeia, com roupas coloridas, formavam filas diante das barracas com suas moedas nas mãos, mas muitos homens e mulheres mais ricos consideravam isso um banquete para os olhos. Vi o moreno príncipe Roger andando no meio da multidão – era ele mesmo –, eu o tinha conhecido rapidamente no tempo em que vivi na aldeia, mas ele não me viu e não tive vontade de me adiantar para falar com ele. Isso aconteceria naturalmente mais tarde.

E tudo aquilo era muito maior. Muito maior.

Só agora, chegando a uma área cheia de tendas altas, avistei a plataforma giratória pública.

Como tudo o mais, tinha sido reformada e enfeitada. Não havia mais a escada de toras que os escravos subiam para serem espancados, a escada agora era dourada. A própria plataforma tinha na borda couro de muitas cores, e o mestre açoitador, que sempre foi um homem rotundo e grosseiro, de mangas enroladas e braços fortes, agora vestia uma libré cinza e amarela – como todos os cavalariços que batiam com as palmatórias nos escravos amarrados, e empurravam e orientavam os outros escravos por toda parte.

Mas o mestre açoitador ainda era um homem corpulento e deu para ouvir o ronco de sua voz grave e risonha de onde eu estava. Tinha cabelo comprido e solto e ombros enormes.

Havia uma fila de infelizes que iam apanhar de palmatória diante da multidão. De um lado e do outro havia uma fila interminável de pelourinhos de madeira pintada de dourado, para onde escravos seriam levados depois de açoitados a fim de serem exibidos, curvados da cintura para cima.

Uma gargalhada irrompeu das barracas atrás de nós, dei meia-volta e só então percebi que de fato eu estava ficando tonto, com os sentidos inundados com cheiros, sons e visões.

O capitão me apoiou outra vez, mas com todo respeito.

– Dmitri, não precisamos ficar aqui – disse Alexi.

– Ah, mas eu quero ver – disse eu.

– Bem, você vai ver que isso está mudado – disse baixinho o capitão, segurando meu braço com firmeza.

Eu deixei. Não me importei.

Meu pau estava duro feito pedra dentro da calça. E senti meus mamilos formigando e ardendo dentro da camisa. Hermes. Hermafroditas. Ouvi a voz do erudito.

"... uma ideia antiga, de uma criatura ideal que combinava os traços masculinos e femininos..."

– Aqui, meu senhor – disse o capitão. – Beba esse vinho.

– A última coisa que eu preciso é dessa bebida – disse eu.

– Está fraca, mas bem gelada.

Eu bebi.

Zonzo, vi a menina escrava na nossa frente, segurando uma jarra. E soube que ela havia oferecido o cálice. Seu cabelo cor de cobre caía sobre os ombros. Em grande profusão... ela nem parecia que estava nua. Se eu fosse senhor ou senhora dela, teria prendido aquele cabelo.

Os seios eram cheios e deliciosos, mas rosados como se tivessem sido espancados ou açoitados de leve. Vi que ela estava com um falo enfiado na vagina que tinha um cabo de flores posicionado bem diante dos grandes lábios, e tudo ficava firme no lugar com correias presas a um cinto na cintura.

Como eu sabia que havia um falo escondido dentro dela? Dava para ver pelo jeito que ela se remexia e se movia mesmo quando estava parada, o rosto tomado por um adorável rubor e os olhos vidrados.

Ela olhou timidamente para mim quando serviu o vinho de novo.

– Está bom – disse eu e bebi mais um gole.

Ouvi mais risos nas barracas atrás de nós.

– Ah, esses joguinhos! – exclamou Alexi.

Eu não queria ver isso agora, mas sabia que ia querer ver todas as barracas mais tarde.

Só queria ver a plataforma giratória e, de repente, me dei conta de que o capitão estava impedindo a minha visão.

Dei a volta nele. A multidão estava mais cerrada perto da plataforma, umas quinze ou vinte filas apertadas de gente.

Quando nós chegamos houve uma interrupção nos eventos, mas agora o mestre açoitador apontou para uma adorável princesa, ou dama, ou "menininha", para que ela subisse os degraus atapetados e dourados. Ela subiu – sublimemente rubra e extremamente suculenta com pernas redondas cor de marfim.

O mestre açoitador, mesmo com sua libré cinza e amarela, usava um grande avental de couro, todo trabalhado com desenhos dourados e amarelos contra o fundo cinza.

A palmatória na mão dele era como eu lembrava, grande e de madeira, só que essa também estava pintada de dourado. E quando ele a virou para um lado e para outro, mostrando-a para a multidão, pude ver que uma face era cravejada de pequenas pérolas.

A outra face da palmatória, felizmente para a menina trêmula, era lisa.

Ela teve de se ajoelhar como nós fazíamos – livre, curvada na cintura com um pequeno pilar de madeira para sustentar o queixo. O pilar era esculpido e polido e tinha uma parte com trabalho em ouro, além do que parecia ser uma pequena almofada de algum material macio e vermelho em cima. Não era apenas a madeira áspera.

Cheguei mais perto, mas não muito. Não queria que os homens e mulheres bloqueassem minha visão. Fiquei suficientemente para trás, num ponto em que podia ver tudo.

A menina obedeceu submissa ao mestre açoitador, quase agradecida, botou as mãos juntas sobre as costas belamente curvadas. O traseiro pequeno ficou maravilhosamente exposto e não apareceu ninguém para amarrar suas panturrilhas no chão.

Seu rostinho virado para cima estava muito vermelho, e as pálpebras tremiam. Lembrei muito bem que fiquei de olhos bem fechados naquela primeira vez, só que eles abriam sozinhos, não importava o que eu fizesse, por mais que os fechasse, abriam como se eu tivesse de ver a multidão além de ouvi-la, aquelas centenas de pessoas reunidas ali como estavam agora.

Um serviçal de libré se adiantou segurando uma grande tigela com suas luvas amarelas. De dentro do pote ele tirou um creme grosso e aplicou no traseiro da menina que tremia, esfregando com força na pele imaculada.

O mestre açoitador tinha cabelo branco ondulado e a pele do rosto marcada. Ele gritou alguma coisa que não consegui entender e fez a multidão urrar. Ele botou sua mão carnuda no pescoço da menina. O cabelo dela, cacheado e cor de bronze, caía na frente, dos dois lados do pilar em que apoiava o queixo.

E veio o golpe com a palmatória inclemente, com o lado liso virado para a menina, e ele bateu com tanta força nas coxas que chegou a levantar os joelhos dela da madeira. A multidão gritou e aplaudiu.

Uma pancada atrás da outra, do mesmo jeito, erguendo a menina do chão, forçando-a a subir e se desprender do chão, depois cair outra vez, até que ela quase perdeu o equilíbrio e afundou nas tábuas.

Eu ouvi o ronco furioso do homem, mas não o que ele disse.

A menina se esforçou para retomar a posição.

E pela primeira vez, usando o pedal, o homem fez a plataforma girar, para a multidão da extrema direita poder dar uma boa olhada. Então ele a fez girar de volta, já que era destro, e a golpeou de novo com a palmatória.

– Príncipe – sussurrou o capitão.

Foi um choque ouvir a voz dele.

Notei que eu tinha posto as mãos nos lábios.

– Silêncio, por favor, capitão. Agora não – disse eu.

Uma voz de mulher perto de mim disse para ele.

– Capitão, ele quer assistir!

E a surra continuava na plataforma, a menina chorava, mas não caía. Não conseguia manter as panturrilhas paradas nem os pés. Ela estava dançando, como diziam. Não dava para controlar. Ela dançava. Mas os pequenos joelhos continuavam firmes no lugar.

A plataforma girou outras vezes.

A multidão estava contando as pancadas em voz alta e batendo palmas no ritmo da palmatória.

Foi um espancamento feroz e o mestre açoitador estava adorando. Eu sabia o que a menina estava sentindo. Sabia que o tempo tinha parado para ela, que o próprio conceito de tempo agora estava fora do seu alcance. Mas fiquei atônito com o controle e com a firmeza dela. As minhas lembranças desbotaram e sumiram diante da visão iluminada daquela pele perfeita, cor de marfim, dos dedinhos remexendo, mas as mãos sempre no lugar, e do rosto doce e delicado todo molhado de lágrimas cintilantes.

Eu mal podia respirar.

De repente o mestre açoitador ergueu a palmatória e virou ao contrário. Agora aquela linda bundinha ia apanhar com as pérolas minúsculas.

A multidão vibrou. Ela recebeu a pancada da madeira com pérolas incrustadas e pulou sem poder se controlar. Pensei ter ouvido um guincho bem alto vindo dela, mas com toda aquela barulheira não tive certeza. A multidão adorou, e aplausos soaram por toda parte.

Bem distante à minha direita vi o príncipe Roger assistindo, com uma bela dama ao seu lado.

– Quantos de vocês – sussurrei baixinho – desejam estar lá em cima no lugar dela?

Ninguém ouviu aquele sussurro fraquinho, pelo menos eu assim esperava. Mas na verdade não me importava.

Minhas lembranças não estavam presentes nesse momento. Eu só tinha olhos para ela – pulando, dançando, se esforçando, mas nunca saindo da posição. Os seios dela tremiam, seios tão macios, estremecendo... Os meus mamilos pareciam que iam explodir de tanto tesão. Meu pau era capaz de gozar, se eu ousasse me mexer e corresse o risco de esfregá-lo na roupa.

E acabou. Agora viria a parte que eu realmente odiava. Todavia, não aconteceu.

Quando ela ficou lá ajoelhada, tremendo e soluçando, a multidão jogou apenas moedas de ouro para a menina, que acertavam nela de todos os lados. Ela se perdeu em meio a uma chuva de moedas cintilantes.

Não houve lixo como tinha no meu tempo, nenhuma daquelas maçãs estragadas, nem ovos e pedaços de batata ou repolho podres foram atirados em cima da menina.

Senti-me até fraco de tanto alívio. Eu não tinha gozado, não, é claro que não, mas meu corpo tinha liberado a tensão e começava a se recompor. Meus mamilos latejavam e minhas pernas ficaram bambas.

– Eles não jogam mais lixo contra os escravos – gaguejei.

– Não, hoje em dia não se faz mais isso – disse a mulher que estava perto de mim. – O rei acabou com isso. Ele achou vulgar e desnecessário e imundo também. Mas qualquer pessoa pode comprar pequenas moedas de madeira pintadas de dourado por meio centavo para jogar, e muita gente faz isso.

Olhei para a esquerda e a vi parada ao lado do capitão, uma daquelas maravilhosas mulheres verdadeiramente ruivas, com pele clara e lisa, sem nenhuma marca. Ela era muito jovem e o vestido elegante revelava exuberantemente a fartura dos seus magníficos seios. Os olhos verdes eram grandes e brilhavam ao sol, e seus lábios pareciam cobertos de ruge. Uma beldade sem igual, vestida com seda pintada com cores alegres e ouro, em mangas bufantes de seda transparente. Até os chinelos eram dourados e faiscavam ao sol.

– Deixe-me apresentar lady Eva, príncipe – disse Alexi.

– Ah, sim, muito prazer, minha senhora – disse eu, mas fiquei olhando para a plataforma, e a incomparável lady Eva fez um gesto para que eu continuasse assistindo, de modo que foi o que eu fiz.

A pequena corça na plataforma giratória estava sendo içada pelos pulsos. O mestre açoitador a fazia virar e girar como se ela estivesse no bloco do leilão para todos verem sua bunda e suas pernas castigadas. Tinha cintura fina e os quadris bem torneados, mas afinal tudo nela era bem torneado, até os dedos que abriam e fechavam, e os seios, apesar de menores do que os de muitas escravas, eram bem formados.

O mestre açoitador bateu nela de novo, forçando-a a chegar o quadril para frente, e ela obviamente gritou, só que não deu para eu ouvir. Mas ela estava graciosa e elegante como sempre, a cabeça quase submissa, inclinada para um lado, o cabelo cintilante caindo lindamente, os olhos modestos e semicerrados.

Era muito diferente, de todas as maneiras possíveis, do príncipe desajeitado que eu tinha sido na plataforma giratória tanto tempo atrás, frustrando repetidamente o capitão da guarda.

– Você entende que será espancado aqui quatro vezes por dia se não parar de resistir, não entende? – sussurrou ele no meu ouvido aquela última noite.

Um pajem de libré, o mesmo que tinha preparado o traseiro da menina para o espancamento, se apressou em recolher todas as fichas e moedas.

Botou tudo num pequeno saco de veludo que amarrou ao pescoço dela.

– Está vendo? O rei não permite que enfiem nenhum lixo à força na boca dos escravos – disse a jovem mulher ao meu lado. – Antigamente eles punham o saco na boca, não punham?

– Punham sim – disse eu. – Ou nos nossos traseiros na loja das punições.

– Bem, agora também não fazem mais isso – disse ela, sem hesitar.

A mulher tinha uma voz simpática, parecia que todas as vozes naquele reino eram simpáticas, mas ela falava com uma serenidade natural, uma maravilha. Lady Eva. Eu me esforçava para lembrar de algum contexto para o nome dela nas cartas que tinha recebido.

No entanto, uma enxurrada de lembranças me açodava agora de novo.

Estava tudo embaralhado. Eu me sentia nu, doído, chorando, sendo levado às pressas para o pelourinho enquanto observava a bela pequena escrava sendo levada escada abaixo, empurrada para frente, com a cabeça e as mãos presas, como estiveram as minhas. Madeira dourada, é claro. Madeira decorada com rococós e flores brancas! E isso em um dos pelourinhos da aldeia, um de uma infinidade. Mas aquela cabecinha era a flor mais linda.

Esquecendo meus modos, meus amigos e a graciosa dama ao meu lado, andei com passos largos pelo meio da multidão que começava a rarear, na direção do pelourinho ao longe.

E cheguei diante dela.

Lenço azul. Vinho. Lá estavam de novo aqueles momentos de tanto tempo atrás, quando eu era preso ao pelourinho depois de cada espancamento de palmatória. O capitão da guarda tinha ficado furioso comigo quando o sol se pôs.

– Você não está aprendendo nada, príncipe.

Eu sentia muita sede. E toda vez havia aquelas meninas da aldeia com suas taças de vinho, de sidra e até copos de leite, branco e doce.

Ela soluçava sem controle.

Antes de poder virar para procurar, um escravo alto e magro apareceu ao meu lado com uma jarra e um copo.

– Meu senhor, ela só pode lamber do copo ou dos seus dedos – disse ele, quando joguei a moeda dentro da bolsa de couro que ele usava pendurada ao pescoço.

Até o pau dele estava meio duro, com as bolas bem amarradas e as correias finas, douradas, decoradas com rosetas de pedras.

– Sim, eu sei disso, menininho, pode acreditar – disse eu.

Segurei o copo de prata embaixo do rosto dela, molhei os dedos e umedeci aqueles lábios trêmulos. Mas ela estava estressada demais para conseguir beber. Felizmente achei no bolso da minha túnica um lenço para secar o rosto e os olhos, e limpar o nariz dela. Lenço azul.

Ao pôr do sol, depois de apanhar com a palmatória pela terceira vez, fui consolado por um lindíssimo menino.

– Príncipe, você vai aprender – confidenciou ele com uma voz tímida e titubeante.

E agora o prato era de prata e o vinho adoçado com mel. Eu podia sentir o cheiro.

Isso foi um alento maravilhoso para ela. A menina olhou para cima, temerosa, depois para baixo, olhou fixamente para a fivela do meu cinto ou para o copo que eu segurava com a mão direita.

Eu lhe dei o vinho na ponta dos meus dedos, ela lambeu, depois deixei que lambesse do próprio copo.

– Como é seu nome, florzinha? – perguntei.

– Barbara, senhor – disse ela em meio a fungadas e soluços.

– Você se portou esplendidamente na plataforma, Barbara.

– Mas, senhor, eu fui tão desajeitada...

– Ah, preciosa, nunca contradiga seus superiores – disse eu. – Isso não pode acontecer. Agradeça a mim, se quiser, mas não me diga que estou errado.

O cabelo dela ficava quase dourado ao sol, mas era realmente castanho, um tom claro e cintilante de castanho.

– Sim, senhor, perdão!

A menina pulou de repente, e atrás dela, sobre o pelourinho dourado, vi meninos e meninas reunidos, rindo às gargalhadas. Estavam esfregando espanadores, aqueles brinquedinhos perversos, no sexo dela.

Levantei a mão de forma ameaçadora e para espanto meu eles recuaram. Por que isso me surpreendeu?

– Ouça, Barbara, você é muito linda – disse eu. – Eu adoro você. Viajei muitos quilômetros para rever este lugar. Nunca esquecerei de você como a flor delicada que vi aqui nesses momentos.

– Fico muito feliz de que tenha gostado, meu senhor! – exclamou ela. Bem articulada. Uma menina educada.

– Olhe para mim, pode olhar.

Os olhos dela eram azul-escuros, e pude ver o nariz arrebitado e a boca. Uma boca carnuda e bem desenhada.

Passei a taça para a mão esquerda e apalpei embaixo do pequeno queixo dela, mais carne do que osso. Apertei o polegar na carne macia – tinha uma covinha ali, muito bonita – embaixo do lábio inferior.

Não se deve dizer que olhos são inteligentes, mas a menina tinha olhos inteligentes.

– A quem você pertence, menina? – perguntei.

– À aldeia, senhor – disse ela, e as lágrimas brotaram de novo, profusas, vítreas, refletindo o sol. – Eu acabei de...

— Continue, pardalzinho.

— Acabei de chegar ao reino. — Mais lágrimas. — Desejo muito agradar, meu senhor. Vendi tudo que eu tinha para vir para cá, meu senhor.

Virei para trás.

O capitão estava bem às minhas costas, com Alexi e a dama adorável com quem eu havia sido imperdoavelmente rude. Mas ela parecia muito paciente, sorria para mim pensativa e disse:

— O que posso fazer por você, príncipe?

— A menina, eu a quero! — disse eu.

— Providenciado — disse o capitão. — Quando e onde quiser.

— Eu sei o que quero agora, o tipo de acomodação, se vou ficar aqui. Preciso falar com o rei e a rainha.

— E eu vou acertar os detalhes — disse a dama animada. — É só falar, príncipe, que providencio para você. Sei muito bem que o rei e a rainha querem muito que você fique.

— Sim, definitivamente, eles querem que você fique — disse Alexi. — Sem dúvida alguma.

— Uma casa, uma casa aqui na aldeia — disse eu. — Há alguma casa bem equipada na aldeia, com vista para a praça das punições públicas? É isso que eu quero e, claro, pagarei por ela. E essa menina como minha escrava.

Virei para oferecer bebida para a menina trêmula. Sabia que tinha ouvido tudo que falamos.

Sua língua cor-de-rosa mergulhou graciosamente no vinho e lambeu com a rapidez e a destreza de uma gata. De fato havia alguma coisa muito felina na postura dela. Isso certamente moldaria meu jeito de mantê-la, treiná-la e usá-la.

Eu estava de pau duro e de novo quase gozando.

Espiei em volta e vi as janelas e os telhados distantes que cercavam o lugar. Certamente aquelas eram as janelas com vidros em forma de losangos e os telhados de duas águas das casas de aldeia, tinham de ser todos bem pintados, mas ficavam a certa distância.

– Será que há uma casa vaga aqui perto? – perguntou lady Eva, olhando para o capitão.

– Ah, sim, algumas, só que não são as melhores nem as mais populares – disse o capitão. – A maioria das pessoas acha esse lugar muito movimentado, muito barulhento, príncipe, e você sabe que a praça agora raramente fica vazia. Tem muito movimento...

– Não faz mal – disse eu. – É exatamente o que eu quero.

– Estou pensando qual seria a melhor – disse o capitão.

Ele apontou para o que parecia a maior das casas ao longe, a última numa fila que cercava parcialmente a extremidade da praça.

– Acho que aquela está realmente disponível, sendo usada agora para hóspedes que vêm e vão.

– Podemos mobiliá-la lindamente para você, meu senhor – disse a adorável lady Eva.

– Sim, aquela – disse eu. – Ela tem vista aqui para a plataforma giratória e o pelourinho.

– Tenho certeza de que poderei acertar tudo isso imediatamente – disse o capitão. – Os visitantes que estavam naquela casa partiram hoje cedo para sua terra natal.

Ele virou para acenar para alguém que estava atrás dele.

Lady Eva se ofereceu para cuidar de todas as amenidades pessoalmente.

– Dmitri, você tem certeza? – perguntou Alexi. – Não quer ficar no castelo conosco?

– Alexi, querido – disse a dama –, acho que o nosso amado rei pode ficar muito satisfeito com tudo isso. Ele está ansioso para saber a opinião de Dmitri sobre a aldeia e este local especificamente.

– Ele acha que precisa de inovação e de ideias de expansão – disse o capitão em voz baixa.

– Sim, mas não morar na corte... – insistiu Alexi.

– Mas é claro que o príncipe Dmitri vai viver na corte, ele pode ir para o castelo a qualquer hora.

– Nunca vivi na corte quando estive aqui – disse eu para Alexi.

Deu para eu mesmo ouvir a emoção mal disfarçada na minha voz. E percebi que essas palavras eram bobas. Elas não davam nenhuma explicação real para a minha escolha.

De repente eu ri, sem motivo.

Segurei a taça com a mão esquerda enquanto alisava o cabelo de Barbara com a direita. Abaixei-me e falei ao ouvido dela.

– Você vai me achar um senhor muito exigente – disse eu. – Mas não precisa ter medo, quando eu terminar com você, será a perfeição em pessoa, e posso simplesmente mantê-la por muito tempo, até alçá-la a maiores alturas.

– Senhor! – sussurrou ela.

– Eu sou o príncipe Dmitri. Lembre desse nome – recomendei a ela. – Vou voltar por você. Talvez não esta noite, talvez não amanhã, mas muito em breve. – Virei para o capitão. – Não existe chance de eu perdê-la, com toda essa gente, com todos esses escravos?

– Nenhuma – disse o capitão.

Vi nesse momento que havia dois cavalariços, ao lado dele, que estavam de olho na menina.

– Todos os escravos são cuidadosamente vigiados. Nenhum escravo escapa da nossa vigilância. E acontece, príncipe, que isso sempre foi assim, mesmo quando o reino era um terço do que é agora.

Será que eu o tinha insultado? Claro que sim. Ele certamente ficou grudado em mim naquele primeiro dia aqui tantos anos atrás, não ficou? E todos nós sabíamos naquela época que éramos vigiados, cobrados, protegidos, para só sermos punidos da forma aprovada. Outra vez eu quase dei risada, mas sem saber por quê.

O barulho aumentou em volta de mim, como se atiçado por alguma brisa latente, e o sol me pareceu bem quente de repente. Ah, eram aquelas roupas russas. Eu me imaginei nu, completamente nu naquele clima balsâmico.

Barbara tinha quase acabado de beber o vinho, criaturinha esperta.

Passei os dedos nas últimas gotas e encostei na língua dela. Então enfiei o polegar em sua boca, abrindo-a, e senti o calor molhado por dentro dela. Desejei poder vê-la toda, e não aquele pelourinho dourado. Bem, eu veria, em breve.

– Diga, menina.

– Príncipe Dmitri, meu amo e senhor – disse ela, virando os olhos azuis e brilhantes para mim outra vez.

V

Estávamos na loja das punições, e que grande taverna tinha se tornado! Nos velhos tempos, disse o capitão para lady Eva, aqueles pequenos lugares ficavam apinhados de gente e eram muito barulhentos com seus pisos cobertos de palha, vendendo sidra e cerveja baratas.

Eu sabia disso. Eu lembrava disso. Lembrava da mulher do fazendeiro me enviando para cá a pé, sozinho, para ser castigado. Usávamos placas penduradas ao pescoço. O tipo de placa sugeria o castigo. Uma placa pequena e preta numa tira estreita de couro significava "espancamento". Uma placa vermelha queria dizer "espancamento severo", pelo menos foi o que me disseram. Eu sempre fui mandado com a placa vermelha pendurada entre meus mamilos, com as mãos presas à nuca, porque essa era a única maneira de podermos andar sozinhos pela aldeia. E ai do escravo que caminhava sem placa, sem um objetivo, sem algum emblema da vontade do seu senhor ou senhora ao enviá-lo em alguma missão.

O lugar era pequeno na época, com um palco vazio a um metro e meio do chão e mesas apinhadas nas quais os aldeões bebiam suas sidras ou cervejas, fofocavam, e algumas mulheres costuravam ou bordavam com seus pequenos anéis.

Agora estava enorme, as vigas do teto pintadas com vinhas verdes e flores amarelas contra o reboco azul-celeste.

Eles nos ofereceram uma mesa polida e cadeiras esculpidas, iguais às dos outros fregueses, ricos e pobres, com o palco bem na nossa frente, ainda a cerca de um metro e meio do chão, pintado e polido com luxuosas tapeçarias penduradas à guisa de cortinas e iluminado por um grande candelabro de ferro com muitos braços.

O mestre açoitador estava vestido de amarelo e cinza, com o mesmo avental decorado que seu colega tinha usado na plataforma giratória pública e, embora parecido, esse tinha uma figura mais impressionante do que o outro, em sua cadeira sem braços e de espaldar alto.

No reino, devia-se sempre tomar cuidado com as cadeiras sem braços.

Ele era um homem gigantesco com uma juba de cabelo grisalho, comprido, solto, e barba espessa, de bochechas rosadas e brilhantes botas douradas.

Ele cantarolava para o escravo debruçado em cima do seu avental de couro, alisava o cabelo e acariciava as costas do rapaz, dando palmadinhas de leve na bunda dele que estava virada para cima. O espancamento devia ter acabado naquele instante, quando chegamos. Parecia que ele estava consolando a vítima e sem pressa alguma.

– Ele pensa que é um avô amoroso – disse lady Eva, cochichando ao pé do meu ouvido, já que era capaz de ele ouvir, porque estávamos muito perto.

Todavia, o vozerio era considerável. Por toda parte os fregueses bebiam sua sidra e conversavam animados, como se nada, absolutamente nada estivesse acontecendo no palco.

– Isso é muito divertido – disse lady Eva, com um sorriso radiante. – Por isso reservei um lugar perto assim. Vocês precisam ouvir e ver esse bondoso pai da palmatória pessoalmente.

Alexi riu, erguendo sua caneca de vinho quente.

– Eu adoro esse homem! – disse ele. – Venho para cá por causa disso, mais do que qualquer outra coisa.

Estava chegando mais gente na loja das punições, e lá fora, além das janelas em forma de losango, as pessoas faziam fila para entrar. Havia aldeões ali, pessoas comuns, sim, mas me pareceu que agora a aristocracia formava a maioria, tão diferente dos velhos tempos.

O chão do palco era atapetado de azul-escuro e a cadeira do mestre açoitador, que parecia um trono, ficava numa plataforma elevada e também atapetada, uns trinta centímetros mais acima. Ele tinha feito uma pausa, ao que parece, e bebia de um frasco que seus assistentes de libré lhe deram. Luvas amarelas. Muitos dos cavalariços e pajens usavam luvas amarelas. Vi o banco ao lado dele, elegante e esculpido como todos os móveis, e o pote de creme junto com uma pilha do que parecia ser mais pares de luvas amarelas.

Os escravos foram postos em fila de quatro numa rampa inclinada comprida do outro lado de onde nós estávamos, saídos de um cercado que ficava atrás da porta da frente do palco.

Eu me lembrava muito bem daquela rampa, de subir por ela lentamente, já que às vezes levava uma hora para chegar a minha vez de ser "espancado severamente", torcendo para a multidão não se interessar, o que acontecia muitas vezes. Afinal, eu conhecia esse lugar de quando voltei do sultanato e tinha me tornado um mestre do controle.

Eu não lhes dava um bom desempenho. Era resignado e educado demais. E mesmo quando ordenavam que eu balançasse meu rabinho, fazia isso com tanta calma que não interessava aos clientes que costumavam se reunir ali mais para ver uns aos outros do que para se preocupar conosco.

Estava louco para que o espetáculo começasse e me sentia estranhamente distante, até de Alexi, só que a cortesia e a doçura de lady Eva me comoviam. O capitão tinha ido ver minha casa na aldeia e tratar de mandar Barbara e a mobília toda para lá. Senti a ausência dele, mas não sabia se achava melhor assim. Parecia que sentia falta dele.

Olhei lentamente em volta, notei muitas mudanças, as paredes pintadas de azul-escuro, o chão polido. Ah, aqueles pisos polidos... A rampa para os escravos enfileirados tinha um tapete azul, igual ao do palco. As mesas tinham pequenas lâmpadas prateadas ou velas. Taças, jarras e copos eram de prata ou de ágata. E o cheiro do lugar era doce, do mel e dos temperos nas bebidas quentes.

– Vim aqui muitas vezes – murmurei baixinho, principalmente para convencer meus companheiros de que não estava ignorando a todos eles, embora realmente estivesse.

Um jovem cavalheiro havia atraído minha atenção, uma figura e um rosto que achei que talvez conhecesse. Percebi que devia ter a minha idade, mas à primeira vista pareceu bem mais jovem, com rosto oval e cabelo ruivo comprido. Era pouco mais escuro do que o cabelo volumoso de lady Eva, e os olhos dele, apesar de verdes, eram mais claros do que os dela, e ele era extremamente belo, vestido com muito esmero e elegância, com uma túnica comprida, bordada, cor de pêssego e botas enfeitadas e macias de couro marroquino.

Ele usava uma corrente pesada e medalhão de ouro iguais aos que Alexi usava e fiquei curioso. Então lembrei.

– Príncipe Richard – disse eu em voz alta.

Alexi se inclinou para frente e eu rapidamente expliquei. Richard estava na aldeia quando voltei da terra do sultão, um príncipe que tinha desagradado à rainha tanto quanto eu, fora enviado para lá para ser castigado, como eu, e ele serviu à exigentíssima senhora Jennifer Lockley na estalagem. Saiu antes de mim e agora eu via que tinha voltado.

– Ah, sim – disse lady Eva. – Esse é o príncipe Richard, sim. Ele voltou há dois anos e a rainha o recebeu com satisfação. Ele ficou na corte até a chegada dos novos rei e rainha.

Ele é o gênio guia, por assim dizer. O rei confia nele para supervisionar isso aqui e as lojas das punições, que ele gosta muito. Agora ele se hospeda na estalagem onde um dia foi escravo. Mas ninguém reconheceria a estalagem agora, pois foi transformada num lugar de luxo para hóspedes ricos e até para a nobreza. Ele é muito dedicado aos nossos novos monarcas. Adora especialmente a rainha e almoça com ela praticamente todos os dias. Ele tem aposentos no castelo também.

"Gênio guia", foram essas as palavras que o rei usou ao se referir à praça das punições públicas.

– E você, Alexi – disse eu, virando para ele e apontando para sua corrente e seu medalhão. – Isso aqui tem a ver com ser o gênio guia de alguma coisa? Se é que posso perguntar?

– Naturalmente que sim, e fico contente de responder – disse ele. – Estou encarregado da diversão noturna na corte, junto com Rosalynd e Elena. As damas usam um medalhão preso ao cinto e muitas vezes escondido nos bolsos. Eu me orgulho de usar esse, como pode ver.

– E o medalhão do príncipe Richard indica suas responsabilidades – disse lady Eva. – Os aldeões e hóspedes sabem, por esses medalhões, que podem abordá-lo e fazer perguntas, que ele está disposto a ajudar. O príncipe Richard é o mestre das lojas das punições de Sua Majestade.

Eu entendi. Entendi melhor do que podia traduzir em palavras. Entendi tudo! Claro. O príncipe Richard tinha sido punido inúmeras vezes nos anos que passou aqui. Ele conhecia intimamente todos os cantos do lugar. Era a pessoa perfeita para refinar e aprimorar o embate de forças conflitantes que caracterizavam qualquer novo reino, qualquer novo regime. *Gênio guia.*

– Dmitri – chamou Alexi gentilmente, com cumplicidade. – Não é obrigatório aceitar essa posição, você sabe. Você tem toda liberdade para curtir o reino. O príncipe Roger está de volta, lembra dele? Ele ainda não tem função e pode não querer nenhuma. Esta noite você e outros que voltaram serão apresentados oficialmente, e isso significa que são bem-vindos, bem-vindos como hóspedes da corte.

– Eu sei, já compreendi isso, Alexi – disse eu, com os olhos fixos na imponente e quase imaculada figura do príncipe Richard. Ele estava de braços cruzados. Sentado de costas para a rampa dos escravos, aguardando sua hora de subir no palco. Ele analisava os fregueses do lugar, não os escravos, observava os meninos e meninas nus que serviam, o grandioso mestre açoitador com suas bochechas vermelhas dar risada junto com seu cavalariço enquanto bebia cerveja.

– Ouça, príncipe – disse lady Eva de repente. – Eu sei que quer ficar sozinho com seus pensamentos aqui. Vou lá cuidar da sua casa. Quando estiver pronto para voltar para a corte, terei a carruagem do rei à sua espera nos portões da aldeia. Alexi, você pode cuidar da equipe, não pode? Agora vou deixá-los.

Levantamos para nos despedir dela e ela me abraçou com carinho.

– A senhora lê meus pensamentos e meu coração – disse eu.

– Eu entendo, meu senhor – respondeu ela. – Você acabou de chegar. Não posso saber como é isso para você, mas já vi como foi para outros.

Ela me deu dois beijos no rosto e saiu, bastante independente, mas então avistei um pajem que a seguiu, um pajem de libré do castelo, que a aguardava o tempo todo.

– Ela sabe muita coisa – disse eu para Alexi.

– Por isso está encarregada de cuidar de todos os escravos do reino – disse Alexi. – É por isso que o rei e a rainha dependem tanto dela. Conforme ela mesma admitiu, não sabe o que nós sabemos. Ela é muito jovem e nunca foi escrava nua de ninguém. Mas a compreensão que tem desse mundo que compartilhamos é insuperável. Você quer que eu vá embora também?

– Não! – Segurei a mão dele com quase desespero. – De jeito nenhum.

Uma servente nua encheu minha taça. E apareceu um menino com uma caneca nova de vinho quente para Alexi.

O mestre açoitador levantou, limpou seu espesso bigode grisalho com a mão enorme, e ouvimos alguns aplausos aqui e ali. O rosto dele brilhou à luz das velas. Sem dúvida estava escurecendo lá fora, na rua apinhada de gente.

– Venha, pobre porquinho – disse ele para o menino escravo que aguardava sua vez todo esse tempo, o primeiro da fila na rampa.

Oh, a beleza não acabava mais naquele lugar, pensei.

"Porquinho" era a palavra muito usada na aldeia para o escravo homem, assim como "perdiz" era para as escravas mulheres, e esse jovem era um porquinho rosa e gordinho realmente, com a bunda deliciosamente formada e as feições delicadas. Ele subiu engatinhando com as costas muito retas e os dedos graciosos até a plataforma, e então endireitou o corpo ajoelhado para o mestre açoitador tirar a correia de couro com a placa do pescoço dele, que foi jogada num cesto dourado à direita do homem.

– Que expressão – disse Alexi. – Quantos anos você acha que ele tem? Vinte?

– Pode ser – disse eu. – E é como um jovem deus.

O menino tinha um rosto maravilhosamente proporcional, nariz fino e lábios carnudos e atraentes. O queixo era forte e também os ombros, o cabelo caía pelos ombros, parecido com o do príncipe Richard, mas era louro-claro, talvez muito clareado pelo sol do verão.

Ele olhou timidamente para o mestre açoitador com olhos cinza, mas não havia covardia nele.

– Ora, o que você andou fazendo, jovem Valentine – disse o mestre açoitador, alisando carinhosamente o cabelo do menino. – Vamos, meu jovem, diga a verdade, por que o seu senhor o enviou para cá de novo hoje?

De repente lágrimas afloraram nos olhos do menino. Ele manteve as mãos embaixo do cabelo, na nuca, mas o peito subia e descia.

– Ele está decepcionado comigo, senhor – disse ele baixinho, mas pude ouvir com facilidade. – Não importa o que eu faça, minhas mãos tremem. Derramei a tinta dele. Derrubei o vidro.

– Bem, você vai superar isso, pobre infeliz – disse o mestre açoitador, sorrindo. – Logo aprenderá a não ser desajeitado.

Ele deu uns tapinhas suaves no menino, primeiro na cabeça e depois no traseiro. Beijou o rosto dele.

– Agora você sabe que eu vou bater muito em você, não sabe? – disse o mestre açoitador. – E isso vai ajudá-lo a ser um bom menino. Uma surra amacia a alma.

Ele abraçou e beijou o menino de novo e, então, com a mão esquerda, puxou-o para frente pelo cabelo até o menino deitar no seu colo.

– Agora controle o seu pau, rapazinho – disse ele –, senão vou espancar você a noite inteira, você sabe disso, não sabe?

– Sim, senhor – disse o menino.

Agora as lágrimas eram muitas. A posição "deitado no colo" quase sempre provocava choro, até dos mais orgulhosos e zombeteiros.

O mestre açoitador calçou uma luva amarela e pegou um punhado do creme para passar no traseiro do menino, massageando carinhosamente suas coxas.

– Que pernas bonitas e gordas, musculosas, mas macias – cantarolou para o menino. – Eu devo confessar, Valentine, que bater em você é sempre um prazer. Ah, eu sei que você vai começar a choramingar em um minuto, mas não seja tão porquinho, tão maduro e tão bonitinho. Seja um bom menino e pense nos seus erros a cada pancada!

– Sim, senhor – repetiu o menino.

Olhei para o príncipe Richard, tão distante, sentado contra a rampa. Tinha os olhos fixos no menino. A questão da tinta me fez lembrar daquele estudioso que costumava conversar comigo quando eu era uma herma no muro.

– Agora segure essas suas bolas – disse o mestre açoitador – e as mantenha juntas com o seu pau, e não deixe esse pau encostar no meu avental, rapazinho, entendeu?

– Sim, senhor – disse o menino mais uma vez.

– Está vendo o que eu quero dizer? – perguntou Alexi. – Está ouvindo como ele fala com eles?

– Bem, o gênio guia ali deve aprovar isso – disse eu.

Meu sangue estava começando a ferver, o tom da voz dele, aquela chamada à total dependência do escravo.

– Ah, sim, senão ele seria substituído! – disse Alexi. – E ele e Eva estão desenvolvendo nomes para esses tipos de mestres açoitadores, e todos os senhores e senhoras e cavalariços... senhores repressores, senhores raivosos, senhores consoladores, senhoras furiosas, e assim por diante... e, por sinal, a menor de todas as lojas das punições tem apenas mestras açoitadoras e algumas delas são um verdadeiro espetáculo.

O mestre açoitador deu tapinhas suaves em toda a bunda e nas coxas do menino, então tirou a luva e pegou a habitual palmatória dourada que tinha duas belas fitas azuis penduradas no cabo trabalhado.

– Agora quem é que vai ser o melhor menino para mim, hein? – perguntou.

– Eu, senhor – disse Valentine.

– E quem é que vai voltar para o seu senhor e se esforçar muito para agradar?

– Eu vou, senhor – foi a resposta inevitável.

O mestre açoitador baixou a palmatória com uma saraivada de golpes que me espantou. Recuei e olhei surpreso para Alexi.

Em segundos o menino levou de quinze a vinte golpes e com bastante força. E não pararam aí. O mestre açoitador ergueu as sobrancelhas e parecia cantar enquanto batia sem cessar. Valentine, de cabeça abaixada, logo dançava de joelhos e chorava copiosamente, de fato reduzido à mais profunda e completa vulnerabilidade diante dos nossos olhos. Mas as mãos dele continuavam segurando o saco e o pau enrijecido e, apesar de pular nos joelhos, pois não conseguia se controlar, o órgão dele jamais encostou no avental do mestre açoitador.

O vozerio no lugar ficou mais alto, mais animado, só que ninguém tinha se virado para ver – observei – o pobre menino.

Eu senti uma onda de excitação passando pelo salão, como se a palmatória fosse um tambor batendo um ritmo de luxúria.

Agora o menino já se contorcia todo, desesperadamente, naquele esforço inútil para escapar da palmatória, seu corpo não aceitava o que a mente sabia que vinha. As pancadas fortes e barulhentas ficaram mais lentas, mas o menino estava terrivelmente vermelho.

O mestre açoitador estalou os dedos da mão esquerda para o cavalariço e fez um gesto que eu não conhecia.

O ajudante se aproximou no mesmo instante, se abaixou e segurou as pernas do menino pelos tornozelos e levantou bem alto sem esforço algum, o corpo do menino que se contorcia e revirava foi afastado e içado do avental de couro, de modo que apenas seu peito e ombros continuaram apoiados nele, e o mestre açoitador passou a bater na bunda suspensa, assobiando ou cantando para si mesmo como antes. E agora parecia muito satisfeito. Eu nunca pensei antes nesses homens que não faziam mais nada, todos os dias, além de bater e surrar. Ele parecia um especialista naquela profissão. Seus olhos azuis chegavam a cintilar sob as pesadas sobrancelhas grisalhas.

Por fim ele respirou fundo e recostou na cadeira. Dava para ouvir os soluços do menino bem altos, embora ele estivesse de boca fechada.

– Agora, eu dou a melhor surra dessa aldeia, ou não? – perguntou o mestre açoitador, alisando o belo cabelo do menino. – Vamos lá, fale alto, Valentine. Não estou ouvindo nada. Vou espancá-lo novamente, se você não falar alto.

– Sim, senhor. – O menino soluçou, mas com a voz baixa e embargada, mantendo a dignidade. – A melhor, senhor, e, por favor, espanque-me o quanto quiser, senhor.

Mais golpes na bunda do menino, a palmatória zunindo

no ar. O cavalariço forte não teve problema para segurar os tornozelos do menino, e as mãos do garoto nunca saíram dos genitais nem tentaram cobri-los. O pau dele estava vermelho e brilhando. Dava para ver os pingos na cabeça. Ah, como eu conhecia bem esse desespero.

Eu o conhecia agora.

E como se Alexi lesse a minha mente, como lady Eva certamente tinha lido, ele disse:

– Você está quase gozando por baixo dessa bela roupa russa?

– E você? – perguntei.

– Quase!

Nós devemos ter ficado lá uma hora.

Finalmente já era noite e eu tinha visto cinco escravos, três meninos e duas meninas, muito bem espancados, de forma muito eficiente.

Uma das meninas, uma preciosa ninfa de cabelo preto encaracolado, tinha obviamente gozado quando estava apanhando, mas parecia que o grande e alegre senhor da palmatória não percebeu. O cavalariço certamente sim, ao ver o rosto vermelho dela e os espasmos intermitentes. Vi quando ele sorriu.

Os fregueses da casa também viram e começaram a debochar e falar, balançar as cabeças e apontar os dedos.

Por isso ela foi obrigada a fazer a ronda da loja das punições de joelhos depois, com o ajudante segurando seus pulsos bem no alto, encostando o sexo inchado e molhado em cada bota, quando dava para abaixar tanto assim, e pedindo perdão por ter sentido esse prazer para aqueles que raramente se davam ao trabalho de acariciar o queixo dela ou alisar seus cachos. Muitos cavalheiros e até damas esticavam os pés com suas botas ou sapatos para ela encostar o sexo molhado neles e davam tapinhas de perdão na cabeça dela.

Nunca me obrigaram a fazer isso. Eu nunca gozei quando estava sendo espancado nessa loja.

Os fregueses encheram a pequena bolsa pendurada ao pescoço da menina, para outra plataforma giratória de punição.

Quando ela chegou perto de nós, tendo feito o circuito do lugar da esquerda para a direita, senti seu suculento sexo molhado e beijei sua boca virada para cima.

– Menina má! – disse eu. – Tome, de um menino mau. Eu sei.

Botei duas moedas na sacola dela.

– Meu senhor – sussurrou ela com educação perfeita.

Senti a carne doce e firme embaixo dos braços dela e depois belisquei os mamilos.

Alexi, que estava observando tudo com ar distraído, fez sinal para que a trouxessem até ele.

– Levante-a – disse ele.

O cavalariço obedeceu de forma que os quadris dela ficaram bem na frente dele.

– Agora ofereça para mim sua pequena ameixa madura, menina – disse ele.

A menina forçou o quadril para frente da melhor forma que pôde, e lágrimas novas brotaram em seus olhos. Ele bateu no púbis dela com os dedos esticados várias vezes.

– Menina má, má, muito má! – disse ele em tom baixo e zombeteiro. – Você conhece o significado da palavra perfeição?

– Desculpe, meu senhor – disse ela, com os lábios trêmulos, o rosto molhado faiscando à luz das velas.

Observei tudo isso com certa surpresa. Mas não falei nada. Ele botou moedas na sacola para mais palmatória.

– Você diga ao mestre açoitador para espancá-la até ela exibir controle completo – disse Alexi para o ajudante.

E lá foi ela, puseram-na na fila e espancaram-na mais uma vez. Talvez só uma vez mais.

Foi então que o príncipe Richard nos viu e veio para perto, conversou com Alexi como se pudesse ter um pequeno intervalo em sua vigilância. Ele se lembrou de mim.

– Príncipe Dmitri – disse ele. – Você não sabe o quanto o invejei por ter conhecido o sultanato antes de ser destruído.

– Sim, aquilo foi uma educação, príncipe – disse eu –, mas este é o nosso mundo e, sinceramente, eu o acho agora infinitamente superior. Suspeito que o que quer que tenhamos aprendido no sultanato florescerá neste reino sob um sol mais brilhante e mais amoroso do que o que conhecemos lá.

Pensei em Lexius; pensei em muitas coisas.

Ele sorriu para mim.

– Dmitri, você continua como eu me lembrava de você – disse ele. – Sempre cheio de filosofia.

– Eu chamaria de poesia – disse Alexi com um largo sorriso.

– Ah, é só conversa – confessei. – Nós aprendemos coisas no sultanato, é verdade, mas de certa forma tudo que realmente moldou a minha alma tinha acontecido aqui.

– Sim, entendo o que quer dizer – respondeu Richard. – Bem, você escolheu o momento mais glorioso para voltar.

– Isso é verdade, sem dúvida alguma – disse eu.

Era noite quando nós três saímos, como o príncipe Richard queria ir para a corte e, além disso, morava no castelo, Alexi o convidou para voltar conosco.

Andamos juntos pela aldeia. Estava tudo cheio de luzes, tochas, vitrines iluminadas, lojas com velas acesas e abertas para visitantes tardios, e lanternas penduradas do lado de fora das portas. Muitas palmatórias pintadas com cores vivas e correias de couro para vender, junto com uma miríade de outros brinquedos.

Muitos escravos em exibição, hermas de fato. Vi uma esplêndida dama com um falo de prata entre as pernas. Alexi observou que era uma nova moda, o falo duplo – enfiado até a metade na menina e a outra metade exposta de diversas maneiras. Havia muitos daqueles brinquedos novos à venda na loja atrás dela.

– Pode ficar bem firme com as correias, se ela quiser usá-lo para penetrar algum porquinho jovem por trás – disse o príncipe Richard. – Foi lady Eva quem desenhou.

O príncipe Alexi disse que Eva era brilhante.

– Vou vir mais tarde, depois de todas as festividades – Richard explicou para mim. – Se quiser vir comigo, será bem-vindo. O povo é um pouco mais bagunceiro, e a mestra açoitadora do fim de noite é uma maravilha. Ela é bem diferente do velho pai amoroso que você acabou de ver.

Isso fez meu pau ficar agitado de novo. Mas o falo duplo também já tinha provocado isso.

– Feições finas, severas, mas mãos feitas de mármore vivo – Richard continuou descrevendo a mestra açoitadora do fim de noite. – Ela usa um lenço na cabeça à moda antiga e sua indumentária é imaculada e séria.

– Uma babá do Submundo – disse Alexi brincando –, em que Sísifo se esforça toda a eternidade para mover a pedra morro acima.

Richard deu risada.

– Ela acredita piamente em seus métodos sinistros – disse ele em tom de zombaria.

– Ela me faz pensar no velho lorde Gregory – disse Alexi. – Ele continua conosco, Dmitri, e é o mesmo. Sempre zangado, sempre indignado, sempre achando que os escravos não têm jeito!

– Sim – disse Richard. – Ela é feita desse mesmo material. Demonstra indignação perversa e horror de cada porquinho e perdiz desobediente, e mesmo aqueles enviados apenas para a manutenção semanal ouvem suas imprecações e ameaças terríveis contra a preguiça, o desrespeito e a perdição total.

Eu nunca vi uma mestra açoitadora na aldeia no meu tempo. Ah, as mulheres da aldeia açoitavam seus escravos com bastante força sim, mas mulheres não trabalhavam nesses lugares naquele tempo.

Quando chegamos ao portão, eu esperava ver todos os cavalos do rei descansados, mas era uma equipe totalmente diferente, exceto por Caspian e Bastian na frente e um cavalo alto e magnífico que ficava atrelado à direita deles. Era tudo muito impressionante como havia sido antes.

Eu me aproximei para dar uma olhada naquele esplêndido cavalo novo.

– Esse é o César, príncipe – disse um cavalariço. – O favorito do rei no momento.

O cavalo era alto demais para encaixar entre os outros, mas provavelmente não havia muitos com quem ele pudesse combinar.

Ele ficou olhando para frente, com as costas respeitosamente arqueadas e o queixo levantado enquanto eu o examinava. Tinha uma grande crina de cabelo louro-branco, com uma parte amarrada para trás numa trança, para não cair no rosto.

E esse cavalo tinha um rosto extraordinário. Testa alta e larga, e sobrancelhas escuras bem desenhadas que ressaltavam os enormes olhos azuis. As maçãs do rosto eram lindas. A boca, mesmo com o arreio do freio, era visivelmente magnífica.

Estendi a mão timidamente na direção da boca dele.

– Ah, pode examiná-lo – disse Alexi baixinho para mim.

Senti o lábio inferior do homem. Vi que ele suspirou e ergueu os ombros, depois se endireitou, quase estremecendo com o meu toque. Os mamilos dourados eram enormes, tinham sido cobertos com pasta adesiva e arame fino, e desse arame pendiam pesos em forma de gota sobre o peito dele.

No umbigo havia um medalhão de ouro com a cabeça de um leão.

Ele era um dos seres humanos mais próximos da perfeição que eu havia visto.

– Ele puxa a pequena carruagem do rei, meu senhor – disse o entusiasmado e solícito cavalariço, que se aproximou e alisou o cabelo de César. – Ele é o "rei do estábulo", por assim dizer. Não é, César?

O cavalo sorriu, apareceram rugas em volta dos olhos, as bochechas incharam e ouvi um riso baixo e disfarçado vindo dele.

O cavalariço deu um tapa no traseiro dele e César pulou, mas só um pouco. As pernas dele eram como mármore.

– Ele ficou inativo o dia inteiro – disse o cavalariço –, para o caso de Sua Majestade querer sair, por isso vamos fazê-lo trabalhar duro esta noite.

– E isso significa que ele é modelo de perfeição? – perguntei.

– É bom que seja – disse Alexi em tom irônico –, porque se não fosse, bem, digamos apenas que o traseiro dele e as pernas estariam da cor do vinho, e o rosto tão molhado que daria a impressão de ter sido recém-esmaltado.

O cavalariço achou a observação maravilhosamente inteligente. E alguma coisa passou na expressão de César como se ele também estivesse se divertindo, mas continuou firme, como por princípio.

Enquanto isso Richard observava tudo com uma vaga expressão de divertimento.

Voltamos para a carruagem, os cavalos estiravam os arreios e mudavam o peso do corpo de um pé para outro, como se estivessem loucos para correr.

– Diga-me, Richard, se puder... havia um velho estudioso no meu tempo – disse eu. – Bem, ele não era mais velho do que somos agora. Um homem muito alegre e culto. Você se lembra dele? Ele ainda está na aldeia? Ele costumava passear perto da casa do meu antigo senhor...

– Ora, é claro, eu lembro do homem sim. Ele é o vendedor de livros e conhecedor dos antigos textos também. A loja dele é a única do tipo no reino e funciona como uma espécie de biblioteca, todos pegam livros emprestados de vez em quando, e o rei manda buscar livros e até doa novos para ele. Parece que o rei considera livros e ouro da mesma forma quando os visitantes chegam.

– Ah, claro! Um livreiro!

– Sim, e escriba para os documentos ou cartas mais importantes, você sabe, já que ele conhece toda a linguagem oficial e até um pouco de leis. Roland é o nome dele.

– É isso mesmo – disse eu. – Estou lembrando agora, Roland. Lembrei dele quando aquele pobre menino, o Valentine, disse que derramou a tinta.

— Ele disse isso? — perguntou Richard. — Bem, Valentine pertence ao Roland, e Roland não é o senhor mais rígido. É provável que tenha escrito notas para ele mesmo lembrar de mandar Valentine para a loja das punições, mas o trabalho naquela livraria exige muito, e Roland usa Valentine como um belo apoio para os pés durante horas, quando está escrevendo. Ele pagou caro no leilão público pelo Valentine, já que Valentine é muito bem-educado e sabe ler e escrever. Nossa prefeita deu lances para comprar Valentine, mas perdeu.

Eu sorri. Muitas vezes os escravos com expressões mais sérias eram os que sabiam ler e escrever. Por quê, eu não tinha ideia.

No entanto, era hora de montar na carruagem e partir. As festividades iam começar tarde e eu estava cansado e precisava do calor e do conforto da limpeza de um banho.

A longa estrada coleante que subia a montanha era iluminada por tochas. E em vários pontos fiquei maravilhado de ver santuários iluminados nos quais havia escravos bem untados e amarrados no que pareciam belas posições. As lanternas em volta desses nichos e seus artefatos humanos eram grandes e brilhavam com muitas chamas de velas.

— Não é tanto desconforto como parece — disse Alexi, seguindo o meu olhar. — Eles são montados nesses nichos por apenas três horas toda noite. Serão substituídos mais tarde por outros e depois, quando bater a meia-noite, irão para a cama. O rei e lady Eva estão sempre vigilantes para que todos os escravos sejam bem tratados. E a rainha Bela ficaria chocada se não fossem.

O castelo e os jardins do castelo estavam esplendidamente iluminados quando chegamos. Pude ouvir o zum-zum suave de vozes por toda parte, e os altos muros do castelo também estavam todos iluminados por tochas.

Despedi-me dos meus companheiros com beijos, fui rapidamente para o meu quarto e caí desmaiado na cama. Meu pau latejava e exigia coisas de mim. Disse para ele ficar quieto, que descansasse para aquela noite.

vi

O grande pavilhão com dossel vermelho e dourado do rei e da rainha dominava um imenso jardim que eu não lembrava ter visto antes, era enorme e cheio de outros pavilhões menores, fontes e árvores naturais e em vasos.

O rei e a rainha se banqueteavam numa longa mesa quando finalmente fui chamado, junto com alguns outros nobres que voltavam para o reino, e disseram que eu podia me apresentar e mostrar meus presentes agora.

Eu tinha me paramentado com todo cuidado para isso com uma túnica europeia mais leve, de seda, com legging e chinelos, e me sentia muito mais confortável agora, à brisa quente e deliciosa.

O ar estava cheio de música de harpas, trompetes e tambores.

Nas grandes plataformas polidas montadas sobre a grama, lordes e damas dançavam com imponente precisão, e havia um tapete comprido até a plataforma onde estavam o rei e a rainha.

O rei Laurent parecia maior do que realmente era com sua brilhante túnica de veludo escarlate e dourada, de mangas compridas bordadas, e a rainha era uma visão de delicadeza e beleza adorável, que sugeria lírios, com sua pele branquíssima, cabelo dourado e olhos juvenis.

Dos dois lados da mesa membros da corte bem-vestidos ceavam com eles, as outras mesas pareciam se espalhar até perder de vista. Eu conhecia alguns daqueles rostos, mesmo de longe, e pensei ter visto lorde Gregory lá, debruçado sobre o prato, sério, de testa franzida. E se não estava enganado, a mulher de olhar frio que olhava intensamente para mim à esquerda da rainha era lady Elvera, que já tinha sido a dura e inclemente amante do rei.

Havia outros, mas eram tantos que não dava para notar. Por toda parte eu via roupas caras, joias nos pescoços, nos dedos e nos braços, e véus transparentes da seda mais fina, o brilho de placas de prata e de ouro. As muitas mesas à minha volta e na minha frente estavam cobertas de flores recém-colhidas.

O perfume de gardênias e lírios era inebriante. Havia roseiras em vasos para todo lado que eu virava, e caminhos haviam sido feitos pelo labirinto do jardim com belos tapetes indianos, que agora eram pisoteados com a mesma displicência que a grama.

Escravos nus, muito bem tratados e com penteados requintados, alguns, até decorados com correntes de folhas e flores postas na cintura, serviam vinho e pratos fumegantes de comida para os hóspedes reais e para uma multidão de outros nobres e cortesãos que se banqueteavam nos pavilhões ou em mesas ao ar livre por toda parte.

Atrás do rei e da rainha, havia escravos nus parados perto de um muro baixo, imóveis feito estátuas, com as pernas bem afastadas, a genitália brilhando, untada com óleos, com guirlandas na cabeça que mantinham abaixada. Homem, mulher, homem, mulher. Braços levantados e as mãos juntas na nuca.

Quando me aproximei vi na extrema direita escravos correndo na conhecida senda dos arreios onde eu tinha fracassado completamente no meu tempo, caindo e engatinhando para longe do lorde montado que queria me controlar com sua palmatória... verdadeira desgraça.

Os escravos que eu vi corriam ligeiro e com graça, joelhos altos, pés calçados com botas batendo na terra com elegância, mas de repente entendi que as "figuras montadas" que os conduziam não estavam montadas em cavalos de verdade. Cada uma delas estava numa pequena carruagem, como as antigas bigas de batalha, puxadas por um homem cavalo!

Eu queria ver aquilo melhor e sabia que faria isso mais tarde.

Vi escravos de companhia por todo lugar e aos pés daqueles a quem serviam, sentados sobre as pernas dobradas à espera de ordens, e alguns postos para correr atrás de um ramo florido ou de uma bola dourada.

Havia fontes cercadas por escravos nus ajoelhados, virados para fora, com os braços amarrados à beira da fonte, e no centro dessas movimentadas piscinas cintilantes de água havia outros escravos perto da coluna alta que sustentava a bacia secundária menor com biqueira que jorrava água.

Tudo isso me levou de volta ao sultanato, onde toda noite parecia que eu estava em um jardim iluminado, correndo atrás de alguma coisa que jogavam ou enfeitando alguma fonte, muito bem treinado pelos meus senhores de pele escura e dedos delicados. Nenhum deles falava a nossa língua, mas conseguiam fazer entender seus desejos com facilidade, com suas mãos firmes. Apenas Lexius havia falado a nossa língua e ele foi levado embora por Laurent e o capitão logo depois de sermos levados para lá.

Certamente a influência do sultão estava bem viva ali naquele paraíso infinito de árvores bem iluminadas com todos aqueles convivas.

Vi escravos como banquetas para pés e ajoelhados como animais de estimação ao lado de seus senhores e senhoras. E então o espetáculo das cruzes em X, nas quais escravos de braços e pernas abertas eram amarrados com algemas brilhantes de prata e ouro nos tornozelos e nos pulsos erguidos, com as cabeças fixadas por imponentes colares e muitas vezes cobertos de flores, e a genitália decorada com ouro.

Aqui e ali escravos com guias eram levados como cachorrinhos em meio à multidão festiva, coleiras no pescoço e cabeças baixas. Tinha sempre alguns estimulados por um falo enfiado no ânus, na ponta de uma vara de couro toda trabalhada. Como eu lembrava da sensação daquele falo e do jeito que me faziam andar com a vara.

Vi uma imponente mulher da realeza parada embaixo de uma árvore coberta de pequenas lanternas, fazendo seu menininho ajoelhar e implorar pelos doces que ela segurava sobre a cabeça dele, com as mãos amarradas nas costas.

Os paus dos escravos estavam sempre eretos, as bundas vermelhas, os rostos com expressão modesta e submissa. Os escravos serventes com as belas correntes de flores na cintura pareciam mais nus do que todos os outros.

Fui parar numa curta fila com outros para aguardar a minha audiência. Fabien ficou ao meu lado, segurando os meus presentes. Acho que ele já tinha se acostumado com as coisas a essa altura, talvez recuperando as lembranças da Índia e de Lexius, mas estava devorando o que via.

Desde a minha visita à aldeia tinha acrescentado aos meus presentes alguns livros antigos de história em grego e em latim, e um de antiga poesia romana especialmente para o meu senhor, o rei. Esses eu tinha levado para meu próprio prazer, mas agora estava encantado de poder oferecê-los para Laurent.

Finalmente anunciaram o meu nome.

Eu me aproximei da grande mesa do banquete e fiz uma mesura.

– Príncipe Dmitri, seja bem-vindo ao reino – disse a linda e generosa rainha como se não nos tivéssemos encontrado mais cedo.

Ela estava vestida toda de azul, azul que combinava com seus olhos incomparáveis, e o véu fino e branco mal cobria seu cabelo magnífico.

O rei se levantou e estendeu o braço para mim, com uma expressão de carinho e alegria. Nós nos abraçamos por cima da profusão de carnes e frutas e pratos com doces, então eu recuei sorrindo para os dois e dizendo, de todo o coração, que estava muito feliz de estar ali e que esperava ficar. Essa era a hora em que eu costumava enfiar minhas mangas compridas num prato de molho e me achava desprezível, mas dessa vez não fiz isso.

Fabien se adiantou quando chamei, eu abri o primeiro baú e presenteei meus graciosos anfitriões com as ânforas de ouro e prata que tinha trazido das terras russas.

– Essas vieram da antiga Constantinopla, do tempo do meu avô – disse eu com orgulho recatado. – Para Vossas Majestades, de todo o meu coração.

Depois veio o baú de ouro, equivalente aos dotes de todas as minhas irmãs e primas, e o rei meneou a cabeça agradecido, com as palavras que pareciam sinceras, "muito gentil".

Seguiram outros presentes, castiçais e salvas de prata, um colar indiano de diamantes para a rainha, broches de esmeraldas e finalmente os livros, como o de poesia, que dei eu mesmo para o rei.

— Os poemas de Propertius em latim, meu senhor – disse eu.

— Ah, mas esse é o maior tesouro, príncipe – disse ele. – E você ficará conosco? Estamos torcendo muito para que tenha tomado a decisão de ficar.

— Meu senhor – disse a rainha –, o príncipe Dmitri vai morar numa ótima casa vizinha da praça das punições públicas. Lady Eva já providenciou tudo.

A rainha inclinou a cabeça para a esquerda e foi só então que vi lady Eva ali, com o cabelo preso, todo para trás e cravejado de pérolas, diamantes e pentes de marfim. Como estava grandiosa, verdadeiramente imponente, e eu a tratei com tanta informalidade. Fiquei envergonhado. Depois de beijar a mão da rainha, segurei a de lady Eva.

— Ah, príncipe, eu espero que fique satisfeito – ela me disse. – Sua casa está pronta para você esta noite, se quiser, mas queremos muito que ceie mais tarde conosco e que vá amanhã, à hora que desejar. A escolha é sua.

Ela era de fato muito prestigiada ali e dona de uma segurança bem maior do que a sua idade.

Um menino nu com expressão doce estava de pé atrás da cadeira dela, de braços para trás como se estivessem presos às costas. Pude ver que o pau dele estava meio ereto, que é comum em longos banquetes, mas os pelos púbicos tinham enfeites de pequenas flores, assim como o cabelo louro e cheio. Os mamilos estavam pintados de dourado, aparentemente com uma pasta de ouro, porque pequenos sinos pendiam deles com fios brilhantes e delicados. Senti isso quando olhei para ele, senti a pasta nos meus mamilos, senti os sinos contra o meu peito. Logo percebi que quase todos os escravos estavam enfeitados assim. Mamilos com a pasta dourada e muitos decorados com flores e sinos. E esse belo menino nu não ousou levantar os olhos para mim quando a dama falou.

– O que deseja agora, príncipe? – perguntou outra voz.

Era Alexi ao meu lado, de roupa nova com bordado oriental exótico.

– Estou aqui – disse ele –, para levá-lo para onde quiser.

O cabelo dele estava limpo e lustroso, e com os trajes de veludo cinza-escuro ele parecia mais vistoso ainda.

– Posso beber um vinho perto da senda dos arreios, Majestades – pedi –, e ver os escravos postos lá para correr?

É claro, tudo que eu quisesse, disse um clamor de vozes e logo, mesmo cansado e atordoado como eu estava, me vi sentado a uma pequena mesa bem à beira da senda dos arreios, sob os galhos de uma enorme árvore antiga cheia de lanternas, com tochas dos dois lados da pista iluminando bem as figuras que passavam voando. Havia convidados em plataformas elevadas do outro lado da senda dos arreios e parecia que eram infinitas. O alcance daquela grandiosidade toda chegava a me enfraquecer e me embalava em uma deslumbrante sensação de segurança e de paz.

Nunca, nos dias da rainha Eleanor, eu tinha visto algo assim tão grandioso. O reino parecia invencível em seu esplendor, como se sempre tivesse sido igual a essa noite.

Fabien descansou encostado na árvore. Ele estava tão embasbacado quanto eu. Não conseguia tirar os olhos dos voluptuosos escravos que passavam por ali, me oferecendo doces, enchendo minha taça de vinho, nem do escravo amarrado na cruz em X que se contorcia e ondulava perto de nós.

Se aquilo era algum castigo especial, ou mero enfeite, eu não sabia, mas vi que tinham esfregado nesse escravo óleo com pigmento de ouro. Era um homem forte, corpulento. De fato, ele me fez lembrar de Laurent, muito robusto, e cochilava na cruz em X, com a cabeça levantada por um belo colar de azul, prata e ouro, mas seus movimentos e contorções sutis nunca paravam. O cabelo dele tinha pétalas de flores e flores minúsculas como as que nascem no meio da grama. E havia flores amarradas no saco dele também.

Chegou um daqueles momentos em que tudo que eu conseguia fazer era absorver o que estava vendo e o que tinha visto. Minha mente estava vazia de palavras.

Todavia, eu ainda nem tinha começado a observar a senda dos arreios! Bebi mais um gole de vinho. Era ácido, mas delicioso. Olhei para a taça. Tinha pedras preciosas do tamanho das que eu usava nos dedos. Sorri de pensar que eu era parte do espetáculo com minha melhor roupa e com aqueles anéis nos dedos, e esmeraldas presas à bainha da minha túnica... eu era tão parte disso quanto os escravos amarrados.

Concentrei toda a minha atenção em um escravo após o outro que passava correndo na senda dos arreios, tentando acompanhar o ritmo do senhor ou senhora na carruagem puxada a cavalo ao lado dele – ou dela – que batia forte com a palmatória comprida, rindo e incentivando o escravo. Então apareceram algumas meninas correndo em fila, aparentemente tão velozes quanto os homens, só que nunca eram tão rápidas quanto eles, e mais uma vez vieram os brilhantes pajens dos senhores e senhoras em suas pequenas carruagens esmaltadas, e os cavalos, todos homens, com arreios delicados e faiscantes, em vermelho e dourado, sinos tilintando, correndo o mais rápido que podiam, ao que parecia. Tive a impressão de que os cavalos de tração não estavam realmente enfeitados para a ocasião, apenas para o trabalho duro, embora cada um deles usasse uma cauda de cavalo que saía do ânus e outros até tinham flores presas a esses rabos.

No entanto, eram as carruagens esmaltadas, os senhores e senhoras, e os escravos indefesos que atraíam mais atenção.

Alguns pareciam muito apavorados. Fiquei imaginando se seria a primeira vez de alguns, a primeira vez que calçavam as botas, com os braços presos às costas, e recebiam ordem de correr o mais rápido que podiam.

Os cavalos certamente tinham vantagem sobre os pobres escravos que eram chicoteados no caminho, já que os cavalos tinham pernas musculosas e sem dúvida pulmões fortes.

E essas pobres belezas eram levadas, literalmente, quase à loucura para conseguir acompanhar.

Eu nunca completei o antigo circuito antes de cair e de tentar escapar. Terminava todas as tentativas pendurado de cabeça para baixo, pelos tornozelos, por meia hora, enquanto era açoitado com uma correia de couro. Depois havia muitos outros castigos – arrastar-me de barriga com as costas arqueadas, de forma que meu saco e meu pau ficassem longe do chão, atrás da rainha em seu passeio, com o freio da minha boca preso ao salto do sapato dela e o X vermelho pintado nas minhas costas, que significava "menino mau". Ah, a zombaria. Isso eu podia aguentar.

Uma lembrança ardente voltou daquelas longas jornadas andando de quatro, quando meu ânus era recheado com um tampão de flores, que a rainha achava muito divertido, e minha boca às vezes era torcida por bridões grossos de metal com sinos nas pontas. Pude sentir o tampão no ânus agora. E definitivamente senti a grama embaixo de mim. E ouvi a voz fria da rainha: "Venha, Dmitri, não me deixe mais zangada do que já estou."

Estudei as figuras que se moviam na minha frente. Fiquei pensando como Barbara e Valentine tinham sido escolhidos para ficar na aldeia, em vez de ir para a corte, agora que davam funções adequadas aos escravos. E não via ali escravos mais bonitos do que Valentine ou Barbara, nem do que a pequena "menina má" de cabelo preto da loja das punições. Só pensar neles já era demais.

Recostei, sonolento, e quase sonhei. Quando é que teria tempo e privacidade para curtir um escravo só meu? Achava que nunca mais sairia dali.

Pude ver à direita e à esquerda cavalheiros curtindo brutalmente seus escravos às suas mesas, mas as damas não se davam a esses prazeres de forma tão grosseira.

Um empertigado jovem lorde tinha forçado seu escravo a ficar curvado para montar nele, e o escravo ficava com a testa e as mãos no chão. Isso era bem comum até. Ele trepava com o escravo no mais completo abandono, tirava o pau do traseiro do escravo quando terminava e guardava de novo na calça. Com uma batidinha ou duas, dispensava o escravo que fugia de quatro, mas eu não sabia para onde.

Havia cavalariços por toda parte, é verdade. Sem dúvida eles vigiavam cada um dos personagens nus. E agora vi um cavalariço abordar o magnífico macho preso na cruz e dar-lhe alguns goles de vinho. Com a cabeça levantada, o pobre menino não podia lamber, por isso deixavam que ele bebesse. Então o cavalariço atormentou o imenso pau para fazê-lo se erguer duro em meio às correias e depois foi embora.

As mulheres da nobreza não davam espetáculo como os lordes ali, com seus paus sempre prontos, mas obviamente muitas saíam sorrateiras. E descobri que havia belas tendas espalhadas por ali, com tetos franjados e bandeiras ao vento. Talvez dentro delas as nobres mulheres copulassem com escravos de sua escolha ou oferecessem suas partes privadas para o prazer.

Em todo o jardim havia atividade.

Bandas de músicos com roupas multicoloridas passavam no mar de mesas e de gente alegremente vestida. Ouvi a grave melodia nasal das trompas, o suave pulsar das flautas e as batidas leves de címbalos. De vez em quando aparecia um tambor animado, batendo nos dois couros presos ao seu cinto, dançando e rodopiando.

Meu pau estava duro, mas eu sentia muito cansaço. Ele tinha uma vida que o resto de mim não possuía. Meu cérebro guerreava com o meu pau.

Havia ficado o dia inteiro em estado de tortura.

Olhei em volta e vi ninguém menos do que a linda princesa Rosalynd vindo na minha direção, que visão bem-vinda. Todos aqueles anos que passamos juntos na terra do sultão. Continuava carnuda como naquela época, a pele reluzente e os seios muito fartos, e tinha as feições mais finas. Seu vestido era rosa forte e os chinelos prateados.

Levantei para saudá-la.

– Você está cansado, Dmitri. Muito cansado mesmo! Cansado da sua viagem e de tudo que está vendo.

Atrás de mim os escravos continuavam a correr, socando a terra da senda dos arreios. Dava para ouvir os gritos animados das senhoras que os conduziam.

– Seu cabelo da cor dos corvos está mais cheio do que nunca, querida – disse eu.

Apertei Rosalynd contra o meu corpo. Meu peito queimava, meus mamilos pulsavam e quando senti o aperto dos seios dela meu pau assumiu o controle.

– Preciosa – disse eu, recuando com cautela e olhando para aqueles olhos azuis, grandes e sempre tristonhos –, será que o rei e a rainha vão se ofender se eu der uma escapada agora para os meus aposentos?

– De jeito nenhum, Dmitri – disse ela. – Fui encarregada de dizer isso para você pessoalmente. A rainha está preocupada. Você está branco como aquelas flores ali. Deixe-me levá-lo de volta.

Antes de chegarmos ao castelo já estávamos nos beijando e acariciando maliciosamente e eu lambia as orelhas dela. Sempre adorei aquelas orelhas pequenas, que me faziam pensar em conchas do mar. No sultanato minhas orelhas eram cheias de argolas de ouro, como as de muitos outros escravos, e às vezes enfiavam flores. Quando faziam isso o mundo se transformava em sons desbotados, como se minha visão também tivesse sido afetada, além da audição.

Paramos mais de uma vez para observar as atividades no jardim. Num grande campo gramado vimos um grupo excitado cercando meninas escravas que jogavam bola com os joelhos e cotovelos, e com as mãos presas às costas. As meninas tinham enfeites lindos, um time coberto de pigmento dourado, o outro prateado, e o cabelo preso para revelar os pescoços macios.

– Não pergunte o que acontece com o time perdedor – disse Rosalynd, rindo alegremente. – Mas não pode perguntar o que acontece com o time vencedor também.

A caçada no labirinto estava acontecendo quando passamos e pude ver as tochas bruxuleando no meio da vegetação e ouvir as vozes animadas.

– Eu sempre fracassava nesse – confidenciei.

– Fico surpresa – disse Rosalynd, alisando carinhosamente o meu cabelo. – Eu sempre gostei muito. Eles realmente tinham muito trabalho para me caçar. Eu sabia onde me esconder e como enganá-los. Saí vitoriosa mais de uma vez. Os ganhadores eram homenageados e depois recompensados sendo escolhidos para novas caçadas.

Balancei a cabeça. Só conseguia lembrar do toque do trompete me avisando para fugir e depois de engatinhar desesperadamente por um longo corredor de sebe atrás do outro, até que me encontravam e me obrigavam a levantar gritando alto para eu ser castigado junto com o resto que não tinha jogado bem. Aconteciam na época só à tarde, não era à luz de tochas à noite, e a rainha não cessava de me repreender por ser uma decepção tão grande.

Mais uma vez fiquei atônito com o tamanho do jardim. As tochas e lanternas me deixavam tonto enquanto andávamos. E o som de muitas músicas se misturava formando um ruído grave e acelerado, parecido com o barulho das fontes pelas quais passamos.

Realmente, as festividades pareciam durar para sempre. E todos os cortesãos que eu observava estavam completamente à vontade lá, já conheciam todos os passatempos, estavam ativos e não tontos como eu.

– E isso é assim todas as noites? – perguntei.

– Por enquanto – disse Rosalynd –, com todos esses hóspedes e tanta gente voltando. Lembra do príncipe Jerard, o louro, não o de cabelo escuro, o cavalo louro que esteve no estábulo da aldeia com você, o que sempre choramingava, na época, pelo Laurent? Bem, ele acabou de voltar. O rei ficou muito feliz de vê-lo. E Gareth, um dos antigos cavalariços adorados pelo rei no seu tempo nos estábulos, também acabou de retornar para ajudar com os animais do rei. Você já viu o estábulo real? Preciso levá-lo até lá amanhã.

– Sim, é muita coisa para ver, mas eu quero...

Não consegui terminar a frase. Ela beijou minha boca e me guiou pelas portas do castelo.

Subimos a escada, parando um pouco em cada lance para nos abraçar. Eu enfiava a mão por baixo das saias pesadas e sentia seu sexo quente e excitado, sempre um choque delicioso sob toda aquela seda e veludo.

Finalmente chegamos aos meus aposentos.

Os dois obedientes escravos da noite devem ter ficado desapontados quando foram chamados para despir o vestido de Rosalynd. Eu não me importei. Eles obedeceram na mesma hora, livraram-na das amarras e das rendas e agora eu podia agarrar seus seios imensos do jeito que queria e enfiar meu rosto neles enquanto os apertava.

Caímos embaixo das cobertas como as pessoas do grande mundo lá fora faziam, e ela montou em mim enquanto eu chupava faminto seus mamilos. Adorava vê-los pendentes sobre o meu rosto como frutas deliciosas de um cacho.

– Você não quer tirar sua camisa? – perguntou ela. – É tão pesada...

– Não – disse eu. – Prefiro assim, se você me perdoa.

É claro que já estava sem a legging e a túnica, e meu sexo cutucava Rosalynd, guloso.

Ela queria me provocar mais um pouco. Virou de repente para os escravos que tinham ido para perto da lareira.

– Boa menina, traga-me uma venda para os olhos – disse ela. – De seda, transparente, agora.

Eu dei risada.

– Cale-se, príncipe – disse ela, provocante. – Cada pau é uma história diferente, e o seu é maravilhoso. Ah, como o desejei no sultanato. E eles eram sempre tão rígidos conosco, tão cruéis de nunca permitir que tocássemos um no outro, ou em nós mesmos.

– Acho que conseguimos, uma vez ou outra – comentei.

A venda era bonita, dourada, e ela amarrou sobre os meus olhos. De fato, eu podia ver através dela, mas tornava o mundo um lugar mágico, feito um sonho, e minha excitação cresceu, ficou mais dolorosa e aguda. Já tinha usado aquelas vendas muitas vezes. Sempre me maravilhei com a sensação de liberdade que dava usá-las, com aquele novo nível de abandono. Mas a história que meu pau contava era de agonia.

– Levante-se, príncipe – disse ela no meu ouvido e pulou da cama de repente, esticando suas longas pernas e braços.

Isso eu pude ver na névoa dourada em que o quarto havia se transformado. Então ela soltou o cabelo escuro dos pentes e deixou cair todo para trás, como uma enorme sombra.

– Adorável – sussurrei.

Estendi as mãos para seus voluptuosos braços.

– Agora vou montar em você e cavalgar – disse ela.
– Eu vou gozar e cair no chão!
– Veremos.

Rosalynd pulou em cima do meu pau, que deslizou para dentro dela, seu sexo o prendeu com a tenacidade do escravo do prazer mais faminto. Finalmente, quase chorei ao golpeá-la numa série de espasmos incontroláveis.

– Não tão depressa, belo príncipe – disse ela. – Agora ande, ande em volta da cama me carregando.

Ela enrolou as pernas em volta da minha cintura e os braços no meu pescoço. E me beijou.

Eu não dei cinco passos.

Depois disso foi um pouco mais lento. Os quadris e a bunda dela eram muito voluptuosos e até as panturrilhas eram macias e suaves ao toque. Eu a arreganhei como um pêssego cortado ao meio e olhei para o poço escuro do seu sexo um tempo enorme, os lábios escuros, arroxeados, o clitóris molhado, cintilante.

Na terceira vez estávamos no tapete. Ela me implorou para tirar a camisa, mas eu não quis. Forcei-a a ficar de quatro e montei nela, meu pau enfiado nela, empurrando-a para a frente em seu caminho. Quando ela começou a gozar, minhas mãos encontraram o pequeno e escorregadio clitóris e o beliscaram e esfregaram enquanto eu me esvaí nela por trás e senti que ela gozou quando gritou.

Todo o tormento e as agonias do dia, as deliciosas surpresas e lembranças torturantes tinham aquecido o que eu sentia por ela e havia também a familiaridade, depois de todos aqueles anos juntos, aquela mulher suculenta que nunca me deixaram tocar.

Uma hora depois acordei com a quietude do quarto. Os escravos da noite continuavam feito estátuas em suas posições na frente da lareira. Rosalynd não estava mais lá. Fabien tinha ido para o seu closet muito tempo antes.

No entanto, em certo momento ele tinha disposto meu equipamento de escrita, porque sabia que eu ia querer. Havia uma lâmpada de vela acesa na mesa. Sons fraquinhos chegaram até mim como se percorressem todo o castelo, vibrações suaves e amostras de música, até partes de canções.

Eu levantei da cama, fiquei de costas para os escravos da noite que de qualquer forma estavam cochilando, tirei a túnica e a camisa e vesti minha camisola, amarrei o laço no pescoço e o cinto. Estava agradavelmente exausto, mas minha cabeça estava febril, como tinha estado o dia todo.

Sentei à mesa, senti o cheiro da tinta preta e então molhei minha pena.

Havia um novo livro encadernado na minha frente – do tipo que eu confeccionava para gravar meus pensamentos. Era grosso, mas não grosso demais, o pergaminho de boa qualidade e a capa feita de couro macio, com a letra D gravada.

Comecei a escrever. Mas descobri que tinha visto, sentido e pensado tanto que só conseguia fazer listas de coisas, ordenar os itens, as pessoas, os momentos e os lugares, por isso acabei fazendo só isso.

Quando caí no travesseiro de novo, dormi como um morto.

vii

Por volta de meio-dia já estava na minha casa da aldeia e que lugar agradável que era.

Como todos os sobrados da aldeia, era mais um trabalho de madeira do que de pedra, e seus assoalhos polidos e brilhantes, as escadas, os corrimões e balaustradas eram uma glória, junto com as paredes de alvenaria pintadas com cores suaves. Os tons de pêssego e amarelo e às vezes um pouco de azul estavam bons para mim, a mobília pesada de carvalho combinava com um castelo e à tarde eu já tinha posto a minha cadeira perto da janela do quarto andar para espiar a praça pública.

Barbara ainda não tinha chegado, mas tinham me prometido que iam levá-la para lá em breve.

Quando anoiteceu mandei uma carta para o rei pedindo para falar com ele sobre a praça das punições públicas e oferecendo meus serviços, se pudesse ser útil como "gênio guia", para usar as palavras escolhidas por ele mesmo.

Aquela noite ele chegou em pessoa para me dar a corrente e o medalhão de ouro. Um mensageiro apareceu antes para avisar que o rei estava vindo.

Eu estava de novo à janela e a praça lá embaixo estava maravilhosamente iluminada, não tinha mais nada do lugar cheio de sombras que era antes.

Havia escravos sendo espancados na plataforma giratória, é claro, e pude ver que os mastros de fitas coloridas estavam animados, muita gente entrando e saindo das barracas. Pensei em muitas coisas, muitas inovações. O jogo de bola com os escravos pintados e abaixados era divertido, mas e se as bolas fossem arremessadas para os alvos com palmatórias? Eu podia imaginar muitas outras variações. Escravos de quatro com as cabeças para cima para receber as guirlandas redondas jogadas de longe por lordes e damas em competição.

Estava observando aquilo há horas e imaginando o rei descendo do castelo – será que conduziu ele mesmo a carruagem com seus melhores cavalos em filas de quatro? –, quando de repente o vi, com seu séquito, lá embaixo na praça. Que imponente figura ele era, com sua capa vermelha e dourada, caminhando com passos largos no meio da multidão que abria passagem para ele e se curvava, de todos os lados.

E como o rei meneava a cabeça, estendia o braço para apertar mãos, aqui e ali, parecia à vontade e alegre.

Dava para ver, mesmo àquela distância, sua bela figura e pensei, sim, ele era a grandiosidade governando Bellavalten, com a graciosa rainha ao seu lado. Ela não estava com ele, mas a dedicação a ele tinha ficado patente quando os vi na noite anterior. A rainha demonstrava timidez, a qualidade da discrição. E possuía isso quando era escrava.

Mas ele era imenso... imenso em estatura e também em espírito. Nunca tive aquela impressão tão forte como estava tendo agora, vendo-o receber a admiração de tantos olhares e o respeito humilde de tantas mãos quando ele caminhava diretamente para a minha casa.

O rei não ficou muito tempo comigo.

Eu o recebi na minha nova sala de estar que deve ter parecido pobre e acanhada para ele. Será que ele já tinha morado ou até se hospedado em algum lugar como esse?

Ficou de pé o tempo todo com seu secretário, Emlin, e seus atendentes atrás dele, um gigante sob o teto baixo.

Ele pôs a corrente no meu pescoço.

– Agora você é o mestre da praça das punições públicas – disse ele.

Então me abraçou e me beijou. Acho que ele era o homem mais alto que eu conhecia.

– Estou feliz que tenha voltado, Dmitri – disse o rei. – Agora, me disseram que Lexius vai voltar logo. Estou curioso para vê-lo.

– Isso é verdade, senhor? – perguntei.

Lexius aqui. Lexius vindo da Índia, do próprio reino.

– Recebemos hoje, no fim do dia, uma carta dele – disse o rei. – Ele está no continente. Não longe daqui.

Senti meu coração bater forte. Imaginei se dava para o rei ouvir. Parecia alto o bastante para o mundo inteiro ouvir.

– Alexi prometeu me contar o que aconteceu entre Lexius e a antiga rainha – disse Laurent. – Não pretendo pressionar para ouvir histórias desagradáveis e é claro que não vou julgar ninguém, mas realmente quero muito saber.

Senti o sangue subir para o meu rosto, apesar de isso não ter de acontecer. Aquela velha história era bem simples. Eram os mistérios... Mas não quis pensar nisso de novo, só pensei com meus botões, verei Lexius em breve. Lexius tinha mesmo sido atraído pelo novo reino de Bellavalten. O que significava isso?

– Venha jantar conosco, Dmitri – convidou o rei ao sair da sala –, a hora que quiser. E agora, tenho presentes para você.

Ele estalou os dedos e entraram três escravos nus pela porta da frente, conduzidos por dois cavalariços com libré da corte.

Lá estava Barbara, tremendo lindamente, claro, e a adorável Kiera das tranças louras que tinha sido levada aos meus aposentos, e o belo e atraente Bertram.

No mesmo instante o trio caiu de joelhos e se apressou a beijar meus chinelos. Um delicioso perfume encheu a sala.

– Senhor, obrigado – disse eu. – Estou sem palavras. De verdade.

– Aproveite-os, príncipe – disse Laurent. – E lembre-se, aqui na aldeia você pode mandá-los para o salão dos escravos a qualquer hora para o banho deles, os óleos e para dormir, e pedir que voltem quando desejar. Não precisa cuidar deles aqui embaixo do seu teto, a menos que você prefira. – A voz dele era casual e tranquila. – Esses cavalariços são dois dos melhores e ficarão com você até dispensá-los. São artistas no trabalho com escravos, para pô-los na linha, se você quiser assistir, e obedecerão a todos os seus comandos. E, príncipe, os seus cavalariços podem usar a libré do castelo se quiser, já que você é um membro da corte, e não a libré da aldeia.

– Obrigado, senhor – disse eu.

– E lá está a praça das punições públicas bem na frente da sua porta. Eu não posso garantir as virtudes particulares dessa doçura deleitável, Barbara, mas posso afirmar que Kiera e Bertram atenderam aos meus padrões mais rígidos de exigências em seus desempenhos.

Mais uma vez nos abraçamos e ele foi embora.

Foi como se uma luz brilhante se apagasse na pequena sala quando ele saiu. Fiquei ali parado vendo o passado, o rosto estreito e moreno de Lexius, seus olhos pretos. Senti o cheiro do ar quente de outro lugar. Ouvi as melodias da selva. Vi muros antigos cobertos de figuras nuas dançando. Deuses e deusas de outra terra.

Os cavalariços ficaram esperando e os três escravos se ajoelharam aos meus pés. À minha mercê. Ah, que seios, que seios tesudos, e o pau de Bertram.

– O que gostaria de fazer agora, meu senhor? – perguntou Fabien.

Fiquei calado um longo tempo.

Então ouvi minha própria voz.

– Bem-vindos à minha casa, adoráveis. Vou curtir vocês bastante tempo, um por um, de acordo com o meu ritmo. E vocês, cavalheiros – eu disse para os cavalariços –, um de vocês vai espancar Kiera e Bertram em seu colo agora e deixá-los ao lado dessa pequena lareira como os vi posicionados no castelo, e que fiquem assim até eu chamá-los. O outro venha me atender.

Sem mais explicações, disse para Barbara ficar de pé.

Então a peguei com as duas mãos e joguei em cima do ombro direito. Segurei seus tornozelos com firmeza quando ela gritou e a carreguei escada acima assim, até chegar ao meu quarto.

Botei Barbara deitada na cama. Ela tremia e não ousava olhar para mim, fixou o mogno polido do teto do dossel da cama e depois fechou os olhos. Rápida, desesperadamente, botou as mãos na nuca.

Eu abri bem as pernas nuas dela.

Inspecionei seu delicado sexo arreganhado – os lábios rosa escuros enrugados espiando no meio dos pelos pretos e brilhantes, e a curva da bundinha dela me fizeram pensar numa fruta cortada ao meio com a polpa exposta – como as partes íntimas das mulheres muitas vezes pareciam, assim abertas: escuras, misteriosas, o miolo de tantos segredos. Na noite passada eu tinha pensado em um pêssego quando examinava Rosalynd desse mesmo jeito.

Barbara soltou um gritinho quando enfiei a cara nos seus pelos púbicos.

Enfiei a língua nela e saboreei seus líquidos fragrantes e deliciosos, quase defumados. Lambi esses líquidos. O quadril dela subia e descia sem controle embaixo de mim. Com a boca sobre o clitóris, sobre a vagina aberta, eu sabia que ela não ia se controlar, não teria controle algum, e golpeei o clitóris com a língua até ela gozar sem se segurar. E ela gozou e gozou, abandonada ao prazer, indefesa nas garras dele.

Tortura delirante para mim, mas era isso que eu queria.

Sentei na cama e puxei o quadril dela para o meu colo, estudando seu sexo novamente, alisando os pelos com a mão, abrindo as pernas dela e os lábios da vagina.

Ela estremeceu e chorou, mas os quadris rebolaram. Ela não conseguia se controlar.

Pensei no mistério daquele sexo molhado e brilhante, no mistério daqueles pequenos lábios e a curiosa abertura, aquela pequena câmara secreta na qual o prazer explodia, assim como explodia no meu pau.

– Você tem muito o que aprender – disse eu. – Mas você é linda para mim, preciosa para mim, e é minha primeira aquisição, minha primeira escrava, minha primeira escolhida.

– Meu senhor. – Ela chorou baixinho. – Faça comigo o que der mais prazer. Apenas mostre-me o que quer de mim.

Fiz Barbara virar para ficar de barriga para baixo na cama.

A pele dela era perfeita como uma pétala e muito macia ao toque, muito doce.

A bundinha tinha as nádegas muito bem formadas.

– Tem alguém aí? – chamei.

– Sim, príncipe – disse uma voz. – Kenan, príncipe, para servi-lo.

– O ânus dela é delicado demais para o meu pau – disse eu para Kenan. – Que brinquedinhos nós temos nessa casa, se é que temos? Quais emolientes?

– Estão bem aqui, príncipe – disse ele. Kenan chegou ao lado da cama com um grande baú raso, segurando a tampa aberta. – Esses são de cera, príncipe, esses pequenos tampões e falos. A rainha desenhou esses e lady Eva mandou fazer. Depois de usá-los serão derretidos para fazer outros.

– Excelente – disse eu, vendo aquela seleção. – Isso é exatamente o que eu queria.

Escolhi um pequeno tampão com cabeça arredondada, mais largo na ponta e com um lugar na base para enfiar flores ou penas, que também tinham posto no baú.

– Aquele ali, com as penas vermelhas.

Kenan preparou o artefato para mim num instante. E segurou o vidro de creme cor-de-rosa aberto. Cheiro adorável.

Passei o creme no tampão, deslizei a mão esquerda por baixo da barriga macia de Barbara e a levantei. Ela gemeu.

Enfiei o tampão bem lubrificado nela.

Barbara ficou muito atraente com as pequenas penas saindo do seu traseiro e muito indefesa deitada na palma da minha mão esquerda.

– Agora acho que você vai montar em mim pelo quarto como certa dama fez na noite passada – disse eu.

Fiquei de pé e a puxei para ela ficar de pé também, então a levantei no ar e a empurrei sobre o meu pau duro.

Fiquei até fraco com o choque que aquilo provocou, o sexo quente e melado de Barbara me engolindo.

Sem que eu dissesse nada ela passou as pernas na minha cintura como Rosalynd tinha feito e os braços no meu pescoço, porque precisou. Senti a cabecinha dela bater no meu ombro e o gostoso perfume do seu cabelo.

Andei até a janela com ela firmemente encaixada no meu pau e espiei a praça das punições públicas. Vi a fila de pelourinhos onde tinha encontrado Barbara.

Então virei, enfiei meu pau bem fundo nela e deixei que ela quicasse em mim loucamente, com um abandono que apagava a lembrança da minha doce Rosalynd.

Quando eu gozei ela ficou rígida, ofegante e então gozou também, me levou além do clímax, até eu não poder mais suportar.

Eu a ergui e a segurei nos braços, um monte dos mais quentes e macios membros contra o meu corpo.

– Você é a mais saborosa de todos os repastos, meu doce – cantarolei na orelha dela. – E olhe só essa sua bundinha brilhante, toda branquinha e lisinha, curada da plataforma giratória. Tão macia...

– Sim, meu senhor – sussurrou ela.

Alisei o cabelo dela para trás e disse para ela olhar para mim. Eram os olhos que eu lembrava. Nenhuma decepção ali. A inteligência daqueles olhos.

– O que você mais teme agora, pequena perdiz? – perguntei.

– Tudo que lhe der prazer, meu senhor – disse ela calmamente.

Ela não sorriu. Mas eu sim.

– Muito inteligente – disse eu.

Virei para trás e disse para o cavalariço pegar uma palmatória e uma correia para mim.

Pus a menina ajoelhada ao lado da cama com a parte de cima do corpo no colchão e disse para ela abrir os braços e as pernas ao máximo, até não poder mais.

Ela obedeceu e acabou que suas pernas ficaram tremendo loucamente. As peninhas vermelhas que saíam do ânus dela seriam fáceis de evitar.

Peguei a correia, feita de um couro muito macio e pintado de dourado e dobrei formando uma volta com talvez um metro de largura. Não ia cortá-la. Não. E também não ia machucá-la com facilidade.

Então, num ataque de fúria, comecei a espancá-la com a correia, com golpes fortes e rápidos, com cuidado para não pegar no tampão com as penas, até ela gritar e tentar abafar os gritos nas cobertas.

Continuei chicoteando, com mais força e mais rápido ainda, até ela ondular loucamente sob os golpes, se contorcendo e virando desesperadamente, erguendo os pezinhos e depois deixando-se cair de novo no tapete. Eu não aliviei.

Bati nela sem parar várias vezes.

Adorava aquele som, a visão do couro largo batendo na pele que ficava vermelha, aquela pele doce e macia. Surrei a parte de baixo da bunda dela, a mais tenra, até ficar vermelha demais e me obrigar a espalhar os golpes.

Fiquei muito estimulado e continuei trabalhando nela, nas panturrilhas que também eram macias, nas coxas claras e lisas e voltava para a parte de cima da bundinha dela, batendo e batendo até ela ficar da cor de um jardim de rosas vermelhas.

E acabei parando. Estava com o braço cansado. Eu estava inebriado, mas era uma sensação diferente de todas as que tive mais cedo.

Vi minha mão esquerda brincar com a carne doída e vermelha. Estava muito quente, deliciosamente quente. Eu não queria o tampão agora. Tirei de dentro dela e joguei para o lado.

Sim, apenas o traseiro vermelho e as pernas vermelhas.

Fiquei parado um bom tempo olhando para ela. Dava para ouvir o barulho da praça lá embaixo, o vozerio aumentava e diminuía como se fosse uma massa de água. E chegaram aos meus ouvidos os soluços abafados do choro de Barbara, tão eloquentes da mais completa rendição.

O cavalariço não fez um ruído.

Fui até ela, juntei os cachos castanhos compridos, levantei-a da cama gentilmente por eles, segurei seu queixo com a mão direita para fazer com que ela ficasse de pé. Ela estava inerte, não oferecia resistência alguma.

– Minha primeira escrava – sussurrei.

E era mesmo. Ela era a minha primeira e essa tinha sido a primeira vez que eu possuía completamente uma escrava. E talvez ela não pudesse entender o que aquilo significava para mim.

Cobri o rosto dela com muitos beijos carinhosos. Acho que eu estava chorando. Nossas lágrimas se misturaram.

– Barbara – murmurei –, eu te adoro.

Eu queria dizer *eu sou você*, mas não disse porque ela não ia querer.

– Barbara – suspirei no ouvido dela.

Senti o perfume quente do sexo dela, seu doce pequeno sexo.

Então ela pendurou os braços no meu pescoço de novo, os braços sedosos, eu enfiei meu pau na sua fragrante cela e da praça lá embaixo veio um barulhão de vozes, como se estivessem aplaudindo, triunfantes.

9
BRENN: SERVIR NO REINO DA PALMATÓRIA E DAS CORREIAS DE COURO

i

Eu teria ido para Bellavalten sem Sybil. Estava determinado a ir desde o dia em que copiei a proclamação e a li na praça da cidade. O país inteiro falava do rei Laurent e da rainha Bela – e que os escravos do novo reino seriam aceitos de todas as classes e que poderiam oferecer seus votos de lealdade por dois ou mais anos para aproveitar os prazeres da escravidão nua.

Meu pai era secretário do velho duque e eu tinha sido educado para assumir o lugar dele desde quando era criança, para manter as bibliotecas e os arquivos e para escrever as cartas que fossem necessárias para a família.

Lady Sybil foi criada como a quinta filha do filho mais velho do duque e, com quatro filhas antes dela, Sybil tinha pouca esperança de obter um dote, ou até a chance de conhecer um homem decente.

Ela e eu corríamos juntos pelos campos e brincávamos nos jardins do castelo, líamos livros juntos, porque ninguém prestava muita atenção em nós, com a mãe de lady Sybil já morta e a minha mãe ocupada com mais três filhos. Eu ensinei Sybil a ler e depois o pai dela arrumou um tutor para ela e logo ela me passou no latim.

Permanecemos amigos mesmo quando os deveres dela como mulher criavam um grande abismo entre nós, pois Sybil ia à biblioteca ou aos arquivos com frequência, só para sentar e conversar comigo. Ela não queria ouvir falar de tratamentos formais.

– Eu sou a sua Sybil, Brenn – sussurrava ela para mim sempre que eu me curvava ou lhe dava títulos.

Foi um mês depois da proclamação ser enviada e os emissários de Bellavalten já terem saído das nossas terras com os postulantes da escravidão do prazer que tinham sido aceitos. Eu tinha visto alguns daqueles seres lindos com meus próprios olhos quando se reuniram em volta da caravana na periferia da cidade, e de fato eram criaturas muito bonitas, certamente das classes mais baixas, já que os candidatos bem-nascidos procuravam os emissários à noite, em segredo.

Eu não consegui sair a tempo. Mas logo tinha empacotado minhas coisas e estava pronto para ir com tudo que eu possuía – algumas mudas de roupa, minhas economias e meus livros – num pequeno embrulho que eu podia carregar no ombro na longa caminhada até o reino.

Eu havia decidido dedicar minha vida à escravidão do prazer. Tinha ouvido tudo sobre ela anos atrás, de uma tia ou prima de lady Sybil, não lembro mais o que era, que nos contou histórias espantosas sobre o reino.

– Imagine viver nua por três anos – tinha dito a dama sem sequer ruborizar –, e curtir prazer todos os dias da nossa vida, às vezes três ou quatro vezes por dia... o tipo de prazer que deixa os homens e as mulheres bobos quando o perseguem em vão pelas esquinas escuras desse vasto mundo. Bem, não há esquinas escuras na terra da rainha Eleanor.

É claro que a dama se rebelou no início. Isso já era de esperar, admitiu ela, rindo muito.

– Mas aqueles foram os dias mais vibrantes da minha vida – disse ela para nós.

Nos anos seguintes ouvi muita coisa de outras pessoas, às vezes histórias de segunda ou terceira mão, mas todas sobre o mesmo tema.

Eu sabia que ia. E a verdade era que tive pouco interesse em pensar muito a respeito. Fui provocado, assim que os emissários chegaram para receber os escravos, por saber que eu era suficientemente bonito. Meu irmão mais velho tinha dito:

– Por que você não vai, Brenn, e aí nunca mais seremos obrigados a ouvir suas poesias na hora do jantar!

Ao que meu tio acrescentou:

– Aliás, bonito como você é, pode se fazer passar por um escravo menino ou menina... isto é, uma escrava menina de barba!

Risada geral.

Eu não tinha falado nada.

Deixei uma carta que só seria encontrada depois que eu estivesse bem longe, num livro de contabilidade que só seria aberto dali a quinze dias.

E na primeira manhã lady Sybil me encontrou caminhando, já a quilômetros de casa, com meu embrulho nas costas, o rosto e o corpo bem cobertos pela capa preta de capuz que eu usava, ignorando-a quando ela me alcançou a cavalo, como fazia com todos os que tinham passado por mim na estrada até então, e ela gritou:

– Brenn, como é que você pode partir sem mim?

Reconheci a voz dela no mesmo instante, mas o que eu vi montado no cavalo parecia ser um rapaz com uma capa verde de capuz que cobria tudo como a minha, e apenas um pouco do cabelo preto encaracolado dela aparecia.

Mas aquela era mesmo Sybil e corri para ela quando percebi.

– Preciosa, o que você está fazendo aqui? – quis saber.

– Estou indo para Bellavalten, igual a você, para ver se me aceitam.

– Mas Sybil...

– Mas Sybil o quê? Monte aqui na minha garupa. Quanto tempo acha que vai levar indo a pé para lá?

Ela estava certa e eu animado demais para discutir, para protegê-la, dar conselhos para não ser impetuosa e todas aquelas bobagens. Além do mais, eu sabia por que queria ser um escravo nu. E eu ia insultá-la com motivos para ela não fazer isso?

Sybil montava um cavalo grande e velho, animal forte que podia carregar nós dois e a nossa bagagem com facilidade.

– Brenn, para dizer a verdade, eu já esperava encontrar você. Não gosto dos perigos da estrada estando sozinha, mas não tenho nem um pouco de medo quando se trata do Reino da Bela.

Era assim que o chamavam agora, mais do que Bellavalten. Eu já tinha ouvido mais de uma vez.

– Eu sei, querida. Bem, estamos juntos agora e posso cuidar da nossa hospedagem nas estalagens e fazê-la passar por minha serva. Ninguém precisa ver você direito.

– Fui à sua procura para contar isso bem cedo esta manhã. E aí me disseram que você foi visto escapulindo quando ainda estava escuro, com um embrulho no ombro. E pensei, será que isso é verdade? Fiquei em êxtase. Eu sabia para onde você estava indo e agora não sinto nenhuma culpa de atraí-lo para lá comigo.

Nós rimos juntos, porque pensávamos igual sobre tudo aquilo.

O Reino da Bela.

Diziam que Bellavalten significava "floresta bela", ou "bela terra". Mas era a lenda da Bela Adormecida que estimulava os pensamentos dos que ouviam falar da proclamação dos novos rei e rainha. Todos sabiam que ela acordara com a ajuda do filho da rainha Eleanor de seu sono lendário e levada para Bellavalten como escrava nua décadas atrás. Se ela, a fabulosa princesa do antigo conto, ousava reviver o tipo de vida da rainha Eleanor e levá-lo a novas alturas, bem, as pessoas se deslumbravam com isso. Quanto ao rei Laurent, ele era o monarca mais temido de todo o mundo, até onde eu sei. E o fato de tal conquistador poderoso ter ficado com o cetro de Bellavalten só provocava comentários de assombro e admiração.

Na primeira estalagem o ouro de Sybil pagou acomodações muito melhores do que eu jamais arranjaria para mim e caímos nos braços um do outro na grande cama com colchão de palha que estalava. Em todos esses anos já tínhamos nos amado, sempre com medo de sermos descobertos. E foi um grande presente para nós poder gemer e gritar como desejávamos, agora sem preocupação, e eu bebi demais e Sybil comeu demais e acabamos dormindo, embolados um no outro como filhotinhos de cachorro.

Dormimos naquela noite sob a capa verde com sua barra macia de pele branca. Mas, depois dessa, resolvemos nos poupar para Bellavalten.

Na véspera de chegar aos portões do reino encontramos muitos viajantes que iam na mesma direção e muitos outros voltando, dizendo que a rejeição deles tinha acontecido porque o reino "não devia precisar de mais escravos", mas nós seguimos em frente torcendo desesperadamente para sermos aceitos depois que nos vissem e examinassem.

O que mais me preocupava era que eu não era o menino bonito que o meu tio sempre falava para me provocar. Eu era uma estranha combinação de um rosto bonito meio feminino e braços e pernas musculosos demais, e apesar de ser bastante alto, não era um gigante como o grande rei Laurent, nem mesmo como o príncipe Tristan e outros mitos do reino.

Minha mãe disse uma vez que eu tinha dose dupla do suco mágico para menina ou menino, com cabelo e cílios bonitos, pele de menina e membros de um garoto de fazenda. E tinha também a minha barba, que precisava raspar duas vezes por dia. Como ficaria isso num jovem com cara de bebê? Bem, logo, logo eu ia saber, pensei, acabrunhado.

Sybil não tinha tais dúvidas. Ela era uma beleza reconhecida, independentemente da fraca perspectiva de ter um dote.

Nós dois tínhamos cabelo preto encaracolado que era comum na nossa terra e olhos azuis, e ela, seios voluptuosos que geravam provocações das meninas que a invejavam. Sybil tinha uma testa alta e bonita e a boca vermelha era muito beijável, o pescoço comprido e gracioso e mãos também compridas e bonitas. Eu sempre notava as mãos das mulheres. Adorava os dedos de Sybil.

Quando nos aproximamos das grandes muralhas de Bellavalten e seus portões, vimos uma espécie de feira improvisada em volta, com tendas, barracas, e meninos vieram nos oferecer bebida, mas nós fomos falar com os guardas que olhavam para nós.

– Eles já sabem – disse Sybil, inclinada para frente porque nesse momento era eu quem segurava as rédeas. – Está vendo? Eles sabem.

Mas o que é que eles sabiam?

Sybil tinha abaixado o capuz um tempo antes e agora eu fiz a mesma coisa e realmente pareceu que os guardas gostaram do que viram porque um deles dispensou o menino servente e se aproximou de nós.

– Estamos aqui porque queremos servir ao rei e à rainha – fui logo dizendo.

– Ah, sim, e em que função? – perguntou o guarda.

Acho que nós dois ficamos vermelhos e Sybil deu risada.

– O que você acha, soldado? – disse Sybil. – Eu pareço uma cozinheira ou criada para você? O meu companheiro parece um criado?

– Não, madame – respondeu ele logo e fez uma mesura. – Sigam em frente, por favor, para a barraca branca, grande, à esquerda. Lá encontrarão o interrogador.

Chegamos à barraca e parecia que não tinha ninguém antes de nós. Olhei para trás antes de desmontar e vi os soldados já dispensando outros viajantes.

– Venha depressa – disse Sybil quando eu a pus no chão. – Mas primeiro me beije e que seja um grande beijo. E prometa que vai esperar para ver se me aceitam e eu espero para ver se você é aceito.

– Não, querida, não quero que faça isso por mim – disse eu enquanto íamos juntos para a tenda. – É mais provável que você seja aceita e você tem de ir em frente.

Ela não respondeu, mas apertou a minha mão e quando o guarda na porta da tenda tentou nos barrar insistimos que precisávamos entrar juntos.

O interrogador era muito bem-educado, um cavalheiro mais velho de cabelo branco e ralo e olhos cinzentos, que se levantou assim que entramos, para nos receber. Depois ele sentou e começou a fazer as perguntas.

– Não, nós não somos irmãos nem somos parentes – explicou Sybil –, mas viemos juntos e queremos ficar juntos o tempo que for possível. Mas também estamos preparados para o que possa acontecer. Apenas nos dê uma chance de darmos um beijo de despedida, se chegar a isso, é tudo que pedimos.

– Bem, certamente chegará a isso, madame – disse o interrogador, com voz suave e gentil –, porque vocês não podem ser admitidos e treinados juntos. Isso nunca foi feito, pelo menos não que eu saiba, mas vejamos o que vocês vão responder agora para mim e deixaremos a separação para os outros.

Pediram para tirarmos nossas capas e largar nossa bagagem. Obedecemos. E eu notei que dois outros cavalheiros bem-vestidos parados ali perto estavam nos avaliando com todo o cuidado. Sybil me pareceu atraente com sua legging de menino e uma pequena túnica, e tenho certeza de que eles viram a mesma coisa, pois aquela não era a primeira mulher que chegava disfarçada de homem, por motivos óbvios.

O interrogador começou a recitar de memória o que nós sabíamos – que seríamos cuidadosamente inspecionados e testados para o serviço antes de sermos admitidos. Que se achassem que não servíamos para ser escravos "abençoados" para o rei e a rainha, podíamos ser convidados para servir no reino em alguma outra função. Se fôssemos aceitos, prestaríamos o juramento por seis meses e então, no fim desse período, por mais dois anos e depois novamente, talvez depois disso pelo tempo que achássemos melhor ou que nos agradasse...

Nós já sabíamos de tudo isso. Estava na proclamação.

– Sim, eu gostaria dessa chance, de um emprego honesto – observei. – Mas não foi para isso que eu vim. Sou um bom acadêmico e escriba.

Todavia, Sybil, claro, ficou calada.

– E a palmatória e a correia – disse o interrogador – são os emblemas desse reino e a disciplina dos escravos é rígida e inclemente. Vocês sabiam disso?

Sabíamos. Tudo isso estava na proclamação.

Nós dissemos muito mais, que éramos educados, que tínhamos idade para tomar a decisão de ir para Bellavalten por nossa conta, que ninguém nos tinha obrigado a nada e demos nossos primeiros nomes, eles disseram que não precisavam de nenhum outro nome.

Então o interrogador recitou as proteções que teríamos, mas nós também sabíamos.

Logo dois pequenos baús ou arcas foram trazidos e nossas capas e embrulhos foram guardados neles, e então nos levaram por uma saída coberta da tenda para um pequeno portão no muro onde um guarda nos cumprimentou.

– Deem seu beijo de despedida agora, crianças – gritou lá de trás o velho interrogador. – E não ousem fazer perguntas sobre o outro.

Foi o que fizemos, parados na grama sob o céu azul, e o grande muro de Bellavalten parecia subir atrás de nós até o céu.

ii

Em um pequeno cômodo, muito bem mobiliado para uma casa de porteiro, o que parecia ser, me disseram para sentar em um banco e esperar. Sybil seguiu sem mim.

Senti um medo terrível quando vi a porta fechar depois que ela foi embora. Por que eu tinha ido com ela? Quero dizer, por que não fui completamente sozinho, para que apenas o meu destino fosse uma carga para a minha alma agora?

Uma hora se arrastou e só então me chamaram.

Eu me vi numa sala espaçosa, mas escura, e quando fecharam a porta fiquei sozinho lá dentro. Pisava num tapete e havia uma pequena mesa trabalhada, sem cadeiras, e uma tela de madeira pesada na minha frente.

De trás da tela uma voz masculina falou comigo.

– Rapaz, o seu comportamento é importantíssimo a partir de agora, está me ouvindo?

– Sim, senhor – disse eu.

– Você deseja ser um escravo do prazer neste reino, isso é verdade?

– Sim, senhor.

– Então tire a sua roupa toda e seus sapatos também e ponha tudo nessa mesa. E não peça para ficar com nenhuma peça de roupa.

Fiz isso imediatamente e só quando senti o ar feito bálsamo na minha pele nua me dei conta de que finalmente, finalmente eu estava ali e que aquilo estava de fato acontecendo comigo. De repente senti uma fraqueza e minhas mãos começaram a tremer. Mas logo estava completamente nu e muito envergonhado com a poeira da estrada que tinha grudado no meu cabelo e nas mãos. Fiquei olhando para o chão e me esforçando para parecer calmo.

Passou um longo tempo.

Qualquer palavra dita teria sido uma bênção.

Não houve nenhuma e então uma porta na parede lateral se abriu e uma jovem adorável de libré de criada com avental e lenço na cabeça fez sinal para que eu fosse com ela. Ela sorriu.

– Não se preocupe com as suas roupas, menininho – disse ela com a voz muito animada. – Elas serão postas no baú junto com tudo mais.

Eu devo ter ruborizado violentamente. Certamente senti que fiquei vermelho, aquela menina bonita falava comigo e eu completamente nu. Fui para esse cômodo ao lado e vi que era menor do que o outro, mas que estava bem quente e tinha uma grande banheira de bronze com água fumegante e uma pequena fogueira crepitando na fornalha, com baldes em volta.

– Entre na banheira, menininho – disse a menina.

Eu entrei e afundei na água, e ela começou a me esfregar todo. Lavou meu cabelo demoradamente e enxaguou com baldes de água quente, depois disse para eu ficar de pé e começou a lavar entre as minhas pernas com a mesma eficiência de antes.

– Bem, posso dizer que você é maravilhoso sim, mas não sou eu que decido nada. E olhe só esse pau, já de pé.

Ela me fez virar e esfregou minha bunda com aquela eficiência.

– Agora você responda para mim dizendo "madame" e para todos os homens dizendo "senhor", está ouvindo? Seus lábios devem ficar fechados, entende, a menos que perguntem alguma coisa diretamente para você. E nunca faça nenhum som de boca aberta... nunca um gemido, um soluço ou um grito de boca aberta, está ouvindo? Lábios cerrados o tempo todo. Agora vá para perto do fogo.

– Sim, madame – respondi.

Ela esfregou a toalha com força no meu corpo todo, depois passou um óleo com perfume delicioso, então secou e escovou meu cabelo até dizer que estava "brilhando".

Nada disso levou muito tempo, porque ela era muito boa no que fazia.

Eu estava desesperado para perguntar da menina que tinha passado ali antes de mim, mas não tive coragem.

– Bem, se não aceitarem você, menininho, então eu não sei de mais nada – disse ela quando terminou. – Pronto! De agora em diante você trate de andar de cabeça baixa e com as mãos na nuca. Vá por aquela porta e boa sorte.

Ela deu um beijo no meu rosto.

– Menininho – disse ela quando eu estava quase na porta. – Se não aceitarem você, tenho certeza de que vão contratá-lo para algum serviço. Você não é só bonito. É um malandrinho precioso, se é que já vi um.

A porta abriu antes de ela terminar a frase, como se alguém estivesse observando por alguma fresta da parede, e eu entrei em uma sala maior, que tinha um tapete vermelho.

Percebi que havia pelo menos quatro pessoas à minha volta e pelo barulho das vozes e outros sons entendi que estava num espaço bem maior.

Logo apareceu uma mulher diante de mim, botou as mãos macias nos lados da minha cabeça e disse para eu olhar para ela.

Em uma visão embaçada notei que os outros eram todos homens de túnicas compridas e finas e que ela era uma deusa de cabelo vermelho, ou parecia.

Seus olhos verdes estavam muito além de qualquer coisa que eu já tivesse visto e seus lábios sorridentes também.

– Como se chama?

– Brenn, madame – disse eu.

Quase gaguejei. De repente fiquei com medo, achando que ia desmaiar. Isso era absurdo, mas a fraqueza que sentia no estômago e a rigidez do meu pau estavam me paralisando.

– É um nome bonito – disse um homem alto e louro ao lado dela.

Ele segurava uma folha comprida de pergaminho numa tábua de escrever e rabiscava nela com uma pena. A tábua tinha tinteiro também. Ele era muito bonito, cabelo dourado e encaracolado, olhos quase tão excepcionais quanto os da dama.

– Brenn, é esse o nome que deseja usar aqui no reino se for aceito?

– Sim, senhor – respondi.

– Baixe os olhos aqui, pequeno Brenn – disse a mulher –, e não deve mais levantar a cabeça. Lembre-se que está sendo posto à prova em tudo e isso já está acontecendo há algum tempo. Você deve fazer o melhor possível para ser obediente e perfeito, mas dignidade também é muito desejável... só que precisa lembrar que seus senhores e senhoras é que vão definir o que é digno.

– Sim, madame.

Minha cabeça rodava. Era tudo real demais! Muito além do que eu tinha imaginado, porque nunca poderia imaginar em detalhes como as coisas iam funcionar ali.

– E saiba que, quando o chamo de menininho ou de pequeno Brenn – disse a dama –, isso é habitual com todos os escravos, chamá-los por apelidos e diminutivos. – A voz dela era doce e gentil.

– Sim, madame.

O homem alto e louro se adiantou, pôs a mão no meu ombro e me fez dar meia-volta.

– Você é de fato um esplêndido menino grande em todos os sentidos, Brenn – disse ele. – E às vezes será chamado de "menino grande" com o mesmo afeto de qualquer outro apelido.

A voz dele era mais suave do que a voz da dama, naturalmente mais grave e bem mais melodiosa. Achei desconcertantemente linda. O jeito de falar aquelas palavras, a ressonância, fez com que me sentisse mais nu. Mas isso parecia ridículo.

Agora eu estava de frente para as duas outras pessoas que não podia ver claramente.

– Ele é musculoso demais para o meu gosto – disse uma voz mais velha e trêmula, cheia de raiva.

Foi como se me desse um tapa.

– Ora, lorde Gregory – disse uma voz de homem bem mais jovem –, eu acho isso bastante atraente...

– Ah, sim, claro, príncipe, você deve achar mesmo – disse o velho lorde Gregory. – E tenho certeza de que Sua Majestade deve concordar com você!

Isso foi dito com nada menos do que nojo e fúria. Mas a dama atrás de mim estava rindo.

Olhei fixo para o tapete, para os chinelos dos homens, olhei fixo para as barras enfeitadas de seus robes... para abelhas douradas e vinhas enroladas, e folhas pontudas bordadas no veludo. Meu rosto ardia.

De repente havia um monte de mãos em mim, me tocando, apertando meus braços e pernas, e o meu traseiro. De novo achei que ia cair desmaiado como um covarde! Mas me mantive firme. Até as mãos compridas e brancas do cavalheiro idoso apareceram e tocaram meu mamilo direito. Então ele beliscou com força. Mordi o lábio para não gritar. Ele fez a mesma coisa com o meu mamilo esquerdo.

Então deu um tapa no meu pau com tanta força que quase me fez perder o equilíbrio. Não pude evitar e emiti um ruído, mas de boca fechada, como a menina bonita tinha dito que devia ficar.

Enquanto isso os outros continuaram a examinar como bem entendiam. A dama tirou minha mão direita da nuca e examinou meus dedos. E para total espanto meu, senti lágrimas aflorando aos olhos, lágrimas da mais completa impotência. E quando ela alisou gentilmente minha mão esquerda me dei conta de que minhas pernas estavam moles.

E pensar que tinham feito tudo aquilo com Sybil, mas provavelmente devem ter dito os maiores elogios para Sybil. Oh, o que me fez pensar que eu seria aceito? Dose dupla da poção que faz um homem ou uma mulher!

O homem idoso esfregou minha barba feita e emitiu um som de repulsa.

– E olhem só esses pelos púbicos... bem, isso terá de ser tratado.

– Ah, bobagem, meu senhor – disse a dama atrás de mim. – É lindo. Preto e grosso. O rei vai adorar. E suspeito que a rainha vai gostar. Na verdade, tem alguma coisa nesse aqui que me faz pensar que a rainha vai adorar. Agora, se o rei gostar, bem, o problema será encontrar outro escravo que combine com ele se o rei o quiser para as parelhas da sua carruagem.

Puxar a carruagem dele!

– Firme, menininho – disse o príncipe atrás de mim com o perverso lorde Gregory. – Acho você lindo, simplesmente lindo. O que você acha, Tristan?

Tristan respondeu que também achava.

– Ele é o que eu chamaria de deslumbrante. Certamente único. Tem quase um metro e noventa, mais ou menos, e as coxas e panturrilhas são como as de uma estátua romana! E olhem para os pés dele. São grandes, mas altos e bem arqueados, com dedos curtos e grossos. Gosto disso. Gosto dos ombros, e... bem, o traseiro é perfeito. E quanto ao traseiro, apesar de ser todo musculoso, é bem acolchoado ali. A rainha vai amar esses detalhes. Qualquer um adoraria esses dons.

Fique firme, apenas fique firme, pensei comigo mesmo. Exatamente como o príncipe tinha dito para fazer. Fique firme. Eles estão aceitando você! Mesmo assim um terror doce me ameaçava.

Senti pela primeira vez uma mão no meu saco. Meu pau balançava e eu não conseguia controlar. Era a mão do príncipe que estava atrás de mim. Senti alguma coisa na minha bunda, entrando no meu ânus.

Bem, se eu tinha mesmo de desmaiar, seria agora. Eu sabia. Mas não desmaiei. Senti um pico de excitação que nunca havia sentido antes. Um dedo de luva estava explorando o meu ânus e havia também dedos apertando minha bunda. O dedo enluvado estava com óleo e foi enfiado profundamente em mim.

– Digo que ele além de aceitável – disse a dama –, deve ser levado diretamente para o rei e a rainha assim que estiver adequadamente preparado.

Como sempre a voz dela era quase alegre e animada.

– Concordo – disse o de nome Tristan. – Todos os detalhes estão perfeitos.

E será possível que era o famoso Tristan, amigo do rei e da rainha, que tinha ajudado a recuperar o reino?

O homem mais velho resmungou. De fato, ele resmungou.

– Lorde Gregory, olhe para a bundinha dele – disse a dama e me viraram para ficar de frente para ela, por isso vi seus chinelos e uma fita bonita costurada nas saias. – Está vendo como ele é todo charmoso? A rainha vai se interessar, eu garanto. Aliás, tenho uma ideia para a rainha com esse aqui.

Percebi que meus olhos estavam vidrados. Nunca, em toda a minha vida, eu tinha vivido qualquer coisa parecida com aquele momento. Era um clímax tão grande de intensidade que não conseguia medir.

– Ele tem aptidão – disse Tristan. – Isso está bem claro e eu gosto dos seus mamilos. A área em volta deles...

– A aréola – disse a dama.

– As aréolas são escuras, grandes e lindas. O rei vai adorar isso. E me espantaria se a rainha não adorasse também. Sim, os pelos púbicos são pretos e grossos e revoltos. Olhe, sobe até o umbigo e desce pelas coxas, e olhe também para o rosto dele, os olhos... ele é como um...

– Ele tem uma combinação bem incomum de qualidades – disse o príncipe atrás de mim.

O tom de voz dele transmitia um pouco de riso e zombaria, mas acho que isso podia estar sendo dirigido ao homem mais velho.

– Eu mesmo gosto muito dele e, se nem o rei nem a rainha quiserem, eu quero. E isso basta para mim.

O velho lorde bufou. Então a mão perversa dele apertou a minha nádega até doer. Tinham de ser os dedos dele.

– Você me ignora como sempre faz – resmungou ele atrás de mim.

– Bem, nem sempre, meu senhor, isso não é justo – disse o príncipe ao meu lado. – E o que mais acontece é concordarmos todos, como fizemos com a última jovem.

Devia ser Sybil. Desesperadamente eu precisava acreditar que ele estava falando de Sybil.

– Ora, essa foi uma candidata apropriada – disse o velho. – E altiva, mimada, merecendo punição. Mas decente, promissora.

Agora as lágrimas estavam jorrando dos olhos, mas me mantive firme, engoli, procurei não mexer os lábios. Todos tinham concordado sobre Sybil! Pense só nisso. Agora eu tenho de ser aceito.

– Olhe para mim outra vez, menininho – disse a dama, erguendo o meu rosto.

Punição. A palavra ecoava nos meus ouvidos. E a verdadeira punição não tinha nem começado.

Foi um choque ver o rosto dela, ver o rosto de qualquer um deles, porque significava que os outros também estavam vendo o meu rosto o tempo todo. Quando se olha nos olhos de alguém, é então que sentimos que estão olhando para nós.

– Agora pare de tremer tanto assim, pequeno sátiro – disse ela. – Você foi bem-criado, não foi? Você jantava com a nobreza.

– Sim, madame, trabalhei para um duque – disse eu e então mordi o lábio.

– Ah, excelente. E você tem mãos lindas. E as mantém na nuca, como foi instruído.

– Sim, madame.

– Com esses músculos e essa barba – disse o lorde mais velho –, ele deve fazer o trabalho mais baixo na aldeia. Aliás, no campo.

Olhei fixo e sem expressão para a dama, mas ela sorriu com simpatia.

– Ora, essa será uma decisão do rei ou da rainha – respondeu ela.

A dama virou e pediu para alguém trazer sua correia e palmatória.

E agora o meu rubor desapareceu, fiquei completamente pálido. Aterrorizado de repente. E se eu não aguentasse, se não conseguisse ficar parado, se não suportasse de jeito nenhum... senti uma necessidade súbita de cair de joelhos e pedir que me dessem um minuto para me preparar, mas isso era absurdo e totalmente inaceitável.

– Você não quer mandar que o espanquem? – perguntou o príncipe Tristan.

– Não, eu quero ver isso resolvido aqui e agora – disse a dama. – Eu gostei desse.

– Bem, então permita que eu o ponha à prova – disse o homem mais velho.

Ele estendeu o braço e pegou uma longa correia de couro preto de alguém que tinha acabado de trazer para a dama.

Era uma correia grossa.

Ouvi um barulho atrás de mim, um ruído suave, e quando a dama me fez virar, ou digamos que ela me virou de lado, vi um banquinho baixo ali.

– Suba aí, seu peste grosseiro – disse o homem mais velho. – Mova-se. Vamos ver do que você é feito! Você quer servir em Bellavalten, não quer?

Subi no banco, que tinha só trinta centímetros de altura, e os dois príncipes ficaram na minha frente. A voz do lorde me magoou bastante. Mas eu tinha decidido que ia suportar. Na verdade, estava tão determinado que parecia que não tinha escolha. Eu me senti exultante.

– Estique o braço por cima da cabeça – disse o príncipe Tristan. – Sim, segure essa argola. Com as duas mãos. E mantenha o olhar fixo para baixo, como deve.

As lágrimas molhavam meu rosto. Mas a exultação só ficava mais intensa. Era como se eu estivesse flutuando.

Quando segurei firmemente a argola coberta de couro nas mãos o príncipe Tristan chegou mais perto.

– Agora tenha coragem, Brenn, você quer servir, lembra? – disse Tristan. – Você deve ficar de boca fechada... com os lábios selados, como dizemos aqui no reino. Pode chorar, é claro. Seus senhores e senhoras gostam do belo cintilar das lágrimas. Mas soluçar, gemer, qualquer ruído que não conseguir reprimir, tudo isso deve ser feito de boca fechada.

A voz dele era tão suave que foi como se me consolasse, me acariciasse.

– Vou segurar seu queixo bem firme enquanto você é açoitado. E por favor, saiba que o príncipe Alexi aqui e eu sabemos muito bem o quanto isso é difícil para você.

Apertei os lábios, jurando não emitir nenhum som.

Embora olhasse para baixo, deu para ver os dois através das lágrimas. E a voz, a ternura daquela voz foi tão penetrante e paralisante quanto a raiva do velho lorde Gregory. Não entendia por quê, mas me fez chorar ainda mais.

– Mantenha as pernas fechadas – disse o cavalheiro idoso. – Essas suas bolas são enormes. Não quero atingi-las. E se você ousar tirar os pés da madeira ou mover as mãos nessa argola, vou espancar cada centímetro do seu corpo antes de mandá-lo de volta para o lugar de onde veio!

Ele se aproximou, a roupa dele encostou em mim como plumas, e falou ao meu ouvido:

– Se você se atrever a desperdiçar o meu tempo, vai se arrepender por isso!

Então ele recuou.

A correia quase me derrubou para o lado. Ele deve ter dobrado porque os golpes vinham muito rápidos, um depois do outro, me cortando por baixo e depois cortando as minhas coxas.

Tristan apertou os dedos no meu queixo e outra mão, a mão do príncipe Alexi, começou a apertar de leve a cabeça do meu pau.

– Assim – disse ele baixinho, com a mesma ternura carinhosa de Tristan. – Fique firme, Brenn. Você está se saindo muito bem.

Mal ouvia o que ele dizia com o barulho alto das chicotadas, que vinham tão depressa que perdi a conta. Parecia que minha bunda tinha dobrado de tamanho e ardia com a dor mais doce, uma dor estranha e deliciosa, uma dor latejante, e de repente tive medo de que se o príncipe Alexi não parasse eu ia gozar na mão dele. Talvez ele quisesse que eu fizesse isso mesmo!

Eu estava tão confuso, tão indefeso, sendo empurrado daquele jeito, para lá e para cá, pela correia, me esforçando para ficar firme de pé e para não gozar, que as lágrimas simplesmente transbordaram e pude ouvir, ouvi como se fosse de outra pessoa, os meus soluços atrás dos dentes cerrados.

Eu sabia que estava reagindo, mas não tinha movido nem minhas mãos nem meus pés, fechei bem os olhos, não pude evitar, e procurei, com toda a minha força de vontade, não me contorcer nem me encolher quando a correia me golpeava.

– Fique em pé direito! – disse o lorde zangado.

Ele açoitava minhas coxas agora, de um lado para outro, e foi indo para as panturrilhas, pulando a parte mais tenra de trás dos joelhos.

Os golpes ardiam diferente na panturrilha, mas todo o meu traseiro estava em chamas por causa da correia, que açoitava meus tornozelos com força e de repente voltava para a minha bunda.

– Está vendo? É uma bunda bem-feita e adorável – disse a dama.

O lorde fez uma pausa. Eu tremia todo, violentamente. Uma descarga elétrica passava por mim. Senti que estava flutuando outra vez.

O príncipe Alexi, felizmente, largou o meu pau.

Senti os dedos dele segurando meu saco. Ele usava as duas mãos.

– Valiosíssimo – disse ele. – Suas Majestades vão adorar esse equipamento.

Aquele tom meio zombeteiro de novo. Mas ele não zombava de mim. Tinha certeza disso.

Não conseguia parar de chorar, não consegui desde o início, então parei de tentar e apenas fiquei lá de pés juntos, agarrando a argola com as duas mãos e chorando.

– Continue olhando para baixo agora, Brenn – disse a dama.

Ela se moveu e foi ficar entre os dois príncipes que abriram espaço para ela.

E eu pensei que se ela encostasse no meu pau eu ia gozar. Não tinha como não acontecer.

– Agora, lorde Gregory, acho que deve bater um pouco mais no jovem. Quero ver o desempenho do pau dele.

A chicotada foi forte. A dor ardida e intensa provocou uma sensação deliciosamente doce de novo e torturante ao mesmo tempo. Eu me senti levíssimo, como se levitasse, e as pancadas encheram meus sentidos, meus ouvidos com o barulho, minha carne com a vibração do golpe, e até meus olhos, já que a escuridão para onde eu olhava pareceu latejar e clarear.

Virei a cabeça para o meu braço esquerdo, mas o príncipe Tristan disse não para isso claramente e segurou firme o meu queixo.

A correia chicoteava minha bunda sem parar e a dor parecia ocupar meu corpo inteiro, mover-se pelas minhas pernas até meus braços e se concentrar no meu pau.

A dama o agarrou e começou a esfregar, com força, apertado e rápido. A mão dela estava lubrificada e deslizava com muita rapidez para frente e para trás.

Eu gozei com um gemido alto e incontrolável.

Ela continuou esfregando até os espasmos acabarem.

Fiquei lá pendurado, as chicotadas mais lentas, o couro quase uma carícia.

– Você é adorável! – disse a dama. – Simplesmente adorável. E eu acho que o rei e a rainha vão comê-lo inteiro com uma colher de ouro.

– Sim, madame – disse eu.

Nessa hora eu quase caí no chão.

– Eu voto para mandá-lo assinar os documentos agora – disse ela.

Os príncipes concordaram. O homem idoso não disse nada.

Então ouvi quando ele pigarreou.

— Bem, com ele são dois esta manhã, como era o nome dela?

— Sybil, meu senhor — disse a dama. — Largue a argola, Brenn, e desça daí.

Sybil. Eles tinham falado o nome dela. Tinham confirmado. Dois, e tinham aceitado a ela e aceitado a mim.

Desci do banquinho e minhas pernas vibravam como cordas de harpa.

A dama me fez virar de frente para o lugar onde ela esteve antes. E mais uma vez segurou o meu rosto.

Eu havia colocado as mãos na nuca. Esperava que fosse o certo, esperava que tivesse feito isso com elegância e propriedade.

Minha bunda latejava com a sensação mais penetrante e exótica.

— Agora passe tranquilamente por aquela porta — disse ela. — Você vai assinar os seus documentos e depois será arrumado e untado com óleos, entendeu? Mas pense bastante nesses próximos minutos no que você passou aqui. Estou recomendando você para a própria corte, para o nível mais alto do reino. E sim, eu sei que está louco para ter notícia da sua amiga, Sybil, e ela foi mandada para a corte, para o rei e a rainha também.

— Obrigado, graciosa madame — sussurrei, apesar de parecer impossível que eu tivesse formado aquelas palavras.

Eu estava fraco de alívio, fraco para ouvi-la falar essas bondosas palavras, essas palavras misericordiosas sobre Sybil, mas o velho lorde resmungava que eu não estava à altura de beijar os dedos dos pés de Sybil, que ela era aquele tipo de ninfa que a antiga rainha gostava, mas que eu era um sátiro grosso e hirsuto que só servia para ser caçado pelo rei na floresta como esporte, se é que servia para isso...

– Venha, querido – disse a dama me guiando para a porta. Para o guarda ela cochichou:

– Leve-o para assinar os documentos e diga para o pajem que lady Eva disse que se interessou especialmente por Brenn, como se interessou por Sybil. Quero os dois descansados e prontos para mim ao anoitecer. Raspe o rosto desse aqui, é claro, e apare o cabelo dele, mas só um pouco... e não corte nada mais!

iii

A sala do funcionário ficava no fim de um corredor comprido, atapetado. E o que eu tinha imaginado que era a portaria estava se revelando um grande composto de pedra. A luz brilhante do verão entrava pela janela estreita em arco no fim do prédio, mas não chegamos lá.

O belo atendente me levou segurando meu braço com firmeza, com luva bem justa na mão. Ele era tão alto quanto eu.

– Ora, foi uma surra e tanto, rapaz – disse ele. – E você deve ter se comportado muito bem, se a lady Eva o está fazendo passar sem a surra completa no colo, com a palmatória, e os outros testes. Pode ter certeza de que o seu pajem vai receber o recado dela. Entre aí e procure pensar bem no que está fazendo, já que não poderá voltar atrás. E eu devo lembrá-lo disso.

Quando me forçou a entrar na sala do funcionário, ele me deu um apertão com a mão enluvada, bem onde doía mais. Eu fiz uma careta de dor, mas não saí de forma e não reagi, a não ser para murmurar.

– Sim, senhor.

Tive a impressão de ouvir uma correia ou palmatória batendo forte em algum lugar, e passou pela minha cabeça a imagem de Sybil sendo espancada no colo de alguém e senti meu pau endurecer de novo. Ela foi aceita, pensei, agora deixe isso para lá.

A sala do funcionário era cheia de coisas, eu me vi diante de uma mesa alta cheia de pergaminhos e tinteiros para canetas de pena, e a parede inteira atrás do homem, até o teto, era cheia de livros pesados e grossos.

Naturalmente não olhei para o rosto dele. Mas deu para ver meio embaçado que ele era mais velho e que tinha cabelo grisalho.

A porta se fechou atrás de mim.

– Olhe para a direita, Brendon de Arcolot – disse o funcionário. – São as suas coisas naquela arca aberta ali?

– Sim, senhor – respondi na hora porque eram sim.

Tinham esvaziado a minha trouxa, e meus livros, papéis, roupas e sapatos estavam todos arrumados, com o saco em que os tinha carregado dobrado. Parecia até que tinha sido lavado, mas nem tiveram tempo para isso, imaginei.

Ele ficou um tempo ocupado, escrevendo, enquanto eu esperava ali de pé, a dor ardendo em toda a minha bunda e minhas pernas. Os músculos da panturrilha se contraíram. E percebi que meu pau estava duro de novo.

Parecia não ter importância nenhuma para ele.

– Muito bem, e isso é tudo que você possui? Quer verificar?

– Não, senhor. Isso é tudo sim. Posso ver daqui.

– Muito bem, e você é capaz de ler esse documento?

– Sim, senhor.

Ele virou a página comprida para mim.

Vi que tinha sido escrita previamente e com caligrafia maravilhosa, meu nome tinha sido posto depois com uma letra também cuidadosa, mas menos culta.

"Eu, Brendon de Arcolot, a partir de agora chamado Brenn, de minha livre e espontânea vontade..." E o texto seguia afirmando que depois de seis meses, se eu não agradasse, seria mandado embora do reino, mas que nessa ocasião poderia optar por sair por minha iniciativa, e seria liberado sem perguntas, se assim desejasse. Mas eu estava sendo recebido agora por não menos do que dois anos de serviço e, quando se completasse esse período de experiência, eu continuaria nesse serviço e não seria liberado por motivo algum, a menos que o rei e a rainha resolvessem me considerar inadequado e me exilassem.

Todas as proteções estavam listadas ali – nada de cortes, queimaduras, nenhuma lesão na pele, nos órgãos, contra a saúde do escravo e assim por diante – e as promessas de que eu seria bem alimentado, bem-vestido e tratado, e que teria bastantes horas de sonos e assim por diante.

Era fácil entender o sentido da língua oficial e toda rebuscada e eu me maravilhei até naquele estado, tremendo todo, com a beleza da letra e do fraseado.

Quando peguei a pena e assinei meu nome completo, reconheci, como dizia o documento, que meu corpo agora era propriedade do rei Laurent e da rainha Bela de Bellavalten, que faria o que eles desejassem dentro dos limites a mim assegurados. Eu jamais seria vendido para fora do reino nem dado para ninguém que não cumprisse suas leis.

Havia muito mais ali, tudo sobre como os incorrigíveis podiam ser exilados e o que significava ser incorrigível. Mas eu já conhecia tudo isso.

Eu não seria um incorrigível.

Como o funcionário se mostrava tão indiferente diante do meu estado físico, da minha nudez, da vermelhidão nos meus membros, do jeito que eu estava ali, eu quase arrisquei perguntar se Sybil tinha assinado seu documento também.

Mas naquele instante vi a capa de lã verde de Sybil, a que ela havia usado de casa até aqui e que estava dobrada num baú aberto, ao lado da minha arca. Vi a barra de pele cinza. E naquele baú havia também um longo pergaminho. Ousei virar a cabeça e li a grande e conhecida assinatura de Sybil de Arcolot claramente.

O funcionário nem notou. Ele estava escrevendo umas anotações num livro grande.

Então ele pegou uma sineta de bronze com pêndulo de madeira e balançou.

– Esse está pronto para você – disse ele sem olhar para outro homem bem-vestido que apareceu.

Como o atendente mais cedo, ele era bonito, obviamente escolhido pela elegância e aparência.

– Ah, então esse é o segundo enviado para a mesa real ou para o estábulo real – disse o atendente.

Mesa ou estábulo! Ele disse essas palavras sem nem um toque de humor. Isso me espantou.

Senti seus dedos enluvados se fechando no meu braço esquerdo e ele me puxou para a porta.

Então ouvi a voz tristonha e murmurante do funcionário.

– Desejo-lhe boa sorte, Brendan de Arcolot – disse ele –, para você e para a sua doce dama Sybil. Quando o rei vier esta noite para inspecionar como costuma fazer, e perguntar se hoje foi um bom dia, direi que foi esplêndido.

iv

Aquilo parecia ser um enorme jardim. Eu não podia ter certeza. A qualidade da luz era boa, mas não era luz do dia ao ar livre, e só aos poucos percebi que era levado pelo meio das árvores em vasos e que estava num ambiente fechado de uma tenda, que o sol era filtrado por um pano branco. Vi o piso de pedra cheio de tapetes e senti esses tapetes sob meus pés descalços, e senti o cheiro de laranjas. O ar era doce com a mistura de outros cheiros, de jasmim e de menta, e um pouco úmido.

Tive a impressão de andar uma eternidade até chegarmos a uma grande área de banhos onde escravos nus eram banhados por atendentes de libré em banheiras de bronze ou estanho.

A água fumegava em baldes de lata sobre braseiros e o perfume do cedro e do incenso aumentou.

Olhando para baixo só conseguia avistar de relance os corpos nus de pé ou ajoelhados em volta de mim promovendo esses banhos e as folhas verdes brilhantes de arbustos em vasos que raspavam nas minhas pernas de leve à medida que avançávamos.

– Ah, ali – disse o atendente –, e é um ótimo pajem, Fane, que está fazendo sinal para nós. Você foi abençoado.

Ele me empurrou para frente até eu ficar de cara com a água quente que rodopiava com pétalas de flor.

Ouvi quando ele disse para o pajem chamado Fane que lady Eva ia me apresentar na corte esta noite e que eu devia ser preparado com esmero, meu rosto barbeado, mas que não tocassem em nenhum outro pelo do meu corpo.

– Hum... os pelos do peito são bem bonitos – disse Fane, um jovem de túnica leve, branca, de mangas curtas, segurando o que parecia ser um grande escovão. – Mas os pelos púbicos são muito grossos e muito compridos.

— Lady Eva foi bem explícita – disse o atendente. – Até logo, Brenn, e boa sorte para você.

Ele deu um tapa violento na minha bunda.

O pajem ordenou que eu entrasse na água e começou a trabalhar com a mesma fúria da bela mulher antes dele.

— Que físico você tem, rapaz – disse ele. – A propósito, meu nome é Fane e quando se dirigir a mim pode me chamar de "senhor" ou então de "Fane". É assim que funciona com todos os cavalariços ou pajens ou cuidadores... o nome ou o respectivo "senhor" ou "madame".

— Sim, Fane – murmurei.

— Ah, não precisa falar a menos que lhe façam alguma pergunta – disse ele, me corrigindo.

Eu não sabia o que fazer, então meneei a cabeça.

Ele me fez ajoelhar, depois ficar de quatro, depois sentar na água quente enquanto ele me esfregava e não poupou nenhuma parte do meu corpo com aquela escova grande e, felizmente, macia.

Eu não conseguia parar de espiar em volta, vendo outros escravos sendo lavados e esfregados e untados com óleos espumantes, os muitos pajens bem semelhantes de corpo e beleza, homens jovens com braços fortes e costas e pernas robustas.

Além desse círculo de banheiras, avistei uma quantidade do que pareciam camas altas e estreitas nas quais pessoas nuas eram massageadas e esfregadas com óleo.

Essa parte da preparação chegou para mim assim que Fane acabou de barbear o meu rosto e secar o meu cabelo.

Agora ele começou a falar enquanto me fazia deitar na mesa e disse para eu enfiar meu pau pela abertura feita para isso, antes de ele me apertar de barriga para baixo.

– Agora preste atenção, Brenn, lembrar o meu nome não é importante, já que provavelmente não me verá de novo, se você se comportar, mas logo terá pajens habituais, pajens que vai conhecer e ter de contar com eles – disse ele.

Fane esfregou óleo na minha bunda doída e lanhada primeiro, depois nas pernas que também doíam. O óleo dava uma sensação deliciosa e as poderosas mãos dele também.

– Os pajens estão sempre dispostos a responder a qualquer pergunta que você queira fazer – continuou ele. – E garantir que você tema o que se deve temer. – Ele deu risada. – O que quero dizer é que devemos informar o que é destinado a você e o que não é.

Ele virou minha cabeça para o lado e me deixou apoiá-la na face esquerda, e enquanto escovava meu cabelo vigorosamente, para puxar o brilho natural, pude enxergar o que havia além daquela área, e o que parecia uma parede inteira de nichos em que escravos nus dormiam. Eram tantos! Acho que eu vi uns trinta ou quarenta, mas nem tentei contar.

– Então não tem nada para me perguntar, Brenn? – provocou ele. – Desde que se dirija a mim da forma correta, usando "senhor" e não faça nenhuma pergunta inoportuna ou impertinente, estou à disposição para contar o que eu puder.

– Posso perguntar sobre a mulher que veio para cá comigo, que entrou antes de mim?

– Não, isso não pode – disse ele. – Nunca pergunte sobre outro escravo e sempre se dirija a mim como "senhor" quando falar comigo. – Ele deu um tapa com força na minha bunda quando disse isso. – Não cabe a mim discipliná-lo ou castigá-lo – explicou. – A menos que me digam para fazer isso. Você é dos seus senhores e senhoras, mas eu é que vou chicoteá-lo com força se você manifestar o menor desrespeito.

– Desculpe, senhor – disse eu.

Foi muito estranho falar isso, mas ao mesmo tempo muito simples.

– Assim é melhor – disse ele.

Seus dedos poderosos esfregavam meu couro cabeludo. Ondas de sensações viajavam na minha cabeça, nas minhas costas e na parte de trás dos meus braços. De repente fiquei sonolento. E veio um lampejo de sonho como se o sono subitamente me agarrasse.

Despertei com os dedos dele passando óleo no meu ânus, mas parecia que agora ele estava de luva. Não era bruto, mas também não estava sendo gentil.

– Bom e apertado – disse ele com voz tranquila. – O rei vai adorar isso.

– Acha que serei levado diretamente para o rei, senhor? – perguntei.

– Ora, isso você também não pode perguntar.

Ele me deu várias palmadas com força. Mantive a boca fechada, mas gemi. Não pude evitar.

– Brenn, você não entendeu que tipo de perguntas não são permitidas?

– Estou tentando, senhor – disse eu baixinho.

– Bem, como já disse que vou responder a tudo que puder, farei isso – disse ele. – Sim, a lady Eva vai levá-lo para ver o rei e a rainha. Mas não significa que os verá de novo. Muitos novos porquinhos como você são apresentados para Suas Majestades, todos selecionados por lady Eva, mas eles podem despachá-los na mesma hora para outras partes da corte ou do reino. Então passe o seu tempo com eles sabiamente. Você não faz mesura para eles como se fosse um homem livre. Você espera que ordenem se vai se ajoelhar ou ficar de pé. Mas pode beijar os pés deles quando for apresentado. Um escravo pode sempre se abaixar e beijar os pés de um senhor ou senhora, inclusive do rei e da rainha, mas não faça isso desajeitado, de qualquer maneira. Seja completamente submisso. Sabe o que essa palavra significa? E não ouse olhar para seus senhores ou senhoras do jeito que olhava para mim naquela banheira. Não ouse olhar para ninguém daquele jeito!

– Desculpe, senhor – disse eu.

Nem tinha percebido que ele notou.

– Agora vire completamente e mantenha os olhos semicerrados – disse ele.

Fane começou a trabalhar meu peito com o mesmo vigor que tinha usado nas minhas costas, esfregando o óleo em mim como se eu fosse esculpido em madeira.

– Você tem mesmo o rosto mais lindo – disse ele. – Essas bochechas e boca de bebê, como um Cupido.

Fechei os olhos para evitar olhar para ele porque eu não sabia o que mais fazer e ele não me repreendeu por isso, tratou de se empenhar em dar brilho ao meu saco e meu pau, como tinha feito com todo o resto.

Eu estava de pau duro, desesperadamente duro, e ele era supercuidadoso para não encostar na cabeça do meu pau.

– Comporte-se – disse ele em voz baixa. – Se você gozar eu terei de contar isso para lady Eva. E não sei dizer o que vai acontecer com você depois. Esse pau pertence ao rei, à rainha e à corte agora, a todos os nobres e aristocratas deste reino, e mesmo às pessoas comuns e camponeses, você entendeu?

– Sim, senhor, entendi.

– Pertence até às classes mais baixas deste reino, entendeu? Não pertence mais a você. O seu corpo inteiro, seus olhos, sua voz, tudo pertence ao reino.

– Sim, senhor.

Ele continuou a passar o óleo e me deixou de novo à beira de um sonho erótico e meu pau era a única coisa substancial na minha cabeça quando cochilei.

Ele finalmente me puxou pelos pulsos, eu despertei desse meio-sono com um arrepio e mais uma vez ele estapeou o meu traseiro com muita força.

De repente, como se não conseguisse evitar, ele pôs o pé em cima de um banquinho, me botou em cima da coxa e bateu várias vezes na minha bunda, com força, do mesmo jeito, seus dedos pareciam de madeira.

E eu gemi de novo. Não me controlei. Mas comparado às chicotadas com a correia de couro aquilo era mole. Dizer que meu pau adorou é pouco.

Vi toda a sala num lampejo brilhante. Vi escravos sendo lavados com muita brutalidade, outros acariciados, ao que parecia, e alguns sendo surrados por seus cavalariços e pajens, em um estágio ou outro da limpeza. Vi alguns sobre os joelhos como eu estava.

Ele não me bateu muito tempo, mas meu pau ficou parecendo uma pedra.

Ele me fez ficar de pé.

– Você é um bom menino – disse, satisfeito. – Um ótimo menino. Tenho a impressão... ah, mas eu não posso saber. Se a rainha ou o rei não ficarem com você, você continuará na corte, na mesa ou no estábulo.

Lá estava ela de novo, aquela frase. Mas eu estava chorando por causa do elogio e da força que ele me dava. Então percebi que não tinha dito nada e respondi aflito, em voz baixa.

– Sim, senhor.

– Não precisa. – Ele deu risada. – Eu não perguntei nada.

Outro aperto na minha bunda doída.

– Mas você vai aprender. Pode ser amordaçado por um tempo, mas deve evitar isso. Seus senhores não podem ver sua boca bonita se estiver amordaçado. E especialmente a rainha não gosta de mordaças em seus escravos, a menos que estejam sendo castigados por impertinência. Trate de não ser castigado por impertinência.

Passamos por muitos outros quando fomos para a parede mais distante. Eu examinei os muitos nichos à procura da minha preciosa Sybil, mas em vão. Ela podia ser uma das muitas belezas de cabelo preto que dormiam, com o rosto virado para o outro lado.

Havia banquinhos e escadas perto da parede das camas.

De repente, Fane e outro pajem me levantaram para um nicho logo acima da minha cabeça. Eles me puseram lá dentro, num colchão que era o mais sedoso e macio que eu tinha visto.

– Vire de costas – disse Fane, abrindo uma pequena escada.

Ele levantou os braços e amarrou minhas mãos com tiras de couro a um gancho logo acima da minha cabeça. Meus braços não ficaram esticados e não doía, mas não havia como eu pudesse tocar no meu pau.

– Agora trate de dormir, Brenn – disse ele. – É claro que vai virar o pescoço para tentar ver tudo que está acontecendo por aqui. Bem, faça isso logo e depois deixe o sono vir. Ficará surpreso de ver como será fácil adormecer. E não ouse tentar se virar, ou libertar as mãos, ou se excitar, porque será punido de um jeito que nunca imaginou. Jamais toque no seu pau ou suas partes íntimas, Brenn. Nunca. Elas não pertencem a você. Não se esqueça disso.

E ele foi embora.

Eu estava no nicho macio e sedoso e olhava para o teto baixo, pintado, e para minhas próprias mãos amarradas ao gancho.

É claro que virei a cabeça e espiei o vasto salão. Havia muita coisa para ver, mas então veio o sono como um véu.

Em algum momento muito mais tarde me viraram e prenderam minhas mãos ao lado do corpo. Meu pau e minhas bolas tinham sido postos numa abertura onde não encostavam em nada. Eu apaguei de novo com um pajem esfregando unguentos em toda a minha pele. Senti aquela dor deliciosa, como uma dormência, quando as mãos dele chegaram à pele ardida, mas a sensação se transformou em sono.

V

Já estava anoitecendo quando eu acordei. Uma luz suave e dourada enchia a sala da tenda e um jovem escravo nu estava acendendo velas nos muitos candelabros de pé.

Pisquei sem entender. Uma dama alta, magra e elegante estava vindo na minha direção e aos poucos percebi que era a ruiva lady Eva.

Dois jovens andavam ao lado dela e ela os orientou para virem até onde eu estava.

Fui tirado do nicho com todo o cuidado e posto de pé, depois me viraram para ela poder me examinar.

Ela me alisou e apertou todo com suas mãos frias. Fiquei pensando se aquilo não seria pior, mais constrangedor, se ela não fosse tão linda.

– Pele excelente. Pele muito boa – disse ela. – Deem as maçãs para ele comer.

Um dos pajens botou um pedaço pequeno de maçã na minha boca e disse para eu mastigar bem.

– Você sempre receberá maçãs quando acordar e algumas vezes por dia, para limpar seus dentes e refrescar o seu hálito – disse lady Eva. – Nunca vá para perto dos seus senhores e senhoras sem esse pequeno ritual, Brenn. Acorde e responda.

– Sim, minha dama. Quero dizer, sim, madame.

– Você pode usar essa forma de tratamento, se preferir. Vou levá-lo para a rainha.

Os dois atendentes estavam esfregando óleo em mim de novo e um tirava o excesso com uma toalha limpa de linho. Ali mesmo um deles fez um bom trabalho e raspou minha barba outra vez.

– Ah, seu pau é sensível, prestativo e lindo – disse lady Eva.

Chocado, senti os dedos dela nas minhas bolas. Ela as envolveu com a mão e deu tapinhas de leve nelas.

– Agora, você deve se dirigir à rainha como "minha rainha" ou "Majestade". A mesma coisa com o rei, claro. "Meu rei" e "Majestade".

– Sim, madame.

Outro homem se aproximou de nós. Era mais alto do que os dois pajens e muito forte. Eu não tinha ideia de por que ele estava ali.

Escovaram meu cabelo, examinaram minhas unhas, as unhas do pé, pentearam meus pelos púbicos, o que me surpreendeu, e depois a dama beliscou meus mamilos e disse que eram rosados, que ela gostava assim.

Então ela disse para o homem que íamos para a sala de estar da rainha.

Ele me botou no ombro como se eu não passasse de uma criança, segurou firme meus tornozelos e partiu atrás dela, comigo pendurado nas costas, eu com as mãos na nuca e os olhos fixos nas saias de seda rosa de lady Eva que caminhava na minha frente.

O sangue estava descendo para a minha cabeça, mas essa era a menor das minhas preocupações. Estava me sentindo mais débil e impotente do que antes. O homem andava muito rápido e lady Eva também.

Passamos por um jardim e ouvi música em volta, o ruído de vozes, mas não conseguia ver quase nada. Levei um choque quando entendi que estávamos num lugar vasto e que muita gente passava por nós sem dizer nada sobre eu estar sendo carregado daquele jeito no meio deles.

De fato, o barulho foi aumentando, aumentando, e o chão agora tinha camadas de tapetes vermelhos, azuis, com intrincados desenhos orientais. Tochas tremulavam brilhantes em volta e ouvi o barulho de fontes de água.

Aquilo me deixava muito nervoso. Ser examinado como fui por algumas pessoas e num lugar fechado era uma coisa, mas aquilo era como ser carregado nu num mercado ou numa feira de variedades.

Só que meu rosto estava para baixo, escondido, e eu era muito grato por isso. Mas eu espiava à esquerda e à direita procurando ver tudo que pudesse e de repente vi espantado uma gloriosa dama da nobreza sentada a uma mesa de mármore que sorriu para mim.

O choque foi tão grande que fechei os olhos.

Então outra pessoa passou, deu um tapinha na minha cabeça e disse:

– Lindo menino, lady Eva.

– Nada é bom demais para o rei e a rainha – respondeu alegremente lady Eva.

Outro choque. Eu estava exposto, minha bunda, minhas pernas, provavelmente dava para ver meus genitais e não havia nada que eu pudesse fazer, mesmo que quisesse fazer alguma coisa. O homem fortíssimo segurava meus tornozelos com firmeza.

Entramos numa passagem de pedra e seguimos por um salão grande cheio de eco, vozes e o ruído suave de sapatos, depois subimos uma escada.

A dama subiu os degraus na minha frente sem esforço algum, dava para ouvi-la, e agora não podia vê-la, então fechei os olhos de novo porque alguma coisa naquela escada, subindo, subindo, me assustou.

Devíamos estar muito alto dentro do castelo quando entramos numa passagem larga e seguimos por ela.

Vi o chão de pedras polidas com tapetes de novo, muitos tapetes com desenhos. Todos os comerciantes da Itália e do Oriente deviam ter levado aqueles tapetes para lá, pensei.

Portas aqui e ali abriam e fechavam, e lordes e damas passavam por nós. Vi brocados e chinelos.

Paramos e uma voz de homem anunciou:

– Lady Eva para ver Vossa Majestade.

Avançamos e alguém fechou a porta depois que entramos. O silêncio da sala nos envolveu de repente.

O homem puxou meus tornozelos para baixo e me passou para seu braço esquerdo, depois me fez virar e me botou de pé no chão, segurando meu traseiro com firmeza até eu me equilibrar. Cruzei os dedos das mãos na nuca. E olhei fixo para um tapete grosso, de lã cor de vinho.

Silêncio.

O estalar suave do fogo, a luz fraca nas paredes e no canto dos meus olhos. O barulho de respiração. E talvez um pássaro preso numa gaiola e cantando.

– Bem, você não exagerou – disse uma voz de mulher, suave e melodiosa.

A Bela Adormecida!

Será? Tinham me dito várias vezes que eu seria levado para lá, mas mesmo assim meu coração batia descompassado e eu tremia.

– Sim, acho que esse é notável – disse lady Eva. – Agora ajoelhe-se, Brenn. Sim, assim mesmo. Majestade, eu não treinei esse adorável porquinho, eu o trouxe direto do salão dos candidatos, mas achei que devia vê-lo.

– Você agiu certo, absolutamente certo, e, porquinho, a sua postura e atitude estão perfeitas. – A voz era bondosa, generosa. – Agora venha aqui para perto de mim, isso, lentamente, e apesar de estar de quatro, deve agradecer. Em todos os momentos, sinta-se grato. Você sabe o quanto é bonito, menininho?

Como eu podia responder a isso?

Cheguei para a frente, o tapete grosso e macio sob minhas mãos e joelhos, avancei, esperando saber logo se estava indo na direção certa. Eu estava indo na direção da voz.

Então vi as pernas de uma cadeira pesada de carvalho toda trabalhada e vi uma saia rodada azul-celeste com desenhos em ouro, e chinelos com um formato lindo, de bico fino.

E com a voz de Fane ainda na minha cabeça eu fui indo até poder beijar os chinelos daquela mulher. Foi o que eu fiz.

– Ah, isso é muito tocante – disse ela com simpatia. – Que menino excelente. Você é uma joia. Agora levante o corpo para eu poder ver seus dotes, seu belo e forte peito e seu rosto.

Eu obedeci, com as mãos na posição de sempre, e senti meu rosto pegar fogo. Eu sabia que estava piscando e tentando com isso impedir as lágrimas. Por que essas lágrimas vinham assim tão depressa? Meu pau nunca esteve tão duro em toda a minha vida.

Olhando fixo para baixo eu podia vê-lo, vermelho sangue, com a ponta brilhando, molhada. Mordi o lábio e esperei em agonia. Nada do que tinha acontecido antes era como aquilo.

– Bem, você é um fauno! – disse a rainha. – Esperava ver cascos nesses pés, mas, não, eles são lindos. Eva, ele tem o corpo de um sátiro e o rosto de um Cupido.

– Sim, Majestade.

– E olhe só para esse luxo de pelos.

Vi uma mão fina e graciosa vir na minha direção, os dedos passando no pelo preto do meu peito e descendo para a minha barriga, puxando os pelos gentilmente, provocando arrepios em mim. Os dedos mergulharam nos meus pelos púbicos e a rainha só ria e ria. Como antes, achei que ia perder a consciência ou pelo menos o controle consciente do meu corpo.

– Esse é realmente um jovem fauno magnífico! – exclamou ela. – E o seu nome é Brenn, precioso?

– Sim, minha rainha.

Minha garganta estava tão seca que as palavras saíram arranhando, roucas e baixas. Minha boca tremia.

– Ah... que lindo banquete você é para a sua senhora!

Os dedos compridos e pálidos encostaram no meu pau, mas bem de leve. Eu engoli um gemido.

– Agora fique de pé e dê meia-volta, jovem fauno – disse ela –, sem mover as mãos... assim. Bom menino. Ah, que traseiro esplêndido!

– É todo musculoso – disse lady Eva. – Mas é bem acolchoado. E se você tivesse visto a surra que lorde Gregory deu nele com a correia horas atrás... bem, nem ia acreditar.

– Não, ele está só rosado – disse a rainha. – Rosado como a orelha de um coelho ou a língua de um gatinho. Vire de frente para mim outra vez, Brenn.

Obedeci.

Engoli em seco. Minhas pernas vibravam muito, mas acho que não dava para ver que tremiam por dentro.

Ouvi o barulho de uma porta abrindo.

– Laurent, que bom que você veio. Olhe só esse pequeno sátiro que acabou de chegar.

Passos pesados se aproximaram e mesmo de olhos baixos pude ver a enorme figura do rei Laurent ao meu lado. O sangue saiu todo da minha cabeça. As lágrimas encheram meus olhos.

O rei riu discretamente, surpreso.

– Bem, querida Eva, isso vai além da imaginação. Meu jovem, espero encontrar orelhas pontudas aqui. – Ele segurou o meu queixo e o levantou. – E essa barba, ah... que barba espessa.

A rainha deu risada.

– Eu disse praticamente a mesma coisa – confessou ela. – Mas ele é todo menininho, cada pedacinho dele.

– Esse rosto acabou de ser barbeado pela segunda vez hoje, senhor – disse lady Eva. – Isso vai precisar de cuidados e, é claro, os pelos... tudo pode ser aparado ou então raspado.

– Ah, não, nem quero ouvir falar disso – disse a rainha. – Eu adoro. Ora, até o traseiro dele tem uma bela penugem de pelos escuros. Isso é sublime. Vire de novo, Brenn.

Obedeci.

– Mas você deve falar quando lhe dou uma ordem, querido – disse a rainha atrás de mim. – Você deve reconhecer que sua rainha falou com você.

Engoli em seco e falei imediatamente.

– Sim, minha rainha.

Não ousei reclamar que tinham me ensinado o contrário.

– Gosto da voz dele também – disse o rei.

– Ele é educado – disse lady Eva. – Era secretário de um duque.

– Ah, muito bom – disse o rei. – Bem, jovem Brenn... – Ele levantou meu queixo outra vez. – Recite uma linha de Propertius para mim.

– Em latim, senhor, ou a tradução? – perguntei.

O rei deu uma gargalhada.

– Você conhece as elegias de Propertius? – O rei quis saber.

– Sim, senhor. "Amor se alegra muito com lágrimas derramadas... há felicidade em nova escravidão também..." – Parei de falar depois de combinar duas frases.

– E onde foi que você descobriu a tradução? – perguntou o rei.

– Eu mesmo traduzi do latim, senhor, quando ficava entediado e não tinha mais nada para fazer – respondi.

Será que isso era ousado demais? Pretensioso? Eu me arrependi na mesma hora.

– Oh, não, não! – gritou a rainha. – Você não vai fazer dele um poeta, Laurent. Ele é meu. Já declarei.

– É claro, minha querida, meu amor – disse o rei. – Não desconfie tanto de mim, mas esse é um jovem estudioso, e quem disse que os deveres dele não podem incluir a recitação de poesia de vez em quando?

– Com o tempo, talvez, meu senhor – disse a rainha. – Nesse momento eu o quero. Não sei exatamente o que vou fazer com ele.

– Tive uma ideia, Majestade – disse lady Eva.

– Bem, então fale – disse a rainha.

– Minha rainha, seus cavalos mulheres são adoráveis, mas são necessárias duas ou mais para puxar a carruagem mais leve. Que tal um cavalo homem, um cavalo homem tão forte e maravilhoso que possa puxar sua pequena carruagem sozinho? Acho que isso seria uma imagem magnífica!

– Isso seria bem saboroso – disse a rainha. – Quem vai dizer que não posso ter um homem para tal coisa?

– Ninguém – disse o rei. – Mas eu também quero brincar com esse menino por um tempo. Será que podemos tratar desse assunto mais devagar?

– É claro – disse a rainha. – Mas não podemos treiná-lo nos seus estábulos?

– Majestade, eu posso, é claro – disse lady Eva –, mas por que não no seu próprio estábulo, junto com as cavalos mulheres? Traga os poucos machos, à medida que for selecionando, para serem treinados no seu estábulo. Todos os seus cavalariços sabem como treinar tanto cavalos homens quanto cavalos mulheres.

– Não vejo por que não – disse a rainha. – Mas ele é um menino muito resistente e forte, e pensei que os cavalos meninos tinham um treinamento mais duro.

– Divida-o comigo – disse o rei. – Ponha com os homens por enquanto. Cavalos homens têm uma camaradagem especial. Deixe-o treinar com os meus homens, com César, Bastian e Caspian. Estou pensando que esse menino é forte o suficiente para puxar até a minha carruagem individual. Vou mandar treiná-lo e depois mando para você, pronto para o seu estábulo. Depois que ele aprender com os meus homens, depois de trabalhar com eles, poderá cuidar da sua pequena carruagem lindamente.

– Muito bem – disse a rainha –, assim está ótimo, mas esta noite, na ceia no jardim, ele será o meu apoio de pé. E Brenn, isso é uma tarefa simples para um jovem tão bem-comportado. Você vai ajoelhar na frente da minha cadeira e garanto a você que meus pés não são pesados.

O rei deu risada.

– Ele se sairá bem. Mas primeiro eu acho que vou esvaziar a taça para não derramar.

De repente ele girou o braço forte na minha frente e me levantou no ar com a mesma facilidade daquele atendente musculoso, me jogou sobre o ombro e me carregou para fora da sala, deixando as mulheres dando risada.

Só fiquei assim pendurado uma fração de segundo. Ele bateu a porta atrás de nós, me ergueu e me colocou em uma ampla bancada de carvalho de frente para ele.

– Olhe para mim, pequeno Pã – disse ele.

Eu olhei. Olhei para um rosto que já tinha ouvido descreverem mil vezes, mas nenhuma dessas descrições chegava perto. Ele tinha olhos castanhos e cintilantes enormes, enrugados nos cantos, e um sorriso largo e generoso. A pele dele era morena e lustrosa e o cabelo um emaranhado de ondas castanhas.

– Oh, você é muito lindo! – disse ele.

– Sim, senhor – sussurrei, com um nó na garganta.

Ele riu.

– Abra bem as pernas. Eu quero esse pau para o meu jantar!

Ele agarrou meus mamilos com as duas mãos, me empurrou para trás, contra a parede, e caiu de boca no meu pau enquanto eu sufocava um grito espantado e fechava os olhos.

Ele trabalhou meu pau com lábios apertados, chupando para cima e para baixo, para cima e para baixo, lambendo a cabeça sem parar. Pensei que eu ia gritar de prazer. Ele beliscava meus mamilos ao mesmo tempo.

Não senti mais nada, não pensei em mais nada além daquele prazer ardente que me deixava cego.

Ele certamente ia se afastar quando eu fosse gozar. Procurei da forma mais respeitosa possível recuar para avisá-lo, gemendo freneticamente, mas ele agarrou minhas nádegas, me levantou da madeira e me prendeu à sua boca. *Esse é o rei!*

Quando gozei soltei uma série de soluços sufocados. Não pude evitar.

Senti que ele me largou de volta na madeira e uma mão grande firmou o meu peito.

– Néctar de Cupido – disse ele e então se afastou.

Com a visão embaçada vi o teto, as velas acesas no quarto e depois o rei vindo para perto outra vez. Bebia de uma taça avidamente e senti o cheiro de vinho.

Ele deu uma risada. Parecia enorme, maior do que qualquer outro homem que eu vira, e me senti pequeno, deliciosamente fraco! É claro que eu era um homem grande e ele era alto, mas não um gigante. Mas na minha cabeça ele parecia crescer e eu encolher sem parar.

Derreti. Eu me dissolvi. Não estava mais lá. No entanto nunca estive tão presente em qualquer outro lugar em toda a minha existência, sentado ali nu naquela bancada larga, com a bunda lanhada doendo na madeira e meu pau mole e minha alma mergulhada em alguma profundeza de silêncio que ia além da linguagem.

Não tive coragem de olhar para o rosto dele. Fechei os olhos de novo.

O reino. Bellavalten!

Oh, Sybil, torço para que as suas horas tenham sido tão movimentadas e gloriosas como foram as minhas!

– Sabe de uma coisa, linguiça gostosa, você pode ser encaminhado para os estábulos, sim, mas não por algumas noites, só depois de a rainha Bela e eu nos divertirmos um pouco com você.

vi

Já era noite, mas os jardins estavam tão iluminados que parecia dia. Eu estava cercado pelo barulho das vozes e a música subia em ondas acima do vozerio.

A rainha me levou para lá preso em uma guia vermelha, com uma coleira vermelha ao pescoço. Ela havia penteado meu cabelo pessoalmente com os dedos mais suaves, e me puxava de quatro ao lado de suas saias. Eu não devia levantar a cabeça de jeito nenhum, senão poriam uma coleira mais larga que me impediria de fazer isso e ela não queria que isso acontecesse.

Andamos bastante nos pisos com tapetes, na grama macia e nos tapetes outra vez. Vi figuras dançando, ouvi o ritmo rápido de tambores ou tamborins. E em todo lugar grandes e brilhantes explosões de riso e de conversas animadas.

Pessoas à direita e à esquerda não paravam de fazer mesuras para a rainha.

– Majestade!

As vozes contidas e reverentes jogavam sussurros aos pés dela.

Eu não suportava pensar no que eles viam se olhassem para mim, se é que me notavam, só que então meu coração se inchava de orgulho. Ela me escolheu para isso, para ser seu animal de estimação, para ser levado na coleira como o filhote preferido, ao seu lado. Ela me escolheu e na minha primeira noite no reino!

De vez em quando uma palmatória estapeava a minha bunda com força. Mas não era a rainha que fazia isso, e sim lady Eva.

– Costas retas agora, Brenn – dizia ela. – Isso. Agora olhe para cima só um pouquinho porque tem de subir esse degrau para o estrado e tem de fazer isso com elegância. Toda a corte está olhando para você, meu jovem.

Obedeci.

– Para baixo da mesa agora. Assim – disse lady Eva. – E tem de ficar ajoelhado aí.

– Ah, sim, e agora pode abaixar e descansar sentado nos tornozelos, abaixar seus ombros e descansar os braços – disse a rainha. – E abaixe a cabeça, sim, assim está ótimo. E não se mova e não fale. Você pode dormir se quiser. Pode ser um bom banquinho para os pés e dormir mesmo assim. Mas quando eu cutucar esse pau bonito com meu chinelo, quero senti-lo acordado.

Eu obedeci. O tapete embaixo dos meus pés era macio e a luz passava suave pelo linho e seda finos que cobriam a mesa, formando um longo corredor dourado no qual eu estava ajoelhado.

Bem na minha frente vi outro escravo sendo posto no lugar exatamente do mesmo jeito que eu, mas ele tinha ossos grandes e bolas ainda maiores do que as minhas. Ele se instalou como eu tinha feito e vi uma bota alinhada de homem apoiada nas costas dele.

Um jorro de lágrimas silenciosas saiu de mim. Nunca me senti tão sem tensão, tão lânguido, exceto pelo meu pau, é claro.

As vozes na festa eram baixas, mas podia ouvir a rainha acima de mim, conversando com lady Eva. De repente ela apoiou o pé calçado com o chinelo, pequeno e leve, nas minhas costas.

Fiquei imóvel, ouvindo meu coração bater dentro da cabeça, meu pau, que estava duro esse tempo todo, amoleceu um pouco e senti sono, imaginando se ia conseguir manter aquela posição se cochilasse.

Então apareceu uma mão delicada diante de mim com um pedaço de fruta e ouvi a rainha falar.

– Aqui, precioso Brenn, tome aqui.

Eu não tinha comido nada desde de manhã e lambi os pedacinhos de fruta daqueles belos e graciosos dedos.

Já estava cochilando quando me deram um prato com mais frutas para eu comer. Continha um molho grosso de carne e pedacinhos de carne muito saborosos, deliciosos.

– Sem as mãos, querido – disse ela. – Você vai comer como um bom escravo, como um bom cachorrinho.

Eu teria feito qualquer coisa que ela dissesse. Tinha obedecido todas as ordens para ser admitido, para ser recebido. Eu a obedecia porque a amava, porque cada palavra que ela dizia me emocionava. E quando ouvi a voz grave do rei, quando ouvi o rei conversando com a rainha e rindo aquela risada natural e espontânea dele, descobri que eu o amava também. E pensar que eu ia me tornar um cavalo deles, um cavalo da rainha e um cavalo do rei... Não tinha uma ideia real do que era ser cavalo, só sabia que ia ser deles, propriedade deles e que faria tudo que estivesse ao meu alcance para satisfazê-los para sempre.

Ah, o Reino da Bela. Eu cheguei. Estou em casa. Sou o animal de estimação da própria Bela Adormecida. Eu estou aqui. E nada além daquele reino importa para mim.

Passaram horas. Eu dormi. O prato sumiu. De vez em quando a rainha apoiava os dois pés nas minhas costas, às vezes só um.

Então me acordaram, puxaram minha guia e fomos andando de novo, como eu tinha andado antes, só que agora o jardim parecia mais animado do que nunca.

Senti meu pau se mexendo de novo, ficando duro.

Ouvi lady Eva falar.

– Sim, perfeito.

Alguma coisa que parecia uma pluma encostou no meu pau e eu pulei.

– Ele nasceu para isso – disse ela. – Atitude perfeita, reações perfeitas.

Isso parecia um sonho com intensidade além da conta de tão vívido, algo excitante e palpável demais para ser meramente a vida real.

Não foi fácil subir a escada de pedra de quatro e lady Eva corrigiu minha postura algumas vezes.

Na sala de estar da rainha outra vez fui levado para o lado da cadeira de lady Eva.

– Agora bata nessa deliciosa bundinha – disse a rainha. – Quero vê-la vermelho vivo.

O que eu tinha feito? Mas então entendi que não tinha feito nada. Estava sendo curtido e não castigado.

– Suba no meu colo, pequeno fauno – disse lady Eva. – E ponha esse belo queixo na minha mão esquerda. A rainha quer ver o seu rosto. E não tente escondê-lo.

Uma pausa então. Pude sentir e ouvir a palmatória na minha cabeça, mas o fato era que estava tudo silencioso.

Eu me estendi sobre as saias dela, sobre seus joelhos, apertando minha nuca com as duas mãos, e esperei. A saia dela fazia cócegas no meu pau, uma tortura.

– Majestade, não quer aproveitar esse repasto pessoalmente? – perguntou lady Eva.

– Quero, mas vou gostar ainda mais – disse a rainha – se você fizer. Você faz isso melhor do que eu, Eva.

– Majestade!

– É verdade, você faz sim.

– Bem, esse precioso porquinho ainda não levou palmadas no colo – disse lady Eva, como se estivesse lembrando. – E eu adoro fazer isso. Brenn, agora eu quero perfeição, menininho, está me ouvindo? Lábios selados, mãos na nuca, como se estivessem amarradas.

– Sim, madame – disse eu e isso liberou um soluço na minha garganta, mas meus lábios não abriram. As lágrimas despontaram. Aquilo era infinitamente mais humilhante do que ficar de pé para levar chicotadas com um cinto, talvez fosse até mais humilhante do que ser levado pela coleira, como um cachorrinho, pelos jardins. Quando o meu pajem, Fane, fez isso mais cedo, não me marcou com tanta intensidade. Tinha sido abrupto, simples, breve. Mas agora, naquela sala perfumada com a rainha em pessoa assistindo o que estava acontecendo, parecia o maior teste de submissão que eu tinha de enfrentar. Mas nunca me ocorreu implorar, pedir ou tentar escapar, nem protestar de forma alguma. Eu estava totalmente entregue ao momento, indefeso como se tivessem amarrado meus pés e minhas mãos.

Estava com os olhos semicerrados, mas olhei para o fogo e desejei de todo coração poder ver a rainha, pelo menos seus chinelos.

Foi uma palmatória e não um cinto, como eu já esperava.

– Conte as pancadas, cabritinho – cantarolou lady Eva.

– Sim, madame, três, quatro, cinco, seis...

A deliciosa dor ardente se espalhou pela pele e depois profundamente no meu traseiro, pelo menos assim pareceu.

– Dez, onze, doze, treze...

Logo eu estava usando toda força que tinha para ficar imóvel, com os braços tensos, os dedos rígidos enquanto eu lutava para não me mexer, para não levar a mão às costas como uma criança indefesa, para me proteger, e sabia que as minhas pernas e a minha bunda estavam mexendo.

Finalmente lady Eva parou. Ela deu um longo suspiro.

Fiquei esperando, com a bunda tão quente que devia estar brilhando no escuro, com as coxas pegando fogo. Eu tinha contado uns trinta golpes. Eu tossia e tremia de tanto soluçar. Lábios fechados ou não, não conseguia ficar quieto. Era impossível. Meu corpo fazia movimentos espasmódicos com os soluços.

Ouvi o fogo estalando bem alto. De repente a dor no meu traseiro em carne viva aumentou. Então diminuiu e se espalhou de um jeito quente e delicioso. E minhas lágrimas caíram mais livres ainda.

Eu sou seu, minha rainha, pensava. Se ao menos pudesse falar isso, e quanto a você, lady Eva, que me tirou dos novos candidatos e me levou para lá, só desejo agradar.

– Levante o corpo ajoelhado, Brenn, aqui, na minha frente – disse a rainha.

Obedeci no mesmo instante, esforcei-me para levantar do colo de lady Eva sem encostar nela de forma desrespeitosa. A sensação no meu pau duplicou, ele pulava e latejava.

Fui para perto das saias da rainha de quatro.

– Mais perto – disse ela.

Lá estava a mão comprida e delicada de novo, com as unhas brilhantes e um delicioso perfume que subia das saias dela, como se tivessem sido lavadas em água de rosas.

Fui mais para perto. Estava quase encostando nela.

Ela examinou meu pau duro com os dedos e meus pelos púbicos mais uma vez.

– Eu adoraria ver tudo isso pintado de ouro – disse ela. – Mas gosto deles pretos assim, são tão pretos...

Ela apalpou a parte de dentro da minha coxa e puxou os pelos de leve.

– Brenn, meu precioso fauno – disse ela. – Meu pequeno sátiro.

De repente ela levantou, as saias rasparam meu rosto, me cegaram e eu a vi com o canto do olho ir para a parte mais distante da sala. Ficou lá parada ao lado de um aparador com velas prateadas em cima. Como parecia elegante e jovem com sua cintura fina e o cabelo louro-claro.

– Venha aqui, de gatinhas – disse ela.

Obedeci e quando cheguei na frente dela ela levantou as saias graciosamente e revelou suas maravilhosas pernas brancas e bem torneadas, e o triângulo dourado de pelos púbicos. Um sexo tão delicado, um sexo que parecia tão doce e tenro...

– Levante-se e me possua, pequeno fauno! – disse ela.

Levantei de um pulo. Se tivesse parado para pensar, ia perder a pose, incrédulo.

– Ponha seus braços em volta do meu pescoço e seus lábios nos meus – ordenou.

Fiz o que ela disse, seus seios altos e redondos quentes contra o meu peito através do tecido do vestido, o rosto dela encostado no meu, macio e liso como um pêssego. A boca tinha gosto de mel.

Meu pau foi como aríete desajeitado na pequena fenda e então senti os dedos dela lá, abrindo os lábios, me orientando. Um sexo tão de menina... Tão tímido...

– Menininho mau! – disse ela.

Então aquela fenda quente me envolveu, molhada e apertada como o sexo de uma menininha.

Ela apertou minha bunda machucada. Senti sua pequena cripta latejar contra toda a extensão do meu pau.

– Beije-me e me possua com força, como se tivesse me encontrado na rua de uma cidade sitiada – ordenou.

Enfiei nela cega, loucamente, com toda a força e pressa que podia, cobri sua boca com a minha e senti sua doçura, olhando para suas pálpebras fechadas.

– Assim. Assim, mais forte, meu pequeno deus da floresta. Venha e me carregue para longe com você.

Eu a empurrei contra a parede. Corcoveei e montei nela com força até gozar de repente, sem poder segurar um gemido alto e então ela foi junto comigo.

E fiquei ali parado, ainda abraçado com ela.

– Muito bem, menininho – disse lady Eva. – Agora fique de quatro. Você vai comer o seu jantar no pequeno pote na lareira. Venha.

A rainha sorriu para mim. Olhei diretamente para ela, para seus encantadores olhos azuis, de um azul tão puro, tão confiantes, tão amorosos, e aí olhei para baixo, encabulado. Ela me beijou.

Caí de quatro no chão, obedecendo.

Eu estava tão deliciosamente cansado que minha cabeça flutuava. De repente senti o cheiro da comida, carne com molho.

Engatinhei até o prato fumegante.

– Só com a boca, porquinho – disse lady Eva. – Cada pedacinho.

Briguei com as primeiras mordidas e então pensei, por que estou me segurando e por quem? E comecei a comer mais depressa.

— Isso, Brenn. Vou dizer uma coisa, Majestade, esse é o melhor candidato que já passou pelos portões.

— É — disse a rainha —, mas eu acho que o rei também ficou encantado com a menina que veio com ele.

Então o rei estava com Sybil? Continuei comendo até lamber o pote vazio. Meu rosto ficou sujo de molho. Mas meu coração saltitou de pensar que Sybil tinha agradado, que Sybil estava com o rei, que Sybil tinha sido aceita como eu.

Lady Eva me puxou para cima, limpou a minha boca e meu queixo rapidamente com um guardanapo.

— Você vai aprender a fazer tudo isso um pouco melhor — disse ela segurando um cacho do meu cabelo no topo da cabeça. — Mas você é único.

vii

Estava deitado num quarto sem nenhuma mobília. Um grande atendente moreno tinha me levado de volta para o salão dos candidatos e lá um pajem sonolento que eu não conhecia me deu banho e passou óleo em mim com espantosa delicadeza. Ele parava para me beijar e fez isso muitas vezes, esfregou óleo nos meus dedos, das mãos e dos pés, passando um composto curativo espesso no meu traseiro machucado.

Ele era tão gentil que parecia uma espécie de espírito na noite silenciosa quando todos já dormiam.

Então fui posto naquele quarto.

Sem amarras, sem buracos na cama, apenas almofadas chinesas e incenso e uma lamparina minúscula de prata com uma chama bem pequena tremulando e formando sombras saltitantes no teto baixo.

É claro que eu não tinha coragem de tocar em mim, de tentar reviver o que tinha acontecido e usar minhas mãos para resgatar o prazer que senti.

Quando a porta abriu, acordei assustado ao perceber que tinha dormido.

Sybil estava parada na porta. Nua.

Seu cabelo preto e comprido estava solto, cobrindo seus seios. Os pelos púbicos formavam um coraçãozinho perfeito e seu rosto brilhava. Ela sorriu para mim.

– Você não pode estar aqui. Isso não é real – disse eu.

– Ah, estou aqui sim.

Sybil ficou de quatro e engatinhou para a cama ao meu lado. Senti uma leve fragrância da pele e do cabelo dela.

– A rainha Bela me mandou para cá. Ela disse que teremos nosso recreio juntos até amanhã.

– Você está falando sério? – Sentei na cama. – Mas eu pensei que nunca iam permitir uma coisa dessas para nós.

– Bem, antigamente isso não era mesmo permitido no reino – disse Sybil.

Ela virou para mim, apoiou o cotovelo e passou os dedos no meu cabelo. Havia um brilho nela.

– Brenn, ela adora você.

Eu não sabia o que dizer.

Ela estava muito animada, com o rosto corado, e falava excitadíssima, como se tivesse viajado para terras distantes da mente desde a última vez que a vi, como se o próprio tempo não significasse nada ali.

– Ela diz que escravos devem ter tempo para estar com seus amigos. E que nos tempos antigos isso era proibido, mas que ela não vai tolerar esse tipo de desonestidade. Ela concede para muitos escravos esse intervalo com os outros. E como chegamos juntos, ela diz que podemos ter nosso tempo livre juntos.

Ela continuou falando, de olhos arregalados, lábios cintilantes.

– A rainha disse que podemos fazer o que quisermos nesse tempo que ficamos juntos, que os cavalos da aldeia tinham esse privilégio mesmo nesse castigo, de estar juntos, e nós teremos isso. Ela diz que quando for hora de descansar para poder cumprir nossas funções, eles virão nos pegar e nos separar.

– Nunca imaginei isso.

Sybil começou a me beijar. Sua boca era doce e fresca, e seu cabelo fazia cócegas, caindo em volta do meu rosto.

– Minha querida. Fui chamado inúmeras vezes de pequeno fauno, de sátiro, de deus, esta noite. Mas não sou nada disso. Sou apenas humano.

– Ah, deixe disso, Brenn...

E dito e feito, eu já estava equipado para a ocasião. Fui para cima de Sybil, enfiei meu pau nela enquanto segurava seus braços acima da cabeça, lambendo sua boca, forçando-a a se abrir. Nenhum pensamento veio à minha cabeça, nenhum lampejo de lembrança, era só Sybil, como tinha sido só a rainha e antes disso só o rei, e todas as fantasias do passado tinham sumido como pedacinhos finos de seda levados pelo vento para o céu.

Antes de amanhecer eu a abracei e chorei quando contei um pouco do que tinha acontecido. Não podia de jeito nenhum contar tudo. Ela estava muito mais calma quando contou as próprias aventuras. Ela secou as minhas lágrimas, também ficou com os olhos marejados de vez em quando, e um pouco comovida, mas falou mais com um deslumbramento distante.

A apresentação de Sybil para o reino tinha sido bem-parecida com a minha, só que obviamente eles a cobriram de elogios desde o início, por seus atributos irresistíveis, e não vi motivo para contar os insultos que recebi.

O infame lorde Gregory também tinha batido nela com a palmatória para testá-la, além de outro príncipe cujo nome ela não ficou sabendo, e também uma "grande dama" que a fez executar muitas tarefas servis.

– Eu nunca achei aquilo tão prazeroso antes na vida... recolher roupas jogadas no chão de um quarto ou arrumar os chinelos num armário usando os dentes. – Ela deu risada. – E, Brenn, a voz da dama era tão suave e gentil quando falava comigo, amorosa e calma ao mesmo tempo. E então, sabe o que aconteceu, Brenn? Eu descobri que aquela "grande dama" não era outra senão a rainha! Ela me botou na cama dela e brincou comigo como se eu fosse uma boneca.

Nos grandes jardins Sybil foi amarrada a uma cruz em forma de X para ficar em exibição junto com outros novos escravos, para a aprovação do rei.

— Brenn, foi uma experiência de libertação ser amarrada daquele jeito, com os pulsos para cima e bem afastados, os tornozelos perto da base dos braços da cruz! Eu pensei que iam vendar meus olhos como tinham feito com alguns outros escravos, mas eles choravam freneticamente e eu não. Tinham passado um pigmento prateado em mim, óleo antes, e me enfeitaram com todo tipo de flores bonitas. Fiquei lá horas, meio tonta. E posso dizer que foi uma tontura positiva. Lordes e damas que passavam mexiam em mim, me examinavam, brincavam comigo. Não ficava muito tempo sem que fizessem essas coisas. Eu adormecia e acordava com mãos me acariciando entre as pernas, vozes suaves falando dos menores detalhes do meu corpo, elogiando meus "líquidos" e meus mamilos, me fazendo corar. Mas eu estava tão sublimemente indefesa, Brenn. Tão livre. Eu podia me revirar e fazer força que não importava. Na verdade, eles pareciam se divertir com isso. Meu cavalariço me disse para dar um bom espetáculo para meus senhores e senhoras, então ele riu e disse que não ia precisar se dar ao trabalho de me ensinar nada.

Ela deitou em cima do braço e olhou bem nos meus olhos.

— Então chegou esse grande lorde, o grão-duque. Ele era muito refinado e falava com muita educação. Mais tarde me disseram que é tio da rainha que morreu. Ele queria que me tirassem da cruz para poder brincar comigo. Foi muito insistente, mas sempre cavalheiro. Ele gostou dos meus olhos, da minha boca. Queria ver a minha bunda. Disse que adorava a textura da minha pele.

"O cavalariço disse para ele ir para a parte de trás da armação e que de lá poderia ver minha bunda sem problema. Brenn, quando o grão-duque bateu na minha bunda ele quase me levou ao clímax. Enquanto me batia ele segurava o meu pescoço e falava comigo, com a voz mais bem-educada. 'Querida, querida', dizia ele, 'você é a melhor que eu vi dessa nova leva. Alguns escravos são infinitamente melhores do que os outros.' Brenn, a voz dele podia ter me levado ao gozo, sem as pancadas ardidas."

– Eu entendo.

– Mas o meu cavalariço disse que o grão-duque ia ter de esperar para me ter. O grão-duque não desistia com facilidade, mas nunca foi realmente grosseiro.

– Ótimo – disse eu.

– Brenn, acabaram nossas lutas, nossas esperanças, nossos sonhos. Acabou. Estamos aqui!

– Por seis meses, Sybil. Podemos ser rejeitados em seis meses.

– Mas não vão nos rejeitar, Brenn. Sei que não vão. Enfrentei o meu pior momento com a rainha, obedecendo às suas ordens de arrumar seus aposentos, e quando ela me bateu com a palmatória eu só queria satisfazê-la mais! Esse é o segredo, Brenn. Eu a amo e quero lhe dar prazer e não me importo de saber por quê.

– O que quer dizer com "por quê"?

– Se quero lhe dar prazer porque ela é linda e doce? Ou será que ela parece linda e doce para mim porque é rígida e exigente? Eu não sei e não me importa. Estávamos sozinhas, a rainha e eu. Não havia mais ninguém lá e a rainha disse que eu tinha ensinado coisas para ela. Não pude imaginar o quê. Não importava o que ela dizia, era o tom da voz dela, a pose natural de comando, o jeito que pegava meus seios, me abraçava, me beijava e me castigava. Já estava muito machucada àquela altura, mas mesmo assim totalmente submissa.

Ela parou de falar.

Deu-me um beijo apaixonado, brincou com a língua nos meus dentes.

– Brenn, você sabe que o rei é muito grande, um homem muito alto, não sabe?

– Ele é maior do que o tamanho real, em todos os sentidos – disse eu.

– Sim, então, depois do banquete, quando me deram para ele, eu senti uma espécie de medo. O som daquela voz grave produziu um grande abandono sonhador e inconsciente em mim. Ele enfiou seu pau em mim, Brenn, o pau dele, e me encheu como nunca tinha acontecido, me atingiu como eu nunca fui atingida. Oh, você não se importa de eu confessar isso, não é?

– Claro que não – murmurei. – Continue.

– Ele nem tirou a roupa ou chegou perto da cama, simplesmente me tomou como se eu fosse uma coisa leve e minúscula que pudesse ser saboreada sem esforço algum, bombeou dentro de mim de pé. E quando terminou fez o pajem enfiar uma luva vermelha cravejada de pedras na sua mão direita e enfiou os dedos em mim, tocou pontos secretos que eu nem sabia que existiam, como se ele já conhecesse as minhas partes mais privadas, como se fossem um vale que ele já tinha percorrido muitas vezes. Brenn, eu ofegava, gemia, enlouquecida. Nunca fui tão explorada assim, fiquei extenuada.

– Sim... – disse eu.

– Isso foi depois do jantar nos jardins, como eu disse, e eu esperava e torcia para que ele me deixasse dormir em algum canto do quarto dele, em qualquer lugar, mas ele me deu um beijo terno de despedida e me entregou para lady Eva, e disse para ela que eu devia ser treinada nos estábulos da rainha, Brenn! Que eu devia ser um cavalo da rainha.

"Lady Eva disse que isso seria uma grande honra e que eu seria levada para lá em breve. Brenn, o que isso pode querer dizer? Eu sei o que as palavras significam, mas como será me tornar uma garota com arreios puxando uma carroça ou carruagem?"

– Eu não sei, Sybil – confessei. – Mas eu também vou descobrir o que quer dizer ser um cavalo.

– Espero que seja como a cruz em X do jardim – disse ela e deu um profundo suspiro, sorriu com ar sonhador e sonolenta. – Eu adoro ser amarrada! Adoro a sensação das correias nos pulsos e tornozelos. Adoro o cheiro do couro e das ferragens. Adoro os cavalariços que têm mãos firmes. Nem todos eles têm mãos firmes.

– É.

– Já era tarde, bem tarde, quando o rei me liberou. Todo o castelo estava em silêncio. Mas quem eu vejo vindo pelo corredor, senão o grão-duque? E lady Eva me deixou com ele alguns minutos, no quarto dele! Eu nem tinha tomado banho desde que estive com o rei, mas quando lady Eva disse isso para o grão-duque ele achou graça de ela se importar com isso.

"Fui levada de quatro com coleira e guia para os aposentos dele. Que eram grandiosos como um salão de audiências, uma sala de estar imensa, e ele me examinou toda, beijando e apertando a minha carne, enfiando o rosto no meu cabelo. Um homem muito elegante. Ele disse que se sentia honrado de compartilhar meu sexo com o rei. Quando ele me possuiu foi com estocadas duras e lentas. Ele é mais velho, claro. Mas incomparável em graça, determinação, em seu ritmo lento. Tirou de mim tudo que me restava para dar quando pensei que não tinha mais nada. E como o rei, ele me possuiu de pé. Ele me chamou de doce embrulhinho e de passarinho, e me provocou dizendo que eu era um passarinho rechonchudo, com o rabo vermelho. Podia parecer vulgar se viesse de outra pessoa a palavra "rabo". É uma palavra bem comum! Mas vinda dele parecia afetuosa e foi hipnotizante para mim.

"Ele me espancou um pouco, mas aí lady Eva estava perto e o grande relógio na sala dele bateu a hora e ele me liberou."

– Hum... gostaria de tê-lo visto – disse eu –, de saber como ele é. Sybil, você entende a natureza desse paraíso, não entende? Que há todos os tipos de poder, todos os sabores da dominação.

– Sim, querido, e ele era um homem muito distinto!

– Sim, um homem distinto mais velho.

– E o rei, e a rainha e... – Ela suspirou.

– Sim, todos eles.

– O que eu quero, Brenn? Quero ser a garota da rainha ou quero ser o passarinho de rabo vermelho do grão-duque?

– Talvez você venha a ser as duas coisas, Sybil.

Eu me aninhei junto dela, senti os seios quentes pulsando contra o meu peito, a mão dela alisando distraída as minhas costas.

– Brenn, você acha que alguém virá procurar por nós?

Eu dei risada. O riso me tirou da sonolência.

– Eu não ligo se vierem me procurar – disse eu.

– Nem eu, mas perguntei para lady Eva sobre isso antes de ela me levar para tomar banho. Ela disse que o rei e a rainha nunca dariam ouvidos a tal pedido. Ninguém que estivesse à nossa procura passaria dos portões. Fiquei muito feliz de ouvir isso.

– Talvez eles devam simplesmente nos renegar – disse eu.
– E repito: eu não ligo. Já me preocupei com um monte de

coisas nas últimas vinte e quatro horas, mas com isso eu não me preocupo.

Ela ficou calada. Eu abri os olhos. Sybil tinha finalmente adormecido e dormia tranquila, num sono profundo. Encostei os dedos de leve nos lábios dela. Doce Sybil.

viii

Na noite seguinte fomos ungidos no bosque da deusa. Passamos o dia inteiro sendo medidos, testados de diversas formas e treinados para nos comportar adequadamente, para responder a todas e quaisquer perguntas com modéstia e respeito, como comer e pegar com os dentes, em vez das mãos. Ficamos juntos em alguns momentos, em outros não. Nos deram poções para beber e observaram nosso comportamento depois. Uma poção me esquentou tanto que acabei chorando. Outra poção me fez dormir no mesmo segundo. Num pátio nos fizeram trotar em círculos, em volta de um pilar central, e nos batiam muito quando estávamos lá, depois nos arrumaram meticulosamente, cortaram nossas unhas. E me barbearam mais de uma vez, barbeiros muito gentis. Mas não cortaram meus pelos púbicos nem os do corpo. Pentearam com todo cuidado meus pelos púbicos, afofaram e até enrolaram um pouco, aqui e ali, apesar de já ser bem enrolado.

Finalmente quando anoiteceu fomos postos juntos com outros novos escravos para sermos ungidos.

O bosque da deusa era venerado, muito antigo, disseram. Tinha ficado em ruínas no antigo reino, mas agora os novos monarcas o tinham recuperado.

Nossa procissão avançou em silêncio pelos grandes jardins, depois saímos e descemos por um largo caminho com tochas acesas. Muitos lordes e damas assistiam.

Era um lugar com a grama espessa e macia e muitas flores.

Um enorme meio círculo de arcos dentro do bosque tinha doze estátuas antigas – algumas quebradas, outras inteiras – de deuses e deusas. Lamparinas bruxuleantes iluminavam cada uma dessas figuras ou o conjunto delas. Reconheci Afrodite batendo em seu desobediente Cupido com uma sandália, e Dionísio e o grande deus Pã. Reconheci Apolo tentando capturar Dafne. E Príapo, sim. Os outros não pude identificar. A grama era fria e as tochas brilhavam por toda parte, mas a luz era pouca e um clima de mistério nos envolveu.

O rei e a rainha chegaram ao bosque e receberam cada um de nós pelo nome, para beijos e abraços, e fomos chamados para repetir nossos votos de servir com as nossas próprias palavras. Sybil estava a certa distância de mim, mas podia vê-la bem e ela estava gloriosa, o cabelo nunca foi tão brilhante e lindamente penteado, com flores e pedras preciosas.

Então, quando o lorde alto camareiro segurou os óleos para o rei, nós fomos batizados escravos do reino, com a impressão do polegar do rei nas nossas testas, e a rainha enfeitou nossas cabeças com guirlandas verdes. Lady Eva se adiantou para ungir nossas partes íntimas e dedicá-las ao prazer do reino, como de fato éramos dedicados inteiros. Havia um cheiro forte e doce de gardênias e lírios por toda parte. E nos fizeram ajoelhar diante dos nossos soberanos para receber sua bênção final.

O rei nos desejou longa vida no reino e lembrou das nossas garantias e promessas. A voz dele soava natural e sincera, como se ele confiasse completamente nas palavras. Não havia nenhuma artificialidade ou falsidade.

– Amanhã – disse o meu cavalariço quando me levou embora –, você será um brinquedinho do rei. E guarde bem aí nessa cabeça que é para obedecer ao mais simples comando dele. Ser o animal de estimação do rei é uma grande honra.

10
BELA: A AGONIA DE LORDE STEFAN

i

Ele tinha boa altura, braços e pernas bem-feitos, rosto atraente e olhos azul-cobalto quase perfeitos, que faziam Bela pensar em porcelana de qualidade. Tinha temperamento jovial, que não ficava tão bem em um homem da idade dele, mas que também não era depreciativo. Bela gostava.

E no rosto comprido e olhos amendoados, Bela via alguma coisa da falecida rainha Eleanor, prima dele em primeiro grau.

Mas o verdadeiro charme eram os modos finos e a voz vibrante e suave, aliados à consideração e discrição. Que alguém tão bonito parecesse tão desligado disso, bem, isso também era cativante e talvez unisse todos os outros traços sedutores que ele possuía aos olhos de Bela.

– Lorde Stefan, por favor, fique à vontade – disse Bela.

Ela estava sentada à mesa de frente para ele, o sol da manhã se derramava na sala de estar privativa pelas janelas altas em arco.

— Você não precisa esconder nada de mim, meu senhor. Sou sua rainha. Estou ouvindo.

Dava para ver que ele queria abrir seu coração. Lágrimas encheram de repente os olhos dele, e Tristan, que estava ao lado, Tristan que era mais alto, mais forte e muito mais imponente, estendeu a mão para lorde Stefan como faria para um irmão mais novo.

Muitos anos antes, quando Bela e Tristan eram escravos juntos na viagem de volta do sultanato, Tristan contou para ela todo o amor que sentia por aquele lorde doce e inseguro que fracassara como seu senhor. E Bela lembrava de toda a história. Lorde Stefan e ele haviam se conhecido e se amado antes de Tristan ser levado aos pés da rainha Eleanor como escravo nu. Que desastre foi ela ter dado Tristan para o medroso e ansioso lorde Stefan.

O cabelo de lorde Stefan era louro-dourado, maravilhosamente iluminado pelo sol, e o fato de usá-lo muito comprido e cheio dava um toque feminino na aparência. Mas a barba e o bigode bem aparados eram espessos e deixavam uma sombra escura no rosto, pontuando para a sua virilidade. E havia também o toque dos pelos nos pulsos e até nos dedos compridos. E a profundidade da voz dele, que parecia um xarope macio e grosso quando falava. Mas o que dizer do caráter estranho da roupa dele, a camisa rendada cravejada de minúsculas pérolas e as mangas bufantes que a cobriam com a barra de seda violeta? Era tudo muito confuso. Virilidade, feminilidade... para Bela isso tinha mais a ver com a sutil apresentação da individualidade do que com qualquer atributo físico.

E, nos olhos de lorde Stefan, Bela via timidez e angústia que podiam pertencer a qualquer alma, independentemente do gênero.

Quanto à escrava dele, Becca, que olhar gélido e cruel ela lançava para ele do lugar em que estava, no canto, em que, nua e imóvel, descansava sentada sobre as pernas dobradas e olhava para ele. Os seios dela eram quase grandes demais para serem bonitos, mas nem tanto. E a boca não era cruel, e sim friamente perfeita. O cabelo claro, repartido no meio, fazia Bela pensar no próprio cabelo. Becca tinha o rosto oval, não muito diferente de Bela, assim como mãos grandes e bem-feitas. Ela ficava lá sentada completamente imóvel, como se controlasse cada fibra do seu ser físico. Os olhos eram mais claros do que do seu senhor, um azul gelado tão vivo quanto o tom de coral dos lábios e dos mamilos.

Ela fazia Bela pensar numa pantera branca, se é que isso existia... um sedoso gato branco do tamanho de um ser humano.

– Majestade – disse lorde Stefan –, eu não aguento mais. Não consigo mais fingir. Nos últimos anos do antigo reino eu morri à míngua, como todo o resto. Não, Tristan, não proteste. Eu morri. Podia ter vivido em qualquer reino ou em nenhum reino. Fiquei nos meus aposentos com Becca. E foi uma farsa, todas as vezes que aparecemos juntos diante das outras pessoas.

Bela entendeu. É claro. Mas não disse isso. Eu estou vivendo minha própria farsa, pensou ela, fingindo que amo usar a palmatória e a correia, fingindo que me delicio com a submissão dos outros. Eu admiro isso, invejo até, mas não tenho prazer com isso. Eu me delicio com a glória da corte, o reino, o reino bem administrado de Bellavalten, o reino que agora chamam de Reino da Bela, mas não gosto da submissão de ninguém. Não faz meu sangue ferver. Mas isso Bela nunca confessou para ninguém e também não confessou agora.

Claro que Laurent sabia. Laurent conhecia Bela como conhecia a si mesmo, e sempre soube como tratar com ela, levá-la, animá-la e deixá-la satisfeita. Mas eles nunca falaram sobre isso, não naqueles tempos antes de os portões do reino serem fechados para eles.

E agora, no meio da grande recomposição da imensa corte que girava em torno deles, Laurent garantia para Bela que ela devia se satisfazer com todas as coisas.

– Se não vier naturalmente para você o prazer de castigar escravos – dizia ele –, então não faça, minha querida. Deixe isso para lady Eva. Deixe para mim. Deixe para os nossos cavalariços. Quem disse que você é obrigada a gostar de manusear a palmatória? Você é a rainha aqui, Bela. Não é Eleanor. Eleanor não existe mais. Todos à sua volta só querem fazê-la feliz dia e noite.

No entanto, Bela não tinha ficado completamente tranquila com aquelas palavras de Laurent. Ela queria mergulhar mais profundamente nas emocionantes complexidades do reino, e se achava tímida e insegura demais para isso.

Ela se esforçava agora para esvaziar a cabeça e olhar para lorde Stefan, que precisava tanto dela.

– E em que sentido é uma farsa, meu senhor? – perguntou para ele.

Acima de tudo em seus pensamentos estava a decisão de ouvir, de ser atenciosa, de consolar e de resolver o problema daquela alma que tanto contava com ela.

– Eu desejo servir – disse lorde Stefan com voz trêmula.

Ele olhou direto para os olhos dela. Isso não era difícil para ela ou para ninguém, pensou Bela. Porque o que diziam seus olhos, senão que ela queria muito ajudar?

– Minha rainha, eu desejo servir de todo o meu coração! Sempre quis. Minha prima, a falecida rainha, me desprezava profundamente por isso, me proibia até de falar sobre isso com ela ou com os outros, ela me criticava asperamente por essa minha fraqueza indecente.

Bela não disse nada. Tristan chegou mais perto do amigo, com os dedos da mão esquerda cobrindo gentilmente o ombro de lorde Stefan.

Nada tremeu no rosto de alabastro da felina Becca. Indiferente como um gato. Fechada e distante como eles.

– Prossiga, meu senhor, conte-me tudo – disse Bela.

O coração dela se abria para Stefan.

– Você sabe que havia um costume antigo no reino, que no solstício de verão aqueles da corte que queriam ser escravos podiam se tornar escravos, mas só para serem enviados para a aldeia. E a rainha proibiu que eu desgraçasse a família real fazendo isso, ameaçou me banir se eu sequer sugerisse tal coisa. Então eu não fiz nada e vivi como um condenado a arder de paixão para sempre, sem alívio, e fiz o que pude, procurei o que dava para fazer em segredo.

Ele olhou para Becca e então desviou o olhar como se tivesse levado um tapa. Olhou para Bela de novo.

– Majestade, agora que o novo reino floresce como um jardim mágico plantado e regado pela sábia mulher da lenda, eu estou numa agonia que só tem aumentado!

– Meu senhor, o que quer que eu faça? – perguntou Bela.
– O meu senhor, o rei, não montou uma mansão onde pode buscar o castigo que deseja tanto, sem ser condenado? – *Ah, como eu gostaria de ir lá eu mesma!*

– Sim, minha rainha, e foi muita generosidade do rei permitir isso – respondeu Stefan.

– Bobagem, meu senhor, o rei ficou feliz de permitir. E eu estou feliz de isso ser permitido. Nós não concordamos com as ideias da antiga rainha Eleanor.

– Minha rainha – disse Tristan, falando baixo e suavemente, esperando a permissão de Bela para continuar.

Bela meneou a cabeça na mesma hora e ele continuou:

– O que Stefan quer é vir morar comigo permanentemente, na minha casa.

– Ah, bem, e por que não? – disse Bela. – Não vejo motivo algum para proibir isso.

— Mas como meu escravo nu — disse Tristan —, inteiramente sujeito à minha autoridade e ligado a mim por seis meses como qualquer candidato ao reino, e depois disso pelo número de anos que forem da vontade dele e da minha.

— Ah. Bem, também não tenho objeção a isso — disse a rainha —, e meu senhor, o rei, confiou a mim esse assunto, não vai questionar minha decisão. Por que não, lorde Stefan? Por que não?

Lorde Stefan recostou na cadeira e fechou os olhos. Chegou a estremecer aliviado. Era óbvio que sentia uma gratidão imensa. Mesmo assim tinha medo. Ele estava tenso. Ainda angustiado.

— Mas lorde Stefan entende que isso pode ser muito mais difícil do que o que está vendo agora — disse Bela.

— Eu expliquei os termos em que vou aceitar isso — disse Tristan gentilmente, gesticulando com a mão aberta. — Eu disse para Stefan que não haverá regras especiais para ele nem qualquer subsídio.

— E você está certo. Não pode haver nenhum subsídio especial — disse Bela. — Porque a disciplina do reino é a cidadela de todos os escravos e seus senhores ou senhoras.

— Eu entendo, minha rainha — disse lorde Stefan. — Confio totalmente que Tristan, meu novo senhor, não permitirá meias medidas.

Um rubor profundo cobriu o rosto de Stefan. Ele olhou para Tristan e depois abaixou os olhos. Tanto sofrimento. Tanto medo.

– E Stefan entende também que ele não será protegido dos olhares dos outros com qualquer segurança garantida na sua casa, não é mesmo, Tristan? – disse Bela. – Ele não pode ficar lá escondido com qualquer garantia de privacidade perfeita. Assim que se tornar escravo do reino isso será conhecido inevitavelmente, e alguém, mais cedo ou mais tarde, alguém de seu grupo de amigos ou parentes vai vê-lo com esse novo status. Disso ele não pode ser protegido. É um fato concreto e também questão de propriedade. Nenhum escravo pode ser ocultado.

Tristan olhou para Stefan.

– Eu entendo – disse Stefan baixinho, olhando para a rainha.

Mas ela percebeu a timidez, a incerteza.

Ele é mais alto do que eu, pensou Bela, no entanto inclina a cabeça de modo que passa a olhar para mim de baixo para cima. Esse é o jeito dele, de sempre olhar de baixo para cima, mesmo para quem é mais baixo, menor do que ele. Isso é muito bonito e num escravo tão charmoso chega a ser irresistível.

– Para ser franco, isso me apavora – disse lorde Stefan. – Não paro de pensar que serei visto pela corte, não consigo nem imaginar ser levado para o jardim e posto em exibição, não suporto pensar naqueles que comeram comigo e conversaram comigo, que caçaram comigo e que viveram comigo de repente me vendo nu a seus pés. Mas não tenho escolha além de seguir esse caminho, e a única esperança que tenho é de que Tristan me conduza com gentileza e que tenha alguma compaixão por mim, pelos meus medos. Eu não posso... – Ele parou de falar, indefeso.

Tristan meneou a cabeça em silêncio para Bela. Havia um quê de sorriso nos lábios carnudos dele. Seus olhos azuis eram cheios de paciência e de compreensão, e quando ele abraçou Stefan de novo foi com ternura.

– Bem, meu senhor – disse Bela –, nenhum homem no reino conhece melhor o que significa ser senhor e servo... nenhum homem fora o rei... do que o príncipe Tristan.

– Sim, minha rainha – disse lorde Stefan, com os olhos cheios de lágrimas. – Sou muito grato a vocês.

Então por que ainda sofre tanto, pensou Bela. E por que eu temo tanto por você?

– Então posso levar lorde Stefan comigo agora? – perguntou Tristan. – Meus servos podem embalar tudo que pertence a ele e guardar na minha casa? E depois não teremos mais de incomodá-la com isso.

– Ah, não é tão simples assim – disse a rainha.

Ela estava refletindo, avaliando, pensando em tudo que havia de bom em Bellavalten e nos princípios que sustentavam tudo isso. Olhou para a fria e bela Becca que olhava fixo para frente como antes, como se não escutasse nada, enquanto ouvia tudo.

– Vou dizer como vai ser – disse Bela. – Já que vocês vieram a mim buscando uma inovação, então estabelecerei os termos.

A rainha olhou lentamente para a janela distante e para os muitos objetos em volta, despertados pelo sol nascente, e continuou:

— Já que vocês são quem são, vou organizar tudo. Agora, esta noite, ou amanhã à noite, ou na noite seguinte... Tristan, você decide... o rei e eu, antes do habitual grandioso banquete, iremos até a sua mansão e lá, num bosque do jardim ou no pátio de uma fonte à sua escolha, você apresentará seu escravo nu e novo para nossa unção. Ouviremos os votos dele... de servir de todo o coração por seis meses... e depois o deixaremos ao seu cuidado. E daí estará nas suas mãos, príncipe, resolver quando, se é que vai um dia, você o trará para os grandes jardins do castelo ou o que fará com ele em qualquer situação.

Ninguém disse nada. Mas Bela levantou discretamente a mão direita e isso os manteve na expectativa.

— Daqui a três noites — disse Tristan aflito. — Por favor, minha rainha. Dê-me três noites para treiná-lo antes de ser ungido. Tenho certeza de que poderei apresentá-lo lindamente daqui a três noites.

Bela olhou em volta como antes e prosseguiu:

— Muito bem, serão três noites. Mas ele precisa ser ungido.

— Sim, minha rainha.

— E darei agora o benefício da minha experiência. — Ela abaixou a voz como se quisesse reduzir a importância de suas palavras. — Seja rígido, muito rígido, e não espere tempo demais, Tristan, para trazer o seu obediente escravo para a corte e açoitá-lo pessoalmente ao longo da senda dos arreios.

Lorde Stefan fez uma careta. Ficou olhando fixo para frente, com os lábios trêmulos. Bela percebeu isso, apesar de não estar olhando diretamente para ele.

– Escolha uma hora tardia, se quiser – disse Bela, virando para a janela distante. – Quando não tiver muita gente, para essa primeira vez. Não tem importância. Mas não demore. E no fim de seis meses, confio ao seu julgamento que esse seja um noviço perfeito para fazer seu juramento por mais dois anos. Não o apresente para esse momento se ele não merecer.

Silêncio.

Bela virou bem devagar e olhou para lorde Stefan. Ele estava muito pálido, olhando para ela. A boca, tão macia e juvenil, tão vulnerável, ainda tremia. Mas havia um brilho louco em seus olhos, além das lágrimas cintilantes ao sol.

– Eu compreendo – disse Tristan. – Compreendo muito bem. E se eu não puder apresentar Stefan como escravo exemplar, no final dos seis meses?

– Bem, isso vai exigir medidas extraordinárias – disse Bela. – Um período fora do reino ou um ano de prisão suave nos antigos aposentos de lorde Stefan. Não sei qual. Não posso dizer. Digo apenas que lorde Stefan não terá permissão para servir se não for capaz de servir, igual a qualquer outro escravo que fracasse. E não teremos nenhum híbrido aqui, nenhuma criatura metade escrava e metade senhor. Não teremos quebra do ritual nem da disciplina, que poderia representar a ruína para todos. O que eu permito vou permitir. Mas será do conhecimento de todos e seguiremos com coerência e princípios. – Ela suspirou. – Eu devo isso a todos os escravos do reino. E devo isso a todos os senhores também.

– Eu entendo. – Tristan se apressou a dizer mais uma vez.

– Lorde Stefan? – Bela olhou para ele à espera da reação.

– Sim, minha rainha – disse lorde Stefan, em voz baixa e engolindo em seco. – Sou seu servo agradecido.

– Certifique-se de que entendeu.

– Sim, minha rainha.

A voz dele mal dava para ouvir. Mas a rainha aceitou.

– Minha rainha, pensei nisso muitos anos, sofri por isso muitos anos, anos em que sonhei com um momento como esse.

Bela meneou a cabeça. E sorriu.

– Podem ir, meus senhores – disse ela. – Ao escurecer da terceira noite, príncipe, tenha seu escravo pronto para nós. O lorde camareiro aparecerá conosco, trazendo os óleos sagrados para a unção.

Os dois se levantaram e se curvaram para a rainha.

– E o que será dessa gata egípcia tão séria aqui? – perguntou Bela apontando para Becca.

– Vou dá-la para lorde Gregory, minha rainha – disse Stefan sem sequer olhar para Becca.

Obviamente não havia nenhum afeto ali.

– A menos que Sua Majestade queira que eu faça outra coisa nos planos do futuro dela. Ela serviu lealmente e bem por dois anos.

Ficou claro que Stefan não quis falar mais e que não ia olhar para Becca.

– Vou cuidar dela então. Agora vão.

Bela virou de novo para a janela. Adorava a dança do sol na mobília do quarto – nos recipientes de prata decorados que ficavam no aparador, nos espelhos com suas molduras douradas, na madeira polida da cama, nas cadeiras, na mesa.

Fixou o olhar em Becca que na mesma hora olhou para o chão, apesar de dar para perceber que ela estava examinando Bela.

Como parecia fria e calma, os seios subiam só um pouco com a respiração.

Então Becca olhou para cima lentamente e falou sem autorização com uma voz grave e fria, os olhos ardentes virados para Bela.

– E agora eu serei sua amante cruel e secreta também! – debochou ela.

Bela ficou muda de espanto. Maravilhada. Mas segurou o olhar da menina sem esforço.

– Não seja tola, minha menina – disse a rainha calmamente.

Becca abaixou os olhos no mesmo instante e os dedos da mão direita começaram a tremer.

Então bastava isso, pensou Bela, só aquela pequena demonstração de força e dominação para ela desmontar?

– Conheço o seu jogo – disse Bela com a mesma voz calma. – Sei como você serviu ao lorde Stefan. Você teve uma chance, quando assumimos as duas coroas, de declarar se queria ficar. E resolveu ficar. Mas era a amante secreta do seu senhor então, sua torturadora secreta. E obviamente, com toda a liberdade que lhe foi concedida pelo seu senhor, não o ensinou a amá-la nem a precisar de você.

A menina não emitiu nenhum som, mas sua expressão mudou completamente. Os olhos ficaram brilhantes e depois semicerrados, os lábios mexeram e então ela mordeu o de baixo e nada mais nela mudou.

– Sim, minha rainha – sussurrou ela.

Foi um sussurro baixo e temeroso. Uma tristeza terrível se estampou no rosto dela enquanto olhava fixo para o chão, ou talvez para o chinelo de Bela.

– Bem, agora que as condições exclusivas da sua vida mudaram – disse Bela –, eu lhe dou mais uma chance de sair do reino. É o que você quer? Vou providenciar para que a vistam, paguem e a despachem antes do anoitecer. Ou será que quer mais uma noite aqui para tomar sua decisão?

Silêncio. O sol estava bem alto no céu e agora o quarto inteiro estava cheio de luz. Os espelhos eram como folhas de ouro refletido. E uma grande explosão de luz emanava de um dos cálices decorados com pedras preciosas arrumados no aparador.

– Não, minha rainha – disse Becca. – Não preciso de mais tempo para resolver. Perdoe-me.

– Você está nas minhas mãos como esteve antes? – perguntou Bela.

A rainha desviou os olhos do cálice faiscante e virou para a menina.

– Sim, minha rainha, sem alteração, para sempre.

– Ah, esse é o tom que eu gosto – disse Bela.

Fez questão de enfatizar a polidez. Não tinha gostado muito do cálculo errado da menina.

– Toque o sino ali para chamar o meu criado.

A menina obedeceu, puxou rapidamente a faixa bordada comprida que pendia ao lado da cama e depois voltou para a posição que estava antes. Com a face rubra, uma pequena veia azul latejava na têmpora. Suas mãos tremiam, definitivamente.

– Minha rainha – murmurou ela, de cabeça baixa, as sobrancelhas escuras unidas em evidente nervosismo. – Posso falar?

– Sim, pode, mas com sabedoria – disse Bela.

– Sinto muito tê-la ofendido.

Bem, eu sei exatamente por que você fez isso e o que você pensou, Bela matutou com seus botões. Mas não disse nada.

– Imploro que me conceda voltar para suas boas graças.

O jovem criado Tereus apareceu, o que tinha se tornado favorito de Bela recentemente, o menino que sabia como tornar tudo agradável para ela e como satisfazer seus desejos. Um menino sardento, de cabelo louro despenteado, Tereus não era dono de grande beleza, mas era profundamente atraente com seu sorriso doce, faces coradas e a tendência natural de proteger e apoiar a rainha em todas as situações, importantes ou não. E os outros sempre falavam que ele era "delicioso".

– Tereus, mande um mensageiro até a aldeia, para a casa do príncipe Dmitri. Peça ao príncipe para vir para cá, para os meus aposentos. Diga que quando ele chegar deve manter essa menina sob sua autoridade.

Bela ficou imaginando se a menina entendia as implicações dessas ordens.

Apenas duas noites antes estivera com o príncipe Dmitri, resplandecente com sua túnica cintilante de Baudekyn, cuidando de suas funções como ministro da praça das punições públicas. Havia visto as feições raivosas e os gestos rápidos quando ele espancava com fúria um trêmulo menino escravo indo para a plataforma giratória pública. Ela ouviu sua voz dura e ameaçadora quando puxou o menino para ver aquele olhar assustado.

– Quer brincar comigo? Pois vou purgar de você cada gota de rebeldia!

O capitão da guarda, que assistia, era a imagem da admiração.

– Ele é o terror – confiou para Bela, – Ele é perfeito. Cai em cima deles como um furacão!

– Sim – disse Laurent naquele momento, ao lado de Alexi e lady Eva. – Um furacão de pancadas e de palavras cuidadosamente escolhidas. E as palavras significam muito no treinamento ideal dos escravos.

– Todos, dos mestres do açoite aos cavalariços mais baixos – tinha dito Alexi –, aos aldeões mais humildes e ao lorde mais sublime, estão embevecidos. Ele transformou castigos mundanos em atração noturna.

Becca, apesar de as mãos tremerem e do olhar vidrado, não deu sinal de que sabia o que a esperava. Mas Bela pensou, ela é muito esperta, inteligente o bastante para saber que eu tenho as mesmas inclinações de lorde Stefan. Ela sabe. E por isso deve ter ouvido e visto muita coisa. Talvez tenha se resignado a isso.

– Vou entregar você ao príncipe Dmitri – disse Bela. – E só quando ele me disser que você foi castigada e transformada é que vou chamá-la para a corte outra vez.

– Sim, minha rainha – murmurou a menina.

Ela ia falar mais alguma coisa, mas parou.

– Por favor, continue – disse Bela. – Fale o que você quer enquanto tem essa chance comigo.

– Meu erro é a amargura – disse a menina.

Agora a voz dela estava rouca, uma grande mudança do tom metálico de antes.

– Sou culpada de me ressentir do meu antigo senhor.

Essa era uma admissão chocante, no entanto saía com facilidade, como se alguma fé na verdade daquelas palavras a guiasse. Sua testa estava toda franzida de angústia.

– Eu sei – disse Bela –, entendo perfeitamente. E foi por isso que lhe dei a oportunidade de reafirmar a sua decisão de querer ficar no reino. Confie em mim, que o reino não vai decepcioná-la.

Lágrimas. Becca não conseguia mais segurá-las. Mas essa resposta a tinha pegado de surpresa. Ela estava insegura.

– Venha aqui comigo, Becca – disse Bela.

Becca se aproximou engatinhando e Bela a recebeu com gestos de ternura, apertando suavemente o rosto da menina no seu colo. Alisou o cabelo espesso e louro da menina – tão parecido com o seu – e as costas nuas, sem marcas.

– Venha – disse ela carinhosamente –, beije-me.

Becca obedeceu no mesmo instante, ergueu o corpo ainda ajoelhada e ofereceu a boca para Bela. O beijo foi firme, sem ceder e sem pressa, com intenso fervor. E o cabelo comprido de Becca se misturou com o cabelo de Bela.

– Quanta devoção se pode sorver desse cálice precioso... – disse Bela.

Ela afastou o cabelo da testa de Becca e a menina olhou para ela, como se provocasse uma repreensão.

– Sim – sussurrou a menina –, ah, sim, minha amada rainha, e ele nunca quis! Nunca pediu, nunca... – Ela parou, envergonhada, e começou a soluçar baixinho.

Então fechou os olhos e esperou o que tivesse de vir.

Quanta angústia...

– Eu sei, meu amor. Eu entendo.

Becca manifestava um ar de submissão silenciosa e completa – submissão ao momento, submissão a Bela, submissão ao reino, mas, o que era mais importante, submissão à própria natureza, à própria alma.

Foi aos poucos abrindo os olhos. Adotou uma expressão de profunda curiosidade e vasculhou o rosto de Bela com o olhar.

– Ah, se eu pudesse ter mais tempo com você... – disse Bela –, mas há outros que esperam por mim agora, outras decisões que precisam ser tomadas, audiências marcadas. Leve a sério o seu tempo nas mãos do príncipe Dmitri. Não seja tola a ponto de desperdiçar o que ele oferecer. Eu a envio para ele com amor, minha querida, com a mesma certeza que enviei seu senhor para o príncipe Tristan. Você entende?

– Minha rainha... – disse a menina.

As palavras saíram como um suspiro profundo. Sem permissão, ela se inclinou para Bela e apoiou cuidadosamente a cabeça no ombro da rainha.

Bela achou aqueles seios enormes irresistíveis. Fez Becca levantar e chegar para trás para poder beijar os seios dela devagar, saboreando a textura e a fragrância da pele. Os mamilos cor de coral eram como passas.

Vagamente lhe ocorreu que talvez Becca estivesse conseguindo dela exatamente o que queria. É claro. Ela sorriu. Como Bela podia confundir ou surpreender alguém tão experiente? A graça e a expressão pensativa da menina a intrigavam. Desejava expor as complexidades escondidas dentro da menina, os segredos sutis e misturados que lorde Stefan não deve ter achado atraentes.

– Não – disse Bela –, você não pode desperdiçar o precioso calor do príncipe Dmitri, porque você mesma sabe o que significa ter sido desperdiçada.

Uma risada amarga saiu bem baixinho dos lábios da menina, não um desafio, e sim uma afirmação. Ela sorriu e fechou os olhos, lágrimas transbordaram das pálpebras fechadas quando Bela a beijou e ela repetiu:
– Minha rainha.
Os mistérios do próprio coração perturbavam Bela.

Mas ela sabia que, qualquer que fosse o caso, tinha feito a coisa certa com aquela menina naquela manhã, e com lorde Stefan também, e seu amado Tristan. E se isso era verdade, então tinha feito a coisa certa consigo mesma, com seu ser atormentado e trêmulo.

Lentamente a rainha se soltou do abraço de Becca e indicou que ela fosse se ajoelhar no lugar habitual perto da lareira. Era uma agonia separar-se dela, vê-la indo para longe, perder seu calor e seu perfume.

Tinham convocado uma conferência muito importante naquela manhã. Bela precisava se vestir para a ocasião e para as audiências no salão depois. Eram tantos compromissos... Mas essa era sua vida e estava animada para enfrentar o dia.

Ela levantou e passou pela menina com indiferença, indo para sua pequena sala de estar. Lá, sobre a escrivaninha, havia folhas de pergaminho e tinta e as penas aparadas, tudo preparado por Tereus.

Bela sentou na pequena cadeira esculpida e começou a escrever:

Príncipe Dmitri,

Essa menina é orgulhosa e altiva, completamente mimada, mas capaz de ser recuperada. Os instrumentos mais severos e eficientes da aldeia são recomendados. Eu a submeto à sua autoridade e ao seu julgamento pelo tempo que achar melhor. E ela só deve ser devolvida quando tiver se rendido completamente à sua plena satisfação.

A esse bilhete Bela acrescentou rápido seu nome e secou cuidadosamente com o mata-borrão. Enrolou a folha dura e prendeu com uma das muitas fitas vermelhas que havia na mesa para essa utilidade. Botou a carta dentro de um pequeno cilindro de prata. E com um pouco de lacre onde gravou seu anel ela selou a tampa do cilindro.

Aproximou-se da menina que não tinha mexido um milímetro da posição anterior. Alguma coisa nela, vista por trás, fez a rainha pensar em si mesma. Não era só o cabelo louro. Era o tamanho e a constituição da menina. As duas eram feitas do mesmo molde físico, ao que parecia, Bela e a menina, só que Becca tinha um temperamento completamente diferente do seu.

– Ajoelhe-se e abra a boca – disse ela.

Becca obedeceu rápido. Bela botou o cilindro de prata de lado na boca da menina, como um freio. Becca ficou chocada. Era óbvio que ninguém punha uma mordaça ou bridão em sua boca há muito tempo. Mas ela segurou o cilindro entre os dentes, obedientemente. Começou a tremer.

Tereus tinha acabado de voltar.

– A mensagem foi enviada, minha rainha.

– Dê esse embrulho aqui para o príncipe, quando ele chegar – disse ela. – Minhas instruções estão ali. – Ela apontou para o cilindro.

Os olhos de Becca se fecharam. Ela estava chorando. Sim, ela é muito parecida comigo, Bela pensou de repente. Aquela menina mexia com seu coração, mas Bela apenas sorriu. Eu sei o que ela precisa, pensou. Não vou desapontá-la, assim como não desapontei lorde Stefan.

ii

Fora da câmara do conselho, Bela parou. Dava para ouvir as vozes agitadas das pessoas lá dentro. Ela sabia que estava atrasada. Eram muitas decisões para tomar. Muita coisa acontecendo todos os dias. Mas ela esperou. Ficou parada e seus atendentes esperaram atrás dela, sem questionar. Seu amado animal de estimação, Brenn, estava de quatro ao seu lado.

Por que ela mesma não tinha punido Becca pela impertinência? Teria sido bem fácil. Ela sabia como manusear a palmatória. Por que não sentiu prazer de pensar em disciplinar a menina e torná-la submissa do mesmo modo que tinha sido treinada para a submissão... por meio da dor e do prazer? Bela havia se rendido completa e sublimemente aos seus castigos, regozijando-se neles, agradecida diante da autoridade fria e implacável, assim como o afeto, agradecida pela severidade e pelo ardor, sedenta da disciplina na mesma medida que o amor.

Sentiu-se tentada, sim, por um breve momento. Mas apesar de toda a ansiedade e confusão a menina não tinha atraído de fato o interesse de Bela. Se Bela fosse manejar a palmatória e a cinta com paixão teria de ser com um escravo mais parecido com aquele ali, Brenn, cuja alma resistente a enfeitiçava, um escravo que ela podia quebrar em nome da perfeição e não como mero corretivo, um escravo cujo tesão pela disciplina era seu charme. E quem sabe, talvez um dia, algum dia, ela fizesse isso. Não sabia.

Ela olhou para Brenn, para o cabelo preto, macio e encaracolado, para os ombros retos, e uma sombra passou por ela. Despertou dos seus pensamentos e viu o rei parado na sua frente.

– O que foi, querida? – sussurrou Laurent. – Estamos todos esperando. São só os assuntos de sempre, nada mais.

A rainha não respondeu e Laurent falou com o escravo ao lado dela.

– Brenn, entre agora e ajoelhe-se ao lado da cadeira da rainha.

Ele fez um gesto para os atendentes saírem dali também.

Brenn obedeceu prontamente e o rei e a rainha ficaram sozinhos diante da porta da câmara do conselho.

– Bela, o que foi? – perguntou Laurent. – Você não está mais aflita e insegura, não é, minha adorada?

Bela desejou encontrar palavras para responder, para explicar.

– Perdão, meu senhor – disse ela. – Estou me conhecendo melhor a cada dia.

– Eu sempre entendi você – disse Laurent. – Você não pode ser tudo para todos os seus súditos, Bela. Você só pode amá-los do seu jeito.

Ela sorriu.

– Do meu jeito – disse ela. – Sim, do meu jeito.

– Eleanor alguma vez ofereceu compreensão ou consolo para seus escravos? – insistiu Laurent. – Eleanor chegou a entender o poder da disciplina com amor, no lugar de severidade e desdém?

Bela sorriu.

– Não, você está certo. Ela nunca entendeu as sutilezas.

– Bela – disse ele e se abaixou para beijá-la –, seja a rainha de Bellavalten do seu jeito.

Já bastava por agora, não é? Ela fez que sim com a cabeça. Pôs a mão na mão de Laurent.

Assim que entraram na câmara do conselho todos reunidos ali se levantaram e se curvaram para recebê-los, e Bela era de novo a rainha segura e confiante de sempre. Bellavalten, pensou ela, eu te amo profundamente.

E era estranho, porque Bela não tinha dúvida de que Bellavalten correspondia àquele amor.

11
Bela: Uma história do antigo reino

O enigmático Lexius, alto, magro, pele morena e olhos escuros – o sedoso e sedutor valete do sultão que Laurent tinha levado de volta para Bellavalten como escravo, de fato estava indo para lá. Duas cartas chegaram ao reino antes dele. E Alexis achava que Lexius podia chegar a qualquer momento.

– É claro que eu quero ouvir a história inteira – disse Laurent. – O que ele fez? Por que disse que ele partiu o coração da antiga rainha?

Bela caminhava pelo longo corredor com Laurent, mão esquerda na mão direita dele, ambos suntuosamente paramentados para mais um dia de decisões oficiais, mas indo agora para uma sala menor onde podiam estar apenas com um círculo mais íntimo, digamos assim – Alexi, Dmitri, Rosalynd, Elena e a indispensável lady Eva, por mais ocupada que pudesse estar com os candidatos a escravo e os novatos.

– Se algum escândalo envolve esse homem, nós temos de saber – afirmou Bela. – E eu sei, meu senhor, que sempre sentiu um fascínio por ele.

– E, minha querida, você quer dizer que ele não fascinou você? – perguntou Laurent.

Ele estava alegre, de bom humor como sempre. Toda manhã ele acordava com renovado entusiasmo pela vida, abraçava seus deveres priápicos com tanta energia que Bela achava inacreditável. Mas afinal a energia de Laurent, para tudo, sempre maravilhou Bela, tinha de admitir, então por que a surpresa?

– Sim, ele me fascina – disse Bela. – Mas nunca me senti atraída por ele depois que você o transformou no seu brinquedo. Como eu disse, temos de descobrir o que realmente aconteceu.

Era um dia lindo com brisas frescas e céu azul e apenas uma névoa fina riscava o céu sobre o vale aqui e ali, que provavelmente ia evaporar logo.

Estava tudo indo bem no reino, mas o dia anterior foi bastante exaustivo para os monarcas, com tantas audiências e decisões para tomar.

Três cavalariços voltavam – tinham sido dispensados pela antiga rainha – e pediam uma audiência, a corte acatou o pedido deles, junto com as petições de outros, horas a fio. Dois lindos eunucos africanos de pele negra haviam chegado ao reino, pedindo asilo, digamos assim, e apareceu também um estranho e poderoso lorde do norte, com dois escravos nus treinados por ele num castelo distante que ele queria vender para o reino "para o próprio bem deles". Artistas e comerciantes pediam permissão para as aldeias e os vilarejos. Eram muitos assuntos diversos para avaliar.

Hoje Bela estava contente porque só tinha de se reunir com o pequeno conselho e cumprimentou a todos de pé em volta da mesa com carinho sincero.

– Bem, sentem-se todos – disse Laurent. – Vamos beber sidra, comer frutas cristalizadas e ir direto para o assunto Lexius.

Laurent assumiu a cabeceira da mesa e Bela a cadeira à direita dele. Alexi sentou de frente para Bela, com Dmitri ao lado e as damas de frente umas para as outras na extensão da mesa. Lady Eva ficou na outra cabeceira com sua pena e tinteiro e um livro encadernado para tomar notas.

– Então que tanto mistério é esse? – perguntou Bela.

Os outros olharam na mesma hora para Alexi e ele, ao notar isso, fez um pequeno gesto de aceitação com as duas mãos. Para Bela ele estava muito bonito aquela manhã, com seu cabelo castanho agora mais comprido do que no primeiro encontro deles, um príncipe de uma tapeçaria era a imagem que ela fazia, e como sempre vestido de forma impecável, com uma túnica finíssima de seda estampada e enfeites que sugeriam os tesouros de Bizâncio.

Ninguém dedicado ao novo reino tinha empenhado mais paixão e devoção do que Alexi. Nem mesmo Dmitri, que trabalhava incansavelmente todos os dias para aprimorar a praça das punições públicas, ou a própria lady Eva, ou até Rosalynd e Elena, encarregadas dos espetáculos noturnos nos jardins do castelo.

Bela tinha um amor especial pelas duas irmãs com quem havia compartilhado o cativeiro no sultanato e achava as duas muito atraentes. Rosalynd, para ela, tinha chegado ao ápice da voluptuosidade dos seios, e a menor e mais delicada Elena era uma sílfide deliciosa de língua afiada, com seios que apontavam para cima e uma voz suave, ronronante, que Bela adorava.

– Eu serei o orador, então, por que não? – disse Alexi, erguendo as sobrancelhas e recostando no espaldar todo trabalhado da cadeira dele. – Vou contar o que eu sei. Mas algumas coisas eu não sei e talvez outras sejam inspiradas pelo meu desconhecimento.

– Que diabos aconteceu? – perguntou Laurent sorrindo e piscando um olho. – Ande logo com isso! Ficamos juntos noite após noite no porão do navio que nos trouxe de volta para cá, ele e eu, unidos, unidos pelos nossos deliciosos desejos. Eu devo ter feito mais para treiná-lo do que qualquer um que veio depois.

Isso produziu risos discretos e respeitosos de todos.

– É, acho que fez sim – disse Alexi. – Como sabem, ele foi trazido para a presença da rainha, foi aceito com relutância porque a rainha não admitia ninguém que escolhesse a escravidão por vontade própria, e então enviado para a cozinha. Mas logo chegou um relato no andar de cima de que ele estava murchando como um lírio sob o brutal tratamento dos servos e que devia ser tratado melhor. Então ela o chamou.

Ele fez uma pausa e sacudiu os ombros.

– Eu era o favorito da rainha, como todos sabiam – disse ele, num tom mais filosófico do que zombeteiro –, e não posso dizer que gostei de vê-lo absorvendo tanta atenção dela.

– Claro que não – disse Laurent e gesticulou para Alexi continuar.

– Bem, a rainha tinha tempo suficiente para nós dois – disse Alexi. – E Lexius era abjeto e servil como qualquer escravo nu que já beijou o chinelo da rainha. Era grato por instinto e conhecia as sutilezas da servidão que ninguém pode ensinar. Ele tinha um charme fácil e uma eloquência nas situações embaraçosas de tirar o fôlego. É claro que fiz com ele o que havia feito com outros antes: eu o seduzi quando a rainha dormia e provei ser um senhor mais duro do que ela.

– Ah, então foi isso que aconteceu com vocês dois – disse Laurent.

– Sim – respondeu Alexi. – Lexius me ensinou como dominá-lo em sua submissão. Claro que tínhamos de tomar cuidado. A velha rainha proibia todos esses tipos de brincadeiras entre seus escravos, apesar de acontecerem em todo o castelo, todas as noites. E nós dois, Lexius e eu, nunca fomos pegos. Enquanto isso a rainha se deliciava contando que Lexius tinha sido um poderoso feitor de escravos sob seu antigo senhor, o sultão, e que ela sempre exigia que ele se submetesse aos refinamentos e às inovações nos diversos modos de exibir escravos e usá-los na corte. E ele sempre se dispôs a isso.

"E à noite ele se transformava no meu dedicado atendente! Bem, tudo isso podia ter continuado anos e mais anos, não fosse o capitão da guarda aparecer e informar para a rainha que o sultanato corria grande perigo e que era quase certo que seria destruído. Soldados tinham ouvido rumores dos marinheiros que chegavam. E logo a rainha confirmou o pior: um poderoso exército estava se formando para invadir o sultanato e outros reinos iguais a ele.

"O capitão da guarda insistiu que para resgatar Dmitri, Rosalynd e Elena, ia precisar que Lexius fosse com ele. Lexius conhecia o sultanato depois dos anos que passou lá. Ele seria capaz de descobrir um jeito de o capitão executar o resgate com rapidez, e rapidez era a coisa mais importante.

"Então a rainha tratou de Lexius e o paramentou da cabeça aos pés, além de armá-lo para a batalha. Lexius conhecia armas muito bem e jurou ajudar o capitão de todas as formas possíveis. E lá foram eles para o cais, para embarcar no navio que os levaria nessa missão secreta.

"Bem, vocês podem imaginar o que Lexius estava sentindo depois de passar pelo menos dois anos nu, como brinquedo. Lá estava ele de novo com todos os aparatos do poder.

"Ele e o capitão cumpriram a missão, faltando poucas noites para o fim do prazo e, antes mesmo de voltarem para cá, o sultanato foi completamente destruído. Lexius e o capitão tinham avisado ao sultão o que estava para acontecer, com cartas que deixaram para ele e que ele só receberia depois de os dois estarem longe, com seus fugitivos. Mas se isso ajudou alguma coisa ninguém soube. O sultanato desapareceu. E o costume da escravidão por prazer foi abolido daquela terra para sempre, embora não pelas pessoas que tinham algum interesse nisso. Simplesmente deixou de existir assim."

– E então vocês todos foram trazidos de volta para cá nessa época – disse Bela.

Ela fez uma pausa e olhou para Dmitri.

– Sim, minha rainha – disse Dmitri. – Foi bem repentino. Ser trazido de volta para a vida da aldeia foi bastante repentino.

Rosalynd e Elena riram, e Elena balançou a cabeça.

– Continue, Alexi – disse Bela.

– Bem, antes disso eu não achava que a antiga rainha havia amado Lexius, só que eu devia saber que sim. E quando ele voltou, quando trouxe os escravos de volta para os pés dela, eu devia ter observado com mais atenção o jeito que ela olhava para ele. Imaginem só, por favor. Aqui, esse lânguido, elegante e musculoso felino, que tinha sido o boneco nu da rainha, estava ali diante dela de repente, com uma longa túnica de veludo preto, roubada do sultanato, com desenhos magníficos na barra, os dedos cobertos de anéis pesados, o cinturão da espada cravejado de pedras preciosas na cintura e a arma que agora não era mais a larga espada que tinha levado, e sim uma cintilante cimitarra. Ele levou os escravos para ela com coleiras e correntes douradas, fez uma magnífica mesura e garantiu que eles tinham contribuído completamente com o resgate.

– Que sorte a deles – disse Laurent com uma risada.

– É, bem, eu devia ter visto os olhos negros da rainha devorando Lexius, devorando todos os traços deliciosos da pessoa dele, sua sedutora dignidade oriental. Mas não vi.

"Bem, ela disse que ter aqueles escravos mimados e estragados de volta na corte não ia dar certo e que Lexius devia levá-los para a aldeia e cuidar para que fossem treinados de acordo e castigados lá, para que se livrassem de toda aquela debilidade enjoativa. Lexius devia permanecer na aldeia, na estalagem de Jennifer Lockley, e vigiá-los diariamente. Ela disse que um ou dois meses bastariam para Lexius providenciar que tudo fosse bem-feito e que depois ele voltaria para ela. Mas nesse meio-tempo ele podia ficar completamente à vontade na estalagem e fazer o que quisesse."

– Ah – disse Bela –, que ideia espantosa. Então ele podia aproveitar sua liberdade, ter esse privilégio e depois voltar para ela nu e submisso.

– Sim, foi exatamente isso – disse Alexi. – Mas não ficou claro até que ponto a rainha entendia o que estava fazendo. Ela queria total obediência e enfatizava isso. E talvez achasse que aquele tempo na aldeia era algum tipo de recompensa para Lexius, por sua bravura na viagem para o sultanato às vésperas da guerra. Acho que ela queria recompensá-lo de alguma forma.

Alexi se ajeitou na cadeira. Ele falava quase o tempo todo olhando para Bela, mas parecia não perceber que fazia isso. Bela percebeu e, como sempre, adorou observar a mudança de expressão no rosto dele, adorava ouvir sua voz.

– De qualquer maneira, Lexius desceu para a aldeia com bastante ouro da rainha – disse Alexi –, e lá foram Dmitri, Rosalynd e Elena para serem castigados. Todos mandados inicialmente para os estábulos. Mas Lexius tinha licença para tirá-los dos arreios a qualquer hora e sujeitá-los à plataforma giratória pública, à loja das punições ou a qualquer coisa que achasse apropriado.

"Ora, o prefeito naquela época era o único que tinha cavalos mulheres na aldeia, e o estábulo dele era bem menor e infinitamente mais elegante do que o estábulo público. Mas é claro que vocês sabem de tudo isso. Bem, foi uma visão nova para Lexius. E ele se apaixonou pelo grande estilo dos arreios, das plumas, dos freios de ouro e das botas bonitas usadas pelas mulheres cavalos. E Elena e Rosalynd também."

Alexi fez uma pausa e olhou para as duas à espera da confirmação.

– Ah, exatamente – disse Rosalynd. – Era maravilhoso, tudo, e o estábulo, por ser pequeno, era todo polido e brilhante, era mais como um grande... como posso dizer... um grande cenário de teatro, mais do que um lugar real, e os cavalariços eram magníficos... rapazes grandes e vigorosos, com mãos enormes e vozes carinhosas. Nós nos divertíamos muito com eles. Mas, Majestade, você viu o que fizemos com os seus estábulos. E tudo começou ali.

Elena ficou ruborizada e meneou a cabeça. Ela olhou de lado para a rainha.

– O velho estábulo lá não é nada comparado com os nossos estábulos hoje. Mas, por favor, entendam, nós nunca tínhamos visto nada parecido.

– Bem, o gênio por trás disso – disse Alexi – era Sonya, e Sonya, sobrinha do prefeito, era uma das mulheres mais lindas da aldeia. Tinha uma vasta cabeleira preta e ondulada, olhos que enfeitiçavam, para não falar da voz adorável, e era loucamente dedicada às suas jovens éguas.

"Bastou uma troca de olhares entre Sonya e Lexius para ambos derreterem. Mas conto isso daqui a pouco.

"Lexius voltou para o castelo depois de dois meses conforme a rainha tinha dito e se ajoelhou aos pés dela e aceitou seu pronunciamento. Ele seria privado de todos os seus enfeites e roupas e serviria mais uma vez a ela em seus aposentos privados.

"Eu fiquei muito contente de vê-lo de volta, porque sentia falta dos nossos encontros secretos. E a rainha mais uma vez não pensou em nada disso, só que ele devia provar sua devoção eterna.

"Bem, Lexius fez uma proposta muito respeitosa para a rainha, com sua polidez oriental. Que o deixasse ir todo mês passar pelo menos duas noites na estalagem, vestido e com ouro nos bolsos, para ele poder verificar seus escravos. E essas idas e vindas, perguntou ele, não serviriam para torná-lo ainda mais consciente da devoção à sua rainha?"

Bela sorriu.

– E ninguém jamais tinha pensado numa coisa dessas antes? – perguntou ela. – De um escravo vestido e com privilégios, que depois retornava à submissão para dar mais valor à própria vulnerabilidade?

Laurent sorriu para ela.

– Não lembro de alguém que tenha feito isso – disse ele.

– Não, ninguém tinha feito semelhante proposta – disse Alexi. – Mas a rainha inclinou a cabeça sinalizando que concordava e disse: "Ah, sim, pode ir."

"E Lexius foi despido ali mesmo, na corte, todos os seus paramentos de autoridade tirados e foi posto de novo para servir da forma mais submissa.

"E aquela noite, enquanto a rainha dormia, eu o tive para mim outra vez."

– E deixe-me adivinhar – disse Laurent –, foi aí que ele confessou para você que estava louco por Sonya.

– Exatamente! – disse Alexi. – Ele se dissolveu em lágrimas nos meus braços. Não podia viver sem a Sonya. Sonya o tinha domado de tal forma que desbotava a rainha em seu coração. Ele agora só vivia para as duas noites em que podia ir para a estalagem e sair sorrateiramente para a casa de Sonya atrás da pequena mansão do prefeito.

"Eu disse para ele que aquele era um jogo perigoso. Que ele seria descoberto e que, se a rainha soubesse disso, que ele em suas roupas de classe e privilégio tinha se despido para uma mulher da aldeia açoitá-lo, ela ficaria furiosa. Seria uma ofensa contra todos os princípios que ela defendia. Mas nem assim eu tinha ideia do quanto a rainha o amava.

"Ele disse que sabia que era perigoso e que temia mais por Sonya do que por si mesmo. Mas levou adiante seu plano e manteve seu segredo e seus rituais eróticos com a implacável Sonya meses a fio."

– E você e Lexius durante esse tempo – perguntou Bela – continuaram tendo seus encontros?

– Sim, mas eles se tornaram mais carinhosos, mais ternos. Eu não queria mais fazer dele o meu cachorrinho. Eu simplesmente o amava. E eu temia muito por ele, esperava que nos descobrissem antes de o pegarem com Sonya, achando que isso seria mais tolerável para ele e que a rainha, ao puni-lo por isso, acabaria com a paixão dele pelas fugas com Sonya.

"Os meses foram passando, ele foi ficando mais e mais enfeitiçado por Sonya e por fim vivia em interminável agonia. Eu não podia mais consolá-lo. Finalmente recorri a tentar amedrontá-lo, lembrando do que a rainha podia fazer, que ele não era bem-nascido, que ela podia prendê-lo nu a uma parede pelos próximos dez anos se ela quisesse, tirando-o de lá apenas para se alimentar e se limpar, poucas horas por dia. Será que ele não entendia o poder dela?

"E então ele confessou quem ele realmente era. Não era da realeza? Não. Eu estava enganado. Ele disse que era de uma grande e nobre família da Índia e que jamais foi servo do sultão. Ao contrário, ele tinha sido enviado pela família como hóspede do sultão para aprender o tipo de escravidão por prazer do sultão. Tinha assumido o papel de mordomo do sultão para aperfeiçoar seu treinamento. A família dele era rica e poderosa e podia resgatá-lo em qualquer momento de dificuldade para ele. Só precisava enviar uma carta para eles e isso podia fazer com facilidade da estalagem. Ele também contou que tinha muito ouro escondido na floresta perto da aldeia. Isso ele tinha trazido do sultanato, mas não era mais do que possuía quando chegou aqui.

"'Mas, Lexius', eu disse para ele, 'e se você não tiver oportunidade de se defender, de dizer quem você é, de escrever uma carta, de pegar o seu ouro?'

"Ele não me deu ouvidos. Continuou vivendo suas duas vidas, servindo à rainha e amando Sonya.

"Naqueles dias minha família mandou me chamar. Meu irmão tinha morrido e meu sobrinho precisava da minha orientação por alguns anos até ele poder subir ao trono. Trouxeram minhas roupas e, como eu tinha servido tanto tempo à rainha, me deram um luxuoso apartamento no castelo para descansar antes da longa viagem.

"Mas é claro que, ingrato por natureza, contrabandeei Lexius para lá. Eu precisava disso, tinha de tê-lo nos braços antes de deixá-lo para sempre.

"Nós choramos, conversamos e falamos de todos os aspectos daquele dilema. Ele me disse que era da cidade de Arikamandu, uma cidade de porto no sul da Índia. Apesar de não dizer o nome da sua família, falou da dedicação deles a uma deusa cruel do amor a quem juravam servir eternamente.

"'Talvez eu esteja pronto para voltar', 'ele me disse, 'mas só se puder levar minha amada Sonya junto comigo. Alexi, você me ajuda? Os soldados do seu pai estão aqui. Você é livre. Você está partindo. Se eu puder descer para a aldeia agora, pegar o meu ouro e persuadir Sonya a partir comigo, você nos ajuda? Explica para a rainha quem eu sou e que ela não pode me impedir?'

"Fiquei horrorizado, mas o que mais interessa é que achei que o plano dele estava destinado ao fracasso, um fracasso de outro tipo. 'Como é que você e Sonya vão viver e se amar sem esse reino?', perguntei para ele. 'Você não vê que a sua devoção pela Sonya floresce aqui, nessa atmosfera, mas é provável que murche bem rápido fora desse reino exclusivo.'"

Bela sorriu. Ela entendia muito bem. O santuário do quarto, por mais opulento e protegido que fosse, não era o grande e envolvente mundo do reino. O grande mundo que acabava entrando em cada quarto fora do reino, como Laurent e ela sempre aceitaram e sempre souberam. Ela amou Laurent do fundo da alma desde o dia que se casaram, mas os desejos apaixonados e os rituais de dominação e submissão que os dois curtiam no quarto não eram de fato o modo de vida glorioso e luminoso do reino. E o amor conjugal era a defesa duradoura deles.

Alexi tinha parado de falar.

– E aí? – instigou Bela.

Alexi engoliu em seco e levantou a cabeça.

– Lexius disse uma coisa estranha em resposta a isso, que Bellavalten não era o único reino desse tipo, mesmo depois da destruição do sultanato. Ele disse que teria para onde ir, para onde levar sua amante cruel, Sonya, e que seu amor por Sonya ia florescer.

"E antes de eu poder responder ou saber mais, fomos pegos. A rainha apareceu. Tinha escutado toda a nossa conversa de uma pequena antessala, atrás de uma cortina."

Lady Eva deu um suspiro de espanto. Mas Bela percebeu que nada daquilo era novidade para Dmitri, Rosalynd ou Elena, e que o rei apenas esperava atentamente pelo resto da história. Ele tinha se virado um pouco na cadeira e apoiado o queixo no punho cerrado, estudando Alexi, mas evidentemente não via o que tinha à sua frente, talvez o que tinha acontecido havia muito tempo.

– Claro que fomos acusados de desobediência. Eu fui denunciado com os termos mais vis e me mandaram sair do reino pela manhã. Mas por causa da omissão de Lexius, de não dizer para a rainha quem ele era, e sua devoção à Sonya, fez com que Eleanor ficasse louca de raiva e de dor. Nunca a vi derramar tantas lágrimas assim. Ela quebrou todos os espelhos do quarto. Jogou jarras e cálices para todo lado. Arrancou os colares do próprio pescoço e rasgou a roupa como alguém de luto.

Ele parou de falar. Balançou a cabeça. Parecia abalado.

Bela viu que Rosalynd e Elena tinham lágrimas nos olhos, mas Laurent e lady Eva se mostravam apenas fascinados. Será que tinham realmente amado a antiga rainha? Para ela isso não parecia possível. Não, eles amavam Lexius.

– Bem, e o que aconteceu? – perguntou lady Eva.

Ela estava atenta e curiosa como sempre, fresca como se tivesse saído de uma cachoeira na montanha, os olhos verdes muito ágeis cheios do habitual otimismo – de que as coisas viriam à tona, seriam conhecidas e aprimoradas. Bela a amava muito.

– Não tive saída, senão apelar para ela – disse Alexi. – Eu não era mais um escravo nu. Estava usando a roupa que levaram para mim da casa do meu pai. Eu era o regente da minha própria terra e usava o anel de regente trazido pelos soldados do meu pai. Não tinha nem me despido para dormir. Estava todo paramentado, aliás. É claro que ninguém realmente sai da escravidão do prazer em questão de horas, ou dias, talvez até meses. Mas o fato é que eu era um hóspede real no castelo da rainha Eleanor agora, não um sacrifício nu no altar do desejo dela. E eu tinha de falar por Lexius. Eu precisava. Eu amava Lexius. Eu o teria defendido mesmo se não tivesse recuperado meu status recentemente. Mas é claro que eu sabia, como um hóspede, que tinha ofendido a rainha na casa dela. Disso eu tinha dolorosa consciência. Lembro que senti certo remorso de tê-la enganado, mesmo como hóspede, como eu tinha feito quando escravo. Em todo caso, levantei e falei com ela, como um poderoso príncipe falaria.

"'Eu te amo, rainha Eleanor', disse para ela e isso era verdade. Era mesmo. 'Eu vivi aqui por você. Meu pau viveu por você. Meu corpo viveu por você, para você usar e castigar. E eu a enganei e estou arrependido. Mas não podemos amar sob ordens. E também não podemos disciplinar o nosso amor. Eu te amo, mas Lexius ama Sonya.'"

Bela meneou a cabeça em silêncio. É, nós certamente não podemos obedecer a uma ordem de amar. Bela olhou para ele temerosa, querendo desesperadamente que continuasse, mas com medo do que ele podia revelar.

— Bem, ela respondeu sem enfeitar as palavras – disse Alexi. – 'Meu coração está partido', disse ela. 'Eu te amo, Alexi, você que foi para mim o sol e a lua, e perco esse deus do amor, mágico e negro, que faz meu sangue pegar fogo e nada é capaz de esfriar, tudo isso numa mesma noite! Não posso suportar.' Ela começou a gemer como uma mulher diante de uma pira funerária. E mandou buscarem Sonya.

"Já era dia quando Sonya foi trazida para esses aposentos. Lexius estava ajoelhado, nu, de cabeça baixa, calado. Na verdade, ele nunca foi tão igual a um deus, com seu rosto fino, olhos baixos e uma submissão paciente e estranha. Quanto a Sonya, aquela era a primeira vez que eu a via, possuía uma altivez humilhante, essa é a única maneira que posso descrever... uma beleza de estátua que era definitivamente assustadora. Para começar, era excepcionalmente grande para uma mulher, de todas as formas, de ossos largos, feições faciais grandes, mas a escultura inteira era exótica e extremamente feminina, sem dúvida. Tinha se vestido com pressa, no entanto, dava a impressão de opulência da aldeia, eu acho, com a bainha mais curta que os aldeões podiam usar, sim, mas belas mangas e saias e botas muito bem-feitas. O cabelo preto não estava preso e Sonya não teve tempo de penteá-lo, de modo que parecia que tinha acabado de sair da cama, despenteada, com as faces vermelhas e os olhos flamejantes com uma espécie de indignação em estado bruto que não podia ser reprimida.

"Pude ver num clarão por que Lexius tinha sucumbido a ela. Sonya, é claro, nunca tinha sido escrava de ninguém, na verdade era um terror de senhora, exceto para aqueles que a adoravam. E quando ela começou a falar com a rainha, falou demais e não foi esperta.

"'Majestade', exclamou, 'eu jamais deixaria o reino com ele, para ir para outro lugar. Eu só o levei para meus aposentos privados porque ele precisava muito de ser instruído, treinado, domesticado. Ele nunca se rendeu a ninguém mesmo.' É claro que isso enfureceu a rainha Eleanor, porque ela pensava que já tinha instruído, treinado e domesticado Lexius muito tempo antes, e que ele tinha se rendido a ela completamente.

"Ela nos baniu a todos do reino, e Sonya, soluçando e chorando, nem obteve permissão para ver o tio, o prefeito, ou para se despedir das suas adoráveis potrancas, como as chamava. Lexius recebeu suas melhores roupas, sua espada e seu ouro que estava no esconderijo na floresta, porque era realmente dele, e todos fomos expulsos do reino.

"A rainha naquelas últimas horas parecia uma flor que tinha murchado da noite para o dia, uma flor que já tinha perdido a juventude havia algum tempo, mas que era linda como as outras flores e que tinha murchado de uma vez, perdendo suas pétalas em cascata. Era um fantasma de si mesma ali parada, recebendo nossas mesuras de adeus. Ela me deu bastante ouro, como era de costume, mas não seu beijo, nem seu perdão, nem sua bênção. E foi então – isso eu soube depois – que começou o seu distanciamento do reino.

"Eu viajei com Lexius e Sonya até um porto do qual eles partiram num navio para a Índia. Passamos muitas noites juntos na estalagem de lá, sem nos falar, enquanto esperávamos o navio. Sonya e Lexius, bem, já tinham começado a discutir antes de zarpar.

"Um ano depois, talvez um pouco mais, recebi uma carta de Lexius dizendo que Sonya havia desaparecido. Ela não se adaptou ao clima de Arikamandu e da região em volta. Ela foi embora. Lexius tinha dado uma grande fortuna para ela. Mas ela não ia mais voltar e ele sabia disso. Ele ficou arrasado. Naquela época Dmitri já estava livre havia bastante tempo e tinha ido me visitar... Dmitri queria ver Lexius..."

Ele parou de falar.

– Eu fui para Arikamandu – disse Dmitri, reticente. – Queria ver Lexius. Tínhamos formado um laço, Lexius e eu, quando ele nos trouxe de volta do sultanato. Fiquei um tempo com Lexius na Índia. Éramos ligados de várias maneiras. E então eu voltei para cá, e agora Lexius está voltando também.

Bela estava deslumbrada. Como devia ser a distante cidade de Arikamandu? E a família poderosa de Lexius? Era tanta coisa que ela queria saber. Não desejava lugares estrangeiros ou novas aventuras fora de Bellavalten, mas tinha sede de conhecimento, conhecimento geral, sempre teve.

Ela tentou imaginar Lexius de acordo com o que lembrava dele. Voltou uma sedutora lembrança dele como o ajudante perfeccionista do sultão, examinando o corpo dela já que tinha sido ele que recebera Bela a serviço do sultão. Sempre houve alguma coisa melancólica e lânguida nele. E quando Laurent fez dele um escravo, ele curtia um doce terror que ela compreendia muito bem.

– Mas e as estranhas observações que ele fazia? – perguntou Laurent. – O que ele queria dizer quando afirmou que esse não era o único reino desse tipo?

Ele esperou e depois acenou para Dmitri falar.

– Quanto tempo, exatamente, você ficou em Arikamandu?

Alexi levantou a cabeça e olhou timidamente para Dmitri, e Dmitri olhou para Alexi em silêncio por um longo tempo que quase chegou a um desrespeito ao rei, mas logo Dmitri pareceu chegar a alguma decisão interna e virou para Laurent.

– Senhor, me perdoe, mas essa é toda a história de Lexius que eu tenho para contar – disse ele com voz suave e lamentando. – Por favor, eu imploro, não me pergunte sobre aquelas coisas. Porque aquele é outro país e outro povo.

Laurent estava obviamente refletindo sobre isso. Claro que Bela entendeu. Dmitri foi hóspede naquele outro país, daquele outro povo, e não queria violar sua honra de jeito nenhum.

Desde que assumiu a praça das punições públicas, Dmitri ficou mais forte e resoluto, perdeu completamente os movimentos e a fala tímida que o tinham marcado no dia de sua chegada.

– Eu voltei para o meu país – disse Dmitri. – E é a esse reino que pertenço agora. Por favor, permitam que eu não fale mais de Lexius, além do que já disse até agora.

– E Lexius chegará logo para contar sua história – disse Bela. – Ele fez uma longa jornada para chegar aqui. Vai querer oferecer mais do que saudações e felicidades para nós. Isso ele podia ter mandado por carta. Com certeza ele tem um objetivo, para vir pessoalmente.

E esse objetivo tinha de ser exatamente o mesmo propósito que havia levado todos eles de volta, pensou ela, o desejo de fazer parte do reino de novo.

Fez-se um momento de silêncio. Estavam todos pensando. Lady Eva foi a primeira a falar.

– E que foi isso, Alexi, então você acha que essa traição de Lexius foi o que deu início ao declínio do antigo reino?

– Sim, eu acho que foi, lady Eva – disse Alexi. – Mas perdoem-me, Majestades, por dizer isso, porque eu realmente preciso dizer: a rainha não entendia as coisas! Quero dizer, o desmonte do reino foi dentro da rainha, porque tinha ideias muito fortes e era cega, digamos assim, para muita coisa que era clara para os outros.

– Eu concordo – disse Laurent. – Você não me ofende ao falar dela desse jeito. Já falei dela assim também e minha rainha fez o mesmo. Basta prestar atenção nos resmungos e arengas do lorde Gregory para entender o que a rainha nunca entendeu.

– Ah, mas o lorde Gregory tem lá suas utilidades – disse lady Eva, rolando os olhos nas órbitas.

Ela sorriu e o rei também sorriu para ela, de um jeito confidente e cúmplice.

Bela nunca se importava quando isso acontecia. Tinha se acostumado com a devoção do rei a lady Eva. Ela cuidava dos machucados e vergões do rei quando lady Eva saía dos aposentos dele. E Laurent a procurava excitado e faminto de seus abraços naquelas noites como se lady Eva tivesse dado uma de suas poções, só que na verdade a poção consistia apenas no seu grande dom de comando.

– Usamos os blocos de construção da rainha Eleanor aqui – disse Bela –, mas fizemos novos alicerces. Nós construímos novos e maravilhosos edifícios.

– Sim, Majestade, isso é verdade – disse lady Eva, e agora ela dirigiu o sorriso que sempre reservava para Bela, um sorriso de admiração e de confiança. – Bem, talvez Lexius tenha coisas para nos ensinar, truques e rituais do reino do sultão que a antiga rainha não gostava.

– Ah, ele sabe muitas coisas – disse Rosalynd, rindo baixinho.

Elena meneou a cabeça, concordando.

– Mas nós também sabemos, não é?

– Vocês têm sido indispensáveis, Rosalynd e Elena, para o esplendor dos jardins – disse Bela.

E essa foi apenas uma afirmação da verdade. E havia também os escravos presos em nichos por todo o castelo e na estrada que ia para a aldeia, obras de arte da escravidão. Bela se deliciava com essas figuras singulares e esses cenários.

– Todos vocês são indispensáveis. No entanto, ainda temos espaço para mais.

– Receberei Lexius com prazer – disse Laurent, em tom de encerramento. – Vou dar as boas-vindas sem hesitar. Fui eu quem o trouxe para cá anos atrás. Eu o teria recebido se ele viesse a mim depois de banido. Fico contente que tenha feito amizade com vocês, Alexi e Dmitri.

– Obrigado, senhor – disse Alexi. – Não posso afirmar que fiz alguma coisa além de seguir o meu coração.

– E está certo – disse Bela baixinho, olhando para Alexi. – Ninguém pode se obrigar a amar. Como somos abençoados, nós que não temos de passar por isso. E não podemos nos obrigar a amar com uma forma de amor em detrimento de outra.

Ela abaixou a cabeça, olhou para as mãos juntas no colo e seus pensamentos ficaram confusos, assustadores. Queria falar de muitas coisas, mas não era a hora nem o lugar para isso. Temia que já tinha revelado demais do que ia na sua alma.

– Verdade – disse Laurent.

Ele virou e ficou um longo tempo olhando para ela.

– E Lexius deve estar aqui conosco em poucos dias – disse lady Eva.

– Alexi – disse Bela, pedindo paciência com um gesto –, temos de sair daqui para atender a outros compromissos. Mas gostaria de saber algumas coisas primeiro. Sonya não sentia nada por Lexius?

– Ah, não, Majestade – disse Alexi. – Ela mentiu porque estava desesperada e errou nisso quando falou com a rainha, e, aliás, Lexius tinha um destino especial para ela...

Alexi interrompeu a frase e olhou aflito para Dmitri.

Dmitri lançou um olhar de alerta para ele e balançou a cabeça.

Foi tudo sutil e muito rápido, mas Bela viu aquela comunicação e a expressão de arrependimento no rosto de Alexi. Ela também sabia que Laurent tinha visto isso, mas Laurent não teve nenhuma pressa de reconhecer. Ia esperar até o momento apropriado para ele e podia não ser exatamente agora.

– Eu nunca soube exatamente o que ele quis dizer com isso. – Alexi se apressou em emendar, obviamente tentando consertar a inconfidência. – Mas Lexius disse isso, isto é, disse alguma coisa sobre um destino especial. – Ele sacudiu os ombros. – E ela estava bastante envolvida com ele quando os dois partiram juntos de navio. Andavam discutindo sim. Mas estavam cansados e enfrentando uma longa jornada. Eu não sei se ela realmente concordaria em deixar Bellavalten com ele, mas uma vez banida ela se agarrou a ele, se dedicou a ele e uniu seu destino ao dele. Pelo menos até onde eu vi.

– Tenho certeza – disse Dmitri suavemente – que Lexius vai esclarecer muitas coisas quando chegar. Por que ele viria para cá se não pretendesse responder às perguntas que nossos amados rei e rainha possam fazer? Certamente ele sabe que vão perguntar.

Laurent levantou da mesa e deu risada.

– Então ele era rico, de família nobre e podia ter recorrido à família em qualquer momento para libertá-lo. – Ele balançou a cabeça, maravilhado. – Que homem! – Laurent riu outra vez. – Que homem extraordinário.

Bela quase riu também, só porque o bom humor de Laurent era sempre contagioso, mas teve de admitir que o sedoso Lexius que parecia deslizar, em vez de andar como os outros mortais andavam, era uma figura hipnotizante no horizonte.

Mais uma vez ela o viu naqueles momentos em que a examinou como escrava do sultão, quando ele a observou sem dizer uma palavra para ela, quando apalpou seus dentes e sua língua, seu sexo nu. Ele parecia um gigante naquela época e o sorriso dele a hipnotizou. Mas ela sentiu uma deliciosa ameaça emanando dele. Lembrava disso claramente, mas apenas da ameaça eletrizante de um senhor com uma preciosa escrava nua do prazer.

– Ele sabe que vamos fazer muitas perguntas – disse lady Eva. – Nas cartas que escreveu para mim ele fala de acabar com os mistérios que o cercam, de cortar os nós de tantos enganos misturados. Ele está louco para ver o novo reino. De fato, se ele sabe de algum outro reino no mundo que seja como Bellavalten, isso não basta para impedi-lo de voltar para cá. Ele fala de você, meu rei, e de você, minha rainha, com muito carinho. Ele lembra dos outros. E tem muitas perguntas para fazer também.

– Muito bem – disse Laurent –, isso já é suficiente na questão do nosso amado mágico de olhos pretos, Lexius.

Ele levantou, estendeu a mão para Bela e todos à mesa levantaram.

– Agora precisamos ir – disse Bela. – O dia a dia de Bellavalten nos chama.

12
Sybil: O sonho de todas as meninas escravas: os estábulos da rainha

i

Sybil acordou antes de o sol nascer. A essa altura já estava acostumada com a toalete rápida, escovar, polir, limpar os dentes e a língua e escovar o cabelo. Era gostoso para ela e curtia as mãos firmes dos cavalariços que já conhecia.

Mas era o dia de ir para os estábulos, de modo que as suas pernas e a sua bunda receberam mais óleo do que antes, e Neshi, seu belo cavalariço de pele dourada, avisou que se fosse aceita nos estábulos da rainha, provavelmente ia dormir lá e ele não a veria mais.

A princesa Lucinda, senhora dos estábulos da rainha, havia aprovado Sybil, mas com uma condição. Hoje, Sybil teria de provar que merecia.

— Seja um docinho bem gostoso, Sybil – disse Neshi, com um beijo carinhoso. — Não seja mandada de volta para o salão dos candidatos. Isso é um privilégio imenso! Mas lembre-se de que a rainha, apesar de toda a rigidez, é muito compreensiva e se esforça muito para corrigir eficientemente os escravos.

– Sim, senhor – respondeu Sybil, e não disse mais nada.

Ela não tinha dúvida. Tinha sido a gatinha de estimação da rainha nos grandes jardins na noite anterior, e a rainha Bela era tão reverenciada que escravos e cortesãos se atropelavam para fazer mesuras diante dela aonde quer que fosse, não com a formalidade gélida de uma corte envelhecida como as que Sybil tinha conhecido, mas com um entusiasmo que beirava a adoração.

Sybil tinha se deslumbrado com os jardins mais ainda nessa segunda vez que os viu do que na primeira – ora, com tantos escravos pintados de ouro por toda parte, presos em posições artísticas como as inúmeras esculturas magníficas, e os jogos movimentados, e o espetáculo dos escravos nus atendendo a todos os desejos da corte imensa.

A rainha tinha ordenado que enfeitassem Sybil da forma mais requintada para aquela noite, com pedras preciosas minúsculas presas aos seus pelos púbicos, os mamilos coloridos com ruge e as orelhas furadas com pingentes de ágata pendurados. Tinham prendido o cabelo de Sybil para trás, com cachos compridos balançando em volta do coque enquanto ela engatinhava ao lado da rainha. Tinham posto nela uma coleira de prata com ágatas e uma guia combinando.

O elegante e sempre charmoso grão-duque André tinha mais uma vez insistido em sua proposta de "casamento" com Sybil, como chamava a rainha, mas a rainha foi categórica e disse que a sua "preciosa", mera candidata, não estava preparada para servir nos aposentos particulares do lorde. Mas a rainha não se incomodou que o grão-duque manuseasse e analisasse sua "gatinha" Sybil, e a menina foi puxada para ficar de pé e se exibir enquanto os dedos suaves do duque exploravam as partes privadas com polidez inesperada. Sybil não podia lembrar dos olhos alegres e do sorriso agradável do grão-duque sem ficar toda derretida. Ele a reverenciava como faria com um felino ou pássaro exótico, ou uma estatueta de prata trabalhada com arte.

Outra breve experiência aquela noite também a deixou abalada. Em certo momento, quando acompanhava a rainha de quatro, ela viu seu amado Brenn preso a uma cruz festivamente decorada, ao lado de uma mesa na qual o rei jogava cartas com um dos seus amigos, um príncipe russo.

Brenn tinha sido esfregado e polido com ouro no corpo inteiro, e os braços estavam dobrados para trás por cima da viga da cruz, as pernas bem abertas e presas pelos tornozelos. Ele estava de olhos fechados enquanto um lorde ou príncipe luxuosamente vestido chupava seu pau. Um grupo de espectadores da nobreza cercava a cruz e assistia ao pequeno ritual com fascínio de olhos vidrados. O rei estava a poucos metros de distância, insistindo para o príncipe recuar e fazer Brenn projetar o quadril para frente, mas deu para Sybil ver que o príncipe estava concentrado, com muito tesão naquele esporte. O príncipe agarrava as nádegas de Brenn enquanto chupava.

A rainha aproveitou para observar que "adorava" Brenn. E o rei disse que ela devia mesmo, porque Brenn era uma fonte perfeita de elixir para os que clamavam por ele, como a rainha podia ver. A rainha tinha acariciado carinhosamente o cabelo de Brenn quando parou um tempo ao lado dele. Depois ela e sua gatinha de estimação seguiram em frente.

Lady Lucinda estava lá com seu cabelo acinzentado, e foi nessa hora que viu Sybil e disse que ela daria um ótimo cavalo.

Lady Lucinda era uma mulher delicada e miúda, com belos olhos castanhos. Foi ela, com a ajuda das famosas princesas Rosalynd e Elena, que projetou os estábulos da rainha e que cuidava deles todos os dias. Mas Sybil tinha ficado tão embevecida com a rainha que mal notou lady Lucinda. Ah, certamente, mais cedo ou mais tarde serei um cavalo da rainha, ela pensou.

— É impossível exagerar quando se fala da vontade da rainha e do dedo dela em tudo — disse Neshi com os olhos escuros brilhando enquanto explicava para Sybil. — Por isso nunca confunda a bondade dela com permissividade.

— Sim, senhor — disse Sybil baixinho, saboreando as escovadas em seu cabelo perfumado, puxando o brilho que ela jamais veria em um espelho.

— De fato o assunto do reino esta manhã — disse Neshi — era que a rainha Bela ontem mesmo, numa audiência da corte, tinha readmitido no reino três cavalariços extraordinários que foram banidos sob a rainha Eleanor, aceitando-os de volta com tanta bondade e consideração que espantou a todos.

Mas assim é a vontade da rainha, sabe? E o rei nunca questiona nada que ela faz. O rei deixa muitos assuntos totalmente nas mãos dela. Dizem que o rei sente que a rainha tem mais sabedoria quanto a refinamentos do que ele.

Sybil não teve coragem de pedir para Neshi continuar, porque sabia muito bem que ele ia continuar de qualquer jeito. Neshi era o mais falante dos seus cavalariços até o momento, uma criatura magra e felina, cuja pele parecia mais dourada ainda por causa das pulseiras finas de prata que ele usava. Claro que era inteiramente permitido fazer perguntas para o cavalariço, e ela havia aprendido isso outra vez na véspera, em suas aulas de conhecimento geral de etiqueta de escravos, mas ela sabia muito bem que mera curiosidade não era tolerada.

– Georgette, Charlotte e Samantha, esses são os nomes delas! – disse Neshi. – Só que ninguém as conhecia por esses nomes quando serviram à antiga rainha.

Ele balançou a cabeça. Estava aplicando ruge nos lábios de Sybil e um toque em seus mamilos.

– Não, certamente que não. Naquela época, elas eram George, Charles e Samuel!

– Verdade? – perguntou Sybil, perdendo a timidez. – Mas o que quer dizer com isso?

– Que elas se faziam passar por homens aqui, como cavalariços, vestidas de homem, vivendo como homens, bem aqui no nosso meio, até a antiga rainha descobrir!

Sybil ficou fascinada.

– Elas foram pegas na floresta fora da aldeia um dia. Tinham ido juntas se banhar num pequeno córrego lá e achavam que estavam sozinhas, quando um soldado tropeçou nelas. Assim que lorde Gregory soube, ordenou que fossem arrastadas até diante da rainha. Ele ficou furioso com aquele comportamento fraudulento. Com a ousadia daquele logro.

Neshi balançou a cabeça mais uma vez.

– Vou te dizer... foi um choque. Eu vivia, comia e trabalhava com os três. E afinal eram mulheres! E eu nunca percebi! Sim, eles tinham a pele linda, e sim, suas vozes não eram muito graves, mas mesmo assim há muitos jovens cavalariços por aqui com rostos suaves. O reino gosta de rostinhos bonitos. Mas todos os cavalariços são homens. Homens. E sempre foi assim. Bem, para dar algum crédito ao capitão da guarda, ele implorou por misericórdia, disse que nunca fez mal a ninguém e que elas seriam excelentes cavalariças no estábulo de cavalos mulheres do lorde prefeito. Eram fortes como qualquer outro cavalariço, disse o capitão. Bem, é difícil de acreditar!

– O que aconteceu com elas?

– A antiga rainha deu ouvidos para lorde Gregory. Fez com que as despissem de suas roupas de homem, vestiu-as com roupas esfarrapadas e sujas de mulher que tinham sido descartadas e depois as expulsou do reino. Bem, elas voltaram, e vestidas como homens! A mesma coisa de antes. O mesmo cabelo curto. Vestidas de homem e implorando para a nova rainha deixar que servissem outra vez. E a nova rainha permitiu. "Por que não?", disse ela. "Por que elas não devem viver como homens se é isso que querem?" Lorde Gregory soltava fogo pelas ventas. Mas a corte achou divertido. E o rei também. A rainha falou a mesma coisa que o capitão havia dito anos atrás. Que mal elas fizeram? Então deixe que façam o que quiserem. Além do mais elas foram cavalariças habilidosas, com desempenho notável. E a rainha mandou que as vestissem para servir. Dizem que ela levou Charlotte para os aposentos dela.

Sybil engoliu em seco.

– Ora, eu a vi ontem à noite! Charles... foi assim que a rainha a chamou. Foi Charlotte que me transformou numa gata de estimação ontem à noite. Achei que ela era um jovem alto. Eu não tinha ideia. E ela foi meu cavalariço nos jardins na noite passada! Ela é bem forte, bem hábil.

– Pronto, agora você pode entender o que eu quero dizer quando me refiro à vontade da rainha. Por isso, trate de agradar à rainha! Nunca considere sua bondade falta de força. E, Sybil, eu não quero mais vê-la aqui.

– Sim, Neshi – disse Sybil. – Eu só quero agradar.

– É. Bem, ser um cavalo é uma das formas mais drásticas de escravidão – disse Neshi –, mas posso assegurar que depois de se aperfeiçoar nos estábulos, você será perfeita para qualquer coisa.

Será que isso era verdade mesmo? Sybil achava que não.

– Até logo, queridinha – disse Neshi ajudando Sybil a levantar.

Um atendente corpulento apareceu para levá-la para o estábulo. Ele a pôs sobre o ombro de uma vez só e partiu andando rápido.

– Espere aí – protestou Neshi. – Não tão depressa.

Ele levantou todo o cabelo de Sybil e prendeu na nuca com as mãos dela por cima.

– Pronto, é assim que se faz! – disse ele. – Quando se carrega um escravo de cabelo comprido, ele ou ela seguram o cabelo na nuca. Ah, tantos novatos para treinar... – Ele deu duas palmadas com força na bunda de Sybil. – Saia-se bem, minha menina. Você nem pode imaginar quantas outras bonequinhas queriam ter essa chance que você está tendo.

ii

Foi como tudo o mais, pensou Sybil. O estábulo era infinitamente maior do que ela havia imaginado, os arreios e enfeites do lugar a deixaram encantada. Nunca no mundo fora do reino Sybil tinha visto estábulo como aquele, cujas portas, esteios e baias eram todos feitos de madeira polida, com ferragens brilhantes de bronze, e os arreios dourados ou pintados de vermelho.

No entanto, a visão mais extasiante foi a dos cavalos mulheres em suas baias, uma longa fileira de cada lado do estábulo de belos traseiros e pernas compridas – cada menina curvada sobre uma viga na altura da cintura, com os punhos presos juntos para trás.

Sybil foi empurrada para uma baia vazia por um cavalariço muito jovem com grandes músculos e rosto bonito, redondo, cheio de sardas.

– Ah, pequena Sybil, o novo animal de estimação da rainha – disse o cavalariço. – Bem, o meu nome é Oweyn, querida, e você estará em boas e fortes mãos comigo, não se preocupe. Tenho treinado cavalos meninas há anos. E lady Lucinda me disse para dedicar uma atenção especial a você. Agora entre aí e curve-se sobre a viga. É bem lisa, laqueada e polida, pronto, assim, viu? Seus seios pendem livres e você pode apoiar o queixinho na almofada. Agora plante os pés no chão com firmeza. Isso. Você vai receber suas botas imediatamente.

Sybil foi forçada a se curvar sobre a viga e os dedos dos seus pés mal tocavam no chão coberto de palha, mas para seu espanto ajustaram de repente a altura da viga com uma manivela. Oweyn empurrou o rosto dela contra a almofada e ela sentiu o toque das botas dele abrindo suas pernas.

Entrou em pânico com um calor súbito entre as pernas e a sensação da vagina latejando. Não posso escapar agora, pensou ela, como tinha feito inúmeras vezes. Eu abdiquei completamente da minha vontade e o que vai acontecer se eu não puder suportar tudo isso? Mas a cabeça dela ficou vazia.

– Agora, vamos entender o comportamento de um cavalo desde o início – disse Oweyn com sua voz rápida e animada. – Um cavalo não pode falar nunca, a não ser que eu diga "fale". Quando eu fizer uma pergunta direta para você, deve menear a cabeça. Agora meneie a cabeça para mim, Sybil.

Por que mover a cabeça àquele comando simples encheu seus olhos de lágrimas? Ela sentiu um soluço na garganta, mas o sexo pegava fogo. Oweyn estava prendendo os pulsos dela com uma correia e isso também fez com que se sentisse totalmente indefesa. Ter perdido todo o poder sobre o próprio destino a deixou sem ar.

Então, chocada, ela sentiu a mão dele embaixo do seu sexo, levantando seu púbis, alisando e acariciando como se o avaliasse.

– Bela pelagem! – disse ele. – Não precisa nem aparar. Belos pelos pretos enrolados e belos lábios vermelhos, bem visíveis, bem carnudos. Gosto disso.

O rosto de Sybil ficou vermelho e quente e as lágrimas escorreram até o queixo. Mas ela pensava desesperadamente que devia estar feliz porque o nervosismo tinha acabado. Ela estava ali, mergulhada naquilo, como Brenn teria dito, fazendo parte de tudo aquilo, e tinha abdicado do direito de fazer ou dizer qualquer coisa.

Uma enorme e lânguida calma se apossou dela. Deitou sobre a viga e a almofada e não pulou quando Oweyn apalpou seus seios, deu uma batidinha e beliscou os mamilos. A única coisa que podia ver era a curva do travesseiro e a parede preta brilhante da baia.

– Boa potranquinha – disse ele. – Agora pare de tremer e de chorar. Você quer ser uma boa potranca ou acabar como um triste cavalo de carga puxando uma carroça?

Sybil meneou a cabeça. O que mais podia fazer?

— Isso não foi um meneio. Eu quero um verdadeiro meneio — disse Oweyn. — Quero ver todas essas argolas balançando!

Ela moveu a cabeça com mais força.

— Pronto, aí está Georgette com as botas.

Sybil sentiu o pé esquerdo sendo calçado, e a bota calçou bem. Agora alguém, que devia ser Georgette, estava amarrando as correias da bota apertadas até a panturrilha. A bota era pesada e ela percebeu, ruborizando e chorando de novo, que tinha uma ferradura pesada embaixo. E veio o segundo pé da bota. O couro era bem macio, sensação boa nos tornozelos.

Levantaram a cabeça de Sybil, ela sentiu a puxada suave de uma escova de cabelo, e ouviu uma voz de alguém falando ao seu ouvido.

— Bom, eu sou Georgette, pequena Sybil — disse a voz. — E vou pentear o seu cabelo para ficar igual ao de todas as outras jovens cavalos. Dois pentes para afastar do seu rosto e clipes com pedras preciosas para prendê-lo e deixá-lo pender atrás do pescoço. E o seu cabelo bem preto é lindo. Todo cacheado. Tem movimento. É abundante. Isso vai mantê-lo longe do seu rosto quando estiver com os arreios.

Sybil meneou a cabeça com toda a força que tinha.

— Boa menina — disse Georgette.

Certamente aquela era a Georgette que Neshi tinha descrito. A voz era um contralto ronronado baixo, e as mãos rápidas e ágeis como as de Oweyn. Sybil não sabia qual provocava mais desejo nela.

– Agora você vai morar nessa baia, docinho – disse Georgette. – Vai dormir nela, comer nela e descansar nela quando não estiver encilhada ou com arreios, e se a rainha te aprovar, terá seu nome aí em cima, na viga, porque a rainha gosta de ver os nomes e manda fazer as letras em bronze. Ela sempre escolhe pessoalmente suas equipes e sempre que você estiver sob o olhar da rainha, bata os pés para mostrar sua disposição, sua vontade de servir, entendeu?

Sybil meneou a cabeça outra vez, mas as lágrimas escorriam sem controle. Sufocou um soluço na garganta. E seu sexo estava tão inchado e molhado de desejo que ela mal conseguia suportar. Foi tomada pelo pânico e de repente ficou toda tensa, sentiu os músculos das pernas tremendo, como se fosse tentar correr, fugir.

Mãos a seguraram, as mãos de Oweyn que ela já conhecia, e depois as de Georgette.

– Nada vai acalmar essa dama a não ser uma boa surra – disse Georgette.

– Mas a rainha pode querê-la intocada... – Oweyn começou a dizer.

– A rainha a quer arreada e treinada – disse Georgette. – Oweyn, você é mole demais. Sempre foi. Não devia hesitar na hora de bater em qualquer cavalo sem experiência que estivesse soluçando desse jeito.

– Tem razão – disse Oweyn. – Sybil, comporte-se. Georgette vai te dar uma surra com a palmatória, você precisa e merece isso.

Sybil soluçou na almofada e mal conseguia manter a boca fechada. De repente começou a se debater, com toda força que tinha. Não deu para controlar. Simplesmente aconteceu. Ela se debateu loucamente, mas não tentava levantar nem correr. A palmatória de Georgette desceu forte no traseiro dela.

Assim que sentiu os golpes seguintes, Sybil ficou imóvel, e com a nova série de palmadas ardidas, se viu completamente dominada e gemendo baixinho, completamente entregue, do fundo da alma, à dor corretiva. A dor era quente e formigava, ela se sentia ondular sob a palmatória e gemidos profundos saíam do seu peito. Ah, como tinham razão ao dizer que ela precisava daquilo, daquele ataque de pancadas que a fazia lembrar de sua nudez, da sua vulnerabilidade e do seu enorme desejo de agradar.

De repente os dedos frios de Georgette massagearam sua bunda e apertaram cada nádega. Então a palmatória desceu novamente com um golpe forte e ressonante atrás do outro.

– Mantenha esses pés no chão, minha jovem – disse Georgette. – Não estamos nem perto de terminar aqui. Segure o queixo dela, Oweyn, para eu poder ver seu rosto. Excelente.

Sybil fechou os olhos quando Oweyn levantou seu rosto e alisou o cabelo dela para trás. A menina sentia as lágrimas pingando do rosto.

A surra recomeçou. Dessa vez pegava as coxas também, pancadas quentes e ardidas que faziam Sybil perder o ar. Mas não resistia mais. Só a palmatória a fazia se mexer, empurrando um pouco para cá ou para lá com a força da batida, ou fazendo com que seu traseiro pulasse em ato reflexo. Sybil era somente um corpo sem voz, eram suas partes íntimas, sua anca, seu traseiro que subiam e desciam, e seu sexo trêmulo e faminto.

– Está melhor agora, muito melhor – disse Georgette. – Oweyn, posso dizer que para essa uma surra toda manhã e toda noite é absolutamente necessária, não importa o que mais a rainha deseje. Essa é uma menina delicada e destemida.

– Georgette, é bom tê-la de volta – disse Oweyn –, mas eu sempre bato em todas elas. Em cada uma delas. Sempre bati. Por mais cansado que eu esteja, não importa. Eu me certifico de que todas estejam bem espancadas todas as noites, e pela manhã elas recebem a pior surra. Posso garantir para você. Ora, você me conhece, George.

– Sybil, agora vou botar o cabresto e o freio em você – disse Georgette. – Fique de pé.

– Um pouco de creme primeiro – disse Oweyn.

Ele começou logo a esfregar o traseiro de Sybil.

Ela teve dificuldade para ficar em pé direito. Georgette segurava seu queixo e Oweyn a segurava pela cintura enquanto esfregava o creme nela.

– Bem quente – disse Oweyn. – E um belo tom de rosa. Sybil, a sua pele é exatamente o tipo que a rainha gosta.

– Você tem de me contar do que mais ela gosta – disse Georgette.

– Bem, eu conto ao longo do dia. Essa pequena ave a rainha andou domesticando por conta própria, essa e o pequeno cervo que veio com ela, um pequeno deus musculoso como você não acreditaria. Os dois têm cabelo preto e pele branca como os lírios. Mas a rainha gosta de várias outras combinações também.

A cada palavra que ele dizia, o sexo de Sybil latejava. Quando os dedos de Georgette passaram de novo em seus pelos púbicos, ela fez uma careta. Jamais tinha imaginado quanto tempo aguentaria em um estado ultratorturante assim.

– Abra os olhos, mocinha – disse Oweyn. – Dê uma olhada em volta, depois olhe para o chão.

Sybil tremia engolindo os soluços. Ela abriu os olhos e viu embaçada a figura alta e magnífica de Georgette, de cabelo cacheado e macio, castanho-avermelhado, cortado bem curto, curto como o de um antigo deus grego, e olhos amendoados cinza-claro. Mais alta do que Oweyn, ela era bem magra, tinha as mãos compridas e dedos finos que passavam diante do rosto em transe de Sybil, afastando o cabelo dela das têmporas. Havia alguma coisa aterrorizante nela, na mistura de masculino e feminino, no seu pescoço nu acima do colarinho masculino, e a força óbvia da mão dela.

E lá estava o musculoso Oweyn, com a expressão feliz daquele rosto sorridente, segurando e esfregando o traseiro de Sybil e sussurrando como ela era bonita.

– Abra as pernas, potranca – disse Georgette. – Assim. Nunca aperte as pernas juntas, está me ouvindo? Não com um sexo saliente e vermelho desse jeito. Não ensinaram isso para você ainda? Se a rainha quiser que você guinche de prazer para ela, será escolha dela. Comigo você tem de se comportar.

Georgette deu um tapa forte no púbis de Sybil e depois mais outro.

– Não, fique parada, nada de se contorcer para longe quando recebe uma palmada ou um tapa, nunca – disse Georgette, mas com voz paciente.

– Agora vou soltar você – disse Oweyn –, e quero que fique firme nos próprios pés, depois bata um pé e o outro.

Sybil começou a chorar de novo. Parecia impossível estar de pé. Por que não tinha desmoronado? Era exatamente como Brenn tinha descrito, aquela sensação de derretimento, de uma humilhação deliciosa e envolvente. Agora ela não tinha nada a perder, nada, nem dignidade, nem segredos, não havia nada escondido. Sybil ficou parada e de pé porque recebeu ordem para isso.

Sentiu um pano macio secando seu rosto e seu nariz.

Georgette tinha ido ficar atrás dela, mas Oweyn estava na frente, obviamente inspecionando, pegando as coxas dela com beliscões fortes.

– Ela é uma menina forte – disse ele. – Família boa, bem-criada, mãos e pés pequenos, mas forte, forte como os lírios são fortes, com talos compridos.

De repente puseram uma coisa dura na boca de Sybil.

– É isso, entre os dentes – disse Georgette. – Pode morder. É de couro macio e foi esfregado nele um gosto doce, isso. Abra bem e morda.

E de repente Sybil estava de cabresto e o cabresto tinha rédeas compridas, e pôde senti-las nos ombros.

– Só a sua senhora ou condutor podem fazê-la levantar a cabeça e puxá-la para a posição de atenção. Mas as rédeas que vão guiá-la para virar serão adaptadas a essas correias que estão nos seus ombros.

Os arreios desceram em volta dela, correias que prendiam seus braços, por cima dos seios, e afiveladas nas costas.

– Quando você sentir uma batida no ombro, vire para a direita ou a esquerda, de acordo com o lado da batida. Você não pensa. Você vira.

Sybil fez que sim com a cabeça, mas o jorro de soluços de trás do cabresto soaram embaraçosos demais, como uma reclamação. A palmatória estalou no traseiro dela com força de novo.

– Você quer outra surra aqui e agora? – perguntou Georgette. – Será um prazer providenciar isso. Eu adoro espancar potranquinhas más. Tenho uma bela e comprida correia que posso usar, se funcionar melhor. E posso segurá-la de cabeça para baixo por um tornozelo também, se me forçar a isso.

Sybil não teve coragem de balançar a cabeça indicando sim ou não. Tinha aprendido na aula de etiqueta para nunca cometer esse erro. A única coisa que podia fazer era tremer e controlar os soluços.

Estavam prendendo mais correias na sua cabeça, passando por baixo do queixo, por cima e em volta da testa. As rédeas presas às pontas do cabresto passavam por ilhoses nessas correias. Sybil podia sentir tudo isso, mas não dava para ver. Só via o chão à frente e as pernas de Oweyn e de Georgette enquanto os dois trabalhavam.

E então veio o toque firme de um falo contra seu ânus, algo liso e muito bem besuntado de creme ou óleo, forçando seu pequeno orifício secreto e depois sendo enfiado nela.

– Isso é feito de cera, menina – disse Georgette. – E tem um bom tamanho. No reino antigo eram todos do mesmo tamanho e muitas vezes grandes demais. Mas lady Eva faz moldes deles e os confecciona todos os dias. E todos precisam passar pela aprovação de lady Lucinda. Esse aqui é perfeito para você. E tem argolas de metal para prender os arreios.

Sybil deu um pulo, mas parou a tempo. O macio rabo de cavalo tinha encostado nas suas coxas. Saía daquele pequeno falo e o falo estava sendo preso dentro dela pelas correias que passavam entre as pernas, subiam pela barriga e eram enganchadas num cinto largo que estavam pondo na sua cintura. Com alguns apertos ela ficou firmemente enrolada naquelas correias de couro, mas podia sentir a puxada das rédeas passando por um gancho no falo.

Outra onda torturante de desejo percorreu o corpo dela, esquentando os seios, endurecendo os mamilos, com o sexo latejando novamente e tendo espasmos famintos. Ela podia sentir isso nos ouvidos, aquelas repuxadas que pareciam não nascer no coração e sim entre as pernas. As correias que saíam do falo encostavam nos lábios da vulva e apertavam os dois juntos, mas não o suficiente para aliviar o desejo que queimava dentro dela, queimava até seu rosto e fazia a expressão ficar suave de repente, a língua brincando no freio e os olhos se fechando.

– Ficou linda – disse Georgette. – Venda nos olhos, Oweyn.
– Sim, senhora – disse Oweyn.

Ah, mas eu não posso correr de olhos vendados, pensou Sybil desesperada. Como vai contar para eles? Perderia o equilíbrio. Sempre foi assim. Mas não era preciso. A venda estava sobre os olhos e ela não podia ver através, ver o mundo por uma suave luz dourada, e não havia por que olhar para baixo e para longe das figuras indistintas que ajustavam as correias e a acariciavam consolando.

Uma nova sensação de impotência tomou conta dela, algo mais profundo e mais lânguido do que antes. Ninguém pode ver meus olhos, pensou, e eu não posso gritar, o freio é uma mordaça. E ficou tentada a se debater de novo só para sentir a resistência do arreio, só que isso seria prova de péssima educação e ela sabia.

– Agora quero que mantenha esse queixo para cima para mim – disse Georgette –, sem coleira, entende? Se eu tiver de botar uma coleira em você, será alta e realmente forçará seu queixo a uma posição desconfortável.

– E a rainha não gosta de coleiras – disse Oweyn – nem de corpetes cheios de coisas. Ela quer suas lindas potrancas o mais despidas possível.

Sybil meneou a cabeça freneticamente.

– Boa menina – elogiou Georgette. – Agora todo dia venho vigiar você. Esse queixo tem de ficar para cima!

De repente soltaram os pulsos de Sybil para que ela pudesse dobrar os braços para trás, do mesmo jeito que se cruza na frente do corpo, e aí ela sentiu as correias apertando para mantê-los juntos. As correias nos ombros também foram apertadas e ligadas às correias que prendiam seus braços. Aquilo tudo gerava uma calma maravilhosa, e veio aquele pensamento de novo – nervosismo e medo tinham acabado. Estava acontecendo!

– Isso chamamos de arreio de braço – disse Georgette. – E serve para treinar e para forçar os seus seios para frente, numa exposição maravilhosa. Agora marche para frente!

Sybil levou umas palmadas.

– Levante esses joelhos, mais alto. – Ela ouvia a voz de Georgette. – E faça isso rápido.

Georgette andava ao lado dela, manuseando a palmatória que fez despertar o traseiro ardente de Sybil com suas batidas enquanto ela corria para obedecer. Agora era Oweyn dizendo bruscamente para ela levantar os joelhos. Georgette e Oweyn iam um de cada lado quando marchava lentamente no estábulo comprido, saindo pela porta dupla e dando num jardim claro.

A venda protegia os olhos de Sybil do brilho do sol e a brisa brincava docemente com seu cabelo e no seu rosto quente. E ela enxergava melhor agora do que no estábulo escuro. Havia uma enorme pista oval ali e cavalos puxavam pequenas carruagens em volta. Cada carruagem tinha um condutor e algumas eram puxadas por dois cavalos, outras por quatro e outras com apenas um.

Não consigo, eu não vou conseguir, pensou Sybil desesperada, não posso puxar uma carruagem assim, não posso, mas isso era mentira e ela sabia. Fugir era impossível e rebelar-se era inútil.

Ela viu, a certa distância, um cavalo menina, com os arreios, que estava sendo ruidosamente espancada sobre os joelhos de um cavalariço que apoiava a bota na cerca baixa que havia em volta do pátio. E à direita dela havia duas potrancas encilhadas presas à cerca, também sendo castigadas.

Em uma plataforma mais alta muitos metros adiante, no final da pista estava uma dama de veludo azul que Sybil reconheceu. Era lady Lucinda, com dois cavalariços ao lado, supervisionando o pátio.

Ah, eu tenho de ser aprovada, eu preciso, pensou Sybil.

De repente apareceu uma carruagem que ela viu com o canto do olho, uma carruagem alta e elegante, toda decorada com ouro e figuras em relevo também douradas, com rodas grandes, delicadas e cintilantes. Havia uma potranca ruiva entre os puxadores que não estava com as mãos presas para trás. Estavam apoiadas em um travessão e por ali ela puxava a carruagem. Parecia muito ereta e altiva, seu rabo de cavalo combinava com o cabelo ruivo e tinha sido decorado com flores. Mas os longos puxadores dourados passavam da cavalo ruiva, e foi lá para frente, na ponta desses puxadores, que levaram Sybil e a puseram entre os dois.

Prenderam correias em suas coxas e nos puxadores. As correias nos ombros também foram presas aos puxadores. Sybil não entendia como, mas subitamente estava firmemente ancorada no lugar. As rédeas que passavam nos seus ombros e dali para o freio foram bem esticadas para trás.

– Agora Cressida vai empurrar o travessão e puxar a carruagem – disse Georgette. – E Oweyn diz que ela é forte e boa nisso. E você será a cavalo líder, Sybil, e puxará a carruagem também. O seu cinto está preso ao travessão que Cressida está empurrando.

De repente mexeram nas correias e o cinto foi puxado com força para Sybil entender. E aconteceu também com as correias dos ombros, presas aos puxadores, com as correias em volta das coxas e na cintura.

Indefesa, desesperada, completamente indefesa, pensou Sybil, sublimemente indefesa. Uma nova onda de lágrimas brotou e de repente a venda ficou encharcada, mas ainda funcionava para protegê-la dos olhares dos outros porque cobria os dela. Que ideia absurda. Certamente qualquer um podia vê-la nua, exibida, amarrada, com o púbis exposto sem misericórdia, seu traseiro exposto. Tinha se tornado seu corpo nu mais uma vez.

Ela sentiu a carruagem se mover, sentiu o tremor por todas as correias, sentiu a puxada do freio.

– Agora trotando, jovens, e trotem animadas! Sem pressa, mas animadas. Joelhos no alto. À direita, entrem na pista.

Toda a vontade tinha abandonado Sybil. Ela estava ali de repente, trotando conforme ordenaram, entrando no passo da potranca atrás dela, com os arreios batendo no ombro, na cintura, nas coxas, no cabresto, conforme avançava. Outras carruagens mais rápidas passaram por ela na pista e a visão delas a assustou, ficou confusa, mas estava trotando, só pensando em manter o queixo para cima, os joelhos para cima, e como seria punida se fracassasse, mas a ideia de fracasso era amarga demais, horrível demais. Não ia falhar. Se todas aquelas lindas meninas podiam fazer aquilo, então ela também podia, e para a rainha, sim, pela rainha, ela precisava fazer.

As rédeas a puxaram para a esquerda como se não tivesse visto a pista virando para a esquerda e ela seguiu a curva.

– Mais rápido, meninas, mais rápido, ao galope, assim! – cantarolou a voz de Georgette. – Erga a cabeça, Cressida!

Os soluços de Sybil se misturavam com a respiração ofegante. Sentiu uma dor terrível nas coxas e nas panturrilhas, que passou depois de alguns minutos e ela pôde correr com novo ânimo.

– Mais devagar, Sybil – gritou Georgette. – Isso. Assim. Você deve sentir o peso da carruagem, mas não afastá-la de Cressida.

Quando finalmente as rédeas a fizeram parar, Sybil ficou arfando por trás do freio, os seios subindo e descendo. Estavam no outro extremo da pista, no lado oposto ao dos estábulos. Tinham passado pela frente da plataforma de lady Lucinda sem que Sybil se desse conta. Todo o pátio agora estava muito movimentado, cheio de cavalos encilhados e cavalariços.

– Você é boa para a equipe – disse Georgette, chegando perto e alisando para trás o cabelo de Sybil com a mão enluvada. – E olhe só para esse sexo, está definitivamente pingando! Abra as pernas. Esse favinho de mel está muito molhado. Sempre que estiver em descanso, abra as pernas.

Georgette deu tapinhas e acariciou o púbis de Sybil. Puxou os cachos de pelos. Sybil estremeceu. O prazer era agonia e de repente sentiu o corpo todo vibrando em seus arreios, a bunda ardendo da palmatória, o ânus latejando contra o falo, até o cabelo esvoaçante do rabo fazia cócegas na parte de dentro das coxas quando a brisa passava. Sybil não ousou virar a cabeça para tentar ver melhor Georgette.

Georgette apertou o seio dela, caiu de boca nele e chupou o mamilo. Cutucou o mamilo com a língua. Sybil suspirava descontrolada. Não conseguia manter a boca fechada. Os lábios se moveram e produziram um acorde trêmulo que se ligou dentro dela, do mamilo à vagina e ao bulbo rígido do seu clitóris! Uma sensação paralisante da mais completa rendição tomou conta dela, mas ela queria se satisfazer. Mesmo com o falo lubrificado enfiado no seu ânus, ela nunca se sentiu tão vazia.

– Vamos treinar mais uma hora – disse Georgette e se afastou, indo para perto de Cressida. – Depois serão alimentadas, vão descansar e ser escovadas. E veremos o que podemos fazer para satisfazer esses favinhos de mel famintos aqui. Isto é, temos dois deles. Escravas muito aptas. Deliciosos favos de mel para a rainha. E quando a rainha chegar vocês serão emparelhadas com as favoritas dela para a viagem até a mansão do príncipe Tristan.

A hora pareceu uma manhã inteira, mas Sybil sabia que não era. Mais outra vez, Sybil viu lady Lucinda de relance, inspecionando esse ou aquele cavalo, ou simplesmente passando por ela.

E inúmeras vezes o desejo torturante de Sybil diminuiu e cresceu de novo, e à medida que ela ia dominando cada lição suas panturrilhas doíam e os mamilos pulsavam até que todas as sensações se misturaram dentro dela e ela só soube que se sentia mais viva do que nunca.

Na penumbra do estábulo tiraram seus arreios e outros apetrechos, Oweyn a segurou e a aninhou ao seu braço direito quando a ofereceu para Georgette.

– Deite-se e feche os olhos – disse ele.

Oweyn pegou a coxa dela com a mão esquerda e puxou para o lado.

– Já faz tempo desde a última vez que tive uma coisa doce como essa – disse Georgette.

Ela enfiou a cara no púbis quente de Sybil, erguendo Sybil ainda mais alto, e Sybil mal conseguiu controlar um grito.

Sentiu a língua de Georgette explorando sua vagina, lambendo-a com força, depois os lábios apertando o clitóris, chupando, e Sybil soltou um gemido rouco e longo que quase não reconheceu como sendo seu.

Parecia que tinha chegado ao clímax e acabado e ela devia estar contente com isso, mas a fome não diminuía e Georgette a levou ao gozo mais uma vez e mais outra.

– Tudo bem, menino querido – disse Georgette –, acho que agora pode ficar com ela.

Viraram Sybil, seus braços caíram sobre os ombros de Oweyn e a cabeça rolou para o lado quando ela sentiu que estava sentando em cima do pau de Oweyn.

E começou tudo de novo, as mãos querendo agarrar o ar, o corpo fustigado contra a pélvis de Oweyn e o pau dele preenchendo tudo sem parar, escorregadio, enorme e sublimemente duro. Oweyn grunhiu quando gozou, e ela sentiu o som emanando do peito dele, passando para os seus seios. Não pare, ela queria esperar, mas então ela foi ao êxtase mais uma vez.

– Agora vamos ver a nossa preciosa Cressida – disse Georgette. – Para deixar essa aqui descansar.

iii

Com todos os arreios, Sybil cochilou na almofada. Tinham lhe dado uma poção que a fez adormecer imediatamente, um xarope doce misturado no pote com vinho para ela lamber. Então levaram o pote e puseram a almofada no lugar. Ela apagou e dormiu um sono sem sonhos enquanto a escovavam e passavam óleo.

Quando abriu os olhos ouviu alguém falando.

– Arreios completos.

Seu corpo brilhava e latejava com aquela sensação.

Uma nova onda de prazer percorreu seu corpo.

Eles a puseram de pé, com uma nova venda de seda nos olhos e viu as outras cavalos sendo pintadas, enfeitadas e encilhadas no cercado.

Logo seus mamilos foram pintados de dourado com uma pasta grossa e puseram pequenas correntes ligando os dois. Ela adorava aquele pequeno enfeite. Puseram pequenas esmeraldas nas orelhas dela e uma grande grudada no adesivo do umbigo.

Mas o falo de cera enfiado na vagina a pegou de surpresa. Era bem lubrificado e não muito grande e seu corpo vibrou reagindo a ele. Mas um punhado de sinos dourados pendia dele em correntes finas e esses sinos badalavam sua música aguda cada vez que ela respirava. Então veio o tampão anal, feito com uma cera diferente e todos esses pequenos instrumentos eram trocados por novos todos os dias, dos estoques das lojas que lady Eva tinha dessas coisas, e esse tampão anal, além de firmar o brilhante rabo de cavalo preto também tinha correntes delicadas de ouro com pequenos sinos.

As botas que estava usando agora eram pintadas de dourado e calçavam muito bem seus tornozelos e panturrilhas, amarradas por dedos ágeis de dois cavalariços que se apressaram para paramentá-la completamente, com cada detalhe do acabamento. Pentes dourados para o cabelo, um pouco de máscara nos cílios, ouro nos lábios.

Georgette e Oweyn andavam de um lado para outro no cercado, inspecionando, dando uma ordem aqui e ali, dizendo para essa ou aquela potranca endireitar as costas, empunhando as palmatórias.

Através da venda Sybil conseguia ver Cressida na sua frente sendo paramentada do mesmo jeito, e ficou imaginando o que Cressida devia estar pensando. Tinha parecido perfeita no treino.

A rainha apareceu. Ao lado dela estava a princesa Lucinda.

Ninguém esperava a rainha tão cedo.

Na mesma hora os cavalariços caíram de joelhos, mas todas as cavalos permaneceram como estavam, muitas presas a ganchos na frente das baias, outras sabendo o que era esperado delas, que um escravo não faz nada a menos que receba ordem, e Sybil, tremendo toda diante da visão da rainha, abaixou a cabeça e torceu para aquilo ser a coisa certa, de ficar parada e aguardar uma ordem. Cressida fez a mesma coisa.

Mesmo com a seda da venda Sybil podia ver a rainha magnificamente vestida com um vestido cintilante de tecido prateado, os seios mal cobertos pela barra vermelho rubi do corpete, as saias esvoaçando da cintura alta em dobras graciosas até as pontas dos chinelos prateados. O cabelo louro brilhante estava preso em um coque no alto da cabeça com algumas mechas claras caindo até os ombros. Pentes cravejados de diamantes decoravam o cabelo. E as unhas estavam pintadas de prateado.

Ela olhava para a direita e para a esquerda enquanto caminhava lentamente pelo estábulo, chamando suas potrancas pelo nome e perguntando pelo progresso delas.

O que ela dizia para a princesa Lucinda era muito baixo e confidencial para Sybil ouvir, só dava para perceber o tom. Mas ela chegou perto de Sybil e o perfume de rosas emanava da sua roupa.

– Ah, essa é a minha pequena, Sybil, minha nova candidata, minha preciosa pequena cavalo – disse ela com voz suave e carinhosa.

Ela pôs a mão fina e branca de unhas prateadas na ponta do falo da vagina de Sybil e o levantou, provavelmente pela argola que logo seria presa ao arreio.

Sybil fez força para manter o equilíbrio, com as mãos juntas nas costas, sentiu-se puxada para cima e depois empurrada para frente pelo falo.

– Você tem se comportado bem, Sybil? – perguntou a rainha.

Sem permissão para falar, a única coisa que Sybil podia fazer era menear a cabeça. Seu coração parecia que ia explodir. E pareceu uma eternidade a sensação do olhar da rainha nela, do toque da mão dela. Ela engoliu em seco seus soluços. Mas Georgette se adiantou para responder.

– Ela está indo muito bem, minha rainha. Trabalhei com ela a manhã inteira. Ela aprende rápido. Promete ser uma ótima potranca. Precisa apanhar bastante para se acalmar, mas isso é comum com as mais ariscas.

Lágrimas de gratidão escorreram por baixo da venda de Sybil.

– Faça com que ela vire para eu ver o quanto apanhou – disse a rainha.

Georgette virou Sybil pelos ombros na mesma hora, com suas mãos firmes. Sybil sentiu muito a indignidade do falo enfiado no seu ânus com o rabo de cavalo na ponta, imaginou como devia ser, com as nádegas afastadas pelo rabo preto e brilhante com todos os seus sininhos. O rosto dela ardeu. A rainha tinha exigido muitas coisas dela, mas nunca isso, e esperava ansiosamente que a rainha ficasse satisfeita.

– Ah, mas Georgette, isso não pode ser assim – disse a rainha.

O tom de voz foi gentil como sempre.

– Oweyn, já falei com você sobre isso. Essas meninas estão rosadas, mas não vermelhas.

– Sim, minha rainha – disse Georgette. – Agora mesmo, minha rainha.

– Sinto muito – disse a princesa Lucinda. – Vou cuidar para que nunca mais se decepcione.

A voz dela era doce e educada como a da rainha, exatamente como Sybil lembrava.

– Bata em todas elas com força – disse a princesa Lucinda –, até ficarem vermelhas, até eu poder sentir o calor emanando de seus traseiros sem ter de encostar neles. Faça isso agora e depois ponha os rabos de volta e termine de botar os arreios.

A rainha então deu uma lista de nove nomes, das que tinha escolhido para a saída da noite.

– E Sybil, é claro, mas quero ver um traseiro vermelho.

Por que Sybil sentiu tanta gratidão, gratidão pelas palavras carinhosas, porque a insatisfação não era com ela? E veio à cabeça aquele momento na noite anterior, quando a rainha tinha dado um pires de leite para ela lamber a seus pés. Sybil tinha lambido submissa e adorou os dedos da rainha brincando com seus cachos, alisando suas costas nuas.

Sybil esperou ajoelhada em uma das duas filas para ser espancada. Georgette, sentada num banco de três pernas, botava as meninas no colo para bater nelas com a palmatória.

Oweyn apenas segurava seus queixos, elas ficavam de pé na frente dele e ele as golpeava com a palmatória, com toda força. Em algum outro lugar do cercado outras palmatórias trabalhavam, mas Sybil não tinha coragem de tentar ver.

A princesa Lucinda ficou observando tudo aquilo, de braços cruzados. Seu vestido cinza de veludo era lindo e combinava com o cabelo cinza-claro.

Georgette ou Oweyn podiam pegar uma menina de qualquer lado e Sybil ficou imaginando qual dos dois lhe daria o castigo que a rainha tinha ordenado.

Sybil olhou para cima com medo quando foi chegando a sua vez. As meninas cavalos tinham uma postura admirável, seus corpos completamente submissos quando eram preparados para a palmatória para a aprovação da rainha. Sybil não tinha certeza se era capaz de se dominar daquela maneira.

Então sentiu a mão grande e quente de Oweyn levantando seu queixo.

– Levante-se, Sybil, e vire de lado. Quero ver uma dança bonitinha quando eu te bater, mas nada além disso. E é isso que a princesa Lucinda quer também.

A palmatória desceu com força no traseiro dela. Sybil fez careta e se esforçou para não gritar, então sentiu os dedos de Oweyn apertando seu queixo.

– Boa menina! – disse ele, e bateu nela sem parar.

Diante dela, e mesmo olhando para baixo, Sybil tinha uma visão clara de Cressida deitada no colo de Georgette e a palmatória dourada batendo nela. Georgette era forte como um homem. Parecia que Cressida quicava no colo dela. Sybil ficou maravilhada com a beleza da bunda de Cressida e de suas pernas compridas e bem-feitas. Será que ela também era assim tão bem-feita? Não fazia ideia. E dava para ver os grandes lábios de Cressida e como sua bunda soltava e contraía com cada golpe.

Os sentidos de Sybil se inundaram de dor, mas ela não conseguia afastar os olhos do traseiro bonito de Cressida. Ah, já chega, ela gritou mentalmente, apertando os lábios. Sua bunda pegava fogo e certamente Cressida devia estar sentindo a mesma quentura insuportável. Então finalmente a palmatória parou de bater, Oweyn acariciou e segurou os seios de Sybil e deu um beijo no seu rosto molhado. A palmatória de Georgette continuou batendo em Cressida.

– Agora volte para aquela baia, minha jovem – disse Oweyn –, levantando bem os joelhos quando marcha. Quem vai paramentá-la está à sua espera. E a rainha também.

De repente a princesa Lucinda apareceu ao seu lado.

– Adorável – disse ela com sua voz gentil de dama. – Eu nunca vi uma potranca que não melhorasse a cada boa surra.

Enquanto Sybil marchava com toda a sua altivez, Cressida a alcançou. Não pôde resistir uma espiada de lado e lá estava Cressida olhando para ela também e dando um sorriso cúmplice. Uma onda quente de desejo quase fez Sybil cair. Mas os encarregados das roupas a seguraram.

iv

Era um coche aberto magnífico, coberto com placas de prata em relevo, dois bancos de frente um para o outro e um lugar mais alto para o condutor. Nove cavalos, em três filas de três, estavam sendo encilhadas para puxá-lo.

Samuel, ou Samatha, a nova cavalariça da rainha, ia conduzir a carruagem. Vozes diferentes a chamavam de diferentes nomes, inclusive de Sammy e de Sam. Com uma roupa masculina de veludo preto, ela estava elegante e bonita como um menino jovem bem alto, e seu cabelo preto tinha o comprimento que vários pajens usavam. As maçãs do rosto eram pronunciadas e tinha lábios sensuais. Ela certamente se comportava como um homem.

Encilhada e enfeitada, Sybil foi levada para a última fila da equipe, com os inúmeros sininhos tilintando entre as pernas e no rabo de cavalo, as correntes que ligavam os seios tremulando e faiscando com a luz.

Como todas as outras cavalos, tinham posto plumas douradas em seu arreio de cabeça. Rosetas douradas adornavam as muitas fivelas e argolas. E seus seios tinham sido decorados com mais luxo para participar da equipe real. Argolas grandes de ouro em volta de cada seio, forçando os seios para cima. E as argolas douradas em volta de cada mamilo eram fixadas com uma pasta mais forte para não se soltarem com as franjas de corrente dourada que iam de um seio ao outro. Sybil nunca tinha se conscientizado tanto de cada parte do seu corpo como estava acontecendo agora, com um falo no seu ânus e outro na sua vagina, e as muitas correias que a prendiam, até as botas que acariciavam seus tornozelos como se fossem dedos. Ela achava que o couro que subia pelas pernas até as panturrilhas aumentava a sensação de nudez e de visibilidade das coxas.

Quando calçaram nela luvas de couro bem justas ela se surpreendeu de ver que acentuavam muito as sensações que estava tendo. As luvas cobriam a parte de dentro dos dedos e as palmas, mas em cima eram cortadas com arte para revelar a pele das costas das mãos e dos dedos.

Calçadas por Georgette com firmeza, disseram para ela botar as mãos enluvadas na barra lisa à sua frente. Ela e todas as outras cavalos, três a três, iam puxar a carruagem por aquelas barras. E algemaram seus pulsos nela. Cressida estava bem ao lado de Sybil.

– Obedeçam às rédeas – disse Georgette. – Sammy não tolera nada! Quando ela bater as rédeas vocês levantem a cabeça e virem conforme a orientação dela. O grupo inteiro vai virar. As potrancas da frente são as favoritas da rainha. Elas sabem o que estão fazendo. E elas conhecem o caminho também. Vocês não vão ter dificuldade. Mas nem pensem que Sammy não vai ver cada uma de vocês individualmente e as outras também. Você está sendo testada nessa missão, Sybil. Cressida, você também. Fiquem em forma. Decepcionem a rainha e eu estremeço só de pensar.

E vieram os golpes com a palmatória nas coxas até Sybil arfar e soluçar por trás do freio e pular no mesmo lugar. Depois Georgette foi trabalhar em Cressida.

— Levante o queixo, menina!

Sybil achou que o time todo ficou cintilante com os lindos enfeites novos faiscando à luz das tochas em volta do pátio e da estrada. O céu ainda estava claro, um lindo tom violeta salpicado de estrelas, e realmente um maravilhoso pôr do sol marcava o oeste com fitas vermelhas e roxas que iam sumindo.

Que lindo era, como se Sybil nunca tivesse notado antes. E a princesa Lucinda chegou muito distinta e bonita, inspecionou lentamente toda a equipe, o veludo cinza com um brilho tremulante, os olhos castanhos passando por todas as correias, fivelas, rostos virados para cima, mamilos, botas.

E está acontecendo, pensou Sybil. Isso é real. Eu estou aqui. Quantas vezes em meus sonhos imaginei essas coisas, deitada nos braços de Brenn, mas não eram nunca as mesmas, aquelas imagens, nunca bastavam, não, eram uma sombra pálida do que é a realidade. Agora eu estou no reino, faço parte dele, parte das coisas que imaginei! Ela sentiu um grande orgulho que se misturou com o prazer torturante entre as pernas. Ela se sentia segura no meio das outras cavalos. Ela se sentia completamente embalada e protegida por toda a comitiva. Ouviu o estalo de um chicote sobre a cabeça, empinou o queixo e bateu os pés com ferraduras nas solas.

— Lembrem-se das suas aulas dessa tarde, pequenas! – gritou Georgette, e o grupo partiu.

Gostaria de poder ver a rainha na carruagem atrás de mim, pensou Sybil. Não podia, mas de repente ela percebeu que dava para ouvir a risada do rei e uma mistura de outras risadas também. Sim, um coche aberto com dois bancos e nove meninas puxando. O rei estava lá também.

Corram, pequenas cavalos, corram, pensou ela e de fato elas estavam correndo, ela também com as outras, o ar frio passando na pele ardida e quente. Os falos a amassavam a cada movimento da corrida, a cada tipo de passo ou trote. E ela adorava. Adorava o puxão das correias e o estalo das rédeas para lembrar de manter a cabeça alta.

A grande comitiva foi na direção das grandes muralhas do castelo e Sybil viu os estandartes balançando ao vento. Meu reino, pensou ela, o Reino da Bela, e eu sou parte dele.

Então ela viu uma multidão dos dois lados da estrada, quando saíram do castelo para o campo. Ela foi assaltada pela vergonha. Não posso ser vista desse jeito por todas essas pessoas, pensou, mas ela era vista, e esse era o grande mistério disso tudo, como tinha sido vista nos jardins na noite anterior, e não havia nada que pudesse fazer para escapar da sublime coerção com a qual tinha se comprometido, absolutamente nada. Ela se esforçou ao máximo para erguer os joelhos como Cressida fazia ao seu lado, e também a menina na frente, com a massa esvoaçante de cabelo louro. Sybil esticou as costas e exibiu os seios, as correntes e sininhos tilintando docemente, e empurrou a barra com empenho, com as duas mãos.

O chicote cantava no ar, sem parar.

Eles já estavam bem longe do castelo e a multidão mudava, de lordes e damas bem-nascidos que saíam para um passeio noturno, talvez, para aldeões e os muitos convidados que andavam pelo reino, e de novo a vergonha trouxe um rio de lágrimas debaixo da venda ao ver camponeses simples assistindo ao cortejo de braços cruzados, mulheres de avental e até escravos nus que recebiam ordem de ajoelhar ao lado dos donos, como cachorrinhos na coleira.

A garganta de Sybil começou a queimar. Ela arfava. Mas então felizmente a equipe diminuiu a marcha e a voz de Sammy soou.

– Equipe, trote lento.

Na mesma hora ela conseguiu respirar melhor e um relaxamento ótimo se apoderou do seu corpo. A estrada agora era de terra macia. As ferraduras não faziam barulho, eram só batidas surdas. Florestas imensas subiam ao encontro do céu luminoso cor de lavanda dos dois lados da estrada.

Todavia, as tochas bruxuleantes ao lado da estrada e os espectadores curiosos pareciam não terminar nunca.

Que espetáculo devíamos ser, pensou Sybil, e mais uma vez seu orgulho reclamou. Seus mamilos latejaram e parecia mesmo que seus seios inchavam com o desejo que a atormentava.

Deixaram as meninas cavalos andarem devagar um longo tempo e os que vinham admirar agora podiam dar uma olhada melhor, mais de perto. Sybil nunca se sentiu tão deliciosamente exposta, tão completamente despida de qualquer força de vontade e resistência. Era uma sensação grandiosa fazer força em vão contra os arreios à medida que avançava. Ela não sabia o que a atraía mais, se o freio, ou os braços presos nas costas, ou as botas tão altas em volta dos tornozelos e das panturrilhas.

As vozes da rainha e do rei se misturavam nos ouvidos de Sybil, mas não conseguia entender as palavras, nem as palavras daqueles que riam e murmuravam ao lado da estrada. Agora as pessoas faziam mesuras para o rei e a rainha e mais de um homem ou mulher gritou: "Longa vida ao nosso rei e à nossa rainha!"

Em certo ponto além de se curvar os espectadores aplaudiram espontaneamente, a beleza da carruagem e suas potrancas. Sybil só podia imaginar como o rei e a rainha deviam estar acenando para todos.

A escuridão completa descia silenciosamente nas florestas, mas as tochas iluminavam a estrada à frente e finalmente ficou à vista uma bela mansão. As muitas janelas ardiam iluminadas.

Sybil estava precisando de um descanso quando as cavalos levaram a carruagem lentamente para a entrada. Ela tentou ver os que tinham ido até lá para saudar os convidados reais. Lá estavam o poderoso príncipe Tristan de cabelo dourado, lindamente vestido com seda verde, e o atraente príncipe Alexi, sempre de vinho, parecia, os dois que ela já conhecia bem de vista, de sua iniciação. Aquela era lady Eva?

Agora estavam fora de vista e a carruagem atrás dela parou.

Acima da própria respiração ofegante e a dos outros escravos ela ouviu as saudações animadas, a voz doce e afetuosa da rainha, e o bom humor do rei, e aquela outra voz, de lady Eva, claro.

Quando o chicote estalou novamente a equipe partiu em trote rápido, rodeando os muros de pedra para seguir em direção dos estábulos bem iluminados contra o fundo da floresta negra.

Todas as cavalos foram levadas para baias, mas não tiraram os arreios. Os cavalariços que apareceram tinham de cuidar de não desfazer todos aqueles enfeites elaborados, e Sybil tentou de todas as maneiras fechar com força as pernas antes que alguém percebesse. O falo dentro dela dava uma maravilhosa sensação de ser grande e duro, mas ela não conseguia apertá-lo o bastante para se satisfazer. Havia um cavalariço com ela, prendendo suas mãos enluvadas às costas. Deram um pote de vinho para ela lamber, lavaram seu rosto e deram tapinhas gentis enquanto ela bebia.

Quando puseram a almofada na sua frente, Sybil apoiou a cabeça com cuidado para não desalojar o freio ou repuxar demais as muitas correias. Na escuridão do estábulo mal dava para ver a lateral de madeira polida da sua baia.

Seu corpo pedia prazer, satisfação, ah, qualquer coisa que aliviasse a sede no seu sexo, até ser espancada, mas isso não ia acontecer.

Quando os cavalariços massageavam sua bunda e pernas, ela percebeu que eles falavam de um espetáculo especial, que chamavam de "o cachorrinho do rei", que estava na carruagem e tinha sido levado para a mansão.

– Brenn é o nome dele – disse um dos cavalariços. – Sim, ele é a maior novidade na corte.

– Ouvi falar que eles nunca se saciam com aquele "leite de Cupido" do meio das pernas dele! – disse outro. – Vocês já viram um escravo assim, com tanto pelo, e braços e pernas muito fortes e um rosto tão lindo?

Ah, então o meu amado Brenn é o cachorrinho do rei, pensou Sybil. Ela se deliciava e ria por dentro, por trás do freio. Bom para Brenn! Ela lembrou dele esticado na cruz no jardim enquanto o príncipe chupava todo aquele "leite de Cupido" do pau dele, como o rei tinha dito. Eu conheço o gosto, pensou ela, rindo. Eu já tomei muito! Era muito engraçado. E quantas vezes Brenn imaginou aquele mundo, como Sybil também, quando estavam nos braços um do outro. Será que ele estava sentindo agora o que ela sentia – indefesa e maravilhada com o fato de Brenn ter concretizado suas fantasias e até ido além delas? Ou terror de não poder escapar daquele mundo avassalador como bem quisesse?

Dedos hábeis tiraram o freio da boca de Sybil. Ela compreendeu que estava cochilando. Puseram uma uva coberta de xarope na sua língua. Um gosto tão doce!

– Durma, potranquinha – disse o cavalariço. – Eles ficarão horas conversando na casa grande. Fique com essas pernas separadas.

Sim, sim, mantenha as pernas separadas. Mas ele não esperou Sybil obedecer. Chutou as botas dela para um lado e para outro e botou no lugar um bloco, uma viga pesada no chão, talvez para que ela não pudesse fechar as pernas. Seu sexo latejava em onda após onda de desejo. Mas o cavalariço só batia nela de vez em quando e com a mão aberta.

– Pronto – disse ele. – Agora você pode rebolar esse belo lombo quanto quiser, menininha, mas trate de dormir.

E isso é tudo que você precisa saber, Sybil, pensou ela, sinta isso, sinta esse tesão. É isso que exigem de você aqui. Não é escondê-lo atrás de portas fechadas, buscando encontros desesperados com Brenn... não. Você tem de sentir, você está nua e não pode mais decidir nada, todos os encargos, todas as escolhas... e esse é o seu sublime quinhão.

13
DMITRI: UM NOVO DESAFIO COM O MASCARADO

i

A chegada da carruagem real foi uma sensação. Nunca, depois da minha volta, eu tinha visto cavalos tão exóticos. Eu tinha vindo para a mansão com um grupo da aldeia contratado para a breve viagem e que ia voltar para me pegar às onze horas. E sinceramente, não tinha prestado muita atenção aos cavalos desde a minha chegada. Andei muito ocupado, dirigindo e aprimorando a praça das punições públicas.

Quando recebi a mensagem de Eva para vir para a casa de Tristan esta noite, fiquei feliz de ter essa distração.

Mais cedo, quando cheguei, Eva me levou para um quarto privado e me agradeceu de coração. Vi um belo escravo ajoelhado lá com uma máscara bem pintada sobre os olhos e a maior parte do nariz. Como fazem praticamente todas as máscaras, essa fez a boca dele parecer especialmente suculenta e linda. Ele tinha cabelo fino e castanho, mechas louras que chegavam até os ombros e estava ajoelhado com as mãos para trás. Ele chorava e procurava não fazer barulho.

– O que você vê? – perguntou Eva.

– Bem, ele é lindo. Cabelo glorioso, pau e bolas de bom tamanho, e mamilos que parecem macios, quase virginais.

– Levante-se menino e mostre-se para o príncipe Dmitri – disse ela.

A voz dela soava quase zangada e aquilo não era o jeito de Eva. Eva falava quase sempre com os escravos de forma gentil. Tínhamos conversado sobre esse assunto inúmeras vezes desde a minha volta. Eva acreditava na cortesia com os escravos, mesmo exigindo o máximo deles. Ela era capaz de açoitar um escravo até ficar em carne viva e ao mesmo tempo ter uma conversa muito agradável com ele.

O meu estilo tinha se desenvolvido de forma completamente diferente. Eu tinha me tornado um senhor briguento e desprezível, um perfeccionista que seguia o instinto de fazer o que me dava mais prazer e o que produzisse os melhores efeitos nos escravos. Claro que eu não ficava o tempo todo brigando com meus animais de estimação, Kiera, Bertram e Barbara. Longe disso. Mas minha voz exigente e ríspida provocava sempre a submissão deles.

Meu estilo de rígidas expectativas e castigos cruéis era conhecido em toda a aldeia e dava o tom na praça das punições públicas. Escravos tremiam quando eu me aproximava. E também os cavalariços, escudeiros, treinadores e mestres do açoite.

O escravo estava de pé, mas cambaleava demais. Era alto. Isso era bom. Pernas bem formadas, excelente. Uma constituição boa e magra, que sugeria a corte, não o campo nem a aldeia. Cheguei mais perto e vi que o pau dele era bonito, comprido e grosso. Nada excepcional, não, mas um tamanho bom e duro, duro e vermelho.

O peito dele se contraía e balançava com os gemidos e soluços, e ele tremia todo, visivelmente. Os pequenos mamilos estavam eretos. E a barriga lisa e dura também tremia.

Cheguei mais perto. O quarto já estava bem escuro antes mesmo de o sol se pôr totalmente, por isso ergui minha vela para ver melhor tudo que eu podia do rosto dele. Olhos azuis brilhavam através da máscara. Não tinha por que pedir para abaixá-los.

Só agora eu via que era um homem mais velho. O corpo dele era normal, bem alimentado e forte. Mas via rugas bem pequenas no lábio superior, bem discretas, mas visíveis, e pude ver também outros pequenos sinais da idade. Um pouco de carne enrugada nas axilas, e uma coisa que definitivamente significou que ele não era nenhum menino, e sim um homem que seria sempre um menino em muitos aspectos, com carências de menino e vergonha de homem.

Isso me excitou demais e senti o meu pau endurecer entre as pernas. Havia muitos outros escravos na aldeia, mas eu não tive oportunidade com muitos. Talvez fosse uma ideia muito sedutora ter esse homem à minha mercê.

Passei a mão no cabelo castanho brilhante. Sedoso. Pura seda. Incrivelmente fino. Fiquei chocado com uma pequena lembrança da única vez que senti o cabelo da rainha Eleanor.

Eu estava sendo açoitado e surrado por ela dias a fio, falhando em tudo, e ela ordenou que escovasse o cabelo dela, que fizesse com delicadeza, com a escova na mão e não nos dentes, já que eu não tinha habilidade de segurar nada, menos ainda uma escova de cabelo com os dentes, e eu fiquei de pé atrás da cadeira dela, escovando o cabelo dela, apavorado, com medo de puxar o cabelo, tremendo só de pensar na fúria que seria inevitável.

Senti que o cabelo dela era muito sedoso e, claro, que era lustroso, como cabelos bem tratados costumam ser.

Bem, ele tinha cabelo assim, esse escravo, cheio e ondulado e algo para ser enfatizado sempre que ele fosse se arrumar.

– Dê meia-volta, jovem – disse Eva, com o mesmo tom ríspido.

Ele obedeceu. Tinha sido bem espancado, dava para ver, e eu suspeitei que tinham usado a correia nas pernas dele. A bunda tinha uma bela curva, mas era mais musculosa do que macia, e agora estremeceu, como se ele não conseguisse controlar. Quanto mais ele ficava ali parado, mais tremia.

Eva pôs a mão no ombro dele.

– Fique quieto – disse ela, mas ele não foi capaz de responder a isso de jeito nenhum. – Está dispensado – acabou dizendo ela. – Agora vá para o seu closet e fique lá até eu mandar chamá-lo. E se eu ou algum dos cavalariços o encontrarmos esfregando esse pau faminto em qualquer coisa, você sabe o que vai acontecer.

Ele fez que sim com a cabeça.

– Sim, madame – disse ele.

Estava de cabeça baixa e deu para eu ver sua nuca, onde o cabelo repartia e gostei do que vi, aquela nuca macia. Seria bom empurrá-lo para baixo, possuí-lo e morder suavemente aquela nuca.

Eva me levou para fora do quarto. Ouvimos barulho no corredor de baixo. O rei e a rainha estavam chegando.

– Você acha que pode fazer alguma coisa dele? – perguntou ela. – Ele te atrai, é um provável candidato para as suas atenções especiais?

– Eva, eu posso disciplinar qualquer um que você mande para mim – disse eu. – Essa é a finalidade da praça das punições públicas. Hoje eu tive um escravo rural de quarenta anos açoitado até ficar em carne viva três vezes na plataforma giratória, e depois disso a minha delicada bela do castelo chamada Becca foi chicoteada pelas ruas da aldeia atrás de dois cavalos correndo antes da sua segunda subida da escada para a inevitável palmatória. Eu adoro todos eles, tenho consideração por eles e treino a todos. Você sabe disso.

Ela fez que sim com a cabeça.

Nós descemos a escada de madeira juntos. Eu vi a mesa posta para um imenso jantar e a lareira acesa como de costume e senti o cheiro de vinho quente com especiarias.

As portas estavam abertas para a entrada antes do salão.

– Mas ele te atrai, especialmente? – perguntou ela.

Paramos no lance da escada.

– Sim, atrai. Eu sinto pena dele. Ele quer obedecer, mas está perdido. Eu adoraria uma chance de enviá-lo de volta para você aperfeiçoado. Ele é mais velho, não é? Gosto disso. Passei a gostar de trabalhar com escravos mais velhos.

– Por quê?

– E por que não? – Sacudi os ombros. – Eu os acho tão interessantes quanto os jovens. Eles têm um ritmo diferente. Que idade tem esse escravo?

– A sua idade, e ele é mimado e arrogante – disse ela. – Venha, temos de cumprimentar o rei e a rainha.

Foi aí que eu vi a comitiva, a imensa carruagem prateada com suas lanternas fixas e as nove cavalos maravilhosas com arreios e plumas espetaculares. Que visão. E agora eu estava entendendo por que as cavalos mulheres tinham tomado o castelo de assalto. É claro que as equipes do rei eram um triunfo. E ninguém faltava aos dias de corrida de cavalos homens. Até eu vinha da aldeia nos dias de corrida. Mas as mulheres arreadas em toda a sua glória eram um feitiço. Pareciam exóticas como os pavões. Na verdade, fico só imaginando como ficaria, se enfeitadas com penas de pavão.

Fiz uma anotação mental: mandar penas de pavão para a corte como presente para o rei e a rainha. Quando Lexius chegasse, bem, Lexius saberia como obter penas de pavão em abundância.

Depois de cumprimentar o casal real vi a equipe ser levada para os estábulos e fiquei maravilhado com a naturalidade e o requinte delas.

O rei me abraçou como sempre e perguntou como iam as coisas na aldeia, pediu desculpas por estar muito ocupado ultimamente para ir até lá.

– Senhor, eu estou lá para que você não precise ir – disse eu. – Não é esse o meu objetivo? Supervisionar a praça das punições públicas para que você não tenha de se preocupar com nada?

O rei estava com um menino cachorrinho interessantíssimo, que eu nunca tinha visto. Eu sabia que não parava de olhar para ele, apesar de tentar prestar atenção no rei. E o rei acabou falando:

– Ah, estou muito contente de você admirá-lo. Dê uma olhada. Brenn, levante-se para a inspeção, de joelhos.

O menino obedeceu imediatamente com perfeita submissão e graça.

Ele tinha cabelo preto, grosso e rebelde, e o rosto de um anjo de uma pintura italiana, com lábios carnudos e olhos imensos, azuis. A pele era cremosa e sem mácula, mas a maravilha mesmo era a sombra escura da barba feita e os pelos escuros enrolados no peito, nos braços e nas pernas, e o espesso monte de pelos púbicos que rodeavam o pau inchado. E que pau. Eu não ia falar isso, mas era como o pau do rei. Não tão grande, não, até porque esse homem não era tão grande como o rei. Ele tinha estatura média, muito bem-proporcionado, com ombros fortes e largos.

– Posso ver as costas dele? – perguntei.

– Claro que sim – disse o rei. – Brenn!

O rei estalou os dedos com facilidade e com um barulho de estampido mais alto e seco do que eu jamais poderia produzir.

O menino girou nos joelhos e eu vi o que queria ver – era talvez o traseiro mais lindo que eu já tinha visto. Compacto, musculoso e levemente empinado, o suficiente para ser o mais convidativo. A melhor combinação de duro e macio que eu tinha visto.

Assobiei baixinho e balancei a cabeça, lambendo os lábios.

– Eu sei – disse o rei Laurent. – Nem precisa dizer nada, e ele é mais um que nasceu para isso! Vou te dizer, o antigo reino nunca teve tanta qualidade assim em quantidade.

– Sim, senhor – respondi. – Quando você enviou a proclamação despertou os deuses e deusas antigos de seu sono sensual. E eles enviaram seus favoritos. Quantos mais o reino pode receber?

E o menino tinha *mesmo* o dom para aquilo.

Sentamos para comer e beber, e ele ajoelhou em silêncio e ficou imóvel ao lado esquerdo do rei, comendo rapidamente os pedacinhos jogados no seu prato de prata.

Eu estava sentado à esquerda do rei e tinha uma visão clara dele perto do rei, um perfeito cão de estimação, como jamais vi outro.

No entanto, a questão do escravo trêmulo e sofredor no quarto lá em cima não saiu da minha cabeça. Eu estava pensando se iam permitir que ele saísse comigo dali. Eu estava com um profundo e poderoso desejo de açoitá-lo com raiva na viagem inteira dali até a aldeia, a pé. Andava fazendo isso ultimamente com os enviados para castigos públicos.

Dois dias atrás, quando a rainha havia me dado a escrava loura e orgulhosa chamada Becca, eu a chicoteei furiosamente a pé do castelo até a aldeia, parando várias vezes para admoestá-la e chamar sua atenção e chicoteá-la até ela começar a abafar os guinchos. Levamos meia hora. Eu não me incomodei com a caminhada ao ar livre e com o exercício de usar o relho. E valeu muito cada minuto levá-la poeirenta e soluçando até a aldeia, dando chicotadas furiosas a cada passo do caminho. Ande! Marche! Mais rápido! Ela floresceu sob meus comandos furiosos como um broto que nunca recebera água da chuva.

Quando ela foi jogada de joelhos na plataforma giratória pública pela primeira vez, já não era mais uma megera arrogante e sim uma perdiz que gemia com um rabinho tremelicante agradecido pelo creme que o cavalariço do mestre açoitador passava nela. A multidão gritou quando ela manteve a posição perfeita, lágrimas escorrendo no rosto, queixo no poste, para a palmatória, os seios tremiam e o rabo balançava com cada golpe.

Descendo acuada os degraus atapetados ela não só beijou meus pés como os lambeu várias vezes, gemendo, no mais abjeto sofrimento. Ela apertou os mamilos no meu chinelo. Todo esse tempo ela foi a imagem de uma beleza incrível, sempre limpa e com aquele cabelo brilhante... e que cabelo.

Fui duas vezes aquela noite ver como ela estava no pelourinho. Mesmo bem tarde havia sempre alguém por ali cutucando e provocando os escravos no pelourinho, e ela soluçou agradecida quando me viu e lambeu a minha mão diversas vezes com a língua cor-de-rosa para demonstrar completa adoração. Eu a recompensei com uma surra dura e raivosa. Quando terminei ela estava pingando seus doces fluidos. E apesar de eu ter planejado impor abstinência, não pude resistir àqueles pequenos lábios cor de ameixa virados para mim daquele jeito na posição de quatro no pelourinho, e quando enterrei o meu pau nela, ela gozou sem parar e sem poder abafar seus gritos.

Hoje à noite, antes de voltar para casa, vou fazê-la marchar para cima e para baixo na rua principal da aldeia mais uma vez, dando nela com a correia até ela ficar pulando nas pontas dos pés. Ela se acostumou com isso, de andar na minha frente nas minhas inspeções tarde da noite. E se houvesse Hermes lá tão tarde, os bons e duros Hermes, eu a faria montar em algum e bateria nela enquanto ficasse ali subindo e descendo naqueles paus, puxando o cabelo dela para trás para poder ver seu rosto quando ela gozasse. Eu sabia que agora ela vivia pelo som da minha voz ou o barulho das minhas botas quando me aproximava dela. Eu a mantinha presa e sem nada quando não estava trabalhando com ela. Minha voz e apenas a minha voz representava boa disciplina de som para seu traseiro mimado e prazer para sua doce e sedenta fenda.

Só pensar nela de quatro, com o rabinho virado para mim e a boceta quente e vermelha se abrindo me fez mudar de posição na cadeira.

Agora o escravo chorão lá em cima ia representar outro tipo de desafio, mas uma surra furiosa no campo, com minha correia estalando nele para andar aos pulos e tropeçando, ia amaciá-lo maravilhosamente para qualquer outra coisa que tenha de ser feita.

Ele não veria aquele grandioso e bondoso mestre açoitador da loja das punições, não com aquele traseirinho trêmulo, até começar a lamber a minha mão como Becca fazia.

Becca ficava mais bonita e segura a cada dia.

Eu estava esperando, porque sabia que lady Eva ia esclarecer em breve o que queria de mim.

A rainha, assim que todos trocaram cumprimentos e os primeiros pratos de comida foram devorados, perguntou ternamente para Tristan o que tinha acontecido de errado.

Isso me intrigou.

– Ele não está pronto, isso eu sei, mas por que não, Tristan, o que você acha?

– Ah, Majestade – disse Tristan –, ele quer agradar de todo coração, mas não consegue. Ele não está preparado para ser ungido. Nada preparado. Acredite, eu quero que ele seja ungido. Mas sinto que será necessária alguma coisa mais drástica para prepará-lo.

— O erro está em você, Tristan? — perguntou o rei, do seu jeito bondoso. — Não o culpo se não conseguir domesticá-lo, mas temos de pensar nisso. Talvez seja inútil você tentar, tão inútil como foi para ele tentar domesticar você anos atrás.

Ah, será que esse podia ser lorde Stefan? Eu não acreditei. Não o jovem primo da rainha Eleanor, a terna flor macho da antiga família real! A ideia me deixou muito excitado.

— Bem, eu levei isso em consideração, meu senhor — respondeu Tristan. — Por isso convidei lady Eva para vir aqui mais cedo hoje.

— E você o viu, Eva? — perguntou o rei. — O que você acha? Pode dobrá-lo? Ficaria surpreso se não pudesse. Ainda tenho de conhecer o escravo que você não dobre.

— Agradeço, senhor — disse ela. — Ele está apto a ser um escravo como qualquer homem que já chicoteei. Ele quer isso de todo coração, mas vai precisar de muita severidade e acho que severidade tem de vir de um homem.

— Mas ele não devia aprender a obedecer tanto aos homens quanto às mulheres? — perguntou Tristan. — Quem ele é para poder escolher um ou outro?

— Assim que ele for dobrado e treinado, príncipe — disse Eva —, ele se submeterá a qualquer pessoa com bons modos. Mas ele está longe de estar domesticado.

— O que você sugere? — perguntou a rainha.

— Bem, eu pedi para o príncipe Dmitri vir se juntar a nós porque acho que ele pode muito bem ser aquele que vai dobrar e treinar esse tipo de escravo na aldeia.

O rei deu risada. Tenho certeza de que ele já suspeitava que eu tinha sido chamado para esse fim, mas riu quando isso foi dito em voz alta.

– A aldeia para o primo da antiga rainha. E pensar que anos atrás ele queria muito ser mandado para lá!

O rei bebeu um gole do vinho e se inclinou para derramar um pouco no prato do menino cachorrinho.

Não pude evitar de ver o menino lambendo o vinho todo, com a língua dardejando igual à de um cachorro e lambendo os lábios do mesmo jeito também. Um senhor menino cachorrinho e um senhor escravo... abespinhado secretamente de humilhação e vergonha, até onde pude ver, mas obedecendo sem reserva alguma.

– Príncipe Dmitri – chamou a rainha –, o que tem a dizer?

– Estou mais do que disposto a me encarregar dele, Majestade – respondi. – Eu o acho muito atraente. Lembro... lembro da primeira vez que vim para o reino, quando fracassei com todos meses a fio. Estou muito animado com esse desafio. Será um prazer chicoteá-lo de volta para a aldeia esta noite.

A rainha ergueu as sobrancelhas.

– Lady Eva, era isso que você tinha em mente?

Tristan estava com ar de desamparo. Apoiado nos cotovelos, olhava fixo para o brilhante pedaço de carne à sua frente, que mal tinha tocado. Com olhar pensativo e triste.

– Tristan, você está triste? – perguntou a rainha. – Fale, por favor. Eu preciso saber o que tem no coração. Mais especificamente, preciso saber o que você acha disso.

Tristan ia responder, mas silenciou, como se tivesse de organizar seus pensamentos.

Eu falei em voz baixa.

– Você não me disse o nome desse escravo, mas acho que sei exatamente quem é. Posso perguntar... existe alguma circunstância especial relativa ao treinamento dele que não estou sabendo? Notei que ele está usando uma bela máscara pintada. Cobria não só seus olhos, mas também a parte de cima do rosto e grande parte do nariz. Não tenho certeza se alguém o reconheceria com essa máscara. Foi ele quem pediu a máscara?

– Não, príncipe – disse Tristan. – Fui eu que pus a máscara nele. Achei que seria mais fácil para ele assim mascarado. E se ele for para a aldeia, se for essa a decisão tomada aqui, será que ele não pode ficar de máscara a primeira semana?

Tristan estava péssimo.

– Quero dizer, se tudo der errado – disse Tristan –, ele pode ser poupado das fofocas e da vergonha? Talvez uma semana de máscara, caso alguém da corte o veja e grite: "Lá vai o lorde Stefan!"

– Você está imaginando o pior – disse Bela. – Ele é muito bonito e sensível e acho que tem a aptidão, como dizemos aqui.

– Bem, ele tem, sem dúvida – respondi. – Eu mesmo vi isso. O pau dele não podia ficar mais duro quando o vi. E não amoleceu quando eu o examinei.

Tristan estava deprimido demais para falar. Ele balançou a cabeça.

– Tristan, lorde Stefan viveu neste reino a vida inteira – disse a rainha Bela. – Ele nunca morou em outro lugar. É inconcebível viver sofrendo num reino como esse e nunca conseguir desabafar seus sentimentos mais profundos, ter negado o que você realmente quer. – O rosto dela ficou vermelho quando disse isso. – Eu digo deixe-o com o príncipe Dmitri para ele mergulhar sem piedade no que ele quer! Ele implorou para você deixá-lo ir, voltar para seu antigo status?

– Não, não pediu – disse Tristan num murmúrio. – Mas ele está sofrendo.

– Ele sofre porque não foi dobrado – disse lady Eva –, e a máscara, a máscara é uma maneira de levá-lo lentamente. Ele é um potro. Mas pode certamente virar um garanhão.

Tristan gesticulou indicando que queria falar. Olhou implorando para Bela. Seus grandes olhos azuis estavam cheios do brilho do fogo da lareira e o cabelo parecia ouro. Eu achava em segredo que aquele homem bom e filosófico não era a pessoa certa para domesticar nenhum escravo, mas aguardei.

– O que eu penso é o seguinte – disse Tristan. – Stefan não pode voltar para a corte e ser como ele era. Não pode de jeito nenhum. Ele vai enlouquecer de dor pelos seus fracassos e pelos seus desejos, e com o tempo vai sair do reino e se perder.

A rainha meneou a cabeça.

– Concordo com você.

– Ele não implorou para voltar nem uma vez – disse Tristan. – Ele não implorou para mim nem implorou para lady Eva, mas chora sem controle durante horas, e minha preciosa

Blanche e seu cavalariço Galen estão desesperados tentando consolá-lo. Eu não sei se ele pode sobreviver na aldeia sem fugir de lá, fugir dos próprios desejos, da vergonha de viver como vivia antes, dos rigores que é forçado a aceitar. Eu simplesmente não sei.

– Deixe-o comigo – disse eu. – Eu era igual a ele.

– Mas você era jovem na época – disse Tristan. – E eu também.

– Ele é jovem – disse Eva –, em seu coração ele é jovem. Além do mais, a idade não tem importância. Temos escravos mais velhos chegando aqui todos os dias. Dmitri gosta de escravos mais velhos. Ele estava explicando exatamente isso para mim mais cedo. Certamente vocês todos já viram César, o cavalo preferido do rei. César tem quarenta anos.

– Sim, mas ele já é cavalo na aldeia há vinte anos – disse Tristan –, e agora foi promovido para o estábulo real.

Silêncio.

– Evidentemente você está tão arrasado quanto ele – disse Eva para Tristan. – Tristan, é você. Você é o problema aqui. Você não pode treiná-lo. E o rei está certo. Tem relação com a sua antiga paixão quando eram meninos e a esse fracasso em dominar você. Você está implorando para ele ser seu escravo obediente, como ele um dia implorou para você.

Eu sabia que isso era verdade. Eu lembrava.

Tinha visto lorde Stefan com Tristan na corte antes. Eu era exilado na aldeia. Lorde Stefan não conseguia submeter ninguém.

Ninguém falou nada.

– Deixe-o comigo – repeti.

Tristan virou para mim e nossos olhos se encontraram.

– Se eu achar que ele está enlouquecendo, mando chamá-lo – disse eu.

Silêncio.

– Tristan – disse Bela, olhando para o outro lado da mesa, com os olhos azuis suaves e sérios como sempre foram –, Dmitri está certo e é perfeito para isso. Eu tirarei essa decisão das suas mãos. Faço isso por vocês dois, você e Stefan. Stefan irá com Dmitri esta noite. E sim, ele ficará mascarado no mínimo sete dias e pelo tempo a mais que for necessário e que Dmitri achar que deve. E você, meu senhor, tem de tirar o seu antigo amante da cabeça até ele ser dobrado, treinado e aperfeiçoado.

ii

A noite estava clara. Eu estava na velha estrada, a estrada cheia de curvas para a aldeia que atravessava a floresta. Em alguns lugares estava cheia de pedras e de mato, mas era perfeita. Tinha passado por ela a pé havia apenas uma semana, nas minhas caminhadas pelo reino.

Avisei na aldeia que não precisava de carruagem esta noite. Aqui, além das tochas da mansão, dava para ver claramente as estrelas na larga faixa de céu brilhante entre os barrancos da floresta de carvalhos do alto. O ar estava quente e doce com a fragrância de pinho e carvalho e de todas as coisas vivas e verdes da floresta. Nenhum animal selvagem caminhava pelas grandes e densas florestas de Bellavalten.

Três pessoas apareceram, caminhando lentamente. Dois guardas corpulentos com tochas acesas que mostrariam o caminho e o escravo mascarado pálido, nu e trêmulo no meio deles.

Tinham amarrado uma correia fina de couro em volta do peito e dos braços de Stefan, e as mãos, postas para trás, também estavam presas a essa correia.

O primeiro guarda veio até mim e me deu o punho da guia.

O escravo estava de botas e luvas como eu havia pedido. Examinei tudo com cuidado. Ele ficou na minha frente tremendo mais do que qualquer escravo que eu tenha visto. A máscara dourada cintilava à luz das tochas. Era impossível ver a alma dele através dos buracos escuros para os olhos. Mas o trabalho artístico da máscara fazia com que ele ficasse bonito. A boca estava molhada e trêmula também. O pau estava duro.

Olhei para a guia.

– Tire isso – disse eu. – Ele vai vir comigo por sua livre vontade e bem. Desamarre-o. Junte as correias, enrole a guia e guarde tudo no seu cinto.

O guarda obedeceu sem nenhum protesto. Eu o conhecia bem, era um dos melhores do capitão. E por que ele se importaria com um escravo que ia apanhar andando na floresta?

O outro guarda se adiantou com a correia de couro comprida e grossa que eu tinha pedido. Peguei a correia, senti a textura e pesei-a na mão. Era uma boa correia para servir de açoite.

Nem muito larga, nem muito pesada para poder segurá-la com facilidade, mas suficientemente larga e pesada para fazer um bom barulho de chicotada. Tinha um metro de comprimento e era escura, quase preta, da cor natural do couro.

– Caminhem na frente, a uma pequena distância – disse eu para os dois guardas. – Isso. Agora mantenham essa distância na nossa frente, para ficarmos na luz das suas tochas.

Eles fizeram que sim com a cabeça e esperaram.

Stefan caiu de joelhos de repente, com as mãos estendidas para frente. Chorava copiosamente.

– Não, meu senhor, isso nunca! – disse eu e puxei o braço esquerdo dele com força, até ele ficar de pé. – Agora ponha essas mãos para trás, na nuca!

Ele obedeceu no mesmo instante, mas chorou mais ainda.

– Boca fechada! – disse eu com impaciência na voz.

Passei o dedo nos lábios dele. Evidentemente ele tentava obedecer.

– Feche a boca e aperte os lábios! Você pode soluçar o quanto quiser, mas não em voz alta!

Bati nele com a correia três, quatro, cinco vezes, mas ele ficou firme, apesar de engasgado com os soluços.

– Agora comece a andar!

Comecei a açoitá-lo com força quando ele obedeceu.

– Mais rápido. Estou falando sério. Acompanhe o passo!

Na mesma hora ele avançou e eu continuei a chicotear, e é claro que os guardas apertaram o passo também.

– Avante, levante esses pés!

Bati nele mais e mais vezes.

Finalmente eu estava conduzindo Stefan o mais depressa que ele podia, os guardas andando com passos largos à frente e eu golpeando com a correia cada vez com mais força.

Como eu esperava, ele tinha esquecido de tudo no mundo menos de andar ao meu comando, e os soluços tinham virado gemidos.

Eu o atacava com o cinto, batia nas pernas dele, fazia com que pulasse, mas ele corria para ficar mais longe de mim.

– Mexa esses pés. Mais rápido. Guardas, acelerem o passo.

Eu o alcancei e chicoteei o traseiro dele com toda a força que eu tinha, e o fiz engrenar um trote frenético. Eu ainda estava bem tranquilo andando, mas aquilo era perfeito, ele trotando e eu batendo com mais força. O pau dele nunca fraquejou, ficou o tempo todo duro como pedra. E o meu também.

E fomos andando pela floresta escura, o único barulho eram os estalidos das tochas, o estalo da correia e os gemidos agudos dele, com explosões ocasionais de soluços abafados.

A respiração dele ficava cada vez mais difícil, então desacelerei, ordenei que ele voltasse a andar, parasse de trotar, e chicoteava o traseiro dele com golpes ainda mais fortes quando ele não obedecia imediatamente.

Ele estava ficando sem ar. Eu podia ouvir e ver isso.

– Pare – ordenei.

Ele estremeceu e ficou imóvel.

– Costas retas. Levante a cabeça. E não ouse soltar essas mãos!

Dei-lhe mais quatro ou cinco chicotadas duras com a correia. Ele estava se curvando com cada golpe, quase dançando, como dizemos, e isso era exatamente o que eu queria.

– Guardas, venham aqui.

Eles vieram logo e nos ladearam.

– Agora você, meu senhor, ponha suas mãos com as luvas no chão e afaste bem as pernas.

Ele começou a ajoelhar.

– Assim não. Abaixe as mãos com as pernas retas e abertas! – ordenei.

Eu o ergui pela barriga, dei um tranco para cima e o castiguei por essa falta de jeito. Ele pôs as mãos na terra, mas as pernas não firmavam. O pau dele pulava.

– Agora guardas, cada um segura um tornozelo. O nosso candidato vai andar com as mãos por um tempo. E eu vou andar ao lado dele e ensinar obediência para esse belo traseiro.

Ele deu um gemido agudo como se aquilo fosse angustiante demais, mas os guardas se apressaram em obedecer, cada um agarrou um tornozelo e segurou a tocha com a outra mão.

– Agora andem rápido. Vamos ensinar ao nosso pequeno pupilo o que quer dizer agradar ao seu senhor! – disse eu.

E lá foi ele andando com as mãos e desesperado porque não podia fazer nada, já que os guardas o forçavam a manter um ritmo puxado.

Seu belo traseiro estava virado para cima, aberto para mim, e eu desejava muito enterrar o meu pau nele, mas aquela não era a hora. Eu o açoitei sem parar enquanto andávamos, o mais rápido que eu podia.

Ele chorou com mais abandono, mais suave e exausto, mas seu pau nunca baixou.

Quando tínhamos percorrido um bom pedaço daquele jeito, ele se esforçando desesperadamente para acompanhar o passo com as mãos, eu disse para os guardas botá-lo de pé de novo.

– Fique de pé com as costas retas e apoiado nos dois pés! – berrei. – E agora você vai correr para mim! Mãos na nuca. E você sabe o que eu quero ver. Quero ver esses joelhos altos e a cabeça para trás. Você já viu mil escravos correndo assim e vai fazer isso para mim, com perfeição.

Agoniado, ele se esforçou para obedecer. Ele soluçava ainda, mas começou a correr e eu o fiz ir cada vez mais depressa, até começar a gemer de novo.

E assim foi, andar, correr, parar, ele dançando nas mãos, depois correndo de novo, até chegarmos aos portões da aldeia.

Vi o capitão da guarda que tinha saído para me encontrar.

Eu o cumprimentei, mas estava ocupado demais agora para ficar de conversa, então continuei açoitando meu subordinado, obrigando-o a marchar quando passamos pelos portões.

Stefan agora estava encharcado de suor e completamente esgotado, exausto. Eu queria ver por baixo da máscara, mas não podia. Seu pau contou a história que o rosto não contava.

– Agora carregue-o no ombro até a plataforma giratória pública – disse eu para o guarda que conhecia.

Nada irrita mais um escravo do que ser jogado por cima do ombro de um homem corpulento, e lá foi Stefan como uma trouxa de roupas, ficou de cabeça para baixo, fungando e chorando sem nenhum controle. Mas o choro tinha perdido aquele tom desesperado de pânico. Era o choro vazio da impotência que eu queria.

A praça das punições públicas estava tranquila naquela hora, mas não deserta.

A plataforma giratória não estava ocupada, mas o mestre açoitador provocava a multidão a dar-lhe uma torta de perdiz ou de porco.

– Ponha-o nesses degraus – disse eu, e o guarda depositou Stefan com a devida brutalidade nos degraus. Stefan soltou as mãos para se proteger da queda. Isso não foi problema porque ele tinha de subir usando as mãos e os dedos dos pés.

– Agora suba para lá, rápido, e preste atenção, eu quero ver a compostura perfeita naquela plataforma giratória.

Falei isso bem alto para o cavalariço e o mestre açoitador me ouvirem, mas eles já me conheciam e sabiam o que eu queria.

Stefan subiu freneticamente a escada com o pau balançando, então o cavalariço o agarrou pelo pescoço e o forçou a ficar na posição certa.

O mestre açoitador acompanhou meu tom de raiva, como sempre fazia, e piscou para mim.

– Mãos para trás agora, bela tortinha de porco! – disse ele. – E uma boa multidão para você. Se ousar levantar esse queixo da viga vai saber o que significa dar um show para essa plateia.

Andei por ali até conseguir ver o rosto de Stefan ou o que a máscara deixava à mostra. Os lábios dele tremiam e as lágrimas lavavam seu rosto e o queixo, mas ele não tinha coragem de tossir seus soluços e chorava como alguém completamente derrotado.

Todavia, ele não estava completamente derrotado.

E a multidão estava chegando, jovens casais vindos de outras cabines, barracas e diversões, contentes de ver um pouco daquele esporte. O cavalariço massageava a pele machucada de Stefan com um creme grosso, e o corpo todo dele tremia e pulava com o toque daqueles dedos no seu traseiro. Mas não ousava se mexer.

– Pode me ver aqui embaixo assistindo? – gritei. – Quero um show excelente! Se você ousar sair de forma subo aí e uso eu mesmo essa palmatória!

A multidão se animou e gritou sua aprovação.

Ali, como era incrível, o torso dele tenso. Ele estremeceu, mas não tirou as mãos das costas nem tentou ficar de pé. Ele já tinha aprendido muita coisa.

Finalmente a boa surra com a palmatória começou e a multidão passou a cantarolar o número de pancadas.

Eu recuei para apreciar melhor o espetáculo. O capitão da guarda chegou ao meu lado com uma taça de vinho. Aceitei agradecido e bebi.

– Ah, isso é ótimo.
– E quem é o porquinho elegante? – perguntou ele.
– Vamos chamá-lo de Mascarado por enquanto – disse eu.
– Como desejam o rei e a rainha. O Mascarado vai aprender mais sobre submissão esta noite do que aprendeu em toda a sua vida.

Olhei fixo para ele, observei cada reflexo, cada pulo, cada estremecimento. O pau dele estava lindamente duro, e logo os joelhos começaram a bater como a multidão queria, e aplaudiram em volta de nós enquanto ele se contorcia tentando evitar a palmatória da qual não tinha a menor chance de escapar.

Foi uma surra terrível.

Finalmente fiz sinal para o mestre açoitador, o cavalariço segurou Stefan pelos ombros e o fez levantar de modo que o mestre açoitador pudesse agarrar seus braços e puxá-lo para cima pelos pulsos, virá-lo e fazê-lo girar sobre os joelhos para a multidão ver a carne fustigada vermelho-escura do traseiro dele. Tinha sido espancado com tanta violência que praticamente não tinha mais pele branca para se ver. E percebi que ele estava mole, completamente submisso, sem resistência alguma. Tinha a boca aberta e ofegava, mas não ousava produzir nenhum som. As moedas de ouro e as fichas voavam de todos os lados. E eu quis que o cavalariço ficasse com elas. Quando eu trazia meus escravos para serem castigados ali, nunca recolhia aquelas moedas.

A multidão pedia e cantarolava para ele ser surrado de novo. Fiz sinal para que o trouxessem até mim.

Finalmente o cavalariço o ergueu no ar e o jogou degraus abaixo. Eu sabia por quê. Ele tinha medo que Stefan estivesse fraco demais para andar por conta própria, e permiti isso.

Assim que Stefan botou os pés no chão eu já estava ao lado dele, ordenando que ficasse de pé, bem ereto, e que marchasse para a minha casa. Ele botou as mãos enluvadas na nuca sem que eu dissesse nada. Era como se não tivesse nenhum poder físico para resistir.

– Marche com os joelhos bem altos! – disse eu.

Ele obedeceu rapidamente, soltando gemidos abafados, baixos e sem energia.

Mal consegui encontrar um ponto nele que não estivesse vermelho demais para bater, por isso trabalhei especialmente nas panturrilhas e sem muita força. Mas adorei ver sua bunda escarlate correndo e balançando na minha frente.

– Marche! Você viu escravos marchando toda a sua vida! Faça o que estou mandando!

Meu tom impaciente gerou mais lamúrias e gemidos abafados do que o açoite.

Finalmente chegamos à porta da minha casa e meu amado porteiro da noite, Bazile, a abriu para mim. A pequena casa brilhava com uma luz fraca na madeira e nos móveis polidos.

– Tire as botas e as luvas dele – disse eu para Bazile.

Respirei fundo o ar da noite. Tinha planejado açoitá-lo subindo e descendo a rua, mas ele estava exaurido demais para isso. A pele fina já tinha apanhado bastante.

Virei para dar boa-noite para o capitão.

– Vamos ver mais desses mascarados do castelo por aqui? – perguntou o capitão, curioso. – Acho que a multidão adorou!

– Hum... você acha que eles adivinharam?

– Um escravo com uma máscara dourada? E constituição tão delicada e nobre? Sim, acho que adivinharam – disse ele. – Senão para que a máscara? Eu nunca vi trazerem um escravo mascarado para cá antes. Com venda nos olhos sim, mas mascarado nunca.

– Eu não sei, capitão – respondi, com uma risada cansada. – Talvez isso seja o início de alguma coisa. Ainda tenho muita coisa planejada para esse jovem hoje à noite. Nos vemos pela manhã. Ah, e onde está minha Becca? Eu queria açoitá-la mais tarde, mas acho que não terei tempo para cuidar disso.

– Ela está dormindo no salão dos escravos. Ela levou uma boa surra com palmatória na plataforma giratória ao entardecer e depois eu mesmo a açoitei pela aldeia. Você fez maravilhas com ela. Agora ela pertence completamente a quem segura a correia, sem reservas. Ela está bem preparada e muito bonita.

Nós nos despedimos e vi Stefan de quatro no chão, com o traseiro vermelho virado para mim. Bazile me ajudou a tirar minhas botas empoeiradas e eu fui para o ar mais frio do hall.

Examinei a posição de Stefan. Perfeita, e seus soluços agora eram convulsões silenciosas. Só gemidos baixos. Fiquei olhando para ele bastante tempo, pensando quantas vezes eu estivera naquela mesma posição, e como os rigores da aldeia me deixavam exausto, como eu me ajoelhava daquele jeito, me sentindo vazio e quente, com o traseiro ardendo de dor, mas mesmo assim desejando... ah, sim, desejando mais um estalo da correia, como se não pudesse viver sem isso.

Peguei um cabo de madeira comprido com um falo de couro na ponta que estava no pote para guardar essas coisas, perto da porta. Na mesma hora Bazile segurou aberto um vidro de creme perfumado e eu passei o creme no falo.

– Você pôs os outros escravos na cama? – perguntei.

Eu havia mandado recado para ele fazer isso.

– Sim, meu príncipe – disse ele.

Enfiei o falo no pequeno ânus de Stefan e obriguei-o a subir a escada de quatro. Isso estava funcionando maravilhosamente. Ele correu na minha frente, ofegante.

Pude ver que ele já estava infinitamente mais seguro e que tinha mais controle do que antes. Estava aprendendo mais rápido do que eu.

Ele estava todo molhado por causa do esforço e senti o cheiro limpo da sua pele bem cuidada quando o forcei a entrar no quarto.

– De pé! – ordenei.

Ele obedeceu. E pôs as mãos na nuca rapidamente. Eu não tinha ideia do que ele achava do quarto, tão menor do que os grandes aposentos do castelo, ou dos quartos maiores da mansão de Tristan, mas estava bem equipado, e meus três escravos estavam todos nas suas camas lá embaixo, por isso não precisei me preocupar com eles.

E ele ficou parado, cintilando à luz das lamparinas, empoeirado e arfando, e pude ver o brilho da luz em seus olhos.

Botei o polegar no queixo dele. Parece que ele se acalmou com isso.

– Gosto de você assim – disse eu, pondo a mão no peito reto, adorando o jeito que subia e descia sob meus dedos. – Calmo, quente e humilde depois do seu castigo.

Joguei a correia e o cabo de madeira no chão. Pus uma mão com firmeza embaixo da coxa esquerda e agarrei o peito dele com a outra, embaixo do braço direito, e assim eu o levantei com facilidade e levei para a cama, onde o larguei, de costas. Um boneco de pano. Um perfeito boneco de pano.

Ele se esforçou para manter as mãos na nuca.

Ah, como o pau dele vazava, como brilhava e como estava duro...

Abri a boca, lambi os lábios e caí em cima dele, senti quando bateu no céu da boca e chupei com toda a habilidade que tinha.

Como fazem os escravos bem-educados, ele tentou tirar o pau da minha boca quando estava para gozar, mas eu agarrei suas coxas com força e não deixei que fizesse isso. Finalmente ele gozou com o gemido mais longo que já tinha ouvido dele.

Apoiei o cotovelo na cama ao lado dele. Bazile levou cerveja bem gelada para mim, minha bebida preferida àquela hora, e saboreei bons goles da caneca gelada. Como era caro aquele gelo trazido das montanhas, mas valia o que custava para pô-lo na adega de gelo. Acenei para Bazile sair.

Aquela era a primeira vez que eu via o pau de Stefan em repouso.

Debrucei-me sobre ele.

– Dou permissão para que você fale – disse eu, passando o dedo na boca dele.

Eu gosto de apertar lábios, de sentir a resistência sutil.

– Agora você vai me chamar de príncipe ou de senhor. Depois de todos os anos que viveu na corte, será que preciso dizer isso?

– Não, senhor – disse ele num sussurro rouco.

O pau dele começou a ganhar vida novamente.

– Você lembra de mim? De anos atrás, quando servi à sua prima?

– Sim, senhor – respondeu ele.

Bebi mais um bom gole de cerveja. Então eu o beijei. Encostei os lábios suavemente nos dele e, para espanto meu, ele correspondeu e me beijou com paixão, depois soltou um leve suspiro.

Montei nele, segurei seu rosto com as duas mãos e dei-lhe um beijo ardente. Ele abriu a boca como se abrisse sua alma, e seu corpo era a alma. E de repente eu estava enfiando a língua nele, e de pau duro outra vez, tão duro como tinha ficado quando chupei o dele, e fiquei louco por ele. Excitado com as imagens dele correndo na minha frente na floresta escura, dele brilhando na plataforma giratória pública, dele anos atrás na corte, tão lindo, tão pensativo, tão sedoso e tão parecido com a rainha... e lá estava ele agora, belo de um jeito novo e surpreendente.

O pau dele batia em mim e o meu estava duro dentro da roupa.

Tirei a máscara e joguei para o lado.

Ele olhou fixo para mim com aqueles olhos azul-claros, um azul por igual, tão lindo, e eu o beijei de novo.

– Me abrace – pedi.

Senti na mesma hora os braços dele em volta de mim. Nós nos beijamos e nos esfregamos, o pau dele contra o meu. E finalmente eu não aguentei mais.

Fiz Stefan virar com movimentos brutos e o botei de quatro.

Bazile apareceu feito mágica com o creme, que eu passei no ânus de Stefan e no meu pau também. Então enterrei nele, ao mesmo tempo segurei seu pau com a mão cheia de creme, puxando, apertando, cavalguei dentro dele e o fiz gozar junto comigo.

Caímos os dois na cama como um monte de roupas e membros quentes e empoeirados. Eu não conseguia parar de beijá-lo, de alisar seu cabelo para longe do rosto. Que lindo ele era, e fino também, fazia parte de tudo que tinha acontecido comigo... porque ele vivenciou aquele tempo, me conheceu quando eu era bem jovem e costumava brincar comigo de vez em quando, rindo quando a rainha me batia e me atormentava, e agora ele era meu, eu o possuía completamente. Joguei-o de barriga para baixo outra vez e olhei para a bunda vermelha. Ele fez careta quando o belisquei. Eu tinha de beijá-lo de novo, tinha de ter seu rosto embaixo de mim.

De repente os olhos dele se encheram de lágrimas e vi que ele implorava, em silêncio, para que eu o beijasse. Então eu beijei e recomeçamos, os dois, homens da mesma idade, homens com a mesma história.

– Acho que eu te amo – disse eu, chocado de ouvir aquelas palavras saindo da minha boca, chocado de sentir o tesão crescer com os beijos dele, com a pressão do seu abraço.

– E você, e você... – perguntei.

– Ah, eu sou seu – murmurou ele. – Seu!

O que está acontecendo aqui?, pensei. Mas não parei de beijar seu rosto magro e exótico. Será que vou amar esse? Não a bela Barbara, ou Bertram, ou Kiera, ou Decca? É esse?

– Ah, eu lembro de você, lembro de tudo sobre você – disse eu. – Lembro quando você sentava e conversava com a rainha enquanto eu estava ajoelhado ao lado dela, lembro dos seus olhos melancólicos e brilhantes e como você supervisionava a corte, tão distante, tão profundamente atormentado...

– Sim... – disse ele chorando baixinho. – Lembro disso e lembro do dia em que você e Tristan foram mandados embora, e lembro de tantas coisas... e então os anos, aqueles anos todos de repente passaram.

Ele abriu a boca sobre a minha outra vez.

Isso eu não tinha planejado, isso não.

– Eu pretendo amarrá-lo naquela parede, empoeirado e coberto de suor como você está, e atormentá-lo a noite inteira – disse eu e rangi os dentes. – É isso que eu pretendo fazer.

Ele não se opôs.

Sentei e olhei para ele. Estava de olhos fechados, deitado e perfeitamente imóvel. Ele tinha a mesma elegância da antiga rainha. O colorido e a pele eram diferentes, mas vinham do mesmo molde da família, tinham feições finas, só os olhos dele eram maiores e mais suaves do que os dela. Agora ele estava deitado como se dormisse, mas não dormia. E mais uma vez toquei seus lábios, maravilhado com o desenho perfeito, com o rosa suave, rosa como os pequenos mamilos dele. Que coisa boa ele era, um conjunto muito mais delicado do que Bertram, ou do que tantos outros escravos atraentes. Ele era esculpido em prata.

Chamei Bazile.

– Prenda-o naquela parede ali, de costas para a madeira, pés no chão, pernas bem abertas, braços para cima, na posição em X, com a correia bem firme na testa para manter a cabeça no lugar.

– Sim, senhor – respondeu Bazile.

Stefan não opôs nenhuma resistência quando foi tirado da cama. Ele não olhou para mim.

– Mas, senhor, não quer que ele tome um banho e se arrume? – perguntou Bazile carregando Stefan para a parede.

– Esta noite não – disse eu. – É para prendê-lo como está. Ele conquistou cada partícula de poeira, cada gota de suor. De manhã sim, ele será devidamente esfregado e untado com óleo.

Eu tinha meus próprios atendentes para isso, meu banheiro para escravos lá embaixo, com a grande banheira de bronze e, é claro, o banheiro que era só meu no final do corredor naquele andar mesmo.

Stefan encostou na parede com certa dificuldade. E pareceu de novo que já estava dormindo. Bazile o algemou e prendeu no lugar em poucos segundos. Pela manhã a sombra escura da barba crescida estará áspera, sublimemente áspera.

– Agora chame Kiera. Eu vou tomar banho. E depois que eu dormir, você vai acordá-lo a cada três horas, surrar o pau dele e provocá-lo, depois esvaziá-lo completamente. Quando o dia raiar quero que ele seja chupado pelo menos três vezes. Quero que não sobre nada nele. Você sabe o que eu espero de você.

– Sim, senhor.

Os lábios de Bazile se curvaram num sorriso discreto, mas eu vi.

– E excite-o bastante, sempre que quiser.

Eu não posso me apaixonar por você, pensei, olhando para ele. Mas queria seu pau na minha boca agora. Eu o queria gemendo embaixo de mim. Eu queria medir a estreiteza daquele ânus novamente, com o meu pau.

E agora, quem estava sendo castigado? Quem estava sendo torturado?

Ele dormiu o dia seguinte inteiro, e a maior parte da noite. Não precisou de nenhuma poção. Passaram muito creme curativo na pele machucada. De novo meus cavalariços e escravos o chuparam e esvaziaram toda a tensão e a vitalidade dele. Na manhã seguinte ele estava inquieto, mas totalmente submisso.

Um grosso emplastro curativo foi aplicado na pele que precisava de mais tempo protegida, e então ele foi posto do lado de fora da casa, de costas para a parede, com as mãos amarradas para cima, para ser o lendário Hermes da residência. A máscara tinha sido lavada e posta no rosto dele de novo. O cabelo era uma crina brilhante e o pau estava em riste.

Parei para examiná-lo antes de sair para o trabalho. Nenhum tremor, nenhum choro, apenas as lágrimas silenciosas e indefesas já esperadas, e uma altivez óbvia no corpo nu, a tendência de endireitar a postura periodicamente e de projetar o quadril para frente como qualquer escravo bem treinado faria.

Fiquei louco quando o beijei. Eu ia à loja na rua principal para encomendar máscaras mais bonitas ainda, feitas para ele. De ouro, de prata, de couro preto pintado com desenhos de florestas. A loja vendia tudo que um senhor podia desejar em termos de adornos. Certamente poderiam fazer as máscaras, máscaras elaboradas, máscaras exóticas.

– Amanhã você estará pronto para a plataforma giratória pública outra vez – disse eu para ele, beijando sua orelha. – E raramente será castigado com tanta severidade a ponto de não poder ser levado para lá pelo menos três vezes por dia. Agora quero que preste atenção quando for para lá.

Ele levantou o queixo. Estava atento com todas as fibras do seu corpo. Os mamilos estavam duros como o seu pau.

– Antigamente os mestres açoitadores não eram as figuras interessantes e populares que são hoje – disse eu, beliscando os mamilos dele. – Eles agora competem entre si para serem lembrados pela multidão. Estão formando a própria guilda. Vou cuidar para que você seja espancado por três mestres açoitadores diferentes todos os dias na plataforma giratória pública e depois quero saber qual deles você acha que fez o melhor serviço e por quê. Agora responda, você entendeu?

– Sim, meu príncipe – disse ele em voz baixa.

Nenhum escravo tinha melhor postura do que ele.

Eu estava quase chorando quando o deixei. Porque queria ficar com ele, me agarrar com ele na cama outra vez e chupar seu pau até ele berrar para parar, e eu sabia que ele agora tinha um lugar permanente no meu coração.

Ia ter de acontecer, pensei comigo mesmo quando fui pegar Becca para levá-la para a loja das punições para sua primeira experiência com o gentil e carinhoso mestre açoitador de lá. Isso ia acabar acontecendo mesmo. E eu ia escrever para Tristan, é claro, e contar a verdade para ele. E assim o curso da minha vida se abriu diante de mim, e por mais dividido que estivesse, por mais que sofresse, não pude evitar a gratidão e a alegria.

III
O destino das rainhas

14

EVA: ELE CAMINHA EM ESPLENDOR COMO A NOITE

i

Acordei antes de o sol nascer. Alguma coisa tinha mudado no quarto. Alguma coisa tinha me alertado para acordar.

Sentei e vasculhei o ar no escuro à procura de um sinal de Severin, que devia estar dormindo em seu estrado ao pé da cama. Não estava lá. Onde é que ele estava e será que foram suas idas e vindas desobedientes que me despertaram antes do nascer do sol?

Além dos arcos da janela aberta, o céu clareava e lentamente abdicava do seu grande manto de estrelas esmaecidas.

Havia um homem lá parado, um homem com um manto comprido preso com cinto e cabelo solto comprido esvoaçando.

Estendi a mão para a cobertura de prata da luz noturna e levantei para a pequena chama mostrar quem ele era... quem tinha ousado entrar no meu quarto sem convite. Não era o rei, que podia fazer isso a qualquer hora que quisesse, até aí eu consegui ver.

A luz ficou mais forte e pude distinguir os detalhes do rosto dele e a forma.

Pele bronzeada, grandes olhos pretos e cabelo em ondas até os ombros, um manto preso com cinto coberto de bordado de ouro e minúsculas pedras preciosas cintilantes.

Levantei da cama e parei na frente dele. Eu usava uma camisola de renda transparente, mas a minha aparência não significava nada para mim naquele momento. Peguei a pequena vela e levantei para ver melhor aquele rosto.

Ele parecia hipnotizado olhando para mim... com cara de alguma coisa além de fascínio.

A beleza dele era de tirar o fôlego, a pele escura sem mácula, o queixo firme e forte. No lado direito da barra da túnica, ele tinha uma enorme safira, talvez a maior que eu já havia visto.

– Como ousa vir ao meu quarto assim? – perguntei. – Quem é você?

Ele recuou como se eu tivesse lhe dado um soco, ergueu as mãos e caiu de joelhos.

Fixou os olhos em mim como antes, percorrendo com audácia meu rosto, meu corpo e meus pés descalços.

Então se adiantou com uma facilidade incrível para alguém tão paramentado e beijou meus pés.

– Saia já daqui! – ordenei e me movi para puxar a corda do sino.

– Minha senhora, eu imploro, não chame ninguém! – pediu ele.

Tinha um sotaque marcante que dava às palavras uma adorável e poderosa ressonância.

– Peço que me perdoe. Eu imploro, por favor!

– Ora... então, o que está fazendo aqui?

– Eu enganei e confundi os seus servos – confessou ele.

Aqueles olhos pretos eram quase grandes demais para o meu gosto, fortes demais com a moldura dos cílios pretos compridos e densos, e a boca era de um rosa escuro, natural, lábios carnudos, sensuais, que combinavam com a simetria geral do rosto dele.

– Eu sou Lexius, madame. Trocamos cartas.

Ele se ajoelhou como antes, com as mãos para cima, as mangas pesadas revelaram uma camisa justa de seda transparente e seus dedos cobertos de anéis com pedras preciosas.

– Eu o convido para vir para esse reino, você um escravo banido em desgraça, e é assim que retribui o meu convite? – exclamei furiosa. – Você ousa usar sua lábia para entrar nos meus aposentos sem ser anunciado a essa hora?

– Senti que meu coração ia se partir se não a visse. Eu cheguei depois que você, o rei e a rainha já tinham se retirado. Eu estava enlouquecendo no meu quarto. Precisava vê-la, botar os olhos em você, ver a lendária lady Eva que executa as instruções da grande rainha.

Tudo isso dito com aparente sinceridade e a maior polidez, mas não havia nada de obsequioso nos modos dele. Ele implorava com a segurança de um príncipe bem-nascido e era exatamente isso.

Agora todas as fofocas, todos os rumores, todo o interesse do rei fazia sentido para mim. Ele tinha um magnetismo, um poder. Eu vi isso e senti também. Que escravo nu espetacular ele deve ter sido. E como o antigo mordomo do sultão, avaliando e comandando os escravos, bem, ele deve ter sido uma maravilha paralisante, exatamente como a rainha tinha dito.

Pensei nisso, considerei Lexius ali ajoelhado e com aquele olhar firme para mim, então deixei que aqueles olhos me avaliassem mais uma vez, até minhas unhas pintadas dos pés.

– Eu poderia adorá-la, madame – disse ele em voz baixa, com as pálpebras trêmulas. – Você é como todos dizem, uma dama magnífica.

– Nos meus aposentos sou eu que escolho quem vai me adorar, Lexius. Agora levante-se.

Ele obedeceu com rapidez comparável à de Severin. E Severin ia ser muito castigado por permitir isso! Imaginei onde ele estava escondido, sem dúvida tremendo de medo naquele exato momento.

Lexius recuou até as janelas abertas. O céu estava clareando e já não havia mais estrelas. A luz suave silenciosa e rosada do sol estava nascendo.

– Ah, como sonhei com esse momento... – repetiu ele com aquela voz grave e confidencial.

– Como assim, meu senhor, e por quê? – perguntei. – Por que o rei ou a rainha não são alvo da sua abjeta devoção? Não foram eles que o atraíram para cá nessa sua travessia de terras e mares?

Ele resolveu não responder. Senti um desejo enorme de ver o rei disciplinando Lexius por aquele comportamento ultrajante. Mas ele era um príncipe que estava voltando.

– Com o tempo revelarei todos os meus segredos para você. Perdoe-me por tê-la ofendido, pois foi por causa do meu zelo que entrei no templo feito um peregrino indesejado. Por favor, não feche seu coração para mim!

Fui para perto dele e da janela, e ele virou para a direita. Agora a luz da manhã o iluminava bem e vi a textura maravilhosa da pele dele, a forma perfeita do rosto. Parecia imortal, sem idade como os povos asiáticos, e com uma postura nobre que sugeria antigas pinturas persas de cortes esplêndidas e imperadores do passado.

O cabelo dele era quase comprido demais, se espalhava sobre os ombros coleantes como serpente, com ondas e cachos. Agora dava para eu ver as cores muito vivas do manto com pedras, o azul brilhante com miríades de fragmentos por trás de fios dourados e prateados, esmeraldas, rubis e safiras, safiras como a magnífica pedra que ele tinha ao pescoço.

E pareceu que ele lia meus pensamentos. De repente arrancou aquela safira enorme do pescoço e estendeu a mão para mim, com a pedra cintilando que nem água. O raio de sol iluminou a safira e ela se transformou em pura luz.

Ele caiu de joelhos e continuou com a mão estendida, oferecendo a pedra para mim.

– Meu presente para você, por favor, aceite.

– Guarde para o rei e a rainha.

– Ah, mas eu tenho muitos tesouros para eles e riquezas de outras formas. Isso eu lhe dou pessoalmente. E ofereço minha alma também.

O que era aquilo? Fiquei imaginando.

Peguei a safira com a mão esquerda e examinei. Agora não precisava mais da lamparina, por isso deixei-a sobre a mesa e fui ver a safira perto da janela, não porque a queria ou precisava dela, mas porque nunca tinha visto nada igual. E lembrei de histórias sobre as pedras preciosas da Índia.

Virei e vi que ele tinha se prostrado no chão. Tinha um quê de cerimônia, ele ali deitado com a testa encostada na pedra do chão. Sem ordem minha ele levantou, ficou de cócoras e depois de pé, sem apoiar as mãos. Ele tinha a graciosidade de um dançarino. E impondo toda a sua altura, olhou para baixo, para mim, com a mesma expressão de enlevo de antes.

– Bela lady Eva – disse ele.

– Já chega, eu aceito o seu presente. Agora saia. Vou mandar avisar a Nossas Majestades que você está aqui, sem dúvida serão informados assim que acordarem. Vá para os aposentos que lhe deram e espere lá até ser chamado. Você se comportou como um ladrão ou invasor.

– Por favor, não conte para o rei – pediu baixinho. – Por favor, eu sinto muito. Perdoe essa minha ofensa e terá em mim um amigo para sempre.

– E por que eu ia querer isso? – perguntei.

– Lady Eva, dê-me tempo para conquistar e merecer sua confiança.

– Saia – ordenei.

Ele saiu sem dizer mais nada.

Num segundo Severin chegou e estava mesmo gaguejando de medo como eu esperava.

– Madame, ele disse que a senhora estava à espera dele! Disse que, se não o admitisse, eu teria o pior destino! Falou coisas terríveis, coisas que eu nem entendi, que eu estava entre ele e o sol e a lua, e que nenhuma força no mundo podia impedi-lo de cumprir essa missão, falou de atravessar mundos, de buscar uma luz ofuscante...

– Nunca mais deixe ninguém entrar no meu quarto desse jeito – disse eu. – E você sabe o que vou fazer com você? Você ficará de quatro, nu, na cozinha lá embaixo, para servir de brinquedo dos cozinheiros e padeiros por um ano.

Ele já estava ajoelhado beijando meus pés. Meu coração se derreteu por ele, como sempre acontecia. Ele era muito inocente, muito terno.

– Agora preste atenção, menino, isso termina aqui, mas nunca mais deixe que ele entre nos meus aposentos de novo.

– Sim, minha senhora, sim, por favor, por favor, nunca me mande embora. Bata em mim, me castigue, mas não me mande embora.

ii

– Isso foi muito estranho – disse eu para a rainha.

Estávamos sentadas num terraço aberto sobre os jardins, tomando nosso café da manhã juntas. Ela ouviu atentamente quando contei o que Severin tinha dito.

— E o que ele quer com tudo isso, com essa linguagem, a "missão" dele atravessar mundos e de buscar uma luz ofuscante? Você não sabe, Eva? – perguntou a rainha.

Ela estava especialmente linda naquela manhã, com um vestido violeta e prata, e um colar de prata com ametistas e pérolas.

Lá embaixo, no pátio da fonte mais perto dos portões do castelo, o rei tomava café da manhã com Lexius a uma mesa de mármore. Podíamos vê-los perfeitamente, mas não ouvíamos uma só palavra. Fontes por toda parte davam um sussurro suave ao jardim e o incansável ritmo diário de diversão e negócios ainda não tinha começado para valer.

Lexius usava a mesma roupa de quando foi falar comigo e à luz brilhante do sol alto parecia um grande deus do Oriente coberto de pedras preciosas. Tão farto e comprido era seu cabelo que ele podia até ser confundido com uma mulher por alguém que o visse de repente. E as feições finas também não revelariam seu gênero. Mas ele agora se portava sem reservas e sem qualquer subserviência especial, falava com urgência e bem rápido, ao que parecia, gesticulando animadamente para o rei.

O rei, como de costume, tinha aquele jeito paciente entretido, ouvindo Lexius falar. E nunca era superado por ninguém da corte na indumentária. A túnica vermelha combinava com seu tom de pele, aliás, o que não combinava com ele? Ele sorria e meneava a cabeça tranquilamente para Lexius.

Eu não tinha contado para o rei que Lexius invadiu meu quarto. Mas da minha abençoada rainha eu não escondia nada.

— Tire os olhos do seu augusto visitante e responda — disse a rainha com calma.

— Ah, perdão. Você perguntou se eu sabia o significado daquele estranho modo de falar dele.

— Sim, e certamente você deve saber o que tudo isso significa.

— Não.

— Eva, você é o gênio orientador da disciplina aqui no reino — disse ela, com um tom de voz muito gentil. — Você já era esse gênio antes de nós virmos para cá! Você é a iluminada representação da antiga monarca e sua rigidez. O rei pode ser o guardião priápico do reino, mas você é a promotora de nossas leis exclusivas.

Eu fiquei atônita. A rainha não falou nada disso com raiva nem parecia sentir o menor ressentimento quanto a mim, no entanto, o que era aquele jeito de falar?

— Você é a nossa rainha — disse eu suavemente. — Majestade, nosso reino é chamado de o Reino da Bela em todo canto do mundo e nos bacanais dos jardins e na aldeia e em todos os quartos e salões do castelo, evidentemente. Bellavalten se tornou o Reino da Bela.

— Eu sou apenas um símbolo, numa terra de gestos e rituais simbólicos e me sinto feliz assim. A história antiga de encantamento só acrescenta à minha fama. Mas é o rei que governa

Bellavalten e é você que entende o mistério de tudo que fazemos e curtimos aqui, é você que comanda e os outros obedecem. Isso não é realmente o Reino da Bela.

O que eu podia dizer? Esperei. Ela estava enganada, seriamente enganada, se pensava que a minha compreensão das coisas era maior do que a dela. Ela entendia as profundezas das quais o resto de nós sabia pouco ou nada. Suas avaliações eram bem baseadas e as decisões perfeitas. Os seus esquemas e desígnios jamais fracassaram. O rei se maravilhava com isso e eu também.

– Lexius ouviu falar de você, Eva – disse ela –, soube da sua inquestionável maestria, da sua capacidade e do seu poder pessoal, um poder que não pode ser passado de um para outro. Ele ouviu falar da sua juventude e da sua força, e da sua alma inconquistável.

– Pode ser – sussurrei. – Mas, minha rainha, que importância tem isso?

– Eva, antes de mais nada ele seria seu escravo pessoal.

– Não, Majestade, permita-me que a contradiga. Ele é um escravo por natureza, até aí isso ficou claro para mim, mas também é um príncipe altivo. Arrisco-me a dizer que é um príncipe dominador. Esta manhã senti duas correntes vindo dele... uma carência extrema e uma força de vontade indomável.

O rei levantou da mesa lá embaixo e foi andando para os portões do castelo. Lexius seguiu atrás dele, inclinou o corpo, passou ousadamente o braço pelas costas do rei e continuou falando com a mesma urgência de antes. Eles foram andando até ficarem fora de vista.

– Majestade, você nunca ficou infeliz comigo, não é? – perguntei.

– Não, Eva. Nunca. Eu teria dito para você se ficasse infeliz. É justamente o contrário. Eu me encanto com o fato de você fazer o que eu não posso. Achava que para governar bem Bellavalten eu precisava aprender pelo menos o que Eleanor entendia tão completamente: como castigar e disciplinar com prazer, como saborear o sofrimento de escravos dedicados, como quando saboreamos a fragrância de um grande banquete ou de um jardim de flores exóticas...

Ela interrompeu a frase no meio.

A rainha espiou a mata mais adiante, as belas árvores frutíferas e os arbustos em flor, os carvalhos antigos aqui e ali, deixados como lembranças de uma floresta que parecia inconquistável – de fontes dançantes e caminhos atapetados. Ela estava triste.

Os jardineiros livres e os escravos jardineiros apareciam em todo canto. Escravos nus curvados para podar e cuidar das mimadas rosas e zínias e oleandros. Camponeses humildemente vestidos cavavam a terra escura para formar os novos canteiros de flores e traziam carroças de composto orgânico e terra preta rica e fértil. Ela os observava como observava tudo.

– Você se culpa por não curtir tudo que isso envolve? – perguntei. – Mas como pode se recriminar por tal coisa?

– É que eu acho que como rainha preciso disso. Não posso andar no meio dos meus súditos como escrava nua, posso? Não posso recompor o que existiu décadas atrás, não para mim. Ah, deixe para lá, Eva. Você realizou todos os meus sonhos para o reino. Você previu muitos deles. Eu idealizo, o rei confirma e você torna real.

– Majestade, em seus aposentos particulares, pode ter toda a liberdade, como qualquer lorde ou dama de Bellavalten.

– Sei disso, Eva. Sonhei com alguma coisa elevada para mim, um reino que competisse com o da rainha Eleanor, um rosto sob a coroa que impusesse terror aos que tanto desejam ser aterrorizados, uma forma de arrepiar aqueles que vieram de livre e espontânea vontade para se arrepiar.

– Ah, mas você possui esses atributos, minha rainha – respondi.

Ela não acreditou. Ela não sabia. Não entendia o medo emocionante que ela provocava em todos à sua volta. Mas como podia não saber, ela, que parecia ser tão prestativa com a angustiada devoção deles?

– Majestade, o reino, como está, é realização sua! Você tem um poder sobre todos nós, todos os seus súditos, infinitamente maior do que a rainha Eleanor já teve.

– Como isso é possível?

– É que você é a dama de ferro com o irresistível sorriso doce, a absoluta autoridade com a voz suave, a rainha implacável que aprisiona bem mais do que meras correntes!

– Ah, é mesmo?

– Sim, é sim.

Inclinei-me mais para perto dela. Falei abertamente, mas com um tom de voz confidencial.

– Majestade, o legado da falecida rainha foi um grande conceito e uma áspera recusa de levá-lo a alturas cada vez maiores. A sua genialidade com os seus escravos, a sua genialidade com lorde Stefan, a sua genialidade com todos os seus súditos, é uma maravilha. Qualquer que seja o seu sofrimento por dentro, é você quem faz o reino como ele é.

Ela não comentou nada. Olhava para os jardins.

– Por que acha que somos todos tão devotados a você? – perguntei. – Rosalynd e Elena vivem para satisfazê-la com os escravos dourados dos festivais noturnos. Suas ternas potrancas se emocionam até o fundo de seus corações despidos quando são enviadas para os seus estábulos. Seus pequenos animais de estimação, tanto gatinhos como cachorrinhos, mergulham num abismo de tortura quando estão perto de você. A sua convicção é ofuscante de tanto brilho! Você tem tanto poder no governo desse reino quanto o nosso rei.

Ela ficou pensativa um tempo e finalmente virou para mim, com seus olhos azuis muito suaves e sonhadores, o rosto expressando sinceridade, como sempre.

– Sabe, eu entendo como todos eles se sentem.

– Eu sei.

– O rei entende, só que o rei entende tudo!

Ela deu risada.

– Entendo o que quer dizer.

– É como se cada escravo, por mais baixo que seja, por mais desobediente que seja, por mais submisso que seja ou por mais imperfeito que seja, estivesse ligado ao meu coração por um fio de ouro.
– Sim.
– E eu serei mais ousada na santidade dos meus aposentos – disse ela. – O rei tem insistido muito para eu fazer isso. E vou fazer, a partir de agora.

No entanto, essa promessa não soou muito decidida. Eu tive vontade de segurar a mão dela quando ela olhou de novo para os jardins movimentados. Mas isso ia parecer presunção minha. Fiquei apenas observando e esperei. E então, sem se virar, ela estendeu a mão procurando a minha, segurou-a com carinho e encostou-a no seu coração.

iii

O rei sempre me mandava presentes. Um manto de seda azul-lavanda, um vestido de veludo roxo, chinelos de couro com pedras preciosas.

Agora a carta havia chegado à tarde, quando eu saía do salão dos candidatos, cansada do dia de trabalho, mas bem animada. E a carta dizia simplesmente para eu usar o vestido de cor ameixa para ele esta noite, e que ele tinha tomado a liberdade de pegar nos meus aposentos a safira que Lexius havia me dado, porque ela ia ser montada para eu usar num colar de ouro.

O vestido de cor ameixa era de longe o preferido do rei. Tinha decote bem cavado para revelar meus seios, mas mangas grandes e largas, além das saias pesadas. Quantas vezes ele tinha se ajoelhado na frente daquelas saias volumosas?

Mas eu sabia que aquela não era uma convocação para açoitá-lo esta noite, como eu fazia a cada quinze dias, mais ou menos. Isso tinha a ver com Lexius. Senão por que ele teria mandado alguém pegar a safira?

Então me vesti pensando nisso.

Severin cuidou de mim, me ajudou a passar ruge nos lábios, e minhas atendentes nuas, adoráveis criaturas – a rainha estava certíssima quando disse que escravos nus podiam ser usados para todo tipo de trabalho –, prenderam meu cabelo com fios de pérolas e deixaram soltas só as mechas mais compridas que caíam sobre os ombros.

O rei gostava de pescoço e ombros nus e tudo dos seios que uma dama ousasse expor. Isto é, quando ele desviava os olhos de seus muitos escravos. Muito bem. Eu estava mais do que satisfeita com o gosto dele. E estava com um novo par de chinelos que ele havia me dado, de bico fino e com o salto dourado mais alto que eu já tinha calçado na vida.

Eu me vesti e me arrumei bem cedo. Sabia que o rei podia me chamar só dali a uma ou duas horas. Na verdade, tinha certeza disso, já que ele estava agora nos jardins com a rainha, e Lexius estava com eles. Alexi tinha me dito que ele sentaria à mesa do rei com Lexius. E a mesa essa noite seria à beira da senda dos arreios, de modo que o rei, a rainha e toda a corte pudessem prestar mais atenção aos escravos que levavam surras de palmatória dadas por seus senhores e senhoras, menino, menina, menino, menina, como o rei gostava. E eu sabia que Stefan, ainda de máscara e não identificado na corte, seria um desses meninos. Dmitri iria na charrete para conduzir Stefan com a grande palmatória de couro. Stefan agora era a obsessão de Dmitri.

Tinha devolvido a estonteante loura Becca completamente transformada na escrava pessoal mais sensível para a rainha, e a rainha estava muito satisfeita. E apesar de a rainha deixar a rígida punição de Becca para mim, ela levava Becca para sua cama todas as noites.

A rainha estava ansiosa para ver o desempenho de Stefan essa noite, para ver como ele estava.

Dmitri brincava com a ideia de dar um novo nome para Stefan, um nome que marcasse a trajetória de sua nova vida quando descartasse de vez as máscaras. Ele chamava Stefan de Xander, apelido que Dmitri gostava especialmente.

Eu adoraria ver Stefan hoje à noite, ou Xander, e não tinha dúvida de que ele ia se comportar perfeitamente. Dmitri jamais o levaria para a corte se não estivesse pronto.

De fato, o estranho "mascarado" era agora uma história na aldeia, e multidões se reuniam diante da plataforma giratória pública nos horários previsíveis só para vê-lo sendo açoitado. Certamente o que contava era a novidade da máscara e os rumores de que ele pertencia à corte. Mas também que Stefan tinha se tornado um paradigma do decoro. Os maus escravos no pelourinho eram instruídos para levantar a cabeça, observar Stefan sendo punido e assim aprender com a postura dele.

Rosalynd havia me dito que já era assim com Dmitri antes de ele ter saído da aldeia e ser mandado para casa anos atrás. Ele tinha se tornado o exemplo de estilo na plataforma giratória pública na qual tanto tinha sofrido. E tinha virado aquele que atraía multidões para vê-lo especialmente. E agora Dmitri tinha feito de Stefan um rival de si mesmo, do próprio Dmitri.

Rosalynd era inteligentíssima. Certamente a rainha pensava assim, e tinha razão. Rosalynd continuava a supervisionar todos os escravos dourados nos jardins, os presos nas cruzes e postos em nichos nas paredes, os que eram feitos de banquinhos para pés, e os que eram surrados e açoitados de formas artísticas e extravagantes para deleite da corte. Ela estava sempre criando novos temas, novos desenhos, combinações inéditas e artísticas. Fazia tudo isso com tanta facilidade e tanta alegria, que tinha até tempo de sobra. Elena era sua assistente natural, sua dedicada amiga. Essas duas eram as preferidas da rainha.

Mas o príncipe Alexi também nunca se afastava muito da rainha. Alexi queria uma tarefa especial que não fosse examinar e testar os candidatos – coisa que todos nós fazíamos –, mas seu momento ainda não tinha chegado. Mais especificamente, Alexi estava encarregado de ajudar Rosalynd e Elena com os entretenimentos noturnos na corte, só que ele fazia muito pouco disso, além de usar a corrente e o medalhão de ouro do seu ofício, que as mulheres achavam desajeitado e feio demais para usar. Mas ele era um símbolo poderoso de autoridade. E a corte o adorava.

Nós tínhamos nossos anéis cerimoniais dados pelo rei e pela rainha e isso já bastava. Mas eu achava que a corrente e o medalhão ficavam muito bem nos homens, e certamente esse enfeite enfatizava a qualidade impressionante do príncipe Dmitri quando ele comandava os castigos da aldeia.

Todas essas e outras considerações passaram pela minha cabeça enquanto eu aguardava o chamado do rei. Sentei à minha escrivaninha e de vez em quando escrevia uma anotação do que poderia fazer diante de alguma dificuldade, ou rabiscava uma ideia que poderia ser divertida para a corte. Então abri o meu diário e escrevi meus pensamentos privados.

Severin havia sido liberado, junto com as camareiras, para seu recreio conjunto, uma grande novidade introduzida pela rainha, que permitia a diversão deles em um pequeno quarto privado, entre almofadas do Oriente e dosséis, entre carícias e brincadeiras uns com os outros, compartilhando segredos e fazendo confissões.

Apesar de ter estranhado um pouco esse novo costume, logo vi que ia ser um grande sucesso. Os escravos voltavam revigorados, mais dispostos do que nunca a servir, competindo uns com os outros para ver quem agradava mais. E daí se eles cochichavam sobre seus senhores "preferidos" só entre si? Ou se copulavam uns com os outros feito pequenos animais?

Ouvi uma batida na porta.

Antes de levantar da cadeira, a porta se abriu, Lexius entrou, fechou a porta e avançou para mim com passos firmes.

– O que está fazendo aqui, meu senhor? – quis saber.

Senti o rosto esquentar. Dava para ouvir meu coração batendo nos próprios ouvidos.

A figura dele era poderosa e atraente. Estava trajando de novo roupas em um esplendor oriental, com mais pedras preciosas costuradas na túnica do que todas que eu já tinha visto juntas num mesmo lugar. Esmeraldas cobriam-no todo, esmeraldas cintilavam nos dedos compridos e escuros, até nos lóbulos das orelhas. Mas os olhos eram a maior preciosidade de todas.

Ele olhou para mim. Eu não conseguia atinar o sentido da sua expressão e, quando ele deu mais um passo para a frente, fiquei furiosa.

– Explique-se – disse eu. – Eu abri a porta para você? Eu o convidei para entrar?

– Preciso possuí-la! – disse ele e deu um sorriso triunfal.

Deu mais um passo à frente, com as sobrancelhas levantadas e olhos semicerrados.

– Possuir-me?

Saí de trás da escrivaninha e no mesmo instante ele recuou. Mas aquele olhar de louca determinação não abandonou o rosto dele.

Então ele se recompôs e falou de novo, com voz baixa e ameaçadora.

– Eu vou possuí-la, vou possuí-la nua, vou possuí-la aqui, privá-la de toda autoridade e classe.

Ele avançou de novo.

– Vai uma ova! – exclamei.

Soquei a escrivaninha com força, ele deu um pulo para trás e arregalou os olhos.

– O que lhe deu essa ideia ultrajante? – quis saber. – Você ousa invadir meus aposentos e vem dizer essas coisas para mim? Saia daqui agora.

Ele ficou lá parado e tremendo todo.

– Eu a terei – disse ele com um tom de voz que era quase um rosnado. – Vou fazê-la se ajoelhar para mim.

Com toda força que eu tinha dei-lhe um tapa no rosto. Atônito, ele ficou imóvel, tentando recuperar o fôlego. Que adorável ele era – um deus negro com espanto no olhar. Eu o estapeei outra vez e depois mais outra. Tapas mais vigorosos do que eu jamais dera nos escravos. Fui conduzindo Lexius para trás com meus tapas, na direção da porta.

Então, com um baita tapa de mão em concha, acertei embaixo do queixo e fiz a cabeça dele bater na porta.

– Saia daqui, meu senhor, antes que eu o expulse de quatro – disse eu.

Eu soltava fumaça pelas ventas.

Ele não se mexeu. Tinha o rosto ensanguentado dos meus tapas e os grandes olhos pretos pegavam fogo. Ele apoiou as mãos na porta atrás dele. O cabelo comprido e farto estava todo despenteado e lustroso à luz das velas.

– Você é uma deusa! – disse ele quando olhou para mim, com um olhar faminto.

– Você não sabe da missa a metade! – disse eu.

Estendi o braço, agarrei a barra da túnica grossa e o empurrei para a frente, para eu poder abrir a porta. Então agarrei um grosso punhado do cabelo preto e o arrastei passando pela porta e lançando-o numa passagem, de modo que ele tropeçou para trás e quase caiu.

– Eu tinha de tentar! – gritou ele.

Lexius caiu de joelhos, entrelaçou os dedos e ergueu as mãos assim juntas, implorando para que eu entendesse.

– Eu precisava tentar, grande lady Eva.

– Ah, precisava? Pois vai amaldiçoar a hora que tentou – disse eu.

Bati a porta e passei o ferrolho.

15
ALEXI: A SENDA DOS ARREIOS

Era a noite em que os preferidos do rei e da rainha seriam exibidos na senda dos arreios, junto com os favoritos dos membros mais poderosos da corte.

Eu estava à porta do salão da senda dos arreios onde as cintilantes charretes se enfileiravam, os lordes e damas a postos nelas, os cavalos batendo as ferraduras das botas no chão, prontos para puxá-las, e os pobres escravos escolhidos para correr aguardando, também em fila.

Rosalynd e Elena instruíam os cavalariços no preparo dos escravos, arrumando cabelos penteados e trançados, escovando os cachos espessos dos meninos escravos e avisando a todos para correrem bastante e com vigor.

– Não há como escapar da palmatória – disse Rosalynd para a pequena perto dela –, e se vocês passarem pela mesa do banquete real sem fazer uma exibição perfeita, vão acabar pendurados de cabeça para baixo nos jardins e ficarão assim a noite inteira.

A pequena perto dela era Sybil, a escrava linda de cabelo preto já bem treinada como cavalo dos estábulos da rainha, mas nesse momento ela parecia meio perdida, sem todos os seus belos arreios e brutalmente exposta, a não ser pelas botas.

Nada purifica melhor do que a senda dos arreios, pensei.

Atrás dela estava a alta e adorável Blanche, a escrava mais atraente de Tristan, e Tristan em seus trajes mais finos da corte na segunda charrete, pronto para bater forte com a palmatória em Blanche, para a corrida mais frenética de toda a vida dela. Blanche já tinha corrido inúmeras vezes e aceitava seu destino de olhos baixos, mãos na nuca sob o cabelo comprido, seios arfando de ansiedade, mas fora isso aparentava calma.

Muito tempo atrás todas as meninas usavam tranças, e nós, os meninos, usávamos o cabelo penteado para trás fixado com óleo.

Agora todos os escravos usavam enfeites, senão não apareciam no jardim, todos os lábios e mamilos eram pintados de vermelho ou dourado e o cabelo todo solto.

Lorde Stefan, atrás de uma gloriosa máscara de couro dourada e cravejada de rubis, aguardava em terceiro na fila. Na terceira charrete mais distante estava Dmitri, imponente como sempre, olhos azuis fixos em Stefan, embora Stefan estivesse imóvel, com um quase imperceptível tique no canto da boca.

Os castigos e o treinamento dele foram um grande sucesso, todos já sabiam disso. E alguns outros membros da corte desde então tinham se apresentado à rainha Bela de joelhos, pedindo para receber a "disciplina da máscara".

É claro que Bela, graciosa e adorável em tudo, disse que queria pensar no assunto, mas que compreendia totalmente o desejo deles. Ela e seus conselheiros mais chegados dariam atenção imediata a essa ideia da "disciplina da máscara", e ela teria uma decisão muito em breve.

Stefan seria o primeiro discípulo da máscara? Essa noite ele era o único discípulo que ia correr na senda dos arreios. Claro que eu tinha minhas lembranças de ser açoitado ao longo daquela pista todos os dias para proporcionar prazer à rainha Eleanor (só que ela nunca açoitou pessoalmente nenhum escravo na senda dos arreios, não era disso) e sempre no que nós chamávamos de noite de festival. Agora todas as noites eram de festivais noturnos.

Becca que tinha sido escrava de Stefan um dia, que agora era de novo escrava da rainha, que raramente fora sujeitada àquele ritual antes, esperava no quarto lugar da fila. Dmitri a tinha transformado numa maravilhosa ninfa, parte do seu cabelo brilhante estava penteado e preso para trás com uma fivela grossa de prata, que tinha estrelas de granada para mostrar a preferência da rainha, que agora era dela. Se Sybil agradasse à rainha esta noite, também passaria a usar a fivela com as estrelas de granada. E havia mais duas outras na fila que já tinham recebido essa honra.

A doce princesa Lucinda, usando veludo vinho, já tinha subido na sua charrete para dirigir Becca. Ela deu um carinhoso sorriso para mim quando viu que eu estava olhando. Alta e magra, com aquele sorriso de menina, ela faria um excelente trabalho, é claro, na condução da charrete com o brasão da rainha. Aquele era o seu prazer maior depois de presidir os estábulos da rainha, e ela conduzia uma das favoritas da rainha praticamente todas as noites. Era uma daquelas senhoras imperturbáveis que cuidava de todos os castigos com o máximo de eficiência e decoro impecável, sem jamais levantar a voz.

Vi um sem-fim de seios suntuosos e profusos pelos púbicos, pernas torneadas exibidas de botas altas, ou olhos baixos e rostos molhados de lágrimas. Quase todos os paus estavam eretos e brilhando, as bolas untadas de óleo para brilhar também à luz das tochas e das lamparinas, e os mamilos dourados piscavam como estrelas por toda parte.

E havia também os três queridos de Dmitri, Bertram, Kiera e Barbara, todos usando as novas fivelas assinadas de ouro e malaquita que ele tinha escolhido. Será que Stefan ganharia uma fivela dessas esta noite?

Kiera e Bertram já tinham corrido a senda dos arreios muitas vezes e estavam só um pouco aflitos, mas Barbara chorava copiosamente. Era sua primeira vez na corte. E apesar de Dmitri não poder ficar voltando sempre à pista para bater pessoalmente em todos os seus escravos na senda, ele fazia isso para espancar Barbara. Eu conhecia o terror que ela estava vivenciando agora só de pensar na desaprovação dele, no modo que ela tremia ao simples som da voz de aço de Dmitri.

Lembrei que Dmitri tinha passado a amá-la na primeira vez que a viu, e que já tinha feito dela uma escrava que se submetia com dignidade e encanto.

Eu tinha a impressão de que os belos de Dmitri viviam um delírio mantido pela capacidade dele de impor medo e envergonhá-los, coisa maravilhosa como qualquer música jamais tocada em corneta ou harpa. O valete dele, Fabien, também se saía bem como disciplinador doméstico. O estilo de Fabien se espelhava no de Dmitri, e pajens e cavalariços com tanta força de vontade assim sempre tinham sucesso no reino.

Dmitri praticamente não olhava para os outros. A prova para ele esta noite era Stefan, e só tinha olhos para Stefan, mas evidentemente tinha certeza de que Stefan não ia falhar. Fabien estava perto da parede e também observava Stefan, provavelmente obedecendo a ordens.

Examinei a longa fila, inspecionei casualmente outros que conhecia de nome e alguns que conhecia só pelo rosto e corpo.

Tinha Cressida, suculenta e curvilínea, outra cavalo dos estábulos da rainha, com seu cabelo flamejante, que chorava baixinho enquanto os cavalariços passavam mais ruge nos mamilos e obviamente a instavam para ficar ereta e altiva. Cressida tinha feito amizade com Sybil durante os recreios no pátio do estábulo. E a rainha favorecia as duas como par. Mas agora Cressida era só um lírio trêmulo sem a segurança do seu habitual bridão e arreio.

Depois vinha Penryn, o musculoso e infantil escravo do príncipe Richard, que nunca tinha saído da aldeia antes e que estava visivelmente amedrontado. O príncipe Richard, que sempre foi bela figura, beijava Penryn e alisava o cabelo louro do rapaz – num raro momento de misericórdia por um escravo que Richard conduzia implacavelmente para ser perfeito como qualquer escravo da corte, embora Penryn passasse a maior parte dos seus dias na aldeia com seu senhor e fosse surrado com palmatória duas vezes por dia na loja das punições.

O que era uma humilhação especial para os escravos da aldeia era o dia a dia de Penryn, por causa dos deveres do príncipe Richard, ele vivia para satisfazer Richard e muitas vezes era sujeitado às piores humilhações quando fracassava. Sempre que eu avistava Penryn na plataforma giratória pública parava para assistir e nunca me decepcionei. O terno mestre açoitador da loja das punições chamava Penryn de seu "bolinho" preferido.

Depois desses e de mais alguns vinha o meu escravo Valentine, que soluçava amargamente, uma preciosa dádiva que recebi de Dmitri, que havia comprado Valentine dos leiloeiros da aldeia pelo preço de um valioso tomo de Horácio.

Valentine foi comprado para a aldeia quando chegou ao reino. E jamais sonhou que se tornaria escravo de um príncipe. Eu o achava sensível e atraente em todos os sentidos e adorava aquele choro incessante dele que parecia uma fonte transbordante. Era louro, tinha uma boca linda. Pele bronzeada. Depois do longo período de tédio pertencendo a um estudioso da aldeia, ele achou os costumes da corte apavorantes no início, e se agarrava em mim quando passeava com ele numa coleira, como se um grande perigo fosse vitimá-lo a qualquer momento, mas eu gostava de treiná-lo, de secar suas lágrimas, de beliscá-lo, de fazê-lo pular assustado, e ele agora estava suficientemente educado para ser levado aos meus jantares a sós com a rainha. Esta noite, se ele se comportasse bem, seria depois amarrado a uma cruz nos jardins e poderia cochilar diante de olhares apaixonados. Se fracassasse, seria pendurado na parede do estábulo e os escravos maus iam puni-lo e provocá-lo a noite inteira.

Eu não ia conduzir o menino pessoalmente na senda dos arreios. Era Elena que faria as honras porque ela adorava o passeio na charrete e o musculoso cavalo que puxava era um dos seus preferidos, fazia parte da equipe do rei – um cavalo castigado que tinha sido promovido a cavalo permanente por conta de seu grande vigor.

No último lugar da fila naquele momento – haveria muitos mais ao longo da noite – estava César, o cavalo alto e seguro tão amado pelo rei.

Eu adorava César. César me intrigava. Eu achava que a sua história de vida no reino contava muito sobre as mentes e os corações de todos os escravos e que César devia ser estudado profundamente pelos que aspiravam ser grandes senhores e senhoras de escravos.

César havia vivido duas décadas nos estábulos da aldeia, era um desses escravos tão acostumados com a vida de cavalo que ninguém achava que ele seria bom para qualquer outra coisa. "Cavalo de tração", "cavalo de arado", esses eram os termos usados para César no passado. Mas o rei, completamente fascinado com César, tinha obrigado o escravo a galgar novas alturas.

Qualquer pessoa veria por quê, e eu certamente via, já que César não era apenas extremamente alto e musculoso, tinha as feições de uma estátua de mármore, do mesmo tamanho e com a mesma perfeição. Ele era um daqueles seres que ficavam esplêndidos com o cabelo todo para trás – de fato tinha olhos lindos e uma bela testa –, e seu cabelo era sempre escovado assim, com os cachos laterais formando uma trança grossa que caía sobre o resto da sua juba ondulada, até os ombros.

No entanto, sem a segurança dos arreios e o tampão enfiado, com o rabo de cavalo, e sem o conforto do freio entre os dentes, César tinha medo.

Esse era o escravo que eu ia conduzir esta noite e me aproximei dele, voltei para o grande galpão. Como todas as construções do novo reino, era uma obra bem-feita, tinha muitas lamparinas penduradas, o chão de terra macia, tão bom para as botas com ferraduras dos escravos, imaculadamente limpo.

Dei um beijo no meu belo Valentine quando passei e parei na frente de César.

– Que choradeira é essa? – perguntei.

Ele era bem mais alto do que eu e tinha o rosto tão belo quanto o de uma mulher, com seus olhos azuis lacrimosos.

– Vamos, pode responder, César – disse eu.

Cutuquei embaixo do queixo dele com o cabo da minha palmatória.

– Meu príncipe, eu nunca... eu... e se eu fracassar?

A voz é muito importante para um escravo e a de César era grave, educada, uma voz agradável. Corriam boatos de que ele tinha sido um estudioso na juventude e aliás um verdadeiro prodígio, mas tinha se dedicado com luxúria e o mais completo abandono à vida de cavalo.

— Bobagem — reclamei.

Cutuquei de novo o queixo dele e fiz com que levantasse a cabeça.

— Você não está com medo de fracassar. Você puxa charretes há vinte anos e as charretes mais velozes do rei há cerca de dez meses. Você está esplendidamente em forma. Provavelmente passaria à frente do cavalo que puxa a charrete que eu uso.

— Ah, não, meu senhor — disse ele, lutando contra as lágrimas. — A sua charrete esta noite será puxada por Brenn, o novo favorito do rei e ele é mais forte do que eu.

— Mais bobagens. Ele é tão forte quanto você, sim, mas não é o novo cavalo preferido do rei e você vai parar de choramingar agora mesmo. Tenha um mau desempenho hoje e Brenn poderá se tornar o novo favorito do rei, não entendeu isso?

Eu lembrava dele, de quando ele chegou. Não era nascido em berço nobre, mas de boa família camponesa, enviado para a rainha Eleanor como presente dos pais que achavam sua inteligência e precocidade verbal uma chatice. Eleanor não se interessava por esse tipo de escravo. Era dos príncipes e princesas que ela gostava mais, e de praticamente mais nada. Bastou uma espiada naquele escravo gigante de cabelo louro branco para ela condená-lo aos estábulos da aldeia com um aceno de mão.

Claro que ele não era maior do que o rei Laurent. Mas era tão grande quanto e isso já é muita coisa. E não era apenas bonito, era encantador e atraente, e muitos na corte gemiam ao vê-lo passar.

Mas César era feliz nos estábulos. Adorado pelos cavalariços. Não viam um cavalo do tamanho dele desde Laurent, que só tinha ido para casa recentemente. E o cabelo dele era quase branco, eles gostavam disso, e os aldeões sempre paravam para vê-lo passar trotando.

Como tinha sido um presente voluntário e não um tributo cobrado, a rainha nunca se incomodou de perguntar por ele de novo e o próprio César jamais quis ir embora. Sempre houve cavalos assim – especificamente fortes, homens musculosos com energia excepcional, que ganhavam vida com freio e arreios e que não desejavam viver em outro mundo.

Então o rei Laurent descobriu César e ficou maravilhado com aquele rosto perfeito e a maciez da pele dele.

– Por que essa joia está aqui enterrada na palha do estábulo da aldeia? – perguntou ele.

E César se tornou assim um cavalo real, elevado ao charme do novo Bellavalten da noite para o dia. Agora o rei queria mais de César, e seus serviços na corte para o rei iam começar para valer.

– Vou dizer o que há de errado com você – disse eu. – Você andou se escondendo esses anos todos. Você se apavora com a exposição solitária, quando corre de cabeça erguida, sozinho e sem um grupo, e teme a inescapável palmatória, com medo de ouvir a corte aplaudir quando você passar, logo você, César, examinado e admirado por seus próprios méritos.

César fechou os olhos, apertou as pálpebras e meneou a cabeça, apesar de eu ainda estar cutucando-o com o cabo da palmatória. Dei uma torcida forte em um dos mamilos dele e vi os músculos do peito saltando.

– Ah, é humilhante sim, para um potro orgulhoso – disse eu. – Sei disso.

Dei-lhe uma boa e sonora palmada no traseiro musculoso e ele pulou.

– Mas é isso que o rei quer! Portanto você tem de querer também.

– Sim, senhor – disse ele gaguejando e mudando o pé de apoio.

César sempre foi muito educado, bem-criado. Quando o rei descobriu que ele tinha educação, mandou livros para ele ler durante os recreios – algo que jamais aconteceria com qualquer um no antigo reino –, e César curtiu os livros, muitas vezes deitava sob um carvalho para ler Ovídio, em vez de brincar com os outros cavalos no descanso deles no pátio. Na baia dele havia um lugar especial para os livros. E ele se tornou um líder dos cavalos da corte recém-chegados, ensinava muitas coisas para eles, e os cavalariços sempre o procuravam com perguntas, porque não havia nada que César não soubesse sobre ser um cavalo. Eu conhecia o gosto do rei. César e o musculoso e belo sátiro de rosto bonito, Brenn, eram seus preferidos e um não substituía o outro em seu coração. Brenn foi treinado para ser mais versátil desde o princípio, e César precisava aprender a ser flexível e a ceder também. Eu ficava excitado de pensar que o rei ia virar César do avesso nos próximos meses.

– Ouça, o rei adora vocês dois – disse eu, agora bem perto dele. – Você está sofrendo por nada no que diz respeito ao Brenn. Faça amizade com ele. É isso que o rei supõe que você vá fazer.

– Sim, senhor – respondeu César outra vez. – Brenn é meu amigo. Brenn tem sido muito gentil comigo, desde que chegou. Não vou tentar ultrapassá-lo esta noite, senhor. Não farei nada que desagrade ao senhor ou ao rei.

Apertei a bunda retesada dele. Ele mal sentiria a palmatória. A pele dele era lisa como alabastro, mas grossa.

Vi Elena correndo na minha direção, bastante saborosa com seu novo vestido de cetim preto. As damas da corte exibiam novas modas inspiradas na rainha. Com a metade dos seios expostos, cinturas altas e saias fartas. Elena estava perfeita usando aquele estilo novo, com fios de pérolas no pescoço, dadas pela rainha.

– Eles estão prontos para começar – disse ela. – Todos esperavam aquele Lexius estranho de olhos loucos e ele finalmente chegou.

Ouvi o toque do trompete chamando a primeira charrete e seu passageiro para açoitar o primeiro escravo na senda. A doce Sybil. Não dava para ver daqui. Mesmo devendo ter uns trinta na fila, eu sabia que agora tudo ia acontecer bem rápido.

Corri para Valentine, que beijei e abracei.

– Agora vá e me deixe orgulhoso esta noite – sussurrei em seu ouvido.

Ele chorava como sempre, mas respondeu com a voz mais gentil.

Um cavalariço veio andando ao lado da fila, batendo nos narizes e nas bochechas e dando os últimos retoques nas botas dos escravos. Ele batia nos pênis e beliscava mamilos para que ficassem duros.

Fui para a minha carruagem, subi e verifiquei se as rédeas estavam no lugar. Brenn estava ali quieto, com arreio completo, braços presos às costas, botas plantadas firmemente na terra.

– Está pronto para acompanhar César esta noite, Brenn? – gritei, e Brenn meneou vigorosamente a cabeça.

Ele só estava no estábulo havia três dias e, na véspera, depois de muito treino, tinha puxado a rainha sozinho, na charrete menor e mais delicada de todas em seu passeio noturno. A rainha ficou muito satisfeita. Pusera nele arreios vermelhos e enfeitou seu pau com fitas vermelhas e sinos dourados. Brenn derramou uma enxurrada de lágrimas, mas foi a perfeição em pessoa para ela e para o rei Laurent.

Quando voltaram para o castelo ela deu as rédeas para mim, para levar Brenn para o estábulo, e foi lá que vi Georgette tirar os arreios e provocá-lo por ser o único potro entre tantas potrancas.

Ela gostava de bater nele com a palmatória. Ela o pusera deitado sobre seus joelhos e não parou de perguntar muitas vezes enquanto batia nele:

— Quanto a rainha gosta de você? Vamos, conte-me! Conte-me mais.

O pobre Brenn tinha soluçado e dado a única resposta aceitável.

— Eu quero agradá-la.

Depois disso eu caminhei com o cavalariço que o levou sob palmadas de volta para o estábulo do rei para o recreio. Sempre detestei aquelas palmatórias usadas para caminhar e as surras humilhantes quando um escravo está apenas indo de um lugar para outro. Mas sabia que a maioria dos escravos precisava disso. Escravos precisavam ser mantidos. Disciplina tinha de permear todos os momentos de suas vidas.

Brenn esteve em perfeita forma. No pátio de recreação, César sinalizou para Brenn se juntar a ele e os dois deitaram na grama juntos, César lendo seu livro e Brenn com a cabeça no peito de César, dormindo — e César brincando com o cabelo preto de Brenn, distraído. Mas mesmo assim César sentia ciúmes. Eu sabia disso. E entendia.

O trompete soou várias vezes enquanto um escravo depois do outro era empurrado para a senda.

Eu tinha uma boa visão de Dmitri alinhando sua charrete com Stefan e, mesmo daquela distância, pude ver que Stefan estava tão dócil quanto antes. A máscara era muito bonita. Fiquei pensando se não devíamos usar mais máscaras. Mas então lembrei daquelas palavras, "a disciplina da máscara". Se já tinha algum significado, então nós devíamos desenvolver esse significado, não devíamos? De um lorde ou dama bem-nascido do reino se submetendo à escravidão mais rígida por meio da disciplina da máscara. E certamente a rainha já estava pensando nisso. Logo pediria nossa opinião.

Dmitri e Stefan chegaram ao primeiro lugar na fila. O escravo que puxava a charrete de Dmitri era Bastian, outro da equipe do rei. Imaginei se os escravos odiavam aquela tarefa especificamente, já que usavam arreios comuns, marrons, com poucos metais aqui e ali... nada parecido com a indumentária completa usada quando puxavam a carruagem ou a charrete do rei.

De repente tocaram o trompete e Dmitri usou a palmatória para levar Stefan para a pista. Não dava para eu ver se o pau de Stefan estava em posição de sentido, mas tinha visto mais cedo e estava sim, esplendidamente enorme e vermelho.

E lá foram eles, Stefan marchando com os joelhos bem altos, ombros bem para trás, levando as palmadas ininterruptas desde a partida até entrarem na curva.

Prestei atenção e logo ouvi o rugido distante da multidão em volta da mesa do banquete real.

Havia muitos escravos na nossa frente agora, mas César foi levado para frente e ficou parado à minha direita. Agora ele chorava freneticamente e o cavalariço foi secar seu rosto.

O traseiro de César estava só rosado do castigo que devia ter levado naquele dia. Mas a pele dele era grossa, de anos de palmatória e de correia, e eu sabia que tinha de bater nele com força para deixar a mais leve marca e estava preparado para isso.

A palmatória de couro era comprida e larga, tinha o peso certo também. Antigamente essas palmatórias eram amarradas aos braços dos lordes e das damas que conduziam seus escravos, mas agora eles apenas seguravam os cabos com firmeza. E havia uma palmatória de reserva em todas as charretes, caso deixassem cair uma delas. Nunca vi ninguém deixar a palmatória cair.

Ainda tinha um tempo de espera, então desci da charrete e fui falar com Brenn. Ele chorava tanto quanto César. Verifiquei seus arreios para garantir que nada estivesse solto. Ele usava um tampão de ânus com um pequeno enfeite de flores como todos os cavalos e um rabo de cavalo simples e comprido, de pelo preto, para combinar com o cabelo dele.

– Ora, para que esse choro todo? – perguntei, mas isso só fez com que ele chorasse mais ainda. – Você e César são uma imagem esplêndida. E agora eu quero altivez, nada de choro.

Ele fez o melhor possível para se recompor.

Verifiquei o bridão entre os dentes e estava perfeito, macio, mas de bom tamanho, e, claro, bem preso às rédeas.

– Você determina o passo – disse eu –, e César não vai ousar ultrapassar você.

Dei-lhe um beijo, ele fechou os olhos, depois olhou para mim e beijei suas pálpebras.

– Você é um potro adorável. Simplesmente o mais lindo.

Acariciei o cabelo dele.

Fui falar com César.

– Olha, eu vou surrar esse seu traseiro, mas você mantenha o ritmo determinado pelo Brenn, está entendendo? Por mais que eu bata com força.

– Sim, senhor – disse ele.

– E deixe-me contar um segredinho para você. Quando estiver correndo na frente do tablado real, quando ouvir os aplausos da corte, você vai adorar. Vai empinar o seu peito e erguer os joelhos como nunca fez antes.

Não esperei para ver todas as lágrimas que iam jorrar depois disso, voltei para a charrete e peguei a palmatória.

Lá na frente vi Valentine sendo espancado por Elena para ir para a linha de largada, uma visão de doçura com aquele vestido preto, segurando as rédeas da charrete com a mão esquerda.

Sopraram o trompete, Valentine hesitou, mas a palmatória o fez correr e logo partiram, trotando na pista, Elena golpeando a palmatória com prazer e Valentine correndo como se fugisse da morte.

E me veio a lembrança de ser levado ao longo daquela senda no último ano do tempo que fiquei com a rainha Eleanor – pela fria lady Elvera, que era amante do rei Laurent naqueles anos. Ela era tão calma na época quanto era agora. Eu sabia que ela estaria à mesa de banquete no tablado. Sempre estava. E refleti indefeso que tudo estava muito diferente.

Lorde Gregory naquela época sempre tentava atraí-la para seu mundinho de resmungos, maus presságios e amargas reclamações: permissividade demais; mimo demais; falta de manutenção das regras mais duras; falta de silêncio, isolamento, castigos severos, coisas assim.

Lady Elvera tolerava lorde Gregory, mas ela estava mais do que satisfeita. Tinha a remota seriedade da velha rainha.

Estávamos chegando à linha de largada.

Só havia uma charrete na nossa frente, levando o grão-duque André em todo o seu previsível esplendor e, ao lado dele, sua preciosa escrava, a princesa Braelyn, que já servia a ele há um ano quando Laurent e Bella chegaram. Braelyn tinha pele corada e uma farta cabeleira castanho-alourada. Linda, cascateava nas costas dela. A senda dos arreios não era nenhuma novidade para Braelyn. Mas fiquei pensando o que seria para ela ver tantas caras novas, novos escravos, novos cortesãos.

Paramos bem atrás deles e ouvi o grão-duque, com sua voz suave, dizer que ela devia dar um show todo especial esta noite, para não decepcioná-lo, mas isso era só a bravata de sempre. Ele adorava Braelyn.

Quando tocaram o trompete ele bateu nela com uma força surpreendente para um homem tão mais velho.

Eles partiram e nós passamos para os primeiros da fila. Ouvi os soluços de César e disse para ele ficar quieto.

– Feche a boca, como se tivesse o bridão entre os dentes!

Dei-lhe uma pancada forte, mas foi como bater em granito. Mesmo assim ele pulou, como sempre fazia, e realmente se acalmou. Cavalos veteranos sabem ser extraordinariamente sensíveis a golpes desferidos por certas pessoas e se tornam insensíveis às surras intermináveis de cocheiros e cavalariços.

Finalmente o trompetista ergueu sua corneta. E veio o toque claro. Com uma pancada forte segui César, batendo nele pelo menos umas seis vezes antes de ele avançar poucos metros. As rédeas estavam firmes e justas na minha mão esquerda.

Brenn correu o mais rápido que pôde e César o acompanhou sem esforço algum. Que dupla maravilhosa eles formavam.

Eu batia sem parar no traseiro de César, empenhado em fazer com que ele sentisse alguma coisa, e ele corria.

De repente nos aproximamos do tablado real e eu já podia ver que o rei estava de pé. Ele acenou alegremente para seus favoritos e mandou beijos para eles, e aplausos mais ruidosos partiram da multidão como onda quebrando no mar de inverno.

Do outro lado da pista havia outro tablado com muita gente reunida, os privilegiados que ficavam bem na frente do rei e da rainha. E eles também gritavam e aplaudiam.

Bati em César com uma força que nunca usei antes, em toda a minha vida. Ele corria lindamente e Brenn também. E aquele tampão duro devia mexer muito dentro do traseiro de Brenn. Eu não tinha ideia do que era correr daquele jeito com um falo de rabo de cavalo dentro de mim. O meu mundo tinha sido feito de coisas mais discretas.

Logo deixamos para trás o pavilhão real. E fomos indo, passamos pelos inúmeros pavilhões menores, pelas mesas, pelos braços levantados e expressões animadas, e finalmente chegamos aos últimos metros diante do estábulo novo até o fim da senda dos arreios com os cavalariços que aguardavam para cuidar dos dois escravos.

Assim que saltei da charrete abracei César. Ele estava completamente alquebrado. Disse para ele me abraçar, ele apoiou a cabeça no meu ombro e soluçou.

– Você esteve magnífico! – disse eu.

Apareceu um cavalariço e disse que César tinha de se apressar, que o rei queria César pintado de ouro e preso numa cruz no jardim pelo resto da noite.

Ele agarrou meus ombros desesperado, com aquelas mãos fortes.

Eu recuei e rapidamente sequei o rosto dele com meu lenço de linho e disse para ele fazer exatamente o que diziam. Aquilo nunca aconteceu com ele antes, ser preso numa cruz decorativa nos jardins, e eu sabia que ele estava com medo.

– Daqui a alguns segundos você vai ser firmemente amarrado – disse para ele –, com a mesma firmeza com que foi amarrado a uma charrete ou carroça, aí poderá fechar os olhos e viajar.

– Viajar, meu senhor? O que quer dizer viajar?

Dei risada.

– Cochilar e sonhar – expliquei. – Agora vá.

Haviam tirado os arreios de Brenn e ele estava num barril virado para ser esfregado e lavado. Brenn estava imóvel e de olhos fechados.

Esperei até secarem-no todo e então desprendi a coleira e a guia do meu cinto, fui até ele e disse para se ajoelhar para eu prender a coleira. Prendi a guia nela e ordenei que ele devia andar na minha frente, já que o terreno ali era áspero demais para os seus joelhos.

– A rainha quer que você seja seu animal de estimação esta noite – disse eu. – Querem exibir você para o novo hóspede deles, Lexius. Já ouviu falar desse nome?

– Não, meu senhor – respondeu ele.

Brenn ainda estava sem fôlego e cansado, mas evidentemente muito à vontade.

– Bem, vai achá-lo muito fácil de agradar. A sua bunda ainda não está bem vermelha. Mas só vou espancá-lo quando chegarmos ao jardim.

– Sim, meu senhor – disse Brenn.

– E como foi para você, sua primeira vez puxando uma charrete na senda dos arreios?

– Espero que eu tenha agradado, meu senhor – disse ele, como já era de esperar. – Corri o máximo que pude. Eu sabia que César ia correr muito.

– Você se saiu bem.

Quando chegamos à grama e aos tapetes macios dos jardins, mandei Brenn ficar de quatro. Achei uma mesa vazia embaixo de um carvalho enorme, fora do caminho de todas as festividades, botei Brenn sobre os joelhos e surrei seu belo e trêmulo traseiro com força, com a palmatória, até ficar no tom perfeito para o gosto da rainha. Depois do traseiro de granito de César era bom bater num escravo que fazia careta de dor e soluçava a cada golpe. Mas ele era perfeito como qualquer escravo que já estava lá há meses ou anos.

Botei Brenn de quatro no chão e saí puxando a guia. Ele seguiu nos meus calcanhares sem precisar ser mandado. Cachorrinho ou cavalo, ele era excelente.

Quando cheguei ao tablado, Bela já tinha um pote de vinho frio com mel pronto para Brenn e ela ficou observando e sorrindo enquanto ele lambia tudo.

– Tudo muito bem-feito, Alexi – disse a rainha –, e meu pequeno Brenn esteve perfeito, mas também quero vê-lo na senda dos arreios sendo espancado e logo. Talvez amanhã à noite.

– Como desejar, madame. Vou conduzi-lo se contorcendo e chorando pela pista com o maior prazer.

Brenn ouviu cada palavra, mas não deu sinal disso. Senti que eu conhecia a alma de Brenn, conhecia o delírio erótico que era a vida dele.

Lexius e o rei estavam se despedindo.

– Onde está Eva? – perguntei. – Não estou vendo.

– Eu não sei – disse Bela. – Sente aqui ao meu lado, Alexi. Obrigada. Acho que o rei vai se ocupar com Eva e Lexius esta noite.

Eu sorri.

– Esse deve ser um encontro esplêndido – disse eu. – É, e Dmitri foi se encontrar com eles também.

Ela deu pedaços de carne para Brenn engolir.

– E o que achou do Stefan? – perguntei baixinho.

– Ah, ele esteve notável! E bonito. Dmitri o levou sem misericórdia, mas ele jamais perdeu o passo ou a postura. Acho que talvez tire a máscara logo. Mas pode ser que volte a usá-la sempre. Parece que máscaras são muito interessantes para a corte e na aldeia. Ando pensando muito no uso de máscaras.

Não fiquei surpreso.

– Venha – disse ela –, vamos dar um passeio no jardim.

Ela puxou a guia de Brenn quando se levantou e eu segurei a mão dela.

– Quero ver alguns jogos. Não tenho prestado atenção nos jogos.

Essa era a nossa preciosa rainha, pensei. Queria poder beijá-la, segurá-la nos braços e cobri-la de beijos, mas não podia fazer tal coisa ali. Quem sabe mais tarde naquela noite, se eu ficasse sozinho com ela, se o rei e Dmitri e Lexius e lady Eva se ocupassem bastante durante horas...

Se havia uma coisa que eu detestava no reino era o rei me arrancando da cama depois de Bela e eu já estarmos dormindo, abraçados. Ele não achava nada de mais me jogar no chão. Claro que ele sempre estava de bom humor ao fazer isso, mas havia certo tom de zombaria na voz dele quando falava, saia dos meus aposentos, macaquinho... e já.

Bela me tirou daqueles devaneios. Caminhávamos devagar, cercados de cortesãos fazendo mesuras por todos os lados.

– O que você acha, Alexi? – perguntou ela. – Isso é esplêndido ou não?

Ela apontou para os enormes jardins à nossa volta.

– Esplêndido, minha rainha, mais esplêndido do que eu poderia imaginar, e essa é a verdade.

– E você, meu querido Brenn, o que acha? – Ela o puxou para poder beijá-lo. – É tudo esplêndido como você imaginava?

– Magnífico, minha rainha – disse ele. – Nunca, nem seguindo meu desejo mais louco, poderia sonhar com um paraíso desses.

16
EVA: UM NOVO PANTEÃO

Finalmente veio o chamado do rei. Já era bem tarde e eu fui escoltada, não para seus aposentos particulares, mas para os de "um hóspede".

Meu coração acelerou. Todos os súditos no reino serviam ao prazer do rei e eu não sabia o que aquilo queria dizer.

Quando as portas se abriram e vi o príncipe Dmitri e o rei lá com Lexius, fiquei intrigada, mas decidida. Eu era uma súdita e não uma escrava. Quando foi que os monarcas do reino exigiram alguma vez que um lorde ou dama se despisse e se submetesse a eles?

Entrei no quarto e me curvei para o rei.

– Eva, beije-me – disse ele, estendendo os braços para mim.

Eu o beijei carinhosamente e olhei para o seu rosto concentrado e gentil. Nós nos beijamos na boca e eu cheguei para trás, avaliando rapidamente Dmitri que estava com as mãos nas costas, apenas me olhando, como se estivesse muito intrigado com o que estava acontecendo.

Então, o que é que estava acontecendo?

Quanto a Lexius, era óbvio que ele estava profundamente abalado. Ele me olhava com um olhar tímido de quase adoração. Estava com a mesma roupa rica que tinha usado mais cedo, só trocou as botas pelos chinelos dourados que eram comumente usados dentro do castelo.

Ele era de fato quase tão alto quanto o rei e com os muitos candelabros acesos do quarto parecia mais bonito e sedutor do que antes. Isso eu podia ver com desapego. Negar a beleza dele e seus dons divinos no meu coração seria desonesto.

Quanto ao quarto, tinha a grande cama em caixote de sempre, mas com espaço extra para uma distribuição extravagante de imponentes poltronas, e o fogo estava sempre aceso na gigantesca lareira.

Panos drapeados exóticos vermelhos davam ao quarto uma sensação oriental e eu percebi que havia no ar uma pesada fragrância de incenso.

Dmitri estava vestido como sempre quando vinha à corte, como um príncipe russo com sua pesada túnica e calça. Tinha uma expressão séria e aliás, em seu domínio de luxúria na praça das punições públicas, já tinha adquirido a fama de sério, ou grave, como os antigos romanos diriam.

– Minha linda dama – disse o rei. – O príncipe Lexius contou o que ele fez, como já foi ofensivo duas vezes.

– Bem, fico muito aliviada de ouvir isso, senhor – respondi. – Porque ele realmente me ofendeu, e duas vezes como já disse, de uma maneira que eu nunca tive de suportar aqui no reino.

Até agora tudo bem, pensei.

Lexius tinha começado a tremer. O que era aquela vulnerabilidade de um homem tão alto e tão fino que mexia comigo?

Senti um desejo muito forte de tratá-lo como ele havia me tratado, mas não tinha intenção alguma de tomar essas liberdades com qualquer hóspede do reino, nem lorde, nem dama, nem qualquer um que considerasse meu igual.

– Já disse para Lexius de que modo julguei o comportamento dele – disse o rei.

Ele continuava com a mesma roupa que tinha usado nas festividades nos jardins, veludo vinho impecável com barras douradas luxuosas, e era, como sempre, uma magnífica visão. Vinho ou vermelho combinavam muito bem com o rosto moreno, os olhos e o cabelo castanhos.

Ele continuou:

– Disse que ele deve sair do reino agora mesmo – disse ele. – Mas ele implorou para que eu ouvisse suas explicações, para se desculpar com você e para confessar para você por que veio para cá. Eu mandei chamá-la para saber se você permite isso.

– Se Sua Majestade quer que eu permita, permitirei. Na verdade eu quero mesmo saber o que provocou isso, que um homem que conhece bem Bellavalten de outros tempos se comporte dessa maneira comigo.

– Fale, então, Lexius. A dama está sendo generosa. – O rei deu de ombros e levantou as mãos. – Talvez queira que Dmitri saia?

– Não, senhor, por favor, deixe que ele fique – disse Lexius.

Ele tinha gestos muito atraentes, a inclinação da cabeça, a mão estendida como um felino, e fui ficando cada vez mais intrigada. Por que uma pessoa com esses modos tão finos teria se comportado de maneira tão grosseira?

– E você, Dmitri? – perguntou o rei.

– Peço para ficar, meu senhor – disse Dmitri. – Nós somos amigos, Lexius e eu. Como sabem, nos conhecemos muito bem. Ele pediu a minha presença e estou preparado para o que vier a acontecer.

O rei fez que sim com a cabeça.

O que vier a acontecer?, fiquei pensando.

Lexius se adiantou e apoiou um joelho no chão na minha frente.

– Minha graciosa dama, imploro o seu perdão pelo que fiz – disse Lexius. – E chegou o momento de você e nosso gracioso rei saberem por que vim para cá. Eu não voltei para viver em Bellavalten. E se dei a entender que era esse meu objetivo em alguma das minhas cartas, peço perdão.

– Levante-se, meu senhor, por favor – disse eu. – Quero olhar nos seus olhos.

Ele levantou, mas tudo na sua postura sugeria que continuava ajoelhado.

– Eu aceitei os seus convites... seu, de Dmitri e o convite do rei para visitar o reino, sim, mas vim com um propósito secreto.

– E que propósito é esse? – perguntou o rei.

Ele cruzou os braços e franziu a testa meio zombeteiro, sorrindo. Só uma pessoa com imensa autoconfiança e força interior, pensei, poderia exibir aquela expressão facial diante de tudo aquilo, em vez de frieza desconfiada.

– Meu senhor, eu vim da cidade de Arikamandu, na Índia. É uma cidade porto na costa sudeste.

– Eu sei disso – disse o rei. – E daí?

– Eu nasci em uma família poderosa de lá. Digo isso para que entendam a minha posição e a minha vida. Os membros da minha família têm sido os protetores de um segredo há muitas gerações e esse segredo é um pequeno reino que existe atrás de muros altos na selva do meu país, a dois dias de viagem para o norte da minha casa. Esse reino é conhecido como lenda e para o povo que vive lá e que o protege como a Cidade Secreta de Khaharanka. É uma cidade-estado com população de duas mil almas que se dedica a um modo de vida incomum e sublime como o de Bellavalten.

– Entendo – disse o rei. – Já suspeitava disso.

Eu estava fascinada.

– Dmitri já visitou Khaharanka – disse Lexius. – E ele pode testemunhar que é verdade o que digo sobre a cidade-estado e seu povo. Toda a minha vida eu me dediquei especialmente à proteção e ao incentivo de Khaharanka. Nem todos os membros da minha família são escolhidos para isso, apenas alguns. E como fui escolhido bem cedo, fui enviado para o sultanato para aprender tudo que pudesse sobre a vida da escravidão por prazer, suas mulheres e seus homens, para poder usar esse conhecimento em benefício de Khaharanka. O sultão sabia disso. Ele sabia que eu era um hóspede. Mas em algum momento durante a minha estada lá ele resolveu me tratar como uma espécie de refém, exigindo pedras preciosas e penas de pavão e ouro e outras riquezas da minha família em troca da minha "iminente" liberdade. Eu estava sendo mantido lá à força, como qualquer escravo, quando você chegou lá, meu senhor, como escravo, e você me trouxe para cá. É claro que permiti que me dominasse e me transformasse no seu prisioneiro nu. E permiti que a sua rainha Eleanor se tornasse minha nova professora das artes eróticas, e aprendi coisas com ela que nunca tinha visto no sultanato.

– Entendo – repetiu o rei. – E é claro que você poderia ter escrito para a sua família pedindo ajuda em qualquer momento, se conseguisse enviar uma carta em seu nome.

– Ah, isso seria fácil, mas nunca foi necessário. Se eu quisesse ir embora teria exposto meu caso para a rainha e ela teria aceitado na mesma hora um grande dote em troca da minha liberdade. Eu sabia disso, mas fiquei por todos os motivos que levam os escravos a ficarem neste reino e a voltarem muitas vezes, porque eu adorava servir à rainha Eleanor, eu a amava e amava meus colegas escravos, e também porque eu tinha outro objetivo. E esse outro objetivo era jamais esquecer que Khaharanka podia precisar de um novo e poderoso monarca. Pode-se dizer que eu vivi uma vida de submissão estonteante enquanto mantinha os olhos abertos para a alma perfeita que poderia um dia subir ao trono de Khaharanka.

— Khaharanka não tem uma família real? – perguntou o rei.

— Não, senhor, a monarquia não é hereditária. E os súditos de Khaharanka não descendem de famílias. O monarca de Khaharanka é escolhido e sempre vitalício, e os súditos escolhem ser súditos... como os escravos de Bellavalten hoje escolhem ser escravos.

— E você veio para cá agora para procurar um novo monarca? – perguntei.

Eu tinha falado sem autorização do rei, mas ele foi totalmente receptivo e pareceu curioso de ouvir a resposta.

— Sim – disse ele. – O último monarca de Khaharanka foi escolhido de Bellavalten.

— Sonya! – exclamei. – Sua amante, Sonya. Mas ela desapareceu anos atrás, pelo menos foi o que você disse para Alexi.

— Não, minha senhora, ela não desapareceu naquela época. Desapareceu só para o mundo do qual tinha vindo, e nasceu para Khaharanka, e eu chorei por ela porque a minha família não permitiu que eu fosse para Khaharanka naquele tempo, para ser seu súdito real. A minha missão era encontrar damas do meio dela para servirem como membros da corte e só dois anos depois permitiram que eu me tornasse servo devoto da rainha Sonya. E fui escravo obediente da rainha Sonya desde então.

— Entendo.

— Bem, a rainha Sonya queria se libertar de Khaharanka há muito tempo. Ela foi uma das maiores rainhas no governo da cidade-estado, e sua corte era perfeita. Mas queria voltar para a Europa, e para Bellavalten, e quando recebeu suas muitas cartas, dirigidas a mim, da casa da minha família, a rainha Sonya deixou que eu respondesse e me mandou para cá para encontrar uma nova rainha para o nosso povo.

– Uma nova rainha! – zombei. – E você me escolheu para essa honra singular, foi isso? E por esse motivo invadiu meus aposentos como um soldado raso de um exército conquistador?

– Sim, minha senhora, eu tinha de fazer isso. Precisava testar sua determinação, sua fibra. Eu conhecia a sua fama. Conhecia muito bem seus dons e sua força, e nunca questionei isso. Mas precisava ter certeza do seu espírito inconquistável.

– Como se você e seus galanteios e seus avanços grosseiros pudessem provar alguma coisa assim... – disse eu. – Que ousadia!

Agora o rei tentava esconder o riso.

– Minha senhora, eu a adoro – confessou Lexius. – Eu sou uma pessoa medíocre para tal teste, confesso. Sou sim. Mas a sua reação não deixou nenhuma dúvida da sua imensa força. Sua indignação e sua fúria provaram ser... como direi... naturais.

Dei risada.

– Então sua rainha deve ser tão decidida e inclemente quanto a rainha Eleanor – disse eu.

– Sim, minha senhora, e mais ainda. Muito mais, pois ela governa um reino muito incomum, feito de adoradores singulares. E procure entender, a nossa rainha é uma deusa para nós, e toda a subserviência dedicada a ela reflete isso. Ela e sua corte de mulheres são consideradas seres divinos de inquestionável autoridade.

– Entendi. Ou penso que entendi – disse o rei. – Você está dizendo que todas as autoridades em Khaharanka são mulheres.

– Sim, meu senhor – respondeu Lexius. – Sempre foi assim e sempre será, e os muitos recursos da minha família pagam os soldados e guardas da cidade secreta e mantêm a sagrada autoridade das governantes mulheres.

– Certamente nem todos que servem são homens! – arrisquei.

– Sim, minha senhora, são todos homens, mas não homens no sentido convencional.

– Eu não me interesso por eunucos, meu senhor, nunca me interessei – disse eu. – Sou grande devota do pau e das bolas dos homens. É por isso que vivo em Bellavalten. – Olhei para o rei. – Precisamos continuar ouvindo isso?

– Você me entendeu mal, madame – disse Lexius. – Não há eunucos em Khaharanka.

– Então que tipo de homens são esses machos não convencionais? – perguntei.

Ele abaixou a cabeça e então olhou para Dmitri.

Não dava para eu ver Dmitri, já que ele estava atrás de mim e atrás do rei. Eu estava na frente do rei, olhando para Lexius.

O rei percebeu que Lexius estava aflito. O rosto dele ficou vermelho e com aquela pele escura o rubor era meio roxo, e havia lágrimas em seus olhos, pela primeira vez, não o jorro de lágrimas dos escravos desobedientes, mas as lágrimas hesitantes e silenciosas de alguém que enfrentava uma batalha interna profunda.

– Meu senhor – disse Lexius, olhando para o rei. – Agora eu não posso esperar a realização da minha missão sem revelar grandes segredos. Posso pedir que sem levar em conta o que pensam de mim ou da minha missão, não importando o que pensam de Khaharanka, vocês não violarão os segredos que eu revelar aqui?

– Eu não posso fazer isso, Lexius – disse o rei –, sem a presença da rainha.

Lexius pensou a respeito disso.

– Dmitri, procure a rainha e pergunte se ela pode vir se juntar a nós agora – disse o rei. – Eu não sei se ela ainda está nos jardins. É provável que esteja nos seus aposentos. Peça para ela vir sozinha com você.

Dmitri saiu no mesmo instante e o rei continuou a examinar Lexius.

– Você entende, não entende, Lexius, que é a rainha Bela que realmente governa Bellavalten?

– Já ouvi isso, senhor, que vocês se amam muito, que isso é a maravilha do reino e que vocês governam juntos.

– Essa é uma resposta inteligente e agradável – disse o rei. – Mas foi a sabedoria da rainha que reconstruiu o reino. Se você está pedindo para lady Eva ir com você para se tornar sua soberana, se você vai revelar segredos que eu preciso guardar, então a rainha precisa estar aqui, já que não escondo nada da rainha, e não posso esconder nada, e não posso continuar a encorajá-lo sem o consentimento dela.

Lexius fez que sim com a cabeça.

— Sim, meu senhor — disse ele.

— E você entende também que a minha rainha pode ficar muito aborrecida com você, por ter vindo para cá com o propósito expresso de tirar lady Eva de nós?

— Sim, Majestade — disse Lexius —, mas eu esperava que Suas Majestades entenderiam a minha lealdade para com minha amada Khaharanka, que vocês veriam com bons olhos nossa necessidade de uma grande governante, que seriam tolerantes e compreensivos comigo, já que temos tantas coisas em comum.

— Mas você tratou mal essa questão — disse o rei, mas não estava zangado.

— Eu sei, senhor — disse Lexius. — Eu errei, mas se lady Eva não fosse a deusa que descreveram para mim, bem, se eu não tivesse sentido a necessidade de testar sua força... Perdoe-me, meu senhor. Eu realmente agi mal, fui falso e estava desesperado...

Lexius parou de falar quando abriram a porta.

Dmitri chegou com a rainha. Ela devia mesmo estar nos seus aposentos ali perto, já que usava agora um vestido comprido de seda cor-de-rosa. Um pouco da combinação de renda aparecia no pescoço e nos pulsos, e ela calçava chinelos prateados. O cabelo louro estava despenteado e lindo.

— Meu senhor – disse ela, indo direto para o rei e assumindo seu lugar à direita dele.

Dmitri desapareceu nas sombras mais uma vez.

O rei segurou o rosto da rainha Bela e sussurrou algumas frases curtas para ela entender a situação. Captei o nome da cidade secreta e a palavra "confidências".

— Como quiser, meu senhor – disse a rainha. – Lexius, eu respeitarei suas confidências assim como o meu senhor. Mas diga uma coisa, por que lady Eva está aqui? E por que também o príncipe Dmitri?

— O príncipe Dmitri pode atestar a veracidade de tudo que eu digo – explicou Lexius, e então ruborizou outra vez, sentiu-se péssimo e disse: – Eu vim implorar para lady Eva se tornar a próxima soberana absoluta de Khaharanka.

Com rapidez e delicadeza ele reiterou grande parte do que tinha dito antes.

E foi o bastante.

A rainha entendeu.

Ela olhou para mim e eu vi de repente pânico no olhar dela. Era como se dissesse em voz alta, *Eva, não quero que você vá.*

Senti fundo aquilo tudo. Mil pensamentos se amontoaram na minha cabeça. Um minuto antes eu tinha certeza de que ia rejeitar aquela proposta ultrajante logo de cara. Agora eu estava mais curiosa do que decidida.

— E agora, Lexius – disse o rei –, quer explicar direito o que caracteriza os devotos dessa sua rainha e sua corte de mulheres, se seus homens não são eunucos?

– Minha lady Eva é bem conhecida – disse Lexius – por suas poções, pelos diversos tipos de poções que ela desenvolveu com seus estudos da alquimia. Talvez a dama entenda o que vou explicar. Aqueles que entram na vida e no serviço de Khaharanka devem se alimentar com uma poção especial. Histórias loucas hoje protegem a descoberta desse misterioso elixir. Mas é a tradição na minha família que depois de muitas tentativas e muitos fracassos foi desenvolvido por um médico inteligente que testou em muitos candidatos antes de aperfeiçoar a fórmula final. Seja como for, é muito eficiente e fácil de produzir, além de não ter nenhum efeito negativo indesejado nos homens que bebem. E de fato, muitos que saem do reino, e param de beber a poção, perdem todos os atributos externos que adquiriram sob sua influência. Mas não todos.

– Então você está dizendo que esses súditos masculinos bebem esse elixir por livre e espontânea vontade? – perguntei. – Eles bebem atendendo à própria vontade de servir, assim como os escravos agora estão aqui em Bellavalten pela própria vontade?

– Sim e não, minha senhora – disse Lexius. – Alguns escravos homens são levados como tributo, já que é assim que funcionam as guerras em todo o mundo, e minha Khaharanka faz parte desse mundo. Mas em geral é assim sim, a população é formada pelos que foram para lá porque quiseram e pelos que permaneceram lá porque aceitaram o elixir e a transformação que o elixir provoca.

Ele adotou uma expressão sonhadora.

– Não é tão grande assim essa transformação. – Ele sorriu.

Deu para sentir a excitação dele. A ansiedade e o nervosismo estavam diminuindo com todo aquele zelo que usava para descrever tudo.

– Ao mesmo tempo o elixir muda tudo! A genialidade do elixir é que ele alimenta uma parte do homem e ao mesmo tempo não deixa a outra morrer de fome. Alguns elixires alimentam um aspecto das pessoas e destroem outro. O nosso não é assim. Ele vai à raiz mais profunda do ser e rega *todas* as sementes que precisam de água! – Os olhos dele brilhavam e ele sorriu de novo. – O resultado final para os que ousam beber até o fim é magnífico.

Não falei nada. E vi que a rainha e o rei olhavam para Lexius espantados. Eu também estava muito impressionada com o que ele tinha dito.

– E o que é que acontece, exatamente, com o homem que bebe esse elixir até a última gota? – perguntou o rei.

Lexius virou para o rei, depois olhou para a rainha e então para mim.

Achei que ele formava uma figura impressionante, enfatizada pela intensidade e pelo prazer que sentia naquele momento. O rosto dele tinha a expressão embevecida de alguém que via um verdadeiro milagre.

Lexius olhou para baixo lentamente, levou as mãos ao manto incrustado de pedras preciosas e abriu bem devagar uma série de colchetes que eram praticamente invisíveis sob os fios dourados e prateados que os cobriam. Ele abriu o manto comprido só um centímetro, depois abriu todo e deixou cair no chão, revelando todo o seu corpo nu.

A rainha Bela sufocou um grito de espanto. Eu quase desmaiei. Nunca tinha desmaiado em toda a minha vida, mas naquele momento quase desmaiei.

Tive diante de mim uma visão inédita, que só tinha visto talvez em estátuas e pinturas.

Cada centímetro da pele magnífica de Lexius brilhava com a luz, e do meio das pernas se elevava um pau quase tão grande quanto o do rei, grosso e escuro, ereto, mas o que provocou em mim aquela sensação de fraqueza e quase desmaio não foi a beleza de tudo aquilo, e sim dos seios dele... seios do tamanho dos meus, fartos e redondos, empinados e firmes. Seus seios femininos com mamilos rígidos, rosa e escuros.

Eu estava vendo um glorioso deus andrógino. E ele olhava para nós calmamente, para cada um de nós, enquanto o admirávamos.

A rainha Bela soltou outro grito sufocado.

O rei exibia um sorriso radiante, bem ao seu feitio, mas tinha os olhos arregalados, obviamente maravilhado.

Eu me aproximei de Lexius, daquele ser exótico, aquele deus, atraída como se me puxassem por uma corrente, então me contive, me controlei quando estendi as mãos para os seios dele.

– Ah, pode tocar neles, minha adorada senhora, se desejar – disse ele.

Eu toquei.

Fui até ele e apalpei, apalpei como se pegasse os seios de qualquer escrava mulher sob o meu comando. Apertei suavemente e avaliei a firmeza deles, belisquei com a ponta dos dedos as aréolas escuras e macias e os mamilos proeminentes que pareciam joias.

Então olhei para o pau, aquele cajado duro e vermelho, e senti a paixão crescer sem controle. Nunca o meu desejo amadureceu tão rápido como naquele instante. Enfiei o rosto nos seios dele, apertando minhas bochechas e meus lábios. Passei o braço nas costas nuas dele e o puxei para mim, esfregando o rosto e chupando os seios dele. Não consegui resistir aos mamilos e espremi, belisquei, esfreguei meus dedos e então veio outra revelação espantosa.

Gotas claras de leite translúcido começaram a sair deles!

E eu lambi. Eu estava enlouquecendo.

Recuei como se quisesse me salvar de alguma loucura envolvente, na qual perderia todo e qualquer controle.

Ele apenas olhava para mim com olhos sorridentes semicerrados. Com as mãos soltas ao lado do corpo.

– Continue, minha dama adorável – disse ele baixinho. – Prove. É seu, como eu sou seu.

E eu provei. Chupei com força, abracei-o de novo e senti o gosto doce e salgado.

– O leite de Afrodite – disse o rei.

Eu o abracei por inteiro, senti o pau duro me empurrando e chupei, chupei como se não pudesse mais parar e agora o leite era a menor parte de tudo. Deslizei a mão direita para baixo e apalpei o pau dele enquanto lambia o leite, enquanto apertava os seios dele com os lábios, e meu desejo cresceu e queimou até eu começar a gemer.

Nem sei como consegui me afastar. Mas me afastei. Lembrei da rainha e do rei ali. Cheguei trôpega para trás, e quando virei de novo, o rei estava transando com Lexius, aos beijos, beijando os seios dele do mesmo jeito que sempre beijava os meus, e ele pôs as mãos fortes e grandes no pau de Lexius. E o rei gemeu como eu tinha gemido.

A rainha olhava tudo estarrecida, com as duas mãos na frente da boca. Mas seu olhar era vago, maravilhado. Não havia horror. Nenhuma condenação.

Virei para ver Dmitri que estava no escuro. Ele me observava, observava todos nós, mas não disse nada.

Então, como se não conseguisse se conter, ele abriu a pesada túnica no ombro e deixou que ela caísse, revelando a camisa de baixo e a calça. Depois lentamente desamarrou as tiras da camisa no pescoço e abriu o peito.

– São bem menores – disse ele em voz baixa. – Deviam desaparecer sem o elixir. Mas nunca desapareceram por completo, e eu os escondo, só que morro de vontade todas as horas de todos os dias que alguém toque neles, alguém além de mim.

A rainha estendeu a mão para ele e Dmitri chegou mais perto. E só então eu vi a incrível semelhança entre Dmitri e Lexius, o mesmo brilho na pele, o mesmo cabelo comprido e cheio, comprido demais e caindo pelos ombros, os dois pareciam grandes deuses de Eros, ultrapassando todos os seres comuns em sua busca de prazeres que fazia de nós uns covardes.

A rainha abraçou Dmitri com o braço direito e tocou os pequenos seios dele com a mão esquerda respeitosamente, roçou os mamilos de leve. O rosto dele estava completamente rubro e ele olhava para ela.

O rei e Lexius agora estavam colados num abraço de entrega total, enquanto o rei bebia o leite com sede e tesão.

Virei de costas. Não conseguia me conter. Não era só o desejo se contorcendo dentro de mim feito uma serpente raivosa na prisão do meu corpo, era a minha alma, minha alma soluçante. *Magnífico* tudo aquilo.

Passei pela cama e fui até a janela. Precisava de ar, abri as pesadas cortinas e espiei a noite lá fora, a noite brilhante de meia-lua e o tapete de estrelas com brilho suave. Suspirei.

Atrás de mim ouvi a voz da rainha.

– E todos os homens que servem têm de assumir essa forma? – perguntou ela.

– Sim, minha rainha – disse Dmitri. – E como eles latejam com cada onda de desejo...

– Mas, olha, eu sei – disse a rainha. – Porque nós partilhamos isso, não é?

– Sim – disse ele. – Ah, sim.

Encostei a cabeça no arco de pedra e senti a carícia da brisa quente, fechei os olhos e minha cabeça se encheu de imagens vívidas. *Todos os homens que servem.*

As pesadas cortinas tinham voltado a fechar sozinhas atrás de mim. Mesmo assim eu ouvia o rangido da cama, das tábuas e ouvi a cadência rítmica abafada de repente.

Espiei pela pequena fresta entre as partes da cortina e vi Lexius ajoelhado, de costas para o rei, com as mãos na cabeceira da cama, e o rei cavalgava nele, o rei agarrava os seios de Lexius, apertava com o mesmo abandono que poderia ter se fossem seios de mulher. Um deus com um deus.

Virei de novo para a noite, sozinha no meu esconderijo de cortinas de veludo.

O ritmo duro e cadenciado da cama chegou ao clímax numa grande explosão de gritos e gemidos.

Depois silêncio e, no silêncio distante, os gemidos doces e suaves da rainha, e com eles aqueles sons se esfregando baixinho que significavam outro tipo de transa. E pareceu que no meio disso tudo Dmitri chorava.

Num sussurro rouco e febril ele disse:

– Meu segredo é seu, seu... seu.

Saí de trás da cortina e fui para a porta andando pelos cantos do quarto.

Olhei para trás. O rei estava deitado e parecia dormir.

A rainha e Dmitri eram uma forma embaralhada e indefinida no chão, nas sombras diante das chamas da lareira.

Como é que eu ousava sair sem permissão? Mas eu precisava sair dali. Tinha de sair. Abri a porta e corri pela passagem. Quando cheguei ao meu quarto, caí na cama, com o rosto enfiado no travesseiro.

Severin estava lá. Ele implorou para saber o que eu queria. Severin tirou meus chinelos.

– Vá – disse eu.

Eu estava como uma cega que desejava uma luz nova e forte e não podia simplesmente olhar para as coisas antigas, que um dia pareceram tão maravilhosas.

17
BELA: UM FESTIVAL DE MÁSCARAS

Bela esperou. Estava sentada perto do fogo. A noite lá fora estava fresca e agradável como sempre, mas ali naquele quarto grande as paredes de pedra eram úmidas e o calor do fogo, com sua luz dançante, era aconchegante.

Dmitri e Alexi estavam com ela, sentados na sua frente. Ao lado estava Rosalynd, sua amada Rosalynd, de seios fartos, bonita, prática e sincera. Os escravos, Bela tinha mandado sair, inclusive sua dedicada Becca, de quem já sentia falta, mas aquele era um momento de privacidade com seu conselho particular.

Preciso muito deles agora, pensou Bela.

As despedidas de Eva tinham sido breves com lágrimas incontidas e abraços. Eva disse mais uma vez o que tinha dito tantas vezes.

— Eu preciso ir, Majestade. Como posso recusar? Como posso não ir e não ver com meus próprios olhos?

– Lembre – disse Bela – que nossos guardas estarão com você em cada passo do caminho e não vão abandoná-la em Khaharanka até você dispensá-los pessoalmente. Você pode voltar sempre. A comitiva ficará do lado de fora das muralhas à espera das suas ordens.

Bela chorou, mas acabou dando sua bênção. Ela abraçou Lexius pela última vez também, e quando olhou para as chamas na lareira não pensava em Eva nem em Lexius, mas sim no futuro.

Como vou governar sem ela, sem aquela que transformava todas as minhas ideias em realidade, aquela que executava com vigor as propostas que eram sonhos para mim?

Dmitri, Alexi e Rosalynd haviam garantido que assumiriam o lugar de Eva. Elena também tinha se comprometido. Foi Elena que presidiu o banquete daquela noite, recebeu novos hóspedes e demonstrou satisfação em todos os entretenimentos especiais.

Os escravos do reino estavam em paz. Nenhum deles podia sequer imaginar com que eficiência lady Eva tinha construído aquele mundo em que eles sofriam e amavam e desabrochavam. Mas Bela sabia.

Finalmente o rei entrou no quarto. Acenou para todos permanecerem sentados, sem mesuras nos aposentos particulares.

– Bem, fiz o melhor que pude – disse ele.

Ele foi até a enorme lareira, apoiou a mão na pedra e olhou para as chamas.

– Implorei para ela não ir. Lembrei de todos os perigos inevitáveis. Garanti que ia tentar salvá-la se recebesse uma mensagem. Mas como é que qualquer um de nós pode saber o que vai acontecer com ela? E eu não posso reunir um exército para atravessar oceanos tão vastos. Eu temo por ela.

– Eles já foram?

– Já – disse o rei. – Implorei para irem esta noite. Implorei para não deixarem mais um sol nascer com a mesma conversa, os mesmos pedidos, a mesma tensão. Eles não irão longe esta noite, mas já foram, de vez. Foi a semana mais desgastante desde que chegamos. Ainda bem que acabou.

– Sim, e você fez tudo que pôde – disse Bela.

Ela olhou para ele maravilhada com a capacidade que ele tinha de parecer despreocupado, certo de que o futuro não ia mudar com a partida de Eva, com a certeza de que o reino tinha um grande destino como antes e que o que Eva tinha resolvido fazer só podia prejudicar à própria Eva.

Mas Laurent era assim. Bela sabia. Sim, ele amava com um amor especial. Mas não ia desmoronar por causa de Eva. E como ele mesmo tinha dito, o trabalho de Eva estava completo. Foi Bela quem introduziu as maiores inovações e a equipe que agora presidia todo o reino estava tão dedicada e eficiente quanto antes.

– Agora, Bela – disse ele, virando para a rainha –, eu não quero mais saber de tristeza ou de dúvidas. Você deve desistir agora mesmo dessa ideia maluca de que Bellavalten sofrerá sem Eva. O reino é forte demais para uma ideia dessas. E o amor dos nossos súditos por você é enorme demais para você duvidar dele. Nem mais uma palavra sobre isso.

— Sim, meu senhor — disse Bela.

Ela deu um sorriso seguro e sedutor para ele. Era o sorriso que ela sempre reservava para tais momentos, quando ele dizia para ela, na presença de outras pessoas, como ela devia sentir-se no fundo da alma. Mas Bela o amava. Ela o amava muito e era um amor inabalável.

Ele balançou a cabeça e retribuiu com seu sorriso de reprovação, depois se abaixou para beijá-la.

— Rainha do meu coração — disse ele. — Em poucos meses você vai se perguntar por que teve medo de perder Eva.

Ele se endireitou, espreguiçou e se sacudiu todo. Olhou para Dmitri e Alexi.

— Quem quer concordar comigo? — perguntou.

Até certo ponto ele estava provocando, mas era como toda provocação que tem um fundo de verdade.

— Eu concordo plenamente, senhor — disse Alexi. — Isso vai significar mais reuniões, mais conselhos, alguns compromissos a mais. E só. Vamos sentir falta dela, mas ela não vai deixar nenhum rasgo no tecido. O tecido já começou a fechar.

— Sim, era isso que eu queria ouvir — disse o rei. — Agora, se não há mais nada para eu fazer aqui, vou descer e me juntar à Elena.

Com mais um beijo em Bela ele foi embora, saiu do quarto com o mesmo passo tranquilo com que tinha entrado.

Quanto tempo, pensou Bela, vou mantê-los aqui, meus amados companheiros? Será que é mesmo função deles me consolar quando estou muito além de qualquer consolo? Ela ouvira as muitas previsões e o otimismo deles a semana toda.

– Ninguém espera que você finja sentir o que não está sentindo! – dizia Alexi várias vezes.

E Dmitri, mais reticente, mas pensando do mesmo modo, também disse mais de uma vez.

– Você governa com classe perfeita. É isso que importa.

Então por que Bela se importava tanto de não sentir enlevos quando provocava tremores e gemidos de seus súditos? Por que ficava perturbada com o fato de estar no trono e não conhecer a exaltação que tinha vivido quando era uma escrava nua para os outros?

Para ela era impróprio chamar algum senhor cruel e exigente para seus aposentos particulares, como Laurent fazia facilmente com Eva. Ela não queria isso, a vergonha pessoal de ser a rainha nua de joelhos diante de outra pessoa. Na verdade, o que sentia nos braços de Alexi e nos braços de Dmitri era um prazer além da imaginação. Era diferente, só isso. Diferentes a carícia deles, as brincadeiras; o prazer que compartilhavam com os escravos ela guardava só para ela. Então o que estava faltando?

Ela decidiu que não ia mais lamentar a perda de Eva.

– Tive uma ideia – disse ela. – Pensei numa coisa. Uma coisa que eu gostaria de ver, algo especial, não para todas as noites, mas numa noite bem especial.

– Ah, mal posso esperar para saber o que é – disse Alexi.

– O seu desejo é uma ordem – disse Rosalynd.

Ah, ela adorava as vozes suaves e informais daqueles que confiavam nela e que eram tão próximos.

– Nós temos falado bastante sobre a disciplina da máscara – disse ela. – Expliquem como está funcionando agora com os que pediram.

– Bem – disse Dmitri –, até agora são cinco, três lordes e duas damas. E aguardam, como antes, a sua permissão. Conversei com cada um deles, conforme você mandou, e acho que são candidatos aptos, todos em perfeita forma, bonitos, e com uma inegável aptidão para servir.

– Você vai me dizer agora quem são eles ou será que tenho de arrancar isso de você? – disse Bela, não com irritação na voz, não, nunca se irritava.

Ela fez um pequeno gesto como se chamasse Dmitri com as duas mãos e sorriu para ele.

– Lady Juliana – disse Dmitri. – Há quanto tempo ela voltou? Acho que já passaram seis meses, não é?

Bela fez que sim com a cabeça.

– Lady Juliana. Que criatura assustadora ela era quando vim para cá pela primeira vez e que amiga da falecida rainha. Mas, sabe, ela chegou aqui como escrava real e como escrava real foi mandada para a aldeia para ser punida, apenas para ser promovida a dama de companhia pela rainha. E é isso que ela é para mim.

Dmitri meneou a cabeça. Alexi deu aquele seu sorriso meio zombeteiro de quem sabe das coisas. Ele com certeza não tinha esquecido da bela e loura Juliana que tinha levado Bela para a senda dos arreios pela primeira vez tanto tempo atrás.

Naquela época Juliana usava o cabelo em tranças compridas e grossas, enfeitadas com pérolas. E agora ela usava uma grande trança em volta da cabeça e o resto do seu cabelo louro tinha um penteado requintado com ondas, os velhos fios de pérolas estavam lá enfeitando e o rosto dela estava lindo como sempre, tinha a mesma voz cadenciada.

– Então ela quer usar a disciplina da máscara – disse Bela.
– O príncipe Roger vai achar isso muito interessante, já que eles foram escravos fugitivos juntos. E ela foi promovida para a corte sem ele.

O príncipe Roger era muito amigo do príncipe Richard na aldeia.

– Sim, Roger já soube e está achando engraçado – disse Dmitri. – E eles conversaram abertamente sobre isso, como você e eu estamos falando agora. Ela sabe o que quer, minha rainha. Não tenho dúvida de que ela se sairá bem com a disciplina da máscara. Nós precisamos é de rituais,,, de como ungir esses discípulos da máscara e que regras aplicar para suas tribulações.

– Eu tenho muitas ideias – disse Rosalynd –, acho que precisamos de um dia especial em que essas pessoas poderão aparecer nuas e mascaradas diante da corte, para serem ungidas.

– Gosto dessa ideia – disse a rainha. – Como era antigamente na noite do solstício do verão.

– Sim, e talvez tenhamos mais de um desses festivais, talvez três ou quatro por ano – disse Dmitri. – Quem sabe um a cada dois meses. Podemos ver como funciona à medida que mais escravos reais retornem ao reino.

– Outra é a princesa Lynette – disse Dmitri. – Você talvez não lembre dela, minha rainha. Ela fugiu e nunca foi pega. Bem, ela já voltou mais de uma vez. A rainha a perdoou e a recebeu na corte há dez anos.

– Lembro dela, sim – disse Bela, e devia lembrar mesmo, já que a tinha recebido junto com Laurent.

Todavia, era impossível lembrar de todos os nomes e rostos daqueles que eles recebiam todas as noites. O lorde camareiro tinha suas listas, todos os títulos, todas as pequenas histórias. E isso era bom porque Bela não conseguia lembrar da aparência da preciosa princesa Lynette.

– Mas você sabe quem ela é, não sabe? – perguntou ela para Alexi.

Ele deu risada.

– Claro que sei.

Lynette tinha participado muito de uma longa história que Alexi tinha contado para Bela – de como ele tinha sido domado e aprendido a agradar à rainha. Cabelo louro, olhos azuis. Sim, até aí Bela lembrava.

– Eu diria também que ela sabe o que quer – disse Alexi.

– Nós dois conversamos com ela e com lady Juliana. Elas estão prontas para a máscara. Só pedem um tempo limitado, digamos, seis meses de escravidão, e depois uma chance de renovar os votos, como todos os outros escravos.

Bela fez que sim com a cabeça.

– Agora vamos aos três lordes – disse Dmitri. – O primeiro é o príncipe Jerard, o louro, que era cavalo no estábulo depois que você foi embora. E ele sabe muito bem o que quer. Nenhuma dúvida quanto a ele. Ele entende que assim que puser a máscara não terá escolha de onde terá de servir, mas quer ser um cavalo de novo. Ele está em boas condições. E sinceramente mais bonito do que nos velhos tempos. E tem também o jovem duque, Claudio, que só chegou recentemente ao reino. Ele é muito inocente, mas passou os últimos oito meses aqui e sabe o que tudo significa.

– Sim, Claudio – disse Bela. – O de cabelo castanho, magro, alto, mas muito encantador. Ele esteve na mesa real inúmeras vezes. E tem uma pequena escrava picante chamada Isabella.

– Sim, e sou a favor de deixá-lo fazer isso – disse Dmitri. Na verdade, eu adoraria apresentar pessoalmente para ele os rigores da aldeia, como fiz com Stefan. Agora, quanto ao terceiro... bem, esse é o jovem lorde Lysius, bisneto do velho rei da nossa fronteira, e acho que ele está sendo apressado. Ele não entende o que significa ser ungido escravo. Acha que sabe, mas só posso dizer que não sabe. Ele é um sonhador, um poeta, apaixonado pelo reino, mas ainda não está pronto para servir aos outros.

– Eu concordo – disse Alexi. – Lorde Lysius deve ser recusado. E se temos quatro cerimônias de aceitação por ano, bem, ele pode ser afastado por alguns meses com a promessa de poder se candidatar outra vez.

– Parece que vocês estão com tudo sob controle – disse Bela.

E ela acreditava nisso. Mas não tinha tanta certeza de que o jovem lorde Lysius devia ter seu pedido recusado. Ela o conhecia. Era um rapaz muito sensível e de grande imaginação. Ele sabia o que os escravos sentiam quando os castigava. Por que não devia usar a máscara? Mas ia insistir nisso mais tarde.

– Mas qual seria a noite especial, o festival, a ocasião para essas apresentações? – perguntou Rosalynd.

– Um festival de máscaras – disse Bela. – Andei pensando nisso algum tempo. Um grande e belo festival de máscaras, quando toda a corte usará máscaras também e todos os homens e mulheres livres do reino.

– Ah, ótimo – disse Rosalynd.

– Uma grande noite de dança e brincadeiras de mascarados em que todos que usam roupas usariam máscaras para encorajá-los a comemorar a liberdade de Bellavalten – disse Bela. – Algo como as antigas celebrações de Perchta no solstício do inverno. – Ela sorriu pensando em Perchta, a antiga deusa da tecelagem, das fiandeiras.

E tinha sido uma roca de fiar a desgraça de Bela muito tempo atrás, quando menina de quinze anos ela furou o dedo numa roca e dormiu cem anos.

Mas o que Perchta significava para o mundo inteiro?

Não tinha importância. Ela via um festival mais complexo e todo original.

– E no nosso festival – disse Bela –, todos os escravos nus da aldeia e da corte e do reino poderão brincar nos jardins do castelo nessa noite, livres de restrições e de castigos, para dançar e beber e se abraçarem todos, junto com seus senhores e senhoras mascarados. Nós todos celebraremos a liberdade do reino.

– Uma espécie de Saturnália – disse Dmitri.

– Os únicos escravos nus que usarão máscaras nessa noite – disse Bela – serão os cinco aceitos para a disciplina da máscara, e deverão usar suas máscaras dessa noite em diante, por seis meses, e nesse tempo podem tirar a máscara e voltar para a corte, ou então ser escravos indefinidamente.

– Perfeito – disse Alexi. – Simplesmente perfeito.

– Então isso está resolvido – disse Dmitri. – Stefan devia usar a máscara seis meses a partir do dia que usou pela primeira vez.

– É isso que eu quero – disse Bela. – E quanto ao jovem lorde Lysius, a decisão é dele também.

– Ah, isso vai ser uma delícia, muito divertido – disse Rosalynd –, mas qual será o grande ritual no centro disso tudo?

– Vou chegar lá – disse Bela. – Você e Dmitri, vocês dois estavam no navio comigo e com Tristan e Laurent quando navegamos para o sultanato. Vocês lembram de um banquete a bordo, logo no início da viagem, no qual Tristan e eu fomos amantes dourados?

— Lembro muito bem – disse Dmitri.

— Eu também lembro – disse Rosalynd. – E nós conversamos muito sobre isso depois. Vimos outras apresentações parecidas no sultanato. Não tinha muito sentido para eles, mas agora estou vendo o significado que pode ter para nós.

— Eles me pintaram de dourado – disse Bela –, e fui cercada de frutas mergulhadas no mel, meu corpo cheio delas, e fui posta numa mesa grande, como se eu fosse o próprio banquete, então chegou Tristan e comeu as frutas que tinham posto em mim e transou comigo.

— Eu consigo visualizar isso – disse Alexi.

— Sim – disse Bela –, mas agora imagine isso com o nosso gracioso rei concordando em tirar toda a roupa e enfeites naquela noite, exceto a máscara, para que ele, por vontade própria, transe com uma mulher escrava dourada que será oferecida para ele numa grande bandeja. Imagine só, a grandiosa cerimônia do rei transando com o reino.

— Ah, que esplêndido seria – disse Alexi. – O casamento do rei com o reino. Sim, isso seria um momento grandioso e sagrado.

— Posso até ouvir as harpas e os tambores – disse Bela –, e ver Sua Majestade se levantando do trono na hora sagrada, tirando suas belas roupas, ficando só de máscara, talvez uma máscara que tenha os chifres de Pã ou os de um bode, já que ele seria o deus bode, o deus do vinho, o deus da fertilidade, o deus da celebração rampante, e imaginem só ele se aproximando da mesa onde a escrava dourada se oferece a ele.

– De tirar o fôlego – disse Alexi.

– É – disse Bela. – Ela deve estar toda pintada de dourado e também de máscara porque representa todos os escravos do reino, todos os escravos, não só ela, quando o rei deitar com ela.

– Sim – disse Dmitri. – O rei deve comer a fruta de dentro dela e depois possuí-la. Ah, o grande casamento de todos que governam com todos que servem!

– Mas como você vai entrar nessa história, Bela? – quis saber Alexi.

Ele tinha esquecido de chamá-la de "rainha" ou de "minha senhora", mas Bela não se importou. Ela bem que queria que todos eles fossem menos formais.

– Bem, a rainha deve assistir, mascarada, no trono, eu imagino – disse ela.

Bela tinha escolhido suas palavras com todo cuidado. Mas estava pensando em uma coisa completamente diferente.

– Você acha que nosso amado rei fará isso? – perguntou Dmitri.

Bela deu risada.

– Se existiu um dia um rei que faria isso, esse é Laurent. Posso até ver agora, a carne dele vermelha e a da escrava dourada, os dois de máscara, a dele enfeitada com chifres, sim, e a dela talvez com folhas verdes e uvas vermelhas pintadas no couro, e a bandeja inteira, a mesa toda, decorada com essa folhagem de bacanal.

Fizeram um momento de silêncio.

— Minha rainha, trate de sonhar sempre – disse Rosalynd. – Nós podemos facilmente transformar isso em perfeita realidade. Estou pronta agora para fazer os desenhos, os planos. Vamos precisar de muitos músicos, barris do melhor vinho, e todos os escravos nus deverão ser incentivados a dançar nessa noite, em completo abandono.

— Todos dançarão com completo abandono – disse Bela.

— Mas e a menina de máscara, a escrava escolhida para representar o reino? – insistiu Dmitri. – Quem será ela? Deve ser alguém muito especial. Quero dizer, essa deve ser uma honra muito especial, ser escolhida para tal casamento cerimonioso. Ela deve tirar a máscara depois?

— Tirar a máscara? Por que faria isso? Ela representa a todos – disse Bela. – E eu tenho alguém muito especial em mente, mas vocês precisam deixar que eu pense mais nisso um tempo.

Ela olhou em volta e viu Dmitri sonhando só de imaginar a cena. Mas Alexi olhava fixamente para Bela, e Rosalynd também olhava para ela com um sorriso misterioso, espiando com o canto do olho.

— Anuncie o banquete. A noite não importa. Estamos criando um novo costume aqui, daremos tal festa assim que pudermos. E faremos da data um memorial. Anuncie que será na noite em que aceitarmos os discípulos da máscara, que eles serão levados para a aldeia pelo príncipe Dmitri para iniciar sua servidão. Talvez sejam amarrados em cerimônia para essa viagem. Façam um tablado grande e alto, ou mesa de banquete, na qual ficará a menina escrava quando a trouxerem. E ponham um tablado para o rei e a rainha em cima desse. E deixem o rei por minha conta. Vou apresentar a ideia de forma que ele aceite fazer. E a rainha vai presidir como sempre, do seu trono, a execução da cerimônia.

Ficaram uma hora falando só da festa, que passou a ser chamada de "Primeiro Festival de Máscaras", e Rosalynd anotava as muitas ideias e fazia alguns esboços sentada à escrivaninha de Bela.

Finalmente a rainha dispensou a todos, menos Dmitri.

Com o ferrolho colocado na porta, os dois se despiram. Que delícia se desfazer dos panos pesados daqueles paramentos de realeza para ficar nu, sem nada o cobrindo.

O tamanho dos seios nus de Dmitri foi um espanto para Bela. Ele parecia acostumado com eles, como Lexius também era aos dele. E não demonstrou nenhuma vergonha quando Bela o devorou com os olhos.

– E isso foi só uma semana de elixir? – perguntou ela.

– Foi – disse Dmitri, olhando para ela com a expressão serena de uma estátua. – E Lexius deixou bastante para muitos beberem se quiserem. Matthieu não teve dificuldade com a fórmula. Logo ele poderá fazer a quantidade que quiser.

– E como se sente com eles? – perguntou Bela, apesar de querer realmente saber o que ela sentiria com eles.

– Macios – disse ele. – Firmes, mas extraordinariamente sensíveis.

— Com o tempo vamos falar sobre isso – disse Bela. – Sobre os que podem querer beber essa poção. Por enquanto vocês façam como quiserem.

Bela estava muito contente de Eva não ter pedido para levar com ela seu alquimista, Matthieu, de ele permanecer em seu laboratório produzindo poções e pastas, loções e perfumes.

Matthieu era quieto e solitário por natureza e não se interessava diretamente pelos escravos, apesar de usá-los o tempo todo em suas experiências. Era divertido vê-lo dando uma poção da paixão para uma escrava e depois apalpar sua vulva macia para sentir a lubrificação delatora. Ele anotava isso como um alfaiate que tira e anota uma medida no mesmo instante. Ele praticamente nunca olhava para os rostos dos escravos presos às paredes enquanto trabalhava.

Bela se aproximou de Dmitri e acariciou os seios dele. Não podia mais resistir. O pau dele ganhou vida imediatamente. Dmitri a excitava e intrigava como nenhum outro ser no reino naquele momento e parecia que ele tinha mais classe desde que começou a tomar mais da poção que o transformava naquele grande e enigmático deus que estava diante dela.

Bela o levou para a cama e os dois deitaram juntos.

— Ah, isso é esplêndido – disse ela, deitada ao lado dele, de frente para ele, observando e alisando. – Se eu pudesse ter um pau só por uma noite...

Ela se perdia na beleza assombrosa dele.

— Minha rainha, você não precisa de um. Você é tanto homem e mulher quanto eu sou homem e mulher.

Os dois se abraçaram, seios contra seios, e ele a beijou com ternura. Ela sentiu seus seios e a pequena câmara entre as pernas latejando. Sentiu que derretia contra o corpo dele, contra sua pele sedosa.

— E você, apenas você, me vê como eu realmente sou — disse ele com uma voz cheia de sentimento que emocionou Bela. — Só você vê e sente ornamentos que fazem de mim sua conquista dupla.

— Só eu? — perguntou ela com um sussurro baixo e ronronante. — Nem mesmo Stefan vê essas dádivas tesudas?

— Stefan não ia querer vê-las — disse Dmitri. — E não, ele nunca verá. E por enquanto elas pertencem a você.

Bela empurrou Dmitri no travesseiro de modo que ele ficasse deitado de barriga para cima. Ela montou nele e recebeu seu pau agradecida. Era uma sensação divina aquela do pau duro indo fundo dentro dela, alargando a entrada da sua vagina, esfregando com força seu inchado clitóris. Ela botou as mãos nos seios dele, como ele pôs nos dela, subia e descia no pau dele e aos poucos foi encontrando o ritmo inevitável. De olhos fechados, massageando os seios dele com maldade, os pensamentos cheios de fragmentos incendiados de sonhos, ela gozou, chamando o nome de Dmitri. E sentiu o sêmen quente dentro dela.

Bela rolou para o lado dele e adormeceu com facilidade, de vez em quando se aconchegava nos seios dele, ou sentia seus lábios suaves na testa e no rosto.

De repente ela sentiu um impulso desconhecido. Fez sinal para ele virar de barriga para baixo. Sonolento e mudo ele obedeceu, de olhos fechados e expressão serena no travesseiro.

Explorou as costas duras e firmes, a cintura fina e os ossos do quadril estreito, depois alisou com os dedos o traseiro macio e afastou as nádegas para ver o ânus cor-de-rosa. Ele não opôs resistência. Bela raramente examinava aquela parte dos homens, a parte que deliciava tantos outros no reino. Ela observou aquela boquinha minúscula e enrugada. Forçou a abertura com os dedos. Dmitri estava acordado, Bela tinha certeza disso, mas ficou em silêncio e imóvel. Ela sentiu o desejo de pegar um pau com um falo na ponta, daqueles que usavam para desfilar com animais de estimação no jardim. Ela nunca usava aqueles paus. Sempre puxava seu cachorrinho, Brenn, com uma guia. Mas agora estava pensando que da próxima vez ia examinar esses outros atributos de Brenn com maior interesse e ia enfiar um daqueles falos nele, talvez em Dmitri também quando tivesse vontade. Sim, ela podia passear com Dmitri naquele quarto e seria interessante ver como ficava o traseiro dele com o pau de falo pendurado, como ficariam os ombros dele, e o rosto, sim, a cara dele, quando tivesse de engatinhar desse jeito para ela. Ele ia adorar. Ela sabia que ele ia gostar.

Bela deitou para dormir mais um pouco.

No quarto silencioso, só iluminado pelas chamas da lareira, ouviu os passos do rei. E a porta fechar.

Ela abriu os olhos e viu o rosto dele, com as sobrancelhas levantadas, olhando para Dmitri.

O príncipe acordou e saiu da cama, pegou sua roupa e desapareceu na antessala.

– E agora, minha senhorinha? – disse o rei. – Vou tirar esse principezinho da sua cabeça com cada investida!

Ele tirou a roupa e deixou cair no chão. Então montou nela e Bela sentiu a grande pressão familiar do pau dele dentro dela. Olhou para cima delirante e viu o belo rosto que guiava sua vida há décadas e continuava guiando.

– Rei do meu coração – disse ela.

Ela se afastou dele e apoiou o rosto no travesseiro.

– E esse traseirinho de rainha ainda é todo meu – disse Laurent baixinho no ouvido dela. – Ninguém mais chicoteou ou bateu nele.

Ela sentiu a mão grande e quente apalpando suas nádegas.

– Não, meu senhor – respondeu sonolenta –, e acho que ninguém mais fará isso.

– Mas se você quiser...

Ela sorriu. Estava com muito sono. Ele nunca disse aquilo antes.

– Se quiser, você sabe, é prerrogativa sua...

– Cale-se, meu senhor – disse ela. – Eu não quero. Trate de dormir.

Horas depois Bela teve um sonho muito vívido. A grande fada sábia, Titania de Mataquin, conversava com ela, as duas sentadas num bosque cheio de flores de várias cores e chorões verdes, à margem de um riacho cintilante. Aquele era o reino das fadas da rainha.

Titania disse para ela:

"Ah, mas, veja, as leis que a governam são suas para mudar de acordo com os seus objetivos. Você é senhora e escrava de todo o reino."

18
BELA: O CASAMENTO DO REI COM O REINO

Era a noite mais gloriosa de Bellavalten que ela já havia visto. O jardim estava coalhado de mascarados com roupas de festa e escravos nus que dançavam juntos em roda, grandes e pequenos, em pares e filas, correndo, cantando pelos muitos pavilhões e entre as mesas.

Todas as fontes haviam sido esvaziadas, lavadas e enchidas com o melhor vinho. E barris de vinho foram espalhados por todos os lugares para os convivas mergulharem suas taças ou canecas.

O espetáculo das pessoas mascaradas da aldeia e da corte estava esplêndido e excitante, além do que tinham imaginado. E músicos de todos os cantos tocavam as melodias mais alegres e sensuais.

Nunca houve tantas tochas e lanternas penduradas nos galhos das árvores, nem tantos candelabros brilhando nas paredes, nem lamparinas iluminando as incontáveis mesas.

Com o espírito de uma Saturnália, cidadãos se serviam nas imensas mesas postas com todo tipo de carne e frutas e doces. E os escravos também se banqueteavam.

Os cavalariços e atendentes que estavam a trabalho usavam máscaras, sempre cuidando para que as mesas permanecessem limpas, que todas tivessem tudo, que não faltasse nada, à medida que a festa continuava, horas seguidas. Mas até eles aproveitavam a comida e o vinho deliciosos e tinham sua vez dançando e cantando.

Bela estava confortavelmente sentada no imenso trono dourado, no alto do tablado montado para a grande cerimônia do casamento que aconteceria bem na sua frente. Toda a corte podia ver o tablado e o rei e a rainha mascarados, sorrindo para seus súditos.

O rei já havia dançado diversas vezes, e dançado muito com a rainha também, e a rainha com seus amados Alexi e Dmitri.

A batida dos tambores, o toque das flautas e o dedilhar das cordas dos bandolins e das liras enchiam o ar, junto com os gritos dos animados festeiros.

Não havia animais de estimação escravos essa noite, nenhum escravo preso em cruzes, nenhum escravo levado à senda dos arreios – apenas a alegria compartilhada de todo o reino, sem pensar no amanhã.

Eram onze horas.

Logo a noiva dourada seria levada para o tablado e o rei se transformaria no senhor da uva, no senhor dos campos, no senhor da abundância e da comemoração, e tomaria sua noiva nos braços para a grande cerimônia. É claro que ele estava disposto a fazer o que sua amada Bela havia pedido. O que significava para ele ficar nu e representar diante dos súditos que o adoravam? Ele tinha respondido na mesma hora:

– Será um enorme prazer atender ao seu pequeno pedido.

Bela o amou mais ainda por isso. Atrás da máscara decorada com olhos puxados e chifres ele parecia deliciosamente assustador para ela. Quanto à máscara que ela usava era grande também e escondia tanto quanto a dele, e Bela imaginava se sua boca estava tão sensual e atraente para Laurent quanto a dele para ela. Ah, o que as máscaras faziam com os rostos e com as almas...

Rosalynd parou diante da mesa de banquete e balançou a cabeça afirmativamente. Bela a reconheceu pelo cabelo e pelo brilhante vestido roxo, além da postura dela, é claro, como conhecia muitos apesar das máscaras.

Ela levantou quando viu o sinal e se afastou.

– Vou descansar um pouco, meu senhor – disse ela. – Volto num instante. E quero ver a noiva dourada, saber que está tudo como eu quero.

Ela e Rosalynd correram pelo meio da multidão, Rosalynd na frente segurando com força a mão de Bela, que se esforçava para acompanhá-la.

E na frente delas surgiu a barraca branca, na grama verde, atrás da senda dos arreios.

Elas atravessaram a pista de terra nua onde tantos escravos corriam ao som das palmatórias todas as noites, menos naquela.

Entraram na tenda e Bela parou para recuperar o fôlego. Seu coração ficou batendo rápido demais um tempo e ela sentiu medo, um medo novo e delicioso que não sentia havia muitos anos, um medo que coloria o seu rosto e provocava um sorriso. Ela olhou em volta.

Lá estava uma grande bandeja de madeira, toda trabalhada, folheada a ouro, e nela uma cama estreita de seda na qual a menina dourada ia deitar – o conjunto sobre um palanque pronto para ser carregado para o tablado da cerimônia.

Seis cavalariços com máscaras douradas estavam a postos para carregar o palanque quando estivesse pronto.

Outro grupo pequeno de pajens com a tinta dourada, o óleo e outros adornos aguardava para começar a trabalhar. Elena estava lá com Alexi e Dmitri, e sozinha num canto a amada escrava nua de Bela, Becca.

O maravilhoso cabelo louro de Becca tinha o mesmo penteado que Bela usava aquela noite, com pentes de marfim, opalas e pérolas, e ela olhava fixo para Bela com suaves olhos azuis e um sorriso nos lábios de coral, esperando. Muito sedutora em sua nudez com o penteado elaborado.

Por um momento Bela só ficou olhando para ela e a música ritmada cresceu em seus ouvidos, um coro distante de cantoria e risos.

Muito bem, pensou Bela. Eu vou em frente com isso!

Ela começou a tirar rapidamente seu vestido violeta e prata, e então Rosalynd e Elena foram ajudá-la para desfazer todos os laços.

– Venha aqui, Becca – disse a rainha, e a menina se apressou para ficar na frente dela.

Puseram o vestido pela cabeça de Becca, puxaram e apertaram para caber perfeitamente nela. Bela tirou os chinelos e a máscara. Becca pegou a máscara enquanto um pajem a ajudava a calçar o chinelo.

Agora com a máscara posta Becca ficou diante de Bela, vestida de Bela, penteada como Bela e mascarada como Bela.

– Perfeito! – disse Rosalynd soltando um longo suspiro. – Totalmente perfeito.

– Agora lembre que não deve tentar imitar a minha voz – disse Bela. – Você não vai conseguir enganá-lo. Assuma simplesmente seu lugar ao lado dele e sorria. Você fará isso só quando levarem o palanque e não haverá tempo para conversar de qualquer maneira.

Becca fez que sim com a cabeça.

– Sim, Majestade.

– Ela poderia enganar qualquer um! – disse Dmitri. Becca voltou para o canto da tenda, com seu disfarce completo e esperou.

Só agora Bela percebeu que estava completamente nua e descalça na frente dos amigos mais chegados, do seu conselho particular, seus apoiadores mais amados.

– Rápido, temos de correr, senão pode aparecer alguém para ver se estamos atrasados – disse Alexi, segurando a mão de Bela.

Ele a ajudou a subir na comprida bandeja dourada.

Quatro pajens a cercaram e começaram a esfregar o óleo com pigmento de ouro na pele dela. Outro pintou seus lábios, as pálpebras e os mamilos de dourado.

Bela fechou os olhos. E teve a lembrança doce daquela noite há muito tempo, no porão do navio do sultão, quando outros atendentes fizeram a mesma coisa com tanto respeito. Sentiu os grampos e pentes no cabelo, e mãos trabalhando nas partes mais secretas do seu corpo, esfregando o ouro nos pelos púbicos e na fenda entre as nádegas.

Um grande alívio a deixou fraca e ela sentiu cada fibra da pele nua, cada fibra da sua alma desnudada mais uma vez, como tinha sentido tanto tempo atrás, tantos dias e tantas noites.

E afinal terminaram. Ela estava coberta de ouro como naquela outra estranha noite. Alexi e Dmitri a ergueram junto com os cavalariços enquanto outros punham a cama de almofadas de seda embaixo dela. Rosalynd prendeu o cabelo de Bela. Elena começou a pintar suas unhas.

E chegou a hora dos preparativos finais. Dmitri pegou punhados de frutas, quartos de melão, cerejas, pedaços de maçã, fatias macias de pêssego e ameixa e começou a enfiar dentro dela. O sexo de Bela despertou e latejou quando enfiaram as frutas dentro dela. O clitóris endureceu e ela fechou os olhos por um momento, lutando contra o orgasmo crescente que ameaçava dominá-la.

Os cavalariços escovaram seu cabelo sobre as almofadas em ondas, provocando arrepios no couro cabeludo da rainha. Alexi mostrou uma tâmara brilhante e botou no umbigo dela.

Os pajens em volta dela empilharam as frutas frescas contra o seu corpo, dos pés até o pescoço. Guirlandas de folhas de parreira foram postas sobre as frutas. Entre as pernas dela, mais frutas. Ela suspirava e se revirava confortavelmente na seda, com a vagina deliciosamente cheia e piscando... piscando como se fosse devorar as frutas dentro dela.

Dmitri segurou um cacho solto de uvas, uvas muito roxas e brilhantes, e Bela abriu a boca para segurar o cacho com os dentes.

De repente parecia que seus seios iam explodir com a deliciosa pressão em todo o corpo, todos os membros, no rosto. Mais uma vez Bela fechou os olhos, um segundo vital.

Então viu a máscara da noiva. Era como tinha desenhado, uma máscara fina de couro com olhos ovais, dourada e pintada com folhas verdes e uvas roxas como as que segurava nos dentes.

Dmitri pôs a máscara nela com todo o cuidado, alisou para ficar no lugar, levantou o rosto dela, prendeu a correia atrás da cabeça e posicionou a fivela de pedras preciosas logo atrás da orelha esquerda. Agora Bela espiava pelas aberturas amendoadas dos olhos, e o mundo inteiro parecia menos nítido, ela se sentia mais segura e seu coração batia com renovada excitação.

– Você é uma maravilha de se ver – disse Alexi

Ela sabia que ele queria beijar seus lábios pintados, só que naquela noite seus lábios eram do rei.

O que mais havia para fazer: botar mais frutas na bandeja, mais frutas maduras, mais folhas.

O silêncio dominou a tenda.

Só dava para ouvir a música, a batida hipnotizante dos tambores e o som estridente das cornetas.

– Estão todos prontos.

De novo Bela sentiu aquele medo, o medo excitante, delicioso de tão secreto e tão agudo. E voltou também a sensação de esplendor daquela noite há muito tempo, da segurança do fogo que ardia dentro dela. Bem, agora ela também confiava naquele fogo, que queimava forte, e quando sentiu que levantavam o palanque soube que estava pronta.

E agora me carregavam, nua, dourada e preparada, para a visão das estrelas através dos jardins do meu reino. E eu sou rainha e escrava ao mesmo tempo. Sou a governante que ordenou todas essas coisas e sou a escrava, a escrava abjeta, a escrava devotada de todos os meus súditos!

Os cavalariços de máscaras douradas iam avançando com o palanque. Os príncipes caminhavam ao lado dela e as duas damas também. E lá estava Becca, dava para vê-la claramente vestida de Bela, Becca agora a perfeita imagem de Bela.

Tinham chegado à área atrás da mesa real de banquete. Ela ouvia os gritos e as exclamações dos que olhavam de cima.

– Agora suba, minha rainha – disse Alexi para Becca –, sente ao lado do seu marido, sorria e não diga nada.

Fizeram um sinal. Silêncio. A música parou.

Então os tambores começaram a bater, os címbalos, os tambores que enviavam suas vozes graves para dentro dos ossos.

E quando o palanque deu a volta na mesa de banquete e Bela olhou para cima, para o rosto mascarado do rei que sorria para ela, ela ouviu as trompas começando a soar, junto com os bandolins. Em ritmo de reverência, de expectativa.

O grande palanque foi carregado para o tablado e a multidão exclamou alto, em uníssono. Bela não precisava ver as pessoas que deviam estar se esforçando para observar melhor a grande cerimônia. O silêncio caiu sobre os espectadores e só a música falava pela multidão, só a música anunciava um momento de suprema importância.

Bela virou um pouco na almofada de seda. Olhou para cima, para o rei, que já estava de pé. Sua imponente rainha mascarada estava sentada à sua direita, com a cabeça meio virada para ele.

O rei desceu até a mesa e chegou ao estrado que havia na frente e por baixo. Tirou sua capa escarlate. Então abriu a túnica comprida e deixou cair. Seus atendentes pegaram suas botas e tiraram as correntes cerimoniais do pescoço, e até as belas pulseiras dos braços dele quando estendeu as mãos.

E lá estava ele nu, exceto pela máscara brilhante com chifres, já de pau duro.

Ele desceu os degraus com tapete vermelho para chegar ao palanque onde Bela estava.

Parou diante dela e ficou olhando para a virgem mascarada que ela havia se tornado, e agora a música ficou mais rápida, louca, animada e ritmada. Ele se abaixou e acariciou os seios de Bela, beijou a abertura do seu sexo, beijou e começou a morder e tirar as frutas que enchiam aquele orifício.

Ela sentiu a língua dele em seu clitóris enquanto arrancava os pedaços suculentos de frutas de dentro dela, até que finalmente a língua dele vasculhou a cavidade para pegar os últimos nacos e o caldo, e Bela ficou louca de desejo. Ela jogou a cabeça para trás, agarrou a seda e as frutas e fechou os olhos.

No entanto, ela queria ver. Queria vê-lo.

Ele estava em cima dela, um braço esticado de cada lado, feito colunas, os olhos cintilando por trás da máscara, os lábios formando o sorriso tão conhecido, e bombeando o pau dentro dela.

Ela suspirou e ergueu o quadril. Não pôde se controlar.

Em transe ela viu todos os rostos acima, na mesa real, ouviu a música martelando em seus ouvidos, ouviu o próprio coração latejando em seus ouvidos e nas suas pálpebras.

– Minha amada, meu reinado, meu reino, minha alma! – murmurou o rei.

Bela mal conseguia se conter, se contorcia embaixo dele, com o pênis do rei massageando cada fibra da vagina, entrando e saindo, e finalmente ela gritou alto quando ele jogou a cabeça para trás e gemeu em cima dela.

Ele continuou bombeando e depois ficou imóvel.

Ouviram o aplauso ensurdecedor da multidão que aumentou em volta deles e que parecia chegar em ondas de todos os cantos dos jardins, cobrindo os dois feito água.

O rei se levantou. Os aplausos viraram um coro alucinado de vivas interminável, que abafou os tambores e as trompas.

Bela viu Laurent levantar as mãos, e os gritos ficaram ainda mais altos. Era como se todo o reino festejasse, aplaudiram novamente, em grandes ondas, e a cacofonia da mistura de música e palmas e vozes embalou Bela num transe enquanto os tremores do desejo continuavam a dominar seu corpo.

O rei olhou para ela e estendeu a mão.

Bela levantou e deixou que ele a puxasse para ficar de pé.

– O nosso reino! – gritou ele.

E a multidão aplaudiu mais uma vez. Ele virou para Bela e disse:

– Deixe-me tirar sua máscara, bela donzela do reino. Deixe-me ver quem estava aí deitada simbolizando o reino.

– Tem certeza disso, meu senhor? – disse ela. – Quer me ver? Porque se quiser eu estou mais do que disposta. Mais do que disposta para que todos saibam o quanto a rainha os ama.

Ele se espantou, deu para ver, os olhos faiscando nas aberturas da máscara, a boca aberta, atônito.

– Bela?

– Sim, meu senhor – disse ela. – Por você, por eles, eu sou o reino.

O que ele ia pensar? O que ia dizer? O que estava se passando atrás daquela máscara brilhante e enfeitada?

Então veio o sorriso, o sorriso lento e fácil, aquele grande sorriso, amado sorriso.

Bela pôs a mão na máscara e ele ajudou a soltá-la, botou de lado e segurou a mão dela.

– Minha rainha! – exclamou ele. – A eterna donzela do reino. Bela, minha rainha, rainha do meu coração, rainha Bela de Bellavalten!

Foi uma loucura, doce loucura. Bela viu de todos os lados os dançarinos saltando no ar, batendo palmas, os escravos nus pulando sem parar feito crianças, as tochas ardendo e as vozes cada vez mais altas, mais jubilosas e reverentes. Alexi e Rosalynd e Elena dançavam na frente deles, Alexi batia palmas sobre a cabeça. Bela espiava tudo, da esquerda para a direita e atrás dela, viu Becca sorrindo mais acima, e olhou para a frente também. O capitão da guarda estava ajoelhado olhando para ela com as mãos para cima. A princesa Lucinda estava lá, com seu inconfundível vestido de veludo cinza, acenando e dançando. Tristan e Roger e Richard balançavam os braços e o corpo de um lado para outro.

Os cinco discípulos da máscara nus foram levados pelo príncipe Dmitri e postos de cabeça baixa à espera da entrega de seus seis meses irrevogáveis de submissão. A multidão dançava frenética em volta deles, chegando perto e se afastando e dançando mais perto outra vez, batendo palmas e gritando, de novo levantando as mãos, incontáveis mãos, mãos para todos os lados que se olhasse, para o rei e a rainha.

Solenemente o rei acenou para cada humilde suplicante e depois, com a mão aberta para Dmitri, indicou que já podia levá-los embora. Bela meneou a cabeça e ergueu a mão direita abençoando também.

Quando os cinco foram embora, Bela viu Dmitri olhando para trás do meio do frenesi de gente. E a dança e os aplausos continuaram, e os tambores trovejaram e as flautas começaram a tocar uma dança louca.

De repente, Bela viu bem na sua frente seus amados Brenn e Sybil. Os dois pulavam com os braços esticados para cima, e Brenn gritou:

– Reino da Bela!

– Reino da Bela! – cantarolou Sybil com uma voz aguda e feliz.

– Reino da Bela – entoaram os dois juntos.

A adorável princesa Blanche também dançava na frente do tablado, e com ela os belos escravos Penryn e Valentine, e inúmeros outros, todos cantando "Reino da Bela!", sem parar.

– Reino da Bela! – gritou Laurent.

Ele levantou a mão de Bela. Balançou com a música, os dois braços para cima, segurando com a mão direita a mão esquerda de Bela.

– Reino da Bela – gritou ele outra vez, e todos em volta ecoaram o grito.

– Reino da Bela!

De todos os lados vinham os gritos que as pessoas repetiam sem parar, até virar um canto ensurdecedor.

Reino da Bela.

E eu sou sua soberana, pensou Bela vendo aquela imensidão de mar de súditos felizes, nus e vestidos, com máscara e sem máscara. E eu estou nua diante de todos vocês porque assim quis e, sim, eu sou o reino. Eu sou todos vocês. Sempre servirei a vocês; eu lhes darei tudo. Peçam o que quiserem. Queiram o que queiram. *Esse é o meu destino, a minha submissão, a minha verdadeira rendição.*